U0902155
FONGHONG

簪中录

长篇小说·全四册 3

侧侧轻寒

著

江苏凤凰文艺出版社
JIANGSU PHOENIX LITERATURE AND ART PUBLISHING, LTD

图书在版编目（CIP）数据

簪中录.3 / 侧侧轻寒著. — 南京：江苏凤凰文艺出版社，2015

ISBN 978-7-5399-7047-9

Ⅰ. ①簪… Ⅱ. ①侧… Ⅲ. ①长篇小说－中国－当代 Ⅳ. ①I247.5

中国版本图书馆CIP数据核字(2015)第045501号

书　　名	簪中录.3
著　　者	侧侧轻寒
责任编辑	郝　鹏　孙金荣
特约编辑	姜宇佳
文字校对	孔智敏
封面设计	赵　颖
封面插画	Rlon
内文设计	李　亚
出版发行	凤凰出版传媒股份有限公司 江苏凤凰文艺出版社
出版社地址	南京市中央路165号，邮编：210009
出版社网址	http://www.jswenyi.com
经　　销	凤凰出版传媒股份有限公司
印　　刷	三河市嵩川印刷有限公司
开　　本	700毫米×1000毫米 1/16
印　　张	18.5
字　　数	330千字
版　　次	2015年4月第1版 2019年9月第19次印刷
标准书号	ISBN 978-7-5399-7047-9
定　　价	32.80元

（江苏凤凰文艺版图书凡印刷、装订错误可随时向承印厂调换）

目录

簪中录3

骤然间她舞势一变，那波光与烟云瞬时转变为雷霆震怒，电光火石之间，她手中的柳条如疾风扫过，向着那两个无赖抽了过去。

高天上的星辰，碧海上的明珠，他暗淡人生中，仅此一次的流转光华。

“无论如何追溯，所有的证据都对我不利——到现在，总算有第一个决定性的证据出现了，我作为凶手的可能性，或许可以就此推翻了……”

玉镯沁凉洁白，雕镂通透。这极尽心思的雕工，终究造出一对完美的小鱼，互相衔着对方的尾巴，亲亲热热，纠缠不休。

禹宣愕然睁大眼，那双一向清湛明净的眼睛，如今已经布满血丝，惊惶而茫然，仿佛窥见了自己不敢看破的天机。

“我之前曾见过一个西域胡僧，能用双眼控制他人，使人如痴如醉，言听计从——看来沐善法师就是学过这种法门，只是不及那胡僧高明。”

壹

似幻如真

眼前的世界，明亮恍惚。

春日的小楼，半开的窗。窗外一枝枝明亮的绯樱开得丰腴饱满，似乎只要轻轻一阵风，就会全部于枝头坠落，化为一片粉色霞光消散。

黄梓瑕推开窗户，望着前方的使君府。早晨的空气清新得近乎凛冽，向着她直扑而来，她的脑中却是一片混沌空白，完全不知道自己看到了什么。

前方是使君府，父母兄长住在前院，而她因为喜欢花园里正在盛开的绯樱，前几日迁到了花园的小阁内。

前院与此间隔了一个花园，她看得见层层叠叠的屋顶，飞檐斗拱，天井之中有人匆忙来去，纷纭的声响隐约传了过来。

她微有诧异，不知今日家中为何忽然来了这么多人。匆匆披上衣服，她在妆台中拣了一支银簪将头发绾起，又将妆台上的那个镯子拿起，套在腕上。

这是去年禹宣送给她的镯子。他中了举人之后，拿到官府里发给他的第一个月银钱，便去挑了一块白玉，交由匠人雕琢而成。禹宣钱不多，所以那块玉质地也不是特别好，他与她一起研究了很久，终于决定雕成两条首尾相连的小鱼。因为玉质不纯，于是将镯子内侧也刻镂得空心，明透无比，刚好能将杂质剔除，又显出线条流畅来。

小鱼的眼珠，是镶嵌上去的两颗白色米粒珠，别致又轻灵。糯白的玉镯上米白的珠子，乍看不显目，仔细看去却是两种不同的质感光泽，当时让她许多闺中密友

都十分艳羡，可惜天下没有第二块玉能仿制得出了。

她将镯子套在手腕上，手还未放下，转头四顾，却发现黑色的浓雾已经渐渐侵袭过来。周围的一切都变得迷离，她茫然不知自己身在何处，只觉得自己被那黑色的浓雾渐渐笼罩，似乎再也无法脱身。

她仓皇四顾，一直往前走，却不知自己从哪里来，也不知自己要到哪里去。

耳边听得有人叫她："黄梓瑕……黄梓瑕……"

她回头，却看不见任何人，在黑暗之中，只有她一个人在追寻求索。

她回望四周的黑暗，茫然地问："谁……谁在叫我？"

"你是孤单一个人了……"

头顶有冰凉的气息慢慢渗透下来，她整个人的身体都僵硬了，只能机械地重复着那声音："我是……孤单一个人了？"

"你的父亲、母亲、哥哥、祖母、叔父，都死了……"

她呆呆地站在那里，觉得脑中嗡的一响，昏沉的脑中只余一片空白。

直到脑中那阵轰鸣过去，她的脚再也撑不住自己的身体，只能任由自己坐倒在地上。眼前尽是黑暗，那黑暗上又有无数猩红的颜色在流动，像是体内的鲜血被缓缓搅动，五脏六腑全都绞碎了。

在这种极痛之中，她抚着胸口，弓起腰拼命地喘气。然而就在这一刻，她又忽然想，是梦吧，是梦吧，只是噩梦重现吧！

因为，这种极痛极痛的感觉，她曾经历过无数次。

在父母去世之后，她一次又一次，重复做这个梦，梦见自己又回到那一日，梦见所有美好的春日崩散溃烂，她的人生自此万劫不复。

明白了自己是在梦间，眼前的黑暗忽然在瞬间散开了。

原来她已经身处前院，周身喧哗一片，她站在喧闹的人群之中，一眼便看见了自己父母的尸身。

他们被白布覆盖着，静静地躺在床板上，停在院落之中，青砖地上。

从十二岁开始，见过无数尸体的她，站在亲人的尸体面前，觉得与以往没什么不同，又觉得，反正整个世界都溃灭了，所以，也不在乎是不是相同了。

她听见成都资历最老的仵作蒋松霖的声音，就像隔了万丈之遥传来一般虚幻，又像就在耳边一样真切——

"验：使君黄使君敏、黄夫人杨氏、长子黄彦、使君之母黄老夫人、使君堂弟黄均，俱为毒杀。死者五人，黄彦及黄均喉管有呕吐痕迹，五人下腹均有米汤状腹泻物，其中杨氏有血便。五名死者生前俱有腹痛抽搐状，经验查，系砒霜中毒无误。”

眼前的噩梦，在一瞬间粉碎，化为万千尖锐的碎片，扎入她的眼睛和心口，剧痛带着黑暗汹涌而来，将她淹没。

黄梓瑕猛然从床上坐起，惊惧地喘息着，瞪大眼睛看向四周。

凝固的藏蓝色天空，黎明即将来临的黑暗，她一个人惊坐起，满脸都是尚且温热的泪。

不知自己身在何处，也不知自己要去往何方。

许久，她脑中的黑翳才渐渐退去，恍然想起自己这是在汉州的驿站之中。

父母去世之后，她被诬为毒杀全家的凶手，四海缉捕。为了重生，她只能乔装逃出蜀地，来到长安，希望能求告朝廷，重审当初那桩冤案，洗雪自己满门冤屈。

而她，遇见了夔王李舒白。

如今她的身份，是夔王府的小宦官杨崇古。

她和李舒白，从长安出发，向西南而行，正前往成都府。汉州离成都府，不过一日路程。

越接近，就越恐惧。

她在黑暗中呆呆地坐了好久，等脸上的泪水干了，才重又后仰倒下，躺在床上，睁大眼睛看着外面的天空渐渐亮起来。

半年来的颠沛流离，她终于赢得再度入蜀的机会。此去成都府，万水千山，而她家的灭门案发生至今已有半年，她不知自己是否真的能实现当时誓言，告慰家人的在天之灵。

命运转折的那一日，那些令她无法承受的悲恸，一再出现在她的梦中，让她一次又一次感受到那种无力与痛苦。她反复地推想着其中可能发生的一切，但最终，一切都无法靠空想推演，唯一的办法，必然只有回到实地，重新勘查一切。

等到一切真相大白时，也许，才是自己解脱的时候吧。

她蜷缩起身子，将自己的脸埋在臂弯中，怔怔地看着窗外。

深蓝的天空渐变为浅蓝，光芒刺目，今日又将是炎热的天气。

抚着跳动的太阳穴，黄梓瑕起来洗漱之后，出门用早点。

汉州官驿来往官员繁多，而今日下榻的又是夔王李舒白，一群官吏自然殷勤备至。而她作为夔王身边的小宦官，也被奉为上宾。

她推门出去，看见庭中竹林小径，旁边大片的蜀葵正在怒放。高过人头的株杆上，

堆锦般的花朵丛丛簇簇，鲜艳无比。蜀葵又名一丈红，花朵鲜艳明媚，蜀中最多。

黄梓瑕记得当初在使君府中，也栽种有大片蜀葵。夏日的清晨，她还未起身，禹宣往往已经轻叩她的小窗，给她送上一朵蜀葵。

或是粉红，或是浅紫，有时单瓣，有时重瓣。她将他送来的花朵簪在发上，选一件衣裙搭配。一年夏日就这么过去了，或许记不清具体发生在什么时候，却总记得自己那些日子深红浅黄的颜色。

她无意识地抬手摸了摸蜀葵的花瓣，隔着花朵看向竹林小径的另一边，李舒白正将手中的长剑递给景荣，转头看向她。花朵颜色晕染，映得他一身天青的净色锦衣也显得鲜明起来，在周围深深浅浅的颜色之中，唯有他一抹冷色，动人心魄。

她不由得佩服起这个人来。从长安到成都，一路万水千山，本来就路途辛苦，沿途所有州县还齐齐出动，无数官场酬酢。她每回都仗着自己只是个小宦官躲掉，可夔王李舒白自然是不可能躲掉的——然而这个人，就是有这样的自律，无论前一天赶路多辛苦，应酬多晚，她起来之后，永远看见他已经晨起锻炼，风雨无阻，从无例外。

李舒白额上有薄汗，他接过景祥手中的帕子擦拭，一边向她走来。她望着他走近，赶紧向他行礼："王爷……早。"

他"嗯"了一声，目不斜视地从她的身边经过。

她跟上他，走了两步，见他又停下了脚步，将那条丝帕递给她。

她茫然不知他的意思，抬手去接时，才看见自己的指尖上沾染了灿黄的蜀葵花粉。

她赶紧低头接过帕子，将自己的手指擦干净。

天色不早，吃过驿站准备的早膳，略加休整，一群人准备出发。

黄梓瑕上了自己的那拂沙，跟在李舒白身后。涤恶走到那拂沙身边，蹭了一下它的脖子。而马上的她与李舒白也不由自主地擦了一下肩。

李舒白看见她眼下浮现出的淡青颜色，微微皱眉，勒住涤恶，问："睡得不安？"

"嗯。"她默然点头。

他说道："今天我们若赶得快一点，应该就能到成都府了。你不必再多想，等到了那边，看过形势再说。"

她抬头看向李舒白，见他近在咫尺，正低头看着自己，两人之间的距离几乎呼吸相闻，她不敢与他那双明湛的眼睛对望，只能低下头："是。"

他不再看她，跃马往前。

黄梓瑕赶紧催马追上，两人一前一后，踏上平坦的官道。

从汉州到成都，一路上商旅行人络绎不绝。黄梓瑕正低头骑马走着，到人群稀落之处，忽然听李舒白说道："其实我最近几日，心中也颇不安定。"

黄梓瑕抬头看他，问："王爷是为了那张符咒？"

"嗯，"他打马前行，若有所思，"那一张符咒之上，共有'鳏残孤独废疾'六个字。在我母妃去世的那一日，圈定了'孤'字，三年前我在徐州遇刺，手臂差点残疾，但那一个'残'字终究还是随着我痊愈而褪去了。而这一回……"

临出发前，那张符咒之上，出现了淋漓的血色，圈定了那一个"废"字。

衰败萎弃，谓之废。

大唐夔王李舒白，六岁封王，十三岁出宫，七年蛰伏之后，一举击溃朝廷最大的威胁庞勋，并同时钳制各大节度使，权倾天下，威势极盛。

然而，过早盛绽的人生，究竟能飞扬跋扈多久。

二十三岁，他的命格动乱，批命的符咒上，不祥的字眼被一一圈定。

黄梓瑕只觉得此事诡谲无比，但又没有头绪，只能安慰他说："世间种种，毕竟都有原因。我不知这张符咒究竟为什么能事先预兆王爷的事情，但归根结底，我不信这世上有鬼神之说，我想……王爷您也必定不信。"

李舒白回头看她，那眼中有明晰洞彻的亮光："别装傻了，黄梓瑕。究竟事实真相如何，其实你我心里，都已经有数，不是吗？"

黄梓瑕默然低头，避开他的目光，说："不敢妄加揣测。"

"无论如何，总之该来则来，我拭目以待。"他勾起唇角，微微一哂，随即拨马，向前而去。

蜀道虽难，但这里是交通要道，经过大唐多年经营，早已形成宽阔大道。涤恶与那拂沙是稀世良驹，景毓等人的马追赶不及，已经落在了后面。唯有他们一前一后，相随纵马奔驰。

道路一侧是绵延不绝的青山，另一侧是蜿蜒不断的江水，依山傍水的人家零星居住在道路之旁。如今正是夏末，无数蜀葵开得鲜明夺目，红白黄紫，一串串一丛丛，在他们纵马驰过时，看得不分明，只如家家户户园中挂设着的大片鲜艳锦缎。

每家的小院中，伸出的枝头都累累垂垂挂满果子。李子梨子柚子，有的成熟了，有的没有。但一路上山园中的花椒都早已成熟，如无数簇赤红色的珊瑚珠点缀在绿叶之中，迎面而来的风中都弥漫着微微的辛香。

涤恶与那拂沙也放缓了脚步。在这种颜色鲜亮、气息温香的道路上，两匹马并辔前行，时不时还蹭下颈项，令李舒白和黄梓瑕也一再地接近，又一再地分开。

怕景毓等人落下太远，李舒白勒住了马，站在山崖边。远方长风飞渡，浪涛般的白云席卷过万里江山，天际日光变幻，乍阴乍晴，在前方的大地上流转不定。

他远望长空，许久，长出了一口气，转头看向黄梓瑕。

她脸色微有苍白，气息也有些急促。跟在他身后长途奔骑，就算是景毓他们也往往支持不住，而她竟然一直都坚持下来了。这千里江河，万里重山，她是第一个能始终伴随在他身边的人。

他在一瞬间，回望着她，忽然微笑出来。唇角的弧度，如风行水上，轻微波动，扬起又很快平息。

黄梓瑕怔愣了一下，见他含笑望着自己，那一瞬间的眼中，似有万千瑰丽颜色。也不知是不是纵马狂奔跑得太急，她脸颊不由自主微微烧了起来。

他却将目光移了过去，顺手打开涤恶身上的箱笼，从里面取出一小袋东西，抛给她。

她一手勒马，一手接住，发现却是一小袋白绵纸包好的雪片糖。

猜不出他的用意，她只能诧异地抬头看他。

他却只驻马凭风，在飒飒的风中，他的声音与衣袂发丝一样，飘忽不定地波动："上次你晕倒后，我去问了大夫。他说女子往往血气有亏，疲累时多吃甜食，可稍微缓解一二。"

她确实觉得自己有点疲惫，怕自己再跟着他跑下去，会像上次一样晕倒，所以默默地取了一块淡黄色的雪片糖吃了，又把纸包递给他。

他并不喜欢甜食，却也取了一块小的，含在口中。

绵延万里的青山碧水，一直延伸到目光无法触及的地方。夏末的野花葱茏鲜艳，远远近近开在他们的身边。

他们眼望着同样的景致，感受到舌尖同样的甜蜜，在此时同样的风声中，静默无言。

黄梓瑕低着头，捏着手中这包糖，犹豫许久，终于将它放进了怀中。随即又想到，天气炎热，或许糖在怀里会化掉吧，于是又取出来放在了那拂沙身上的小箱笼之中。

夏末天气，薄薄的糖片果然已经微溶，白色的绵纸被濡湿了一小块微黄——就像在她的心中，融化出一种甜蜜而又令人无措的痕迹来。

涤恶与那拂沙，踏着野花，缓缓走近彼此。

潺潺的江水一刻不停，急流奔过险滩，终究东流向海。

可涤恶与那拂沙毕竟只是擦身而过，马上的他们也擦肩而过，唯一碰触到的，只有他们的衣角，与发丝。

他们放缓了马匹，慢慢地沿着山路前行。

时近中午，后面的景毓他们终于追了上来。一路行来已有六十多里，大唐设三十里一驿，正好适合马匹休息接力。他们中间越过了一个驿站，涤恶与那拂沙还好，但其他马匹已经喷出粗重的鼻息，全身是汗了，必须得休息一下。

驿馆的长官诚惶诚恐将他们迎接进来，设下茶点酥酪，李舒白与黄梓瑕坐在堂上喝了一盏茶后，忽然听得外面铃声响起，清脆悦耳，然后是一个女子的身影，沿着外面花窗一路行来。

黄梓瑕看到那人的身影，立即站了起来，不敢再与李舒白坐在一起。

那女子穿着一身鹅黄色的纱衣，笑意盈盈地顺着走廊走到门口，含笑望着李舒白。

在满庭森森竹影之中，她衣裙轻摆，正如一朵绽放的萱草，明艳动人。

黄梓瑕向她行礼："郡主安好。"

这个忽然出现在驿站之中的女子，正是岐乐郡主。

李舒白站起，微有诧异："岐乐？"

"听说夔王爷南下成都，我便先到了此处等候。"她走进室内，向李舒白裣衽为礼，抬起一双波光盈盈的杏仁眼望着他。她的神情明明是一种"惊喜吧"的狡黠意味，口上却赔罪道："还请王爷不要介意，岐乐只是……多年来因先天有恙，故此十分期待万里江山美景。而京中其他人我可信不过，唯有夔王……定然不会嫌弃我。"

黄梓瑕偷眼看向李舒白，却见他神情温和，示意岐乐郡主坐下。她赶紧向二人告退，脚刚一抬，李舒白的目光已经看向了她，她只好重又跪坐在他们旁边，给岐乐郡主斟茶。

岐乐郡主捧着茶盏，低头闻着茶香，对着李舒白浅浅而笑。

岐乐郡主对于李舒白的眷恋，京中尽人皆知。她身为王侯之女，益王当年若有帝王之分，她如今已是公主，以她的尊贵身份，在这样一个小驿站之中等候李舒白，并且言笑晏晏让他带自己去，李舒白一时也难以回绝，只能无奈道："郡主太过草率了。"

"我向来鲁莽草率，任性固执，你又不是不知道！"她噘起嘴，却听出他的无奈，知道他应该不会断然拒绝自己，于是唇角不由得露出一丝笑意难挡自己的愉快，"反正我只有孤孤单单一个人了。天下之大，我要跟着你走遍，又有谁能管我？"

黄梓瑕听出她的意思，是要一直跟着李舒白了，不由得在心里暗自苦笑，又带着一点看好戏的幸灾乐祸，望了李舒白一眼。

益王本就是远宗入京，与如今皇帝血缘淡薄。等益王去世之后，更仅剩岐乐郡主这一个血脉。皇室也曾指了一个孩子入继，欲延续这一脉，然而那个孩子几年后也夭折了，大家都说这一支注定衰亡，无力回天了，于是皇室也刻意疏忽了，只有岐乐郡主守着王府，王府傅、丞等也难以管束这样一个从小任性的女孩，她自然为所欲为，来去由心了。

而李舒白，顾念着她时日无多，一向待她亲厚。黄梓瑕还记得他与自己说过，在他最难过的时候，唯有她握住了他的手。

黄梓瑕望着无奈皱眉的李舒白，心想，如今看你可拿岐乐郡主怎么办？

只听李舒白对岐乐郡主说道："阿琬，你有此雅兴，我本该着力成全。然而我此次入蜀，是有要事在身，恐怕无暇带你游山玩水，纵览风光。"

岐乐郡主噘起嘴，一双漂亮的杏眼中写满委屈："我知道王爷忙碌，然而我只是因为对成都府人生地不熟，所以要王爷携我入城而已，难道这也有什么为难的？"

李舒白皱眉道："我公务在身，原不便携带他人。而且我身边如今并不安全，若波及你，让我如何向你府上人交代？"

"我也是带了几十个侍卫出来的，我能照顾好自己。而且，说不定在你有事的时候，我和手下人还能帮你一把呢。"

李舒白只能说道："我对蜀地也不是特别熟悉，实在无法带你游玩。不如这样，我与你一起同到成都府，到时候成都府官员定会乐于帮你安排行程。"

岐乐郡主还想说什么，李舒白已经瞥了黄梓瑕一眼。黄梓瑕会意，不得不硬着头皮出声说道："王爷，这几日积下的公文您还有上百份未批阅，再者，周使君初到蜀地，不知如今西川节度使范应锡与他是否已见面，成都府大小事务又堆积如山，怕是王爷还需过问……"

话音未落，岐乐郡主便已郁闷地瞪了她一眼，悻悻说道："夔王身边的小宦官，如今都敢打断王爷与我说话了？"

黄梓瑕赶紧埋头请罪，抬头时可怜兮兮地望着李舒白，在心里想，做坏人这种事，我真的不太擅长啊！

李舒白给她一个"你就乖乖受着吧"的表情。

休息半晌，正午最热的时间过去。带着岐乐郡主自然是不能骑马了，李舒白与黄梓瑕坐上了马车，岐乐郡主的车在后跟着。

虽然都是轻装简从，但岐乐郡主带来的侍卫足有七八十人，随扈的夔王府卫也有两百多人，浩浩荡荡一群人在官道上行走，黄尘蔽日，声势浩大，李舒白与黄梓瑕在马车内感觉到行路晃晃荡荡，速度减了一半不止，只能相视无言。

悬挂在车内的那个琉璃瓶摇摇晃晃，里面的小红鱼也似乎厌倦了长途的奔走，在水中不安地游动起来。

黄梓瑕抬手握住琉璃瓶，让它尽量少晃荡一些，一边低声说：“这一路跋涉，王爷为何还要带着它？万一琉璃盏磕了碰了，还是放在王府中比较好吧。”

李舒白瞥了小鱼一眼，说：“习惯了。”

习惯了，习惯了什么呢？是小鱼习惯了跟着他来来去去，还是他习惯了身边养一条小鱼，偶尔能注目一刻？

黄梓瑕望着这条阿伽什涅，又恍然想起十年前，他从先皇咯出的血中，发现了这条小鱼。那时他尚是不解世事的幼童，如今却已经是声名赫赫的夔王。

而十年来，这条鱼却不曾长大，也不曾变化，一直陪在他的身边，从未发出过任何声音。仿佛，有一些东西永远定格在了他十三岁的那一夜，永远凝固，不曾改变。

她放开手中的琉璃盏，在心中轻轻叹了口气，心想，无论是什么东西，十年了，或许不仅是习惯，而且是一个不可或缺的重要东西了。

眼看红日渐渐西斜，成都府却还未曾到达。

景毓催马赶上，在窗外低声说：“王爷，郡主身体不适，已经下车歇息了。”

他们的马车也只能徐徐停下。李舒白隔窗望向岐乐郡主，见她下了车就靠在了树上，脸上倒是并不疲惫，只左右张望，满脸烂漫神情，还抬手去折了一朵蜀葵在手中看着。

李舒白看了黄梓瑕一眼，她会意，取了薄荷水下车去向岐乐郡主问安，并将薄荷水递给她，说：“王爷让奴婢送这个水过来。郡主若觉得旅途不适的话，可多闻闻这水，有舒缓解郁的功效。”

岐乐郡主开心地接过来，放在鼻下轻嗅，说：“王爷真细心，我只是有些许胸闷而已。”

黄梓瑕抬头四望，见暮云四合，宿鸟乱飞，晚风中阵阵松涛呼啸，不由得心中一凛，对岐乐郡主说道：“郡主还是快点上车吧，我们恐怕得尽快上车，及早赶到成都府。”

“没事，听说也就二十来里路了，在初更之前，我们定能赶到的，”岐乐郡主看了看周围，笑道，“你看这里景致迷人，山峡之中万花开遍，难道不想看一看吗？”

黄梓瑕不由得有些无奈，只能说："郡主雅兴，只是今日时辰已晚，不如明日再来，细细游玩一天，不知郡主意下如何？"

"人人都说夔王身边的杨公公风采过人，没想到居然一点都不懂风雅。"岐乐郡主丢开了手中的花，走向自己的马车。

黄梓瑕松了一口气，正要回去向李舒白复命，忽然听得岐乐郡主又在身后说："等一等呀，杨公公。"

她又回身看岐乐郡主，却见岐乐郡主手中托了一个小小的盒子，说："差点忘记了，这个是送给夔王的。"

黄梓瑕低头伸手去接，岐乐郡主却将手一抬，说："这可不能经过别人的手，我得亲自送给夔王。"

黄梓瑕在惊飞的宿鸟之中，无奈道："那么，郡主可在到成都府之后，再送王爷不迟。现下，还是尽快上车前往成都府吧。"

"我还不知道吗？你们到了成都府中，周使君必定又是设宴，又是歌舞，非得折腾半宿不可。等到了明日，夔王又是忙于事务，我要找他可太难了。"她说着，提起裙角，踩着树下的茸茸碧草走到李舒白车前，对着里面的李舒白笑道："差点忘了给你礼物啦。"

李舒白放下手中的文书，笑着抬手接过，说："多谢费心了。"

"哎，你怎么不看啊？"她提起裙角，踏着木阶上去，坐在他的身旁，笑意吟吟地拿起盒子，又一次递到他面前，"猜猜里面是什么？"

李舒白望着这个盒子，微微皱眉："我怎么知道。"

"真是的，连敷衍我一下都不肯，"她气恼地拨开卡锁，去掀盒盖，说，"这可是我在佛前祈求了数月才求来的。菩萨对我说，它一定能实现我的愿望，成全我无望的心思……"

她的话尚未说完，盒盖已经被她掀开。

未曾看清里面是什么东西，已经看到光芒一闪。

李舒白反应何等机警，在那光芒闪过的一瞬间，已经抓起旁边的小几，向着盒子砸去："别打开！"

然而轻微的哧哧声已经响起，随着岐乐郡主掀起盒盖，一股细微的气流立即从盒内破空而出，扩散于整个马车之内。

不，其实不是气流，而是比牛毛还细小的上百支钢针，如疾风般散向整个马车，在这么小的空间内，根本无法躲避。

幸好小几已经砸到，岐乐郡主的手被撞得一歪，盒子立即跌落于车内。车上铺设了厚厚的绒毯，里面剩余的针全部射入绒毯内，并无声息。

但这么多针，毕竟已经射了几根出来。

李舒白一言不发，只抬手拔掉了自己左手肘上的一根细如牛毛的针。而岐乐郡主亲自打开那个盒子，她近在咫尺之间，胸口和肩膀上，都已被针刺到，顿时惊叫起来。

李舒白立即抓住岐乐郡主的手臂，带着她从车上一跃而下。

岐乐郡主迷迷糊糊之间，目光无意识地看了他最后一眼，眼睛却已经没有了焦距。

李舒白一把抱住她，沉声道："景毓，集箭阵！景祥，布掩护！"

苍云四合，天色渐暗，群山之间长风呼啸而过，如同惊涛之声。

周围惨呼声四起，破空的弓弩声密集，乱箭齐发。

飞箭如雨，向着停在这边的车队射来，竟是不管夔王府还是岐乐郡主的侍卫，要一律射杀。

岐乐郡主的侍卫们顿时乱了手脚，一时中箭的中箭，奔乱的奔乱，溃散如蚁。

而夔王府的侍卫毕竟训练有素，在景毓等人的指挥下，片刻间已团团聚拢，以树木、马匹与马车为屏障，迅速排成对外的阵势。更有人已抽出弓箭，开始反击。

箭如雨下，马的哀嘶与侍卫们中箭的惨呼不断传来。更有流箭向着马车后的他们射来，有一支差点扎进了岐乐郡主露在外面的腿上。

李舒白将岐乐郡主架到车下，抬手探了一下她的鼻息，然后又将手放下了。

黄梓瑕在仓皇之间也没注意他的神情，只盯着圈外的动静。

夔王府侍卫再怎么骁勇，终究敌不过前赴后继出现的埋伏，呈现了弱势。

黄梓瑕并无防身兵器，只能回身看李舒白。他将随身的一柄匕首丢给她，低声说："待会儿，骑上那拂沙，冲东南方向。"

黄梓瑕握紧匕首，仓促说道："对方攻势密不透风，这弩阵恐怕冲不出去。"

"对方用的是九连弩，一次发三箭，九次连射一过，需填充二十七支箭。我看他们虽是轮流发射，但并不均匀，尤其是东南角，配合并不默契，到时必定有空隙——而且，九连弩的箭一支半两，每人能负重多少？又要在山野之间行军，我不信他们能维持这样密集的攻势多久。"

果然如李舒白所料，最初攻势一过，箭雨势头便大为减弱了。景毓、景祥等立即上马，示意突围。

黄梓瑕上了那拂沙，拨转马头看向李舒白。

涤恶已经迫不及待，长嘶一声，跃上前来。

李舒白看了不知生死的岐乐郡主一眼，终究还是上了马，越过她的身畔，丢下大片马匹与侍卫们的尸体，率领所有人向东南方疾驰而去。

正是弓弩已尽的时刻，那边人显然没料到对方会骤然突围，虽然也迅速组织起攻势，但那仓皇的抵御在绝地反击的气势之前毫无抗衡之力。当先前来阻挡的几人被一马当先的景毓等人砍翻之后，后面的数匹马迅速赶上，还举刀准备抵挡的那几人被践踏于地，惨叫声中，周围的人心胆俱寒，顿时奔逃四散。

李舒白一骑当先，身后数十人跟着他一举突破包围，四散而去。

汉州到成都府，一路尽是荒野茂林，一旦散开，便如飞鸟投林，对方再也无法全歼他们。

在逐渐幽暗下来的荒林之中，黄梓瑕紧随李舒白，两匹马都是神骏无比，一前一后隐入山林。

身后忽然响箭声起，一团火光裹挟着风声，直越过黄梓瑕的耳畔，向着前边李舒白而去。

黄梓瑕下意识地叫出来："小心！"

她的声音还在喉口，李舒白听到破风的声音，早已伏下了身，涤恶也顺势向右一跳，那支箭不偏不倚自涤恶的身边擦过，钉入了旁边的一棵松树。

那松树的树皮干燥，又挂满松脂，一见到火焰，顿时火光升腾，在已经渐渐暗下来的林中，顿时照得他们二人明亮至极。

"走！"李舒白毫不理会正在燃烧的那棵树，低声叫她。

黄梓瑕催促着那拂沙，从那棵树旁飞驰而过。

听得身后有人远远大喊："一黑一白马上两人，务必击杀！"听声音，似乎是徐州口音。

嗖嗖冷箭向他们射来，远没有之前连弩箭雨的气势了。在昏暗的山林之中，他们唯有仗着马匹神骏，疾驰而去。

出了松林，前方是断崖，他们只能沿着悬崖，折向前面的山坡。这里没有了树木，两匹马在灌木丛中向前奔驰，马蹄被绊，又失去了掩护，身后追兵渐近。

李舒白一言不发，直指前面的另一片杂林。黄梓瑕正催马跟着他前行，忽听得胯下的那拂沙一声痛嘶，脚下一绊，整匹马向前跪了下去。

它的后腿中箭，重重跌倒于地。

黄梓瑕身不由己，跟着摔跌的那拂沙向着地上扑去，眼看就要摔倒在满地的荆棘之中。

她还来不及惊呼，忽然腰身一轻，身子在半空之中被人一把抱住，硬生生地从荆棘之上捞了起来。

李舒白将她圈在怀抱之中，一手缰绳，一手护着她。涤恶继续疾驰，向着面前的黑暗山林狂奔而去。

而她转头看着哀鸣不已的那拂沙，又想着刚刚死去的那些侍卫们，不由得心惊胆战。抬头看将她护在怀中的李舒白，却只见在渐暗的天色之中，他始终盯着前方，那里面专注而坚毅的光芒，还有拥着她的坚实臂膀，让她所有的惊恐惶急慢慢消减为无形，心中唯余一片宁静。

她知道，他一定能带着她安全逃脱。

身后的箭已经无法射及，他们已经逃离射程。喊杀声逐渐远去，夜色也笼罩了整个山林。

涤恶这样矫悍的马，也终于力有不支，放慢了脚步。

明月出山林，清辉染得周围一片银白。整个世界冷清寂静，如在沉睡。

刚刚的那一场生死厮杀，恍然如梦。

黄梓瑕只觉得李舒白抱着她的双臂，渐渐松开了，但靠在她身上的力量，却越发沉重。

她心中紧张，但也只能屏息静气，任由涤恶驮着他们缓缓走了一段路，然后才轻轻地叫他："王爷……"

他没有回答，只是将头靠在她的肩上。她听到了他沉重的呼吸声，那沉滞的喘息喷在她的脖颈上，明显是不对劲的。

她抬手抱住他的腰，仰头看他。

手上湿湿黏黏的，犹带温热，她知道那是什么。

而李舒白闭上了眼睛，声音飘忽地说道："黄梓瑕，接下来的路，得交给你了。"

她扶着他倾倒下来的身体，望着眼前黑暗的山林，不知道自己身在何处，也不知道自己该去往何方。前无去路，后有追兵，而自己如今唯一的依靠，已经倒下了。

她咬一咬牙，低声应道："是。"

贰

幽林故人

前方是一条山涧，周围茂林丛生，是个有水、隐蔽，又能迅速逃离的地方。

她先跳下马，拍了拍涤恶的头。涤恶一贯性情暴烈，然而此时却通解人性，跪了下来。

她将已经昏迷的李舒白从马身上拖下来，看见了扎在他肩胛上的那支箭，不敢去拔，先到水边翻了翻草丛，找到几株鳢肠和茜草，才用匕首割开他的衣服，将那支箭露出来。

月光冷淡，照在他们的身上。月光把李舒白的肌肤映得苍白，殷红的血迹在皮肤上更显触目惊心。

她默然咬住下唇，握住他衣领的手微有颤抖。这是她的手第一次按在一个男人赤裸的肩上，她感觉到自己的脸上一股微微的热气在蒸腾。她想，如果月光明亮一点，如果这个时候有人看见她的面容，一定能看到她晕红的面颊吧。

但，她犹豫着，心中忽然浮起惊惧。白日里将那一袋糖果抛给她的这个人，如今已身受重伤，毫无知觉。她忽然害怕起来，害怕今日他回望自己的那种柔和神情，会就此消失在她的面前，再也不能出现。

她深吸了一口气，俯头看向他的箭伤处。见伤口没有变黑，箭上也没有倒刺，才松了一口气。

她将自己的外衣撕开，再将草药洗净，在口中嚼烂了，以匕首割开伤口附近的肉，抓住那支箭迅速拔出，敷上草药。

创口不小，血流如注，她也不知道草药会不会被血冲走，但也只能先用布条将他的伤口紧紧包扎好。

等一切弄好，已经月上中天。她长长地出了一口气，才发觉自己已经满身是汗。她擦着汗水，望着俯卧在草地上的李舒白，他伤势这么重，月光下嘴唇毫无血色，苍白得可怕。

她呆了呆，第一次发现，这个她一直以为会坚定无比站在她身后、世间万事无所不能的夔王李舒白，原来也会有这样虚弱无力的时刻。

她默然看了他许久，然后将他的衣服拉上，勉强帮他遮住绑得乱七八糟的绷带。

她撑起身子，到山涧旁洗了手，对着月光看见手掌上染了黑黑的几块，吓得差点跳起来，心想，箭上应该没有毒吧？

但随即又想到，应该是刚刚采的鳢肠汁水是黑的，染到了手上而已。

她毕竟还是放心不下，先到李舒白身边，跪下来看了看他。

他后背有伤，俯卧在草丛之中，鼻息平缓。黄梓瑕贴着他的脸，仔细地查看他的肤色，却发现他的皮肤下，确实隐隐有一层黑气。

她的心一沉，又想着是不是月光下看不清楚，可仔细查看他的双手，右手还好，左手上也是一层隐晦的灰黑。她把他袖子捋起，看见他手肘上一块黑色的晕迹，中间是一个黑色的细微孔洞。

毒针，什么时候中的？不可能是在逃亡的时候，只可能是……她立即想起了李舒白带着岐乐郡主从马车上跃下的情景。当时岐乐郡主的胸口和脖颈上，都扎着针——定是从她带来某件东西的机括中射出的。

岐乐郡主是死了，还是活着？

黄梓瑕靠在树上，回想着李舒白上马，将岐乐郡主丢下的场景。如果她当时还活着，李舒白会这样决绝地离开，不考虑带上她吗？

然而，她心中始终还是存了一点幻想，想着可能是李舒白知道对方必定与岐乐郡主有关，所以不会对她下手，才丢下她走掉的吧。或许当时，岐乐郡主还活着——或许这个毒，也并不是那么危险。

可她没有把握，这一路上突围而出，坚定保护她的李舒白，原来早已中毒，一直都处于濒危之际。她不知道这样长途奔驰后，他所中的毒已经到了什么程度。

事不宜迟，黄梓瑕将他的手肘抱在怀中，用力地挤压伤口，期望能挤出里面毒血来。然而无论她怎么挤压，始终没有血渗出来。

黄梓瑕只能用他给自己的匕首，在他的手肘上画了个十字，然后俯身在他的伤口上用力吮吸。

血一口口被她吸出，吐在草丛中。可那颜色在月光下，却始终看来不够鲜艳。她只觉得李舒白的身体似乎没有那么温热了，也不敢再吸下去，只能脱力地躺在他的身边，茫然地望着天上明月。

下弦月，明净的天。

长风拂过头顶树林，远远近近的声音在恍惚之中回荡，反倒显得更加冷清。

黄梓瑕居然害怕起来，她不由自主地凑过头，贴近李舒白，在呼啸的风声，将自己的脸埋在李舒白的肩上，细细地听着李舒白的呼吸声。

细若游丝，不安定，凝滞而迟缓的，但毕竟，还是在继续着。

她松了一口气，又转开了自己的头，怔怔地在月光下发了一会儿呆，然后赶紧爬起来，拖着疲累至极的身体，在河边细细地寻找着。

可周围河边就只有这么点草，再怎么寻找，也不过找了几根半边莲、两株龙胆草。病急乱投医，她也只能捣碎了使劲挤出汁液，滴到李舒白口中，也不知他有没有吞下，只能捂着他的嘴巴，等了许久，又把剩下的草药敷在他的手肘伤口上。

她不知自己还有什么可做，只能坐在他的身旁，抱着自己的膝盖，一直看着他。

他在月光下昏睡着，冰冷的光线在他的面容上流淌，面容如玉雕般，仿佛出自巧手匠人精雕细琢的美丽曲线，也如玉石般没有丝毫生气，血色缺失。

她忽然有一种无上的恐惧涌上心头来。她用颤抖的手，探入他的怀中，想要摸一摸他的心脏跳动时，手指却触到了一张薄薄的纸。

她愣怔了一下，将那张纸拿出来，在冷月的光辉之下展开。

那上面，诡异的龙蛇篆写着李舒白的生辰八字，在他的生辰之上，写着六个大字——鳏残孤独废疾。

而此时此刻，冷淡的月光照亮了那六个字，更照亮了那一个圈在“废”字上的血色圆圈。

废，颓败枯萎，生机缺丧，自此，再无回天之力！

她茫然将那张符咒又塞回他的衣中，只觉得脑中轰然作响，心口有万千利刃刺入，让她不由自主地浑身颤抖，冷汗从她的后背涔涔而下。

世事如此可怕，真没想到，他们下午还说起的符咒预兆，竟会在今夜，赫然成真！

难道，真的是命中注定，无法逃脱？

因为对未知的恐惧，她只觉得这黑暗的山林越发可怕阴森起来。可这深林之中，不可知的未来之前，能让她依靠的人已经失去了力量。

他说，黄梓瑕，接下来的路，得交给你了……

是的，当时她答应了他，说，放心吧。

她在心里，又再次将这句话应了一遍。她守在他身边，不时探一探他的鼻息。她要确定他的气息散在她的指尖，要确定他的肌肤温热，才能安心地暂时松一口气。

不知坐了多久，一直坐到腰酸背痛，她重又缓缓躺下，蜷缩在他身边，握着他的手腕，一直感受着他脉搏的微弱跳动，才能闭得上眼。

已经是凌晨时分，她困倦无比，却无法睡着，每隔一段时间就要惊醒。夜风清冷，她感觉到他的肌肤似乎有点凉，偶尔惊悸。她知道他失血太多，肯定全身发冷，可又不敢生火，怕火光引来敌人。

左思右想无计可施，只能一点点靠近他，小心地抱住了他的腰，将自己的脸贴在他的胸口，希望自己的体温能帮他暖回一点点。

这样亲密的姿势，在这样的荒郊野外，要是被人发现了，估计要成为自己这辈子都无法洗清的污嫌了吧。她这样想着，却还是一动不动地抱着他，未曾松手。

她摸着李舒白的手腕，感觉着那虽然虚弱却始终还在继续的脉搏，正在呆呆出神，却感觉到了周围的不对劲。

她的耳朵贴在地上，尽力地贴近，听到那边的马蹄声。

疲惫凌乱的起落，略显错乱的蹄声，显然他们已经搜寻了一整夜。而现在，他们终于来了。

幸好，蹄声显示，他们已经被丛林分散，来的不过只有两三匹马。

可即使只有三个人，她与李舒白，又如何对付？李舒白如今这样的情况，又怎么能经受得起在山间颠簸奔逃？

她跳起来，狠狠地抽了涤恶一鞭。正倚树休息的涤恶长嘶一声，暴怒地喷着鼻息向她撞来。

黄梓瑕压低声音，抬手指向前方，说：“跑！快跑！”

涤恶吃痛，箭一般向前疾驰，越过山涧，向着前面黑暗的山林急冲而去。

而她将地上的李舒白尽力拖起，藏到溪边灌木丛之中，自己蹲在他的身边，屏息静气，睁大眼睛看着外面。

两骑马匹从后面的山间冲下，越过他们藏身的灌木丛，向着前方涤恶奔逃的方向追击而去。一人率先追击，另一人搭上响箭，向着前方射去，一点火光在黑暗的夜空之中向着前方画出一道明亮的光线，如同一把弯刀划开了夜色，一闪即逝。

她又在灌木丛后静静地等了许久，直到马蹄声再也听不到，周围一切安静如初，

她才松了一口气，但也不敢从灌木后出来，只能坐在李舒白身边，将刚刚忙乱中移位的草药又给他紧了紧，看见他后背的血没有再渗出来，才略为松了一口气，转头看向外面的小溪。

这一看不打紧，她顿时吓得差点跳起来。

一个黑影，静静地站在她藏身的灌木丛之前。

他手里牵着一匹马，显然也是追击的人，但不知为什么，没有跟着那些人追击，反而留了下来。

而此时，他正站在月光之下，一动不动地看着她。

月光已经西斜，从他背后逆光照过来，他脸上蒙了黑布，只有一双晶亮的眼睛，死死地盯着她。

黄梓瑕一时只觉得心脏都停止了跳动，只能保持着那个姿势，坐在昏迷的李舒白身边。

他的目光终于从她的身上移开，看向李舒白，然后压低声音，缓缓地说："夔王李舒白。"

他的声音低沉沙哑，徐州口音，正是刚刚命令所有人追击他们的那个人，应该是杀手中的头领。

黄梓瑕脸上涌起恐惧，似乎想要站起，但脚下一软，竟跌坐在了李舒白的身边。

他抽出腰中剑，一步步向他们走来，逆光之中他的身影遮住了月亮，黑影逼压在他们身上，令黄梓瑕几乎连气都喘不过来。

他的目光从她的身上移过，盯着李舒白，手中的剑高高举起，眼看就要向着他的心口刺下。

"我知道你是谁！"她忽然出声，打断了他的动作。

他顿了一顿，目光冷冷地瞥向她，却没出声。

"你变换了声音，故意用徐州口音说话，是想让我们误以为，你们是庞勋的旧部，为了故主而击杀夔王，对不对？"

他一言不发，只将自己的剑尖移过来，对准了她的脖颈。

她胸口急剧起伏，因为脖子上的剑而呼吸不畅，喉口也几乎哽住了，变得低暗下来："可其实，我知道你是京中人，而且很可能，是京城十司出身的，因为……"

她的声音渐渐低下来，嗫嚅着，仿佛因为恐惧而无法大声说话。那人便弯下腰，低头靠近她，想要听清她所说的话。

"因为，你在拔剑的时候，大拇指要习惯性地往旁边一捻……"她说到这里，他才恍然大悟，下意识地看向自己持剑的右手。

只不过这一错眼的工夫，他骤觉眼前一花，黄梓瑕已经从灌木丛后一跃而出，抓起一把沙土向他的眼睛撒去。

他反应极快，一个翻身立即避开，然而终究距离太近了，他的眼睛闭上的瞬间，左肋已是一道冰凉滑过。

虽然闪避开了要害，但左肋被划破，鲜血已经狂涌而出。

他捂住自己的左肋，不敢置信地连退了两步，在这样的境地中，他眼睛无法睁开，一手握剑，一手捂伤口，他只能手中挥剑急守，不让她迫近。

只听见黄梓瑕说道："京城十司的佩剑吞口，都会有一个卡扣，以防在闹市滑脱，同时也对随手拔剑的行为予以训诫。所以京城十司的人拔剑时，都会下意识地先用大拇指捻开那个卡扣——而你，一个徐州来的庞勋旧部，怎么会有这样的习惯动作？"

他一声不吭，捂着自己的左肋，感觉到剧痛彻骨，已经站不住脚，只能靠在身后树上，尽最后的力气给自己封闭了穴道止血，一动不动地瞪着她。手中的剑虽然还握着，可身体剧烈颤抖，已经彻底无力了。

黄梓瑕将自己的外衣又撕下一条来，向着他走去。

他瞪着她，却一言不发，也不出声，只有目光中流露出复杂的神情，却并不是恐惧，也不是怨恨，而是一种无奈与错愕。

黄梓瑕才没空琢磨他的眼神，走到他身前，先一脚踩住他的剑，然后另一脚狠狠踹在他的手腕上。无论他怎么强悍，这一下都不由得低呼出来，手中的剑顿时松脱。

她将他的双手抓过来，用自己撕破的衣服绑住，顺便扯下他的蒙面巾，见是张几乎让人看了就忘的平板陌生脸，便直接将蒙面巾塞进了他的嘴巴里。

等把他料理完了，她才捡了他的剑，蹲在他的面前，看了看他的伤口。她这一匕首下手确实挺狠的，几乎划破了整个腹部皮肤。要是当时他反应稍微慢一点，早已被她开膛破肚。

黄梓瑕翻过那柄匕首看了看，这才看见上面铭刻的"鱼肠"二字，不由得自言自语："难怪。"

她撕下了他的衣服下摆，在衣外给他随便包裹了几下，也不管他的死活。只是站起身时看见他那一双眼睛依然一动不动地盯着自己，才说："放心吧，我现在不会杀你。好歹，若你的同伙搜到这里，你还能当个人质呢。"

眼看这一夜波折，天边已经浮现出鱼肚白，黎明即将到来了。黄梓瑕走到溪水边掬水洗了把脸，凉水让她的神智清明起来。她甩干自己的手，牵过了他的马，在

马身上的小囊之中翻了翻。

除了弓箭之外，还有几贯钱，一些盐块，几瓶金创药，一瓶不明药粉。她打开那瓶药粉闻了一下，发现有生地和大黄的气息，便立即抄起，走到那个刺客的面前。

他失血过多，望着她的眼神略有模糊。

她将匕首轻轻搁在他的脖子上，然后将他口中的布取出，问："这是什么？"

他看了一眼，咬牙说："我有头疾，偶尔发作时用水吞服。"

黄梓瑕冷笑："谁家生地和大黄治头疾？这明明是解毒药！"

他闭上眼睛，不看她，也不说话。

"我不知道岐乐郡主是怎么被你们利用的，但郡主毕竟是皇室宗亲，你们既然用上了毒针，必然先准备好解毒药，若有个万一，能救回来总好交代点——可惜郡主已经用不上了，而你带着的，就是这瓶解药，对不对？"

他终于开了口，声音依然沙哑，还是徐州口音："用水冲服，一次半勺。"

黄梓瑕的匕首又在他的脖子上紧了一紧："如果你说谎，夔王有个三长两短，我也不会杀你——我是宦官，最喜欢的就是把别人变成和我一样的，你要是骗我……"

她的匕首往下挪了挪，贴在他的小腹上。

他气息急促，神情略有恍惚，显然失血已多。但他的目光定在她的身上，声音虽然低缓，却还清晰着："一个长得这么好看的女子，没事干吗……要冒充宦官？"

黄梓瑕怔了一怔，没想到他已经看破自己的真身。她没料到他们居然已经连自己的真实身份都已经知道，一时急怒，抓起蒙面巾重新堵了他的口。

她寻到昨日自己帮李舒白吸吮毒血的地方，用匕首在上面抹了些毒血，然后回到那个刺客身边，直接就用沾了毒血的匕首在他的小腿上刺了一下。

原本因为失血而意识略有模糊的刺客，顿时全身痛得一抽，瞪大了眼睛看她，喉口呜咽了一下。

她不由分说，将伤口外的布撕开，看着伤口迅速转成灰黑色，才将他口中蒙面巾抽出，倒了一点药末在他的舌上，然后说："先拿你试试药，若是你死了，也别怪我。"

他狠狠瞪着她，无奈等他把药刚一吞下时，嘴巴就重又被堵了个严严实实，他除了继续瞪着她之外，找不到丝毫开口的机会。

她蹲在他身边，半晌，见他腿上伤口处的黑气渐渐收敛了，才放下心来，赶紧抄起解药跑到李舒白的身边，拔开瓶塞。这荒郊野外也弄不到勺子，只能估摸着倒了一些在他口中，然后又摘了片大叶子卷成筒，盛了一些水，缓缓倒入口中，让他将水喝下去。

幸好李舒白虽然昏迷,但终究还是下意识地吞咽进去了。黄梓瑕又解开他的衣服,将昨晚敷上的草药取下,重新给他用上了金创药,仔细地包扎好。

等一切忙完,天色也已经大亮。山林中雾岚隐隐,阳光明灿地在头顶树枝间隙投下,光彩恍惚。

她站起身,见那个刺客意识模糊,一双眼睛却始终还在自己身上。她假装没看到,背过身去河边洗手,这才发现自己一头乱发都已散下来了,浓密的黑发衬着一张苍白的面容,哪里还能藏得住女子的模样。

她只能赶紧把头发挽好,然后将马身上仅存的两支箭取下,走到山涧内,站在那里等着。

山涧清浅,里面的鱼也十分瘦小,但还算比较多,又傻头傻脑不懂得避人。黄梓瑕搬来石头,围了一个小堰,又渐渐搬动石头缩小包围,最终将几条鱼堵在了浅岸边,然后用箭狠狠扎下去,一下就扎到了两条巴掌大的鱼,在箭杆上活蹦乱跳。

她拿着鱼跋涉到岸边,忽然想起来,这捉鱼的办法,还是她很小的时候,哥哥教她的。

那时候,她是哥哥身后的跟屁虫,哥哥也还是垂髫小童。到如今,她还在用哥哥教她的办法捕鱼,可哥哥已经在黄泉之下,泥销骨肉。

她一时悲恸,呆呆站在水边片刻恍惚,然后才抬起手肘,用力捂在自己的眼睛上,让自己眼角渗出的眼泪全部被衣衫吸去。

死者已矣,她如今哪还有时间沉浸在悲痛之中?

她将鱼拿到岸上,用鱼肠剑料理干净,切成一片片薄片,去掉鱼刺。

因怕引来杀手,她不敢生火,不过大唐素来喜食生鱼脍,也并不需要火。但之前她吃鱼脍的时候都有芥末,此时空口吃,觉得十分腥腻。

她将刺客那边搜来的盐拿出来,擦了点在鱼肉上,然后拿到刺客身边,用匕首指着他,将他口中的蒙面巾又取出,说:“饿了吧?给你吃点东西,不许叫。”

刺客诧异地看着她,直到她把他下巴一捏,塞了一块鱼肉在里面,他才知道原来是真的喂他吃东西,见她凝视着自己,眼睛中映着月光,明亮如星,一时嚼着口中的鱼肉,连味道都不知了。

黄梓瑕问他:“好吃吗?”

他回味了一下,说:“一股腥味……”

“上面擦了你带过来的盐,味道不好吗?”

“勉强算能吃吧。”他说。

黄梓瑕又给他喂了一块，仔细端详着他的神情。

他也不避开她的目光，眼望着她，低声问：“为什么对我这么好？”

黄梓瑕没有理他，见他把两片鱼肉都吃完了，才又拿起蒙面巾把他嘴巴堵住，说：“看来你的盐里没有毒嘛。”

他目瞪口呆，看着她离去的身影，不由得苦笑出来。

黄梓瑕把鱼肉吃了一半，又将剩下的一半拿到李舒白身边，跪坐下来，将他的手执起，用自己的脸颊贴了一下他的手背，试探着温度。

解药总算有效，虽然用得迟了，他还未醒来，但至少脸上那层暗淡的黑气已经消退了，左手肘的肿胀也消退了。

她松了一口气，一夜的疲累恐慌一直纠缠着她，此时忽然退却，她顿觉虚脱，跌坐在地上，只觉得眼前发黑，不由得扶住头，靠在自己膝上闭眼喘息许久。

等那阵晕厥过去，她再度睁开眼时，才发现李舒白已经醒来了，他微微睁开的眼睛，一直望着她，未曾移开片刻。

看见她睁开眼，两人的目光在瞬间相接。

黄梓瑕看见他明净如洗的目光，这一夜的茫然失措忽然在瞬间全都消失了。她不由自主地俯下身望着他，眼泪不由控制地涌出来：“你……你终于醒来了……”

李舒白看见她眼角的泪光，虚弱至极的面容上，却忽然露出了一丝淡淡的笑容。

他说：“嗯，醒了。”

黄梓瑕望着他突然而来的笑意，顿觉胸口猛然被什么东西一撞，就像花朵一样片片绽放了开来。

就像是第一次看见春雪融化的幼童，第一次落在花朵上的蜉蝣，第一次爬出黑暗的洞穴望向晴空的蝉，看见了全新未知的东西，懵懂未知，却又深深地为之吸引，无法移开目光。

头顶大树枝叶浓密，日光从叶间筛下来，就像一道道金红色的丝线。微风徐来，树枝轻摆，那些金色的光斑就在他们的身上、脸上流转不定，点点明亮。

在这样恍惚的光芒之中，一夜苦痛奔波骤然消退，他们望着彼此，恍如重生，不觉都看了对方许久。

她抬起手去轻轻摸了摸他的额头，感觉到烫手，但毕竟他醒来了，她眼中虽还泛着一丝水雾，但唇角已涌起笑意，颤声说：“你醒来了……太好了。”

他看着她的笑颜，在这样得脱大难之际，很想抬起手去碰一碰她，却发现自己全身麻木，抬起一只手竟比举千钧重担还难，只能再度含笑望着她，嗯了一声。

“肚子饿吗？要喝水吗？”她问着，见他眨了一下眼，便起身去取了水过来，喂他喝了两口。

他躺在地上，吞咽困难，有一缕水顺着唇角流了下来。

她想了想，将他的头抱起，靠在自己的腿上，然后再将卷好的叶子递到他的唇边，小心翼翼地控制好自己的手，让他慢慢喝下。

等他喝完了水，她又折了两根树枝，喂他吃了一些鱼脍。

他吃得很慢，很艰难也很痛苦的模样，但终究还是仰望着她，一口一口吃掉了小半。

黄梓瑕低声解释说：“不敢生火，怕引来昨晚的刺客，还请王爷多担待吧。”

他没说话，枕在她的腿上，静静地看着她。

她这才发觉两人的姿势实在有点太过亲密了，但在这样的情况下，也没有办法，只能欲盖弥彰地扯开话题，说：“我知道王爷素有洁癖，但如今在这样的地方……等脱险之后，再帮您找办法清洗吧。”

她将李舒白的头又小心地搁到地上，扯了几团草给他垫着当枕头，然后将他吃剩的鱼拿到溪边，一抬头却发现那个被自己绑着的俘虏依然靠在树下看着她，目光中全是复杂深长的意味。

她不由得怔了一下，心想，刚刚和李舒白那么亲密，不会都落在他眼中了吧？

但再一想，对方不过是个来行刺的凶手，就算他认出了自己是个女子，就算他误解他们之间的关系，又怎样。

所以，她视若无睹地将眼睛转开了，仿佛对方只是一根草、一朵花、一棵树似的，毫不在意。

她洗净了手，走到那个俘虏面前蹲下，又用匕首抵住了他的脖颈，将他口中的布巾取出，问：“叫什么名字？”

对方将一直定在她身上的眼睛转向了旁边的山涧：“说了你也不认识。”

“其实我也不想知道，”她用匕首拍了拍他的肩，因为李舒白醒来，她的语气明显比刚刚轻松起来了，“我只想知道你身后那个人是谁，究竟是谁敢行刺夔王。”

他毫不犹豫便说：“吾王庞勋已于地下招阴兵百万，定要复仇雪恨，取夔王性命。”

黄梓瑕冷笑，问：“取了性命干什么？到地下让夔王再一箭射杀他吗？”

他一时语塞，悻悻地“哼”了一声。

黄梓瑕饶有兴致地瞧着他，说：“你出身良好，根本不会野蛮之人的粗鄙之语，

混迹军队之中还能保持这样个性的人，十分稀少。而当年庞勋的部下，都是流民戍卒，更是绝对不可能有你这样的人。”

他咬牙不说话，只狠狠盯着她。

而黄梓瑕毫不在意他的直视，蹲累了就顺势坐在他面前的草地上，手中匕首却不离他的脖颈片刻：“还是乖乖从实招来吧，你究竟是什么人，派你刺杀夔王的，又是谁？”

他听着她的胁迫，却忽然笑了起来，说：“不如我告诉你一件事——你不知道我是谁，不知道我的来历，可我却知道你是谁。”

黄梓瑕用匕首在他的脖子上比画着，问：“你说呢？”

“你半夜三更埋伏于草丛之中，我想你的姓氏应该是草头。你我相逢于寅时中刻，寅字去头加草为黄，你姓黄。”

“拆字拆得不错，”她说着，翻转匕首拍了拍他的肩，“只不过我认为，你是早已知道了我的真实身份，所以才逆推出来的，不是吗？”

他笑了笑，只是脸皮发僵，笑得十分难看。

“看来你们对夔王颇下了点心思，连他身边一个微不足道的我，身份也已经被你们摸清楚了，”她冷笑道，又重新逼问俘虏，“说，派你们来的人，究竟是谁？”

他反问：“你说呢？”

“你是京中来的，又能利用岐乐郡主，很显然，你们是朝廷势力的一支。但对岐乐郡主能如此不管不顾，想必也并不在乎皇室脸面，并非皇室宗亲……”

“猜错了，派遣我来的，就是天下第一人呀。”他随口便说。

黄梓瑕回头看了李舒白一眼，见他依然安静地躺在那里，才瞪了他一眼：“说实话！”

“我说的就是实话，你怎么就不信呢？”他口气轻松自然，眼中甚至还有戏谑的光彩。

黄梓瑕皱起眉头，压在他脖子上的匕首紧了一紧：“皇上还要夔王平衡朝中势力，制约王宗实，怎么可能如今就自毁长城？”

“哦，因为王宗实公公已经身患绝症，时日无多了——你身为夔王身边的小宦官，难道连这一点都不知道？”他完全不在意她搁在自己脖子上的锋利匕首，还在啧啧称奇，“像你们这样，对于政敌的情况一无所知，真的好吗？”

“像你这样胡言乱语，挑拨夔王与朝廷，又真的好吗？”她皱眉道，但也不再问下去，知道并无结果，于是将他又重新堵上嘴，回身到灌木丛边，却见李舒白睁着眼睛，一直都在听着他们说话。

她叹了一口气，说："我不太懂如何刑讯逼供。"

"不要问了，就算你杀了他，他也不会说的……他要保护的，是比自己更重要的东西，"李舒白说着，缓缓合上自己的眼，"你去对他说，让他帮我打三短一长四声呼哨。如果他不肯的话，你就告诉他一句话——陇右，白榆下，关山正飞雪，烽火断无烟。"

黄梓瑕不明所以，但还是点了头，走到那人面前，将李舒白的话原封不动转述给了他。

他怔怔地靠在树下，望向李舒白的方向，见他并未有什么动静，才叹了一口气，闭上眼，低声说："我如今身体虚弱，不知还能不能打出呼哨来。"

搞得他身体虚弱的罪魁祸首黄梓瑕，毫无愧色地蹲在他面前，用匕首指着他的胸口，给他解开了束缚着的双手。

他苦笑着看她，然后伸手放在唇边，撮口而呼。

饶是体力不济，这几声清啸依然声振林樾，隐隐传出数里之遥。黄梓瑕将他的手再度绑上，转头四望，只见松涛阵阵之中，密林里一匹黑马如箭般疾驰而来。

"涤恶！"黄梓瑕站起来，激动之下，忍不住要去抱它的头——这一夜折腾下来，忽然觉得，有一匹马在自己身边也是一种依靠。

涤恶对她不屑一顾，直接忽视了她伸过来的手，硬生生从她的身边擦过，只径直奔向李舒白。

黄梓瑕无语地回身拍了它的屁股一巴掌，却见它提起后腿作势要踢自己，赶紧往后跳了一步逃开。还在郁闷之中，却听到有人低声笑出来。

她回头一看，居然是那个俘虏。虽然只有那么一声，她却忽然觉得有点熟悉的意味。

她皱起眉头，端详着他的模样。但那张死板的扁平脸上，实在找不出自己记忆中存在的痕迹。她在心里想，如果周子秦在的话，按照他的那个什么观骨理论，是不是能看出这个人的真面目？

但转念又一想，周子秦那个人，连她是假冒宦官的女子都看不出来，又哪能寄予什么希望？

等回头看见涤恶俯下头在李舒白身上轻轻蹭来蹭去，一扫那种凶神恶煞的气势，又不觉想了想自己的那拂沙，想到她受伤陷落在灌木丛中的哀鸣，不由得悲从中来，不由分说先走到那个俘虏身边，塞好他的嘴巴之后，狠狠踢了他两脚。

他莫名其妙，瞪了她一眼之后，把脸转开了。

叁

清泉流石

解毒药又吃了一次，李舒白的身体也在恢复之中，勉强能站起来了，但身体的高烧未退。在这样的荒郊野外，黄梓瑕也只能打湿了布巾，给他敷一敷额头，除此之外，没有别的办法。

她把那个俘虏绑紧了一点，去附近寻找点吃的和草药。出了密林，她站在阳光下，眺望附近的山林。

群山苍苍，万树茫茫。长空飞鸟横渡，云朵像浪涛一样流涌起伏。

她望着山势，又观察了一下附近的山头，激动起来，立即回身，重回到李舒白的身边，低声说："我们走吧。"

李舒白睁开眼看她，微有诧异。

"这附近，已经接近成都府，是我曾来过的地方。我知道附近有个地方，比这里露宿好。"她说着，拍了拍涤恶的头。

涤恶瞪了她一眼，却还是跪下了。

她扶着李舒白上马，看着他勉强支撑的模样，有点担心，想了想，自己也坐了上去，双手绕过他的腰，抓住缰绳。

感觉到她双手绕在自己腰间的轻柔力道，李舒白的身子微微一僵，但随即便坐直了身子，转而看向后面那个俘虏。

那俘虏箕坐于地，被黄梓瑕紧紧绑在树上，却有一种悠闲自得的神态。只是在看见黄梓瑕坐在李舒白身后，护住他的身躯时，那双一直望着她的眼睛，不自觉地闪烁了一下。

黄梓瑕顺着李舒白的目光，回头看了那个俘虏一眼，便握着手中匕首，示意李舒白。

李舒白缓缓摇了摇头，说："让他走吧。"

黄梓瑕愕然看了他一眼，没料到素以冷漠闻名的夔王，居然会对这人如此手下留情。但见他神情坚决，她也只好下马将俘虏身上的绳子挑断，只留绑着他双手的绳子，然后把匕首还鞘，上马离去。

那个俘虏靠着树，勉强地站了起来。黄梓瑕也真是佩服他，在这样的山林之中一天一夜，不但水米几乎未进，而且身受重伤，居然还能站起来，简直是非凡的体力加意志才能办得到。

而他的目光一直定在她的身上，一瞬不瞬，让黄梓瑕走出了好几步，忍不住又回头看他。

他凝望着她，那一双眼睛犹如星子般明璨，让她在回过头的一瞬间，深深地铭刻进心口。

这双眼睛，仿佛在哪里见过般，格外熟悉。

她茫然若失地回过头，收拢自己的双臂，从身后抱住李舒白，控制着缰绳，轻声说："我掌马，方向和道路就交给你哦。"

李舒白"嗯"了一声。

密林缓行，两人一路沉默着，唯一的声音，只有涤恶的蹄声，还有草叶摩擦的窸窸窣窣声。

可马匹的颠簸，让坐在后面的黄梓瑕担心全身无力的李舒白会摔下去，所以一直下意识地加重拥抱着他的力度，又惊觉这样不应该，赶紧再松一点点。

一路上她的手松了又紧，紧了又松。就像流过他们身边的风一样，缓了又急，急了又缓。

李舒白一路默然望着前方，直到她的手再一次收紧，而他的手也不自觉地覆上她的手背，低声叫她："黄梓瑕……"

"啊？"黄梓瑕应了一声，而他却一时无言，不知自己该说些什么。

黄梓瑕见他沉默，又感觉到他的手掌微烫，覆在自己的手背之上，让她感觉到不自觉的一阵异样紧张。

他低声说："前方好像是座庙，你停一停。"

她"啊"了一声，赶紧探头去看，然后惊喜地说："是了，就是这里！看来我的

记忆没错！”

他微侧过头，凝视着她欢欣的表情，说：“不知道这么破败的庙里，有没有人。”

“应该没有，因为去年这个庙里，发生了一起血案，”黄梓瑕跳下马，拉着涤恶往前走，辨认着地上的一条稀疏草径，“庙里本有一个住持、两个和尚，在住持死后，就这样的小破庙，为了争住持之位，一个和尚把另一个杀死了，悄悄埋在后面的园子里。”

李舒白随口说道：“这样的破庙，也有人来，发现血案？”

“是他们运气不好，”黄梓瑕牵着涤恶绕过小溪大石，说，“我……和禹宣当时入山游玩，结果走错了道路被困在了山里，顺着小路就走到这里来了。而我在拜佛的时候，发现了宝幢上的一滴暗淡血迹，那形状，是喷溅上去的。”

李舒白点头道：“无论如何，庙里人就算偷吃鸡鸭荤腥，也不可能在大殿上宰杀。”

“是，我按照那滴血飞溅的痕迹，推断出那个人当时应该正跪在佛前蒲团上敲击木鱼，而凶手应该是从他的身子后面悄悄过来，一刀扎在后背。以鲜血飞溅的高度和角度来看，只有敲击木鱼的那个地方最有可能。”

“所以，从中也可以推断出，死者应该是一个和尚？”

“对，而能在一个庙里，肆无忌惮杀害一个和尚又不怕被人发觉，而且还能将凶案现场清理得如此干净的，或许就是剩下的那个和尚，”黄梓瑕已经牵着马到了黄色的土墙前，抬手将结满蛛网的门推开，“于是我当时就有意与和尚套话，他说住持前几日死后，师兄也云游去了。我便指着殿中木鱼前的蒲团，问他，那么现在跪在那里一直敲木鱼的和尚是谁，为什么一直瞪大眼睛看着你？”

她说到这里，自己也忍不住抿嘴一笑：“结果你猜怎么的？他顿时吓得瘫倒在地，一句话也说不出来了！”

“所以，那和尚被抓之后，这庙便一直空着了？”

“是呀，看起来，就连偶尔会来上香的信徒们也不来了，毕竟，这庙里发生过血案，哪还算佛门圣地？”

庙很小，只有一门，一前殿，一后殿。墙已经有几处倒塌，院中荒草足有半人高，朽烂的门窗发出一股霉臭味。幸好殿旁厢房里矮床尚存，她赶紧先搀扶着李舒白坐下，然后拿着昨天撕下来的布条到屋后山泉洗干净，将矮床擦了一遍，扶着李舒白躺下，给他又服了一遍解毒药，换了金创药，用湿布给他敷着额头。

李舒白躺在床上，高烧让他有点迷糊，暗暗的灼热侵袭着他的知觉，他尽力坐起，靠在窗口注视着她的一举一动。

她分开院中半人高的蒲苇，向着前殿走去。院子里的蓬蒿和白茅开了雪白蓬松的花朵，随着她的行走而摇动，如同云朵般漂浮在她的身边，

她先向殿上的菩萨拜了一拜，然后将案上残余的两三支香烛都扒拉了下来，拍掉灰尘就塞到了自己的袖子中。

李舒白不觉趴在窗棂上，微微笑了起来。

黄梓瑕一回头，隔着乱飞的蓬絮，看见李舒白隔窗的笑意，那笑容撞入她眼帘，猝不及防的一个意外。

她不觉就脸红起来，慢慢蹭到他的窗前，有点尴尬地说："我想，晚上我们或许用得着。"

李舒白将下巴搁在手肘上，唇角一丝浅浅的弧度，凝望着她问："那你为什么还要先拜拜菩萨呢？"

黄梓瑕诧异地看着他："你到别人家里借宿还要拿东西的时候，不要先跟他说一声吗？"

李舒白终于忍不住，含笑的目光温柔地落在她的身上，将话题转了向："不知道他是否已经被人发现了，那样的重伤，在山林中恐怕支撑不了多久。"

黄梓瑕知道他说的是那个俘虏。她反问："王爷与他熟识吗？"

李舒白又瞧了她一眼，却并未说话，只淡淡"嗯"了一声。

黄梓瑕在心里想，一个过目不忘的人，京城十司中当然没有他不认识的人吧，而且就算那个人尽力掩饰声音，他应该也能从他的声音之中听出来。

既然知道那个人的身份来历，那么，他一定已经猜出了幕后的主使和原因吧。但黄梓瑕等了许久，见李舒白再也没有说什么，也只能先放开一边了。

"你感觉怎么样？"她犹豫了一下，摸了摸他的额头，入手滚烫，高烧严重，看来光敷湿布没啥效果。

可是在这样的荒山之中，除了靠他自己，也实在没办法了。她唯一的用处，大约就是跑到外面找吃的去。

山林荒芜，几棵无人打理的果树无精打采地挂着几个未成熟的果子，她摘了果实，又在山间摘了大捧的马齿苋回来。等回了小院子一看，李舒白居然已经坐在阴凉处等着她了，还给她丢了一只胖胖的野兔。

"哎……不会吧，别人是守株待兔，你守着院子也能有兔子啊？"她早已在屋外洗好了两个梨子，先递给他一个。

李舒白接过来，说："我也是坐着没事，兔子上门了，反正有俘虏那边拿过来的

弓箭，就射了一箭。”

她开心地捡起兔子，说：“真好，王爷坐着不动都比我强。”

两人经历了生死，在这样的荒郊野外也忘记了主仆之分，说话也显得随意很多。

李舒白看着她眉开眼笑的样子，说道：“是啊，以后我打猎，你做饭，有时候吃吃生鱼脍，有时候烤只兔子煨个芋头什么的，似乎也不错。”

“那敢情好啊，只是怕王爷放不下朝野大事呢，”她提着兔子看着，说，“准头不错，就是力道好像不足，连脖子都没穿透，王爷还要好好养身体呢。”

“不是对着脖子射的，”李舒白淡淡地说，“是对着眼睛射的，我的手已经不稳了。”

“眼睛啊……”她觉得心口隐隐有些难过。当初百步之外射杀庞勋的那双手，如今竟然不仅力道不够，连准头也大失了。

李舒白仰头看着天空，用无比平静又低喑的口气，轻声说：“或许是真的……要应验那个字了。”

这平淡的口气，让黄梓瑕的睫毛猛地一颤，心口仿佛被一根针重重刺入，猛地停滞了跳动。她赶紧将那支箭举起来，说：“不是的！王爷您看，这支箭的箭杆，光滑度和笔直度都太差了，这弓箭造得这么差，能不影响吗？后羿拿这样的弓也没辙啊！”

李舒白垂下眼睫，也不说话，看着自己手中的梨子许久，然后无意识地举起，咬了一口。

然后，一种异常强烈的酸涩，让泰山崩于前而从不色变的夔王李舒白，一边皱眉一边吸气，几乎连眼泪都被酸出来了。黄梓瑕不敢置信地瞪着他，捏着手中的梨子，瞠目结舌。

李舒白丢了梨子，踉跄地扶墙走到屋后小泉边，掬了一捧水赶紧喝下。而黄梓瑕站在他身后，一脸复杂神情。

他站起，仰头看天，问：“你这是什么表情。”

她感慨地说：“居然能在无意之中得知夔王的弱点，奴婢一时心情复杂。”

他郁闷地看了她的神情一眼，将脸转向一边：“本王饿了。”

黄梓瑕赶紧跑到外面，开始料理那只兔子。

从俘虏那边缴获的东西很有用，里面一整套的燧石、艾绒都包在油纸之中，一打就着。

铁器贵重，屋内的锅当然早就被人拿走了，幸好她还找到了个瓦罐，和兔子一起洗干净之后，塞了半只兔子在里面炖汤，半只兔子在灶膛里烤着。

香气一冒出来，别说黄梓瑕了，就连李舒白都受不了，从旁屋挪到了门口。

两个饿了许久的人，几乎眼睛都绿了，先胡乱在兔子肉上擦了点盐，撕了吃掉。李舒白有洁癖，还先把外面烟熏的肉刮掉一层，黄梓瑕则恨不得连自己沾了油的手指都舔一遍。等到汤炖好，两人终于没这么急了，先把马齿苋摘洗干净，撒入滚开的汤中，然后赶紧捞起来，倒入在灶间里找到的两个木碗之中。

盛夏蝉鸣，远山苍翠，头顶的参天树木遮去了大半日光。他们坐在破屋内分喝着热腾腾的肉汤马齿苋，抬头看见对方狼狈不堪的样子，再想着自己的模样，不由得相对失笑。

黄梓瑕闻着清香的汤，长长出了一口气："其实想想，我们这样在山野之中生活，或许也挺好的。没有世事纷繁纠葛复杂，没有朝堂相争钩心斗角……"

李舒白默然颔首，若有所思地回头看着她，口中仿佛无意识地重复着她所说的话："我们吗？"

黄梓瑕这才感觉到自己话中的暧昧，不由得又窘迫又羞怯，赶紧捧着碗遮住自己的脸，扯过别的话题掩饰自己的忙乱："接下来一段时间，我们的好日子可能全靠你打猎了。"

他见她脸都红了，便接着她的话题笑道："不，我觉得应该是全靠你做饭烧菜了。"

"你打猎我烧菜，那也不错。"她说。

李舒白望着她，脸上现出更加深的笑意来。

黄梓瑕还没回过神，也未来得及咂摸出自己口中这更加深重的"男主外女主内"的意味，已经听到李舒白说道："你跟在我身边快半年了，这还是第一次吧。"

黄梓瑕愣了一下，才领悟到他说的是自己在他面前这样轻松说话，这样笑语。

她捧着手中木碗，微笑望着他说："嗯，是呀，我们相识半年了……真快啊。"

他也终于垂下眼睫，浓长的睫毛覆盖住他明湛的眼睛，却掩不去他唇角的笑意，清淡悠远的一抹痕迹。

黄梓瑕望着他的面容，心想，要是以后和别人说起，自己曾看到过夔王的笑容，而且，是在短短时间内就看到好几次，大约所有人都不会相信吧——所以那种如骤雨初晴后日光破云的光彩，难以描摹的感觉，永远只能埋在心里，因为她实在没有那种能力，将它描述出来给别人。

"其实你……"她听到李舒白的声音，斟酌着，迟疑着，但终究还是说了出来，"笑起来十分好看。"

她惊讶又窘迫，愕然抬头看着他，心想，这不是我想要说的话吗？

“等到……你家人冤案完结之后，我想你应该能开心地过自己的日子了，到时候，希望你每天都能露出这样的笑容，不要再每天沉静忧虑了，”他以肯定确切的口气，说，“为了那一天，我会尽力帮你。”

她万料不到他竟会对自己说出这样的话，只能怔怔地望着他，心里涌过万千想说的话，临到嘴边却什么也说不出来，许久许久，才嗫嚅着，轻声说：“多谢……王爷。”

这丰盛的一顿饭吃完，天色也已经暗下来了。黄梓瑕已经有两天两夜不曾好好休息，一时趴在李舒白身边，沉沉睡去了。

也不知睡了多久，身边人似乎动了一下。她陡然惊醒，刚一睁眼便觉阳光刺眼，原来已经天色大亮了。黄梓瑕第一个动作便是赶紧去摸李舒白的额头，在触碰到他肌肤时，才感觉到不对劲——

因为，李舒白已经睁开了眼睛，正在静静地看着她。

她的手仿佛被烫到一般，立即缩了回去，迅速捂在了自己的胸前。

李舒白扯起唇角，朝她露出一个似有若无的笑容：“似乎好多了。”

黄梓瑕完全不记得自己刚刚摸到他额头时，到底有没有感到热烫了，只能附和着他的话：“是啊，好像好多了……”

他望着她，或许是因为身体虚弱，他的目光显得比素日温柔许多。见她坐在自己面前那般局促，他便抬起手，在自己的眼睛上遮着外面透进来的阳光，说：“你休息一会儿吧，我起来走动一下。”

他在床上直起身子，慢慢地扶墙出去洗漱。黄梓瑕赶紧站起来，扶着他到后面泉眼边掬水洗漱。

清澈的泉水泼在脸上，打湿了他的脸颊和睫毛，日光照在水珠之上，晶莹无比。他转过眼来看她，被水沾湿的睫毛下，那一双眼睛水波般动人。

黄梓瑕仿佛被那星星点点的光彩迷了眼神，在他的注视下脸腾地一下就红了。她不知所措地站起来，有点结巴地说：“我……我先去找找看，早上吃什么。”

她匆忙地穿过院子往旁边的山园走。经过涤恶身边时，听到它打了个喷鼻，仿佛也在嘲笑她。

她郁闷又窘迫，狠狠瞪了它一眼。

虽是清晨，但夏末的阳光已十分炎热。幸好头顶绿树荫浓，黄梓瑕在树荫下走到后面的田园中，看了看当初那和尚被掩埋的地方，那个坑居然还在，只是四周长满了荒草。

她走到坑边，发现当时山园中种植的几株葫芦爬满了荒地，长出了大大小小几个葫芦瓜。她考虑了一下死过人的地里长出来的瓜好不好吃的问题，还是果断地摘了下来。

看旁边还有几株薯药的藤蔓，她将它拔了起来，发现只有小小一根，有点遗憾。她叹了口气，自言自语："小点也无所谓啦，山药益气，他吃了一定能快点恢复的。"

她提着山药站起，又觉得周围的蝉声似乎轻了许多，觉得有点不对劲，便转头看向后面。

远远一棵碧树下，立着一个人，依稀可辨的面容，熟悉无比的身影，那种超脱于世的气质，是所有人都难以匹敌的。

黄梓瑕手中提着那根小小的薯药，慢慢站了起来。

长风远来，自他的耳边而过，又自她的耳畔擦过，奔向遥不可知的另一方。

她忽然想起来，这几日的颠沛流离之中，居然一次都没有想起过他。仿佛他在自己的人生之中，已经像刚刚擦过耳畔的那缕风一般，永远遗落在彼方，再也没有可能回到她身边。

她自己也诧异，为什么在自己意识的最深处，并未觉得他是自己的倚靠。

或许，在她最危难的时候，他将她亲手写下的情书作为罪证上呈节度使范应锡，从那一刻起，他们之间所有的一切，就都已经成为了过往。

事到如今，让她害怕的，只是李舒白的伤势。那一夜，她抱着李舒白和他一起熬过无望的沉沉黑夜，如果他真的没能醒来，或许她会彻底崩溃，就此迷失在山林之中，再也无法走出来了吧。

她望着向她慢慢行来的禹宣，看着他的面容在日光下渐渐清晰起来，神仙中人的容颜，乌衣子弟的风度，只是在这一刻，她忽然明白了，他不仅仅只是禹宣。

他是自己那已经永远消失的少女时代，那些梦幻旖旎璀璨华美的往昔。她每每因他而恍惚，眼中看到的，或许并不是这个她曾深深眷恋过的人，而是因为，看到了自己的旧时光——那个永远活在十六岁的年华里，恣意欢笑，人人称羡的黄梓瑕。

而他，是自己最美好时光的见证者、参与者，甚至，也是创造者之一。

所以她朝着他，微微笑了出来，就像对着过往的自己绽开笑容一样，她想说，十六岁黄梓瑕的梦想，别来无恙？

可，梦想再美，终究也需要走出来。

禹宣一瞬间反倒呆住了，他一路寻来，曾想过她的各种反应，却万想不到，她在看到自己的第一刻，会露出这样的微笑。

黄梓瑕穿着下摆已经撕掉了一大块的宦官服，全身灰土，蓬头垢面，手中提着刚从地里拔起来的小薯药。但她已经无所谓了，因为，对她来说，面前这个人，其实已经不重要。所以她才随随意意地收拾着地上的葫芦和薯药，随随意意地问：“你怎么会在这里？”

见她这样自如的神态，禹宣一时也说不出什么，沉默了片刻，到旁边帮她摘了两个大葫芦。

“不要大的，老了煮不烂。”黄梓瑕说。

他愣了一下，又摘了两个嫩绿的小葫芦递给她，才望着她说：“听说夔王出事，身边所有宦官侍卫都失散了。我想起这附近是我们曾迷路来过的，你或许能机缘巧合找到这边来，所以就过来看看。”

她接过葫芦兜在怀中，说：“多谢你关心，我还好。”

“我……记得你说过自己会回来洗清罪名的，所以，还望你尽早回到成都府。到时候，我要亲眼看着你翻案。”

“我会的。”她说着，看了看他被露水沾湿的衣服下摆，说：“多谢你半夜寻过来。”

“西川节度使已经下令封山搜寻，我只能趁半夜进来，”他的目光定在她的身上，一瞬不瞬，“我就知道你不会有事……虽然狼狈了点。”

黄梓瑕抱着葫芦和薯药往小庙走，回头朝他弯了一下嘴角：“是呀，我说过会回来洗雪冤仇的，可不能早早死了。”

他看着她嘴角的弧度和面容上漫不经心的神情，脚步缓了一缓，觉得心口有点异样的感觉。

她那种在他面前不自觉的恍惚与迷离，消失了。

一直倒映在她眼中的自己的身影，不见了。

他眼神微微一黯，但随即便快步赶上她，和她一起走进了庙内。

肆

与君采薇

李舒白今天已经能走动了，提了一只还在挣扎的雉鸡正在看着，见黄梓瑕进来了，便问：“你知道怎么杀鸡吗？”

“无所不能的夔王，还不知道怎么杀鸡吗？”她问。

“懒得动，”他说着，把鸡丢给她，一眼看见了她身后的禹宣，顿了一顿，才说，“反正有你呢。”

“嗯，对啊。”她随口应着，抓着鸡翅膀往后面去了。

李舒白在廊下阴凉处坐下，禹宣站在庭中蒲苇下向他行礼：“见过夔王爷。”

李舒白抬抬手，示意他不必了。

两人也没什么可说的，一个坐着，一个站着，正在沉默，后面忽然传来雉鸡凄厉的叫声，然后一道五彩斑斓的影子飞扑出来，带着淋漓的血到处乱跳。

禹宣手疾眼快，追上去将它牢牢按住。后面黄梓瑕拿着鱼肠剑跑出来，有些狼狈：“第一次杀，没经验……”

李舒白靠在廊壁上，说道：“刚刚看你的样子，好像成竹在胸。”

“只是在厨娘那里观摩过两次……”她说着，吐吐舌头，又抓过禹宣手中的鸡。那只生命力强悍的雉鸡已经奄奄一息了，她扭过鸡头又加上一刀，蹲在廊下把血放干净了。

李舒白看着这前殿后殿的血迹，忽然说：“要是子秦现在过来看见的话，说不定能从中推出一寺僧人全灭血案。”

黄梓瑕想象着周子秦满寺寻找血迹的模样，不由莞尔，提着鸡回转身："我去烧水拔毛。"

禹宣犹豫了一下，站起来跟着她往后面走："我帮你。"

黄梓瑕也没拒绝，让他帮自己看着灶火，她来烧饭。

火光明灭，照着禹宣的面容，滟滟的红色、橘黄色与金色在他的脸上缓缓流转，光彩夺目。

黄梓瑕在料理饭菜的间隙一抬头，看见他被火光映照得光彩绚烂的面容，不由得心口又涌起一丝淡淡的暖意。

她最好的年华，曾与这样的人共度，也不算浪费了，可惜……

而他抬头望着她，两人的目光刹那间相接。他顿了一下，才低声问："你准备从何处下手？"

黄梓瑕知道他问的是自己如何重启调查家族血案，她毫不犹豫道："使君府所有人。"

"你怀疑是内贼？"

"内人作案总比外人方便，总是要先查一查的，"她说着，又抬眼看着他，缓缓说，"到时候，肯定要将所有人都重新筛一遍，你也是其中之一。"

他点点头，望着炉膛中的火光，静静地问："你自己呢？"

黄梓瑕默然低头调和羹汤，说："你还是不信我。"

他摇头道："我无法让自己忘记，那日曾看见的一切。"

黄梓瑕心中微微一凛，知道他说的是对自己说过的，她在父母去世之前，曾拿出那包砒霜，以奇异的眼神望着它的事情。

她将薯药切碎，丢进瓦罐之中盖好，然后说："既然如此，我们将那一日我们说过做过的事情，仔细对一遍。"

禹宣点头，往灶中添了两根粗松枝，拍了拍自己衣上的灰尘，站了起来。

黄梓瑕抬手摸向自己的头上。在这样的颠沛流离之中，她头上那支李舒白帮她打制的簪子居然没有丢，让她自己都诧异了一下，然后按住卷草纹，将里面的玉簪拔了出来。

"正月二十五，我了结了那个女儿投毒杀害全家的案件，从龙州回来，天色已晚，所以我们当晚并未相见，是吗？"

禹宣点头肯定。

"二十六日，我睡到卯时末，听到你轻敲窗户的声音。"

这是他们多年来的习惯。每一回，禹宣轻敲她的窗后，她会将窗推开一条小缝隙，让他从外面递进自己为她准备的花。

这一日，禹宣为她送来的，是一枝绿萼梅。

禹宣看着她在灰地上画下的卯末，便指着上面的空地，说："二十六日卯初，我经过晴园，冯花匠给我剪了那一枝绿萼梅。"

黄梓瑕在前面画了一个浅浅的点，表示卯初。

"卯末，我敲窗，你没有回应。我等候了一会儿，又敲了几下，你还是没有反应，我便想你是不是已经起来出去了。而这个时候，我发现窗户没有关闭，便问：'阿瑕，你在不在里面？我开窗了'，然后便将窗户掀开了一条缝隙，往里面看去——"禹宣说着，目光中犹有疑惧，"我发现……你已经起来了，正一动不动地站在妆台前，手中握着一包东西。而那包东西的包装，我是认识的，正是我们一起去买来的那包砒霜。"

黄梓瑕在卯末下打了一个叉，长长地出了一口气，说："自上次我们见面之后，我也曾翻来覆去将那一日在我的心中想过千万次。我的记忆与你的记忆，对不上。"

禹宣点头，问："你觉得，那一日是怎么样的？"

"卯末，我听到你轻叩窗棂的声音，于是便披衣起来，对你说，稍等一下。等我穿好衣服，你也刚好叩响了第二次窗。于是我打开窗，接过你手中的绿萼梅。"

禹宣微微皱眉，问："那枝绿萼梅上，有几朵花？"

黄梓瑕顿时茫然，想了想才说："大约是四朵，或者是五朵吧……因为花枝太长了，我剪掉了最下面的一朵，插在发髻上。"

"四朵花，两个花苞。我记得很清楚。"他说。

因为他的肯定，黄梓瑕的面容上，不由自主地露出一丝淡淡的恐惧来。

预设了许久的空中楼阁，忽然在一瞬间坍塌。自己那本以为绝对可靠的记忆，一瞬间连自己也变得不再可信。这世间的一切仿佛都虚幻扭曲，不可辨识。

她勉强镇定心神，用自己的簪子在那个叉的旁边画了一个圈，说："然后，我梳洗完毕。那一日，我头上插着惯用的一支玳瑁簪和你送的绿萼梅，手上戴着去年我们一起设计后请人雕刻的那个双鱼玉镯子。穿的衣服，是一套松香色绣连枝海棠花的蜀锦袄子，下面是蜜合色裙子。"

他稍一回想，点头说："是的，结着紫色同心结。"

黄梓瑕肯定道："玫瑰紫色。"

"然后蘼芜送了早点过来，但你说，反正这个时间稍显尴尬了，干脆多拿点吃的，我们连中饭一起用了吧。"

“用餐完毕是辰时两刻了。我们到花园中摘梅花。到午末时，我祖母与叔父便过来了。”

“是，我终究是外人，所以避开了。然后我经过晴园时，刚好遇到几位朋友，被拉到那边谈天论道，到傍晚时一群人一起到杏花庄用饭，回到家已是二更，早已宵禁。被灌了太多酒，还遇上了巡逻士兵，所幸他们都认识我，还送我回了家。”

黄梓瑕在地上灰尘之中一一刻画着，梳理着那一日所发生的一切事情。禹宣坐在灶前，默然凝望着她，就像之前那么多次，他坐在她的面前，看着她认真仔细推算案情。纤长的睫毛覆盖在晶亮眼眸之上，却难以遮掩那种锐利明亮的目光。

那目光陡然一转，望向他的面容。禹宣这才恍然惊觉，这不是往昔，不是当年了。那一场永远改变了他们人生轨迹的剧变之后，他们坐在这个寺庙的后方，依稀仿佛还在昨日，却分明地，都已经回不去了。

黄梓瑕用簪子将那日的所有行程都筛了一遍，然后将簪子擦干净，慢慢地插回到银簪之中去，说：“这么看来，你那日的行程，比我清楚许多。而我从午时到第二日的早上，常常都是我独自一人，要找一个证明人也难。”

禹宣垂眼不说话。

“看来，我的嫌疑，真的很大……”她默然说着，咬着下唇站起来，用脚将地上所画的一切都抹掉。

禹宣缓缓地说：“所有人当中，最大的一个。”

黄梓瑕看着地上那一片被她抹去的灰烬，沉默许久，才说：“即使所有的证据都指向我，即使连你也认定我是凶手，但——我会证明给你看，无论如何，黄梓瑕，清白无辜。我爹娘、兄长、祖母、叔父，都能安心在地下瞑目！”

一锅薯药鸡汤已经炖好，香气四溢。

她洗干净了木碗，舀了满满一碗，端到旁殿去。

禹宣在她身后说：“我先回去了。”

黄梓瑕回头看他，默然无语。

他站在阴暗的灶间凝望着她，而她站在明亮的廊下，日光刺得她看不清他的面容，只看见他一双眼睛，如当年一样，水银中养着两丸黑曜石，清楚分明。

他说：“你如今还要照顾受伤的夔王，我在你们左右多有不便，不打扰了。”

她垂下眼，说：“或许我们可以一起回去。”

禹宣愕然睁大眼，几步跨出暗黑的屋内，问：“你……现在和我一起走了，你不管夔王了？”

她默然捧着那碗汤看着他，说：“我是说，你要不要稍待几日，等夔王身体好些了，我们……三人一起走。”

他眼中的那点明亮消失了，将脸转了过去，望着远处起伏的山峦，说：“我与夔王素无瓜葛，而且你也知道我出身卑贱，不敢与这些人相攀。”

黄梓瑕不知他为什么忽然反应这样激烈，微微一怔。

他看着她诧异的模样，忽然又想起之前的事情，迟疑许久，终于还是开口，说：“我与同昌公主……并没有什么。”

黄梓瑕点点头，想问一问其他的，但终究还是抿住了嘴，垂下眼睫转过身。

却听到他又低声说：“和你，和他，和谁也没有瓜葛。”

她终于忍不住，问：“郭淑妃呢？”

他愕然，猛抬头看她。

她话已出口，也不懊恼，只说：“此时相望不相闻，愿逐月华流照君。”

禹宣惊诧至极，嗫嚅许久，才说：“是……她曾给我写过一封信，里面提到这句诗。然而我与她，确实没有关系。”

黄梓瑕低声说：“我也信你不会随意与人交往。”

“我当时被暂聘为国子监学正，与同昌公主和郭淑妃相遇于三月三日踏春之时。急雨忽来，她们避雨不及，又没带伞，几个侍女便将外衣解下为她们挡雨。我当时路过，并不知道她们是什么人，便将自己手中的伞送给了她们……”他说着，轻轻一声叹息，“谁知几日后，在我讲学的时候，同昌公主忽然出现了……”

侍卫们排开所有学子，同昌公主带着几个侍女，直接走到第一排的位置，只瞟了坐在那里的学生一眼，他们便赶紧收拾书本跑到后面去了。

而同昌公主旁若无人，径自在首排坐下了。

宁静的学堂上忽然闯入侍卫侍女，还有个公主托腮坐在第一排听讲，禹宣难免停下课，问：“诸位不告而来，有何贵干？”

同昌公主含笑打量着他，那笑意，含着说不出的意味深长：“禹学正，你忘记我啦？”

他看着她身后几个侍女的装束，这才想起她是当时借了雨伞的那个女子。

国子监祭酒苦着一张脸进来，向着她赔不是：“国子监什么人得罪了公主殿下，请殿下示下，我等一定秉公直断，使公主满意。”

“是吗？”同昌公主一双明锐的凤眼在禹宣身上移开，转到了谷祭酒的身上，一双手却抬起来，直指着禹宣，唇角闪现一丝奇异的笑容，“就是这个人，忒让人讨厌了。”

谷祭酒愕然，说：“他是成都府举人，刚到京城，不过担任学正几日，主讲《周礼》杂说，何时竟得罪了公主？”

“你说呢？”她站起身，绕着禹宣走了一圈，打量着他站得笔直的身躯，脸上的笑意忽然促狭起来，“我近日也想学《周礼》，可恨找了几个学究个个都是老头子，让人看见了连书都懒得翻开。而你们国子监呢，放着这么一个可亲可近的学正，又善讲《周礼》，居然不让他见我，你说你们国子监，是不是该罚呀？”

谷祭酒原本就苦着的一张脸，此时更是几乎滴下黄连汁来，忙不迭地应了，还劝禹宣去给她讲学。

而禹宣却不知她就是同昌公主，还想回绝她强硬的邀约，谁知同昌公主几下就将他的人生搅得七零八落。不但他在国子监中所有的课程都被公主府的侍卫堵了门不许任何学生进去，就连祭酒与监丞、主簿等议事时，也被喧闹得无法开声。最后连国子监诸位教师与学子都怨声载道，让他赶紧应了这差事，他才不得不收拾起书册，进了公主府。

他也曾奇怪，为什么自己给同昌公主讲学时，郭淑妃总是会出现旁听，但后来，他便不奇怪了。只因某一次在府门口，他遇见了驸马韦保衡。

同昌公主强令他入府讲学，整个京城已经传得沸沸扬扬，然而出乎他的意料，韦保衡对他却毫不在意，还向他请教了些《周礼》的经义，说是公主最近学问长进，说话都快听不懂了，要他释疑。他言笑晏晏，直到知锦园的人过来传报，说公主已经等他许久了，他才赶紧辞别了驸马，由宿薇园的一个侍女带着过去。

知锦园内，芭蕉之外，池塘之畔，他听到同昌公主与郭淑妃的低语，依稀隐约。曲桥蜿蜒，他明明听见了声音，却一直在桥上走，并未到达门口。

“母妃，如今是多事之秋，太极宫那人尚未解决，您何苦在此时多生事端呢？”

“怕什么？你父皇自从那人进了太极宫之后，日日都不愉快，这几日又罢了朝政，到建弼宫去了。据说那里新选了民间五百女子，都等着他呢。”

“母妃忧心什么？别说五百个，就算五万个，恐怕也及不上那个人美貌。可父皇毕竟还是舍了她，没舍您。”

“连你也以为，此事是我的手段？实则我自己也不知怎么回事，为何忽然之间皇上会将她送到太极宫养病，我想……难不成她真的被侄女之死吓病了？”

“不管怎么说，对母亲来说，始终是好事。或许，您半生的期望，就在这一遭了。”

“是啊……如此紧要时刻，或许我该静心在宫中作为一番。可灵徽，实则我也并没有什么奢望，宫里宫外耳目众多，我身边宫女侍卫时刻紧跟，我五日见他一面已是不妥，还能做其他什么事？况且他的年纪比你还小，我这枯残之身，难道还有什么期望？”说到这里，她轻轻地叹了一口气，声音也越发低哑了，“灵徽，我傍你父皇二十多年，可一直都是行尸走肉。我知道自己与他无缘，今生今世，注定相望不相闻，但我只想……能多看他一眼，能多听一听他的声音也是好的……”

那个带着他一路行来的侍女听到这里，顿时脸色煞白，明白自己不经意间听到了太过可怕的秘密。她顿住脚步，央求地回看他一眼。

他也是震惊到失常，见曲桥已尽，即将到门口，他赶紧对那个侍女点点头，示意她赶紧离开。

然而她离开的脚步太过仓促，让同昌公主听见了他们的声音。她忽然站起走到了水榭门口，一眼便看见了站在桥上的他，还有那个正在疾步往回走的侍女。

同昌公主也是猛然间脸色煞白，厉声喊道：“豆蔻！”

那个年约三十的侍女，原来叫豆蔻，与她的年华并不相称的名字。但他也不怎么在意了，只觉得心口茫然。原以为同昌公主难以对付，然而此时知道原来是郭淑妃对他有意，他更觉无比震惊，心乱如麻。

他止步于曲桥，看见芭蕉掩映下的轩榭，窗前一张条案，郭淑妃正搁下笔，将手中一张纸紧揉成了团，丢到了地上。

他站在桥上向着她们行了一礼，然后沉默地转身离开了。

叫豆蔻的侍女跟着他疾步跑了出来，就在走到门口时，同昌公主跟上了他，而豆蔻被带了回去。

三个人都心照不宣般，不再提起这件事。而他那天在回去后，向国子

监提了辞呈，准备回成都去。

后来，他在公主府听说知锦园被封闭了，又听说，是因为有一个叫豆蔻的侍女，被冤魂索命死在了里面。

他在京城最懊悔的一件事，就是当时没有在到知锦园大门口时，便叫那个侍女豆蔻离开。虽然，这个豆蔻与他素不相识，年纪较大，相貌也毫不突出。但他总是觉得，她的死，是自己害的。

后来，在离开京城的时候，他曾经遇到那个叫滴翠的女子。她那种惊慌失措的神情，让他忽然之间想到了豆蔻。

所以，他骗了官兵们，救了她。

滴翠逃脱了，同昌公主死了，他也远离了京城。仿佛，一切事情都已经结束了。然而此时此刻，黄梓瑕口中的那一句话，却让他知道，此事永远不能解决，不会过去。

他心乱如麻，望着面前的黄梓瑕，许久许久，才低声说："不管你信也好，不信也好，我始终……"

可始终什么，他却并没有说出口。

他只是慢慢地挪步回到了黑暗的灶房之中，眼看着担心鸡汤变冷的黄梓瑕捧着那碗汤匆匆离去。

夏末日光炎热，时近中午，热风从离离青草上拂过，李舒白闭了门窗，已经睡下。

她在外面轻轻敲了敲门，进去对他说："起来吃点东西吧。"

李舒白身上余热未退，疲倦惺忪地撑起半个身子靠在床头，微眯起眼看着她，问："什么时候了？"

"午时了。我手脚慢，现在才得，王爷不要怪罪，"她笑着将碗捧给他，又说，"有点烫，小心吹一吹。"

他接过芦苇筷子看了看，黄梓瑕赶紧说："我之前洗干净了。"

他"嗯"了一声，慢慢喝了一口汤，又用芦苇筷子夹了一块薯药吃了，说，"没什么，到这地儿我难道还挑剔？我只是觉得你弄的这个别致。"

"是吗？我还担心太滑呢，怕不好夹。但用树枝的话又怕太粗糙了，您就多担待吧。"她坐在床边，帮他捧着碗说道。

他病中有点迷糊，就着她的手把那一碗鸡汤喝完，异常温顺。

黄梓瑕收拾了东西准备起身时，他又问：“禹宣还在吗？”

黄梓瑕点头，说：“在的。”

他端详着她的神情，想从她的神情中找出一点什么东西来，但却没有。她的眼神明净清澈，平静一如林间流泉。

李舒白转开自己的眼睛，一贯冰冷的嗓音也变得温柔起来：“他还认为你是凶犯吗？”

“嗯，我们刚刚对了一下当日发生的事情，可惜毫无进展，”她叹了一口气，低声说，“不过我本就知道，这事情没那么简单，也没办法。”

“慢慢来吧，总之定会水落石出。”他说着，靠在床头看着她，没有叫她走，也没有叫她留。

黄梓瑕捧着碗犹豫了一下，又问：“王爷那张符咒，如今有何预示？”

李舒白将那张符咒取出，看着上面依旧鲜红夺目的那个圈，以及被圈定的那个“废”字，便递给她说：“或许，如今我已经算是废人了。”

黄梓瑕接过来看了看，说：“王爷行动自如，身手也正在恢复当中，这个‘废’字从何说起？看来，这上面的预言，是错了。”

“你难道不知，这个世上，除了活着之外，还有另外一种人生吗？”李舒白望着那张符咒，轻若不闻地叹道，“而我的那一种人生，可能已经被断绝了。”

黄梓瑕听着他的话，想到隐约窥见的这张符咒背后的力量，只觉毛骨悚然。但抬头看见他神情沉静而冰凉，那只按在符咒上的右手，仿佛凝固了一般，一动不动，却始终没有将它收起来。

她默然望着他许久，才轻声说：“放心吧，无论是人是鬼，我们总会将藏在背后的那些势力，给揪出来的。”

等她回到灶间，发现禹宣已经不见了。

只在地上被她擦掉的灰迹之上，他的字迹依稀可辨：“我在成都府等你。”

她舀了一碗鸡汤喝着，靠在灶上看着那行字，然后自言自语：“为什么不是回去拿点药什么的回来呢？夔王的病，也不知什么时候能痊愈呢……”

说到这儿，又觉得自己要的太多了。禹宣与夔王并无瓜葛，自己有什么立场让他帮忙呢？

何况如今，连她与他，亦是仇敌——或者，是陌路人。

李舒白的烧退去后，背上的伤虽未痊愈，好歹也结痂了。

将养了数日，前来搜山的士兵们零零散散，也有几个到了破庙附近查看。

李舒白与她正在研究一只刚摘下来的青柚子，讨论如何才能准确判断柚子是不是成熟了，到底应该根据外表皮的颜色来看还是根据柄的枯萎程度来看。

最终没讨论出个结果，黄梓瑕看看天色，干脆将柚子直接劈成了八瓣："我的王爷，我看，最好的检验方法就是打开来看！"

夏末的柚子，自然酸涩无比。李舒白最怕酸，全部丢给了黄梓瑕。黄梓瑕坐在廊下慢慢吃着，忽然听到门外草丛发出轻微的沙沙响。

她跳了起来，朝李舒白招一下手，李舒白虽大病初愈，但他反应比她快，早已拉起她的袖子，两人转而避入屋后。

过来的是两个西川军士卒服饰的人，一老一少，进内搜了搜各个房间，李舒白和黄梓瑕都是再机警不过的人，几次将到他们跟前，他们借着墙角和草丛，都躲开了。

幸好涤恶被他们放到旁边树林中吃草去了，不然被他们看见又是麻烦。

那两人坐在前殿吃干粮去了。黄梓瑕与李舒白靠在后屋墙角，见他们毫无察觉，不由得相视而笑。

她这才感觉到，自己与李舒白，是紧紧靠在一起的。在这样宁静的夏日之中，他手臂的热量隐隐地透过她的衣袖，传到她的肌肤之上。而这热气又钻入她的血脉之中，直涌上她的心口，最后让她的脸忽然红了起来。

她将自己的肩膀往旁边挪了挪，脸转向了另一边。

周围一片安静，夏末的蝉鸣紧一阵又停一阵，头顶上的叶子呼啦啦被风吹过，日光在他们身上聚了又散，散了又乱。

黄梓瑕不由自主又转而望向李舒白，看着那些散乱的光晕，在他的身上飘忽跳跃。他大病初愈，苍白而稍显虚弱，让她觉得他的呼吸都比往日轻了不少，只有那侧面的曲线轮廓，依然秀美如水墨线条般优美雅致。

而李舒白也正转头看着她，低声说道："抱歉，我一时忘了。"

她点点头，转过头去望着远处群山，不说话。

听到他的声音，又在耳边响起："看来，那两个人确实该是西川军。"

"嗯。"谁家会派遣这样的老弱病残来当刺客？"我们要和他们一起下山吗？"

李舒白靠在后墙上，抬头看着天空，淡淡地说："我不愿承范应锡这个情。"

黄梓瑕知道，这不但是承情，简直可说是个天大人情。一直孤漠处世的夔王李舒白，怎么可能愿意。

他看着那两个士兵离开，便直起身，不再靠在墙上："走吧，我们自行下山。"

黄梓瑕点头，收拾了一些昨天摘的果子，挂在涤恶的背上。

李舒白先上了马，伸手给她。

她与他这几日在危难之中，早已共骑数遍，所以也顺理成章地握住了他的手，上马坐在他的身后。

她双手环抱着他，觉得他身躯似乎比上次清减了，从肩到腰的线条紧实而瘦削。

这数个昼夜奔波劳累，他又重伤初愈，明明能趁机偷懒软弱一回的，他却依然这么不肯欠别人一点情分——

那么，他千里迢迢陪着自己前来成都，大约，也是看在自己曾帮助过他的分上吧……

她这样想着，望着眼前绵延不断的群山，忽然觉得自己面前的路也茫然起来。

李舒白感觉到她抱着自己腰的手臂僵直，便转头看她。他们靠得那么近，风吹起他们的鬓发，几乎纠缠在一起，分不开来。

他见她神情恍惚，便说了一声："小心点。"

她点点头，然后又望着远处已经渐渐出现的田埂阡陌，心想，那又怎么样，无论他是为了什么而陪着自己来到这里，自己的唯一目的，只不过是为父母家人的伸冤报仇。等一切水落石出之后，一个是无靠孤女，一个是天潢贵胄，又能有什么关联。

等他们走到叠嶂青山之外，看见山腰觅食的羊群，看见整齐的山田、稀落的人居，看见一路顺水而行的道路，两人才松了一口气。

顺着道路一直走，前方终于出现了小山村。正将近傍晚时分，袅袅的炊烟从各家屋顶升起，显得格外幽静。李舒白贵为王爷，身上自然是不带钱的，而黄梓瑕穷光蛋一个，自然也没有钱。幸好他们还有从俘虏那边收来的几贯钱，到村中换了点吃的，又买了几件旧衣穿上。

这里已经是十分接近成都府的村落了，再行了几时，终于到了成都府。

两人从城门进入时，发现正有许多捕快马队在城门口集结，一个个狼狈不堪的神情，头上身上都是树叶草屑，显然刚从山上下来。

旁边的人看着从山间回来的那几队人，议论纷纷。有个消息灵通的汉子，赶紧对身边人说道："听说，夔王爷在从汉州到成都府的路上失踪了！昨天早上王府的近身侍卫有几个逃了回来，据说是在路上遇刺，如今夔王是下落不明啊！"

听者们顿时炸开了锅："什么？谁这么大胆，居然敢行刺夔王爷？"

那汉子一见众人追问，顿时得意不已："我前日去使君府送柴，听到灶间人在议论，

说对方是徐州口音！你们说，徐州口音还能有谁？当然是庞勋了！”

“庞勋早已死了，残留的几个余党也几乎被全歼，难道还能成什么气候？”

“呵呵，你岂不闻前几月在京城，庞勋的冤魂重现，对琅邪王家的姑娘下手？听说那姑娘莫名其妙从大明宫内消失，又莫名其妙横尸在大明宫内，诡异至极啊！”旁边另有闲人，唾沫横飞，结合自己听来的零星消息，开始纵情想象，“你们可知道那个被庞勋鬼魂所杀的姑娘是谁？就是夔王的王妃啊！”

众人纷纷表示不信：“那案件不是早已水落石出了？听说是夔王府的一个宦官杨公公破解的，是那个准王妃身边的侍女作案，关庞勋鬼魂什么事了？”

对方一听自己的话被质疑，顿时脖子都粗了：“大明宫内闹鬼，而且是叛乱的庞勋鬼魂，这事怎么可以传出去？那两个侍女肯定是替罪羊！”

黄梓瑕和李舒白相视一眼，都看到彼此眼中的复杂神情，不知是否该赞他洞悉真相。

又有人问：“如此说来，这回夔王遇刺，也是庞勋鬼魂作祟？”

“废话嘛！夔王英明神武，天下无人能及，普通的刺客怎么可能动他分毫？”那人一见自己的说法有人附和，眉飞色舞的劲儿简直就跟自己身临其境似的，“当然是庞勋恶鬼作乱，夔王一时失察，所以才会被庞勋余孽得手！”

“如今整个成都府还有周边州府的人都在搜寻当时出事的山林，节度使大人也派出了数千人，据说要将山林细细地梳篦一遍，只要夔王还有一线生机，应该很快就能回来了。”

众人说着，又有人摇头叹息：“夔王在咱成都地界出事，不说新来的周使君，我看整个成都都脱不了关系。”

“别说成都了。如今朝中大势，全凭夔王支撑着，不然朝廷又要为宦官所掌。如今夔王出事，唯一得利的人，估计也就是……”

那人说到这里缩了缩头，顾左右而言他：“天快黑了，看来是要连夜搜寻了。”

“希望明日一早，能有好消息传来吧……夔王要是无恙归来就好了。”

一群人都散了，黄梓瑕仰头看着马上的李舒白，低声问：“我们要先去周使君府上吗？”

李舒白摇头，说：“我想，肯定是有人乐见我失踪的。我们还是先找个客栈住下来吧，让他们先开心几日。”

伍

一舞剑器

成都府商旅往来频繁，街上客栈众多。他们找了一家干净整洁又位于巷内的客栈住下。

数日奔波疲惫，两人叫店小二打水狠狠洗了一遍之后，黄梓瑕帮李舒白换了药，便立即睡下了。

第二日黄梓瑕醒来，只觉得全身酸痛。就像她当初从成都出逃时一样，每日在荒山野岭之中奔逃，绷紧了全身的神经，一直支撑下来了。可一旦停下，反而立即感觉到了疲惫，所有的痛楚都扑了上来。

她在床上躺了一会儿，茫然望着外面穿户而来的日光。不知今夕何夕，也不知明日将归何处。窗外摇曳的蜀葵颜色鲜明，被日光晕染着照在她的窗前，深紫浅红，如同模糊的胭脂印迹。

她有一瞬间恍惚，觉得自己还是那个使君家的娇养少女，拥有几近完美的人生。出身良好，相貌美丽，名扬天下，身边还有那个与她携手看花的人……

那个人。

她想了一下禹宣，但随即便叹了口气。

在他将她的情书作为罪证上呈给节度使范应锡的时候，他们就已经彻底结束了。

还有什么好想的呢？

事到如今，想他，还不如想一想今天接下来面对的案子，想一想今日要和李舒白所做的事。

她穿好衣服，坐在镜前有些忧虑。之前还能以自己是宦官，男生女相来掩饰，可如今李舒白也是微服，她又怎么扮宦官呢？而且现在是在成都，见过她的人不在少数，她这般模样，一眼就会被人看出来的。

还在想着，外面有人在轻轻敲门。

她站起走到门边，低声问："谁？"

"我，有东西给你。"李舒白的声音。

她赶紧开了门，李舒白站在外面，将手中的一包东西递给他。他已经换了衣服，脸上动了点手脚，看来消瘦憔悴，面容普通，只是挺拔的身材依然让他看来皎然不群。

黄梓瑕接过他手中的东西，问："这么早……王爷出去过了？"

"嗯，如今我姓王，就叫王蘷吧。"他跟着她进内，见她十分自然地打开自己递过来的小包，拿出里面的东西，没有半点惊讶的神色，便对着客栈内的小铜镜，小心地给自己的脸抹上黄粉，又用了一点胶把眼角拉向下垂，把眉毛涂得浓重，又扑了一点雀斑。

镜子内出现了一个少年，相貌普通，无精打采，让人压根儿不会多看一眼。

他随口问："你怎么会易容？"

"之前跟着捕快们混，什么三教九流的事情不会？"她说着，回头朝他一笑，"倒是王爷会这个，比较奇怪。"

"在大理寺看卷宗的时候，见过描述，"他简短地说，一边转身出了门，"出来用早点。"

黄梓瑕赶紧束好胸，换了衣服，跟着他走到前方店面内吃饭。

客栈在巷内，虽然清静，但也因此没什么客人。寥寥几个坐着用早餐的人，也都是昨晚住宿的客人。

他们坐在一张桌上用早点，黄梓瑕咬着馒头，李舒白顺手给她面前的馄饨加了一撮切碎的香芹叶。

黄梓瑕吃了半碗，发觉坐在旁边桌上的客人们，目光全都看向门口。有些特别夸张的，更是伸长了脖子，就跟鸭子一样望着前面。

她手中捏着汤匙，抬起头，也不由得向门口看去。

一朵轻飘而袅娜的云，自门口缓缓地飘了进来。

不，其实不是一朵云，而是一个身形纤细婀娜的女子，走进了店内。她看上去年纪已三十多了，穿着出行时最简便的窄袖布衫，除了系着头发的一根绢带之外，背上一个包袱，脚下一双布鞋，通身上下毫无装饰。

这样一个女子，走路的姿态却比少女还轻柔，如柳枝在风中轻拂的模样，动人至极。

这女子装扮简素，相貌甚美，但最为吸引人的，是她举手投足间的那种姿态，让所有看见的人无须看清她的容貌，便觉得她一举手一投足都是一种赏心悦目的风景，忍不住赞叹起来。

黄梓瑕一时也看呆了，心想，她年轻时必定是绝色美人，即使现在，风姿也依然夺魄勾魂。

只是这样的美人，却是满脸哀戚，深怀心事。

她走到窗边坐下，心事重重，喝了两口粥，便呆呆地坐在窗边，纤手支颐望着外面的青青柳色，一直静默着。

李舒白见黄梓瑕一直看着那个美人，便抬手在桌上轻敲了两下，说："快点吃完，待会儿还要出去。"

黄梓瑕"嗯"了一声，赶紧吃完了剩下的半碗馄饨，等她再看向那个美人时，却发现她从包袱中取出了一个玉镯，怔怔地看着。

黄梓瑕的手，忽然一松，手中的勺子啪嗒一声，掉落在桌子上。

那个玉镯，对她来说，实在是太过熟悉了。

白玉手镯，雕刻着两条修长宛转的小鱼，互相衔着对方的尾巴，在水波中转成一个完满的圆。因为鱼的体内被雕镂得半空，所以光线穿越而来，显出一种异常柔美明净的光线来。而鱼的眼睛，是小小的粉白色米粒珠子，镶嵌在白玉之上，珠光映衬着玉辉，极其精巧，夺人眼目。

这是禹宣送给她的，那一只玉镯。

这是他中举后，用官府奖励给他的银钱买的。曾经伴着她多少个晨昏，她的手腕也早已熟悉那种沁凉的感觉。在她家遭剧变，仓皇逃出成都之时，她身上唯一值钱的，不过头上一支簪子，腕上一个镯子。

谁也不知道，她将它送入当铺时，是怀着多么绝望的心情。那时她曾经想过，这个手镯从她手腕褪下，以后，可能永远没有再见到的一天了。

然而，她没想到，在刚刚进入成都之时，她居然就再度见到了这只手镯。

李舒白见她脸色忽然变了，便顺着她的目光看去，端详着那只镯子，问："怎么了？"

她见那个美人已经将镯子放回包袱中了，赶紧站起来，对李舒白说了一句"等一下"，便疾步向那个美人走去。

美人侧头瞥了她一眼，见是个面色蜡黄、长相毫不出奇的少年，便又将眼睛转了回去，收拾好包袱，站起来准备离开。

黄梓瑕立即说道：“刚刚姐姐那个玉镯，我认得。”

美人果然停下了手，迟疑问：“你……以前见过？”

她的声音略带沙哑，低沉而轻柔，与她本人十分相衬。

黄梓瑕点头，问：“不知姐姐从何处得来？据我所知，它的原主人在离开成都之后，便将它在路上当掉了。”

“这么说，或许是被当铺又卖了出去吧……”美人轻轻叹了一口气，低声说，“这是我一个姐妹的遗物，我从扬州过来找她，可她却已经去世了。这只镯子……大约是她的情郎送她的吧。”

黄梓瑕看她的模样，心下顿时了然，她与姐妹应该都是出身并不好的女子，而她当掉的镯子，被某一个人买去，送给了她的姐妹。

黄梓瑕便说道：“世事往往如此，因病、因意外而忽然去世者皆有不少，还请姐姐节哀。”

美人默然摇头，却没说什么。

黄梓瑕又问：“不知那个手镯，是否可转让给我？只因镯子的原主人十分喜欢那个镯子，至今还想寻回……”

“这是我小妹与情郎定情的信物，如今她已不在，这是我们几个姐妹唯一的念想了，无论如何，我也是不会将它出让给别人的。”那美人一口回绝她的话，毫无转圜余地。

黄梓瑕见她如此坚定，也只能无奈说：“既然如此，请恕在下冒昧了。”

她转身走回来，李舒白若有所思地看着她，问：“那是你的？”

黄梓瑕低声道：“嗯，逃出来的时候，在路上当掉了。”

“还要吗？”他又问。

她想了想，又摇了摇头，说：“算了，于我是个纪念，于她也是，反正意义都一样。”

“而且，你很快就要去见送你手镯的那个人了，而她却已经永远见不到了。”

李舒白的声音冷冷淡淡的，黄梓瑕没想到他已经清楚地窥见自己的心思，不由得心口微微一滞，呼吸也有点艰难起来。

她低头吃着东西，一直沉默。

他见她这样，又觉得自己不应说这种明显是赌气的话，便转过了话题，压低声音说：“她是云韶六女的大姐，公孙鸢。”

黄梓瑕一怔，问：“公孙大娘？”

“嗯，李十二娘的徒弟，无父无母的孤儿，所以继承衣钵后便改姓公孙。十七年前她曾上京献艺，我当时才六七岁，还住在宫里，至今难忘她的《剑器浑脱》。没想到十七年后，她依然是如斯美人，而且技艺应该更加精进了。”

黄梓瑕心向往之，说：“那么，她也起码三十五六了。”

“梅挽致也差不多这个年纪。”

黄梓瑕也不觉心中感慨。这两个当初一起赢得盛名的美人，如今一个荆钗布裙，独行天涯孑然一身；一个锦衣华服，幽居深宫万人簇拥。命运的无常，不得不令人感叹。

然而，究竟是谁活得比较开心，又有谁知道呢？

黄梓瑕想起她刚刚跟自己说的那个小妹的事情，低低地“啊”了一声：“这么说，云韶六女的小妹，去世了？”

“第六的小妹，名叫傅辛阮，十七年前不过十二岁，垂髫少女，天真浪漫。如今也该年近三十了。”

“年少成名，然后又盛年早逝，”黄梓瑕叹道，“看公孙大娘的模样，恐怕她的死还另有别情。”

李舒白淡淡道：“你还是先关心自己的事情吧，哪还有空管别人。”

黄梓瑕点点头，又不由自主地看向公孙鸢。

只见她已经收拾东西走到了门口。谁知门口却有两个纨绔子弟，笑嘻嘻地拦住她说：“这不是公孙大娘嘛，怎么从扬州到成都来了？刚好我们昨夜也下榻此处，真是有缘啊！”

公孙鸢看着面前这两人，脸色冷淡，理也不理，侧身就要走出去。

谁知那两人是无赖，只凑着肩膀，挡着那个门。原本就不到三尺宽的门被两人挤得压根儿没有出门的空隙。

黄梓瑕微微皱眉，正要起身去为她说话，李舒白却倒过自己的筷子，搭在她的手背上，示意她别动。

公孙鸢脚步不停，一直向着门口走去，眼看就要撞在那两个人的身上了，就在那两人伸着双手去拉她，笑得越发无耻之时，只见她脚步一转一移，移形换影之间，不知怎么就从那两人之间穿插过去，如一只蜻蜓般轻轻巧巧地钻了出去，脚不沾尘地站在了院子中。

而那两个无赖一看她毫无阻滞便走了出去，当他们全不存在似的，不由得恼羞成怒，在屋内宾客们的嗤笑声中，又赶上去拦住她。

公孙鸢不愿惹事，只对那两个无赖好言好语说道："两位，今日没有笙箫鼓乐，单单跳舞又有什么好看的呢？何况我小妹新丧，实在是无心舞蹈，还请两位恕罪了。"

那两个纨绔子弟果然无赖，给了台阶却不下，还指着她怒道："不就是个扬州的舞伎吗？当初我们兄弟俩在你们那边也撒了不少钱，怎么现在一下子就端起来作菩萨了？"

"就是嘛，这满脸端庄的模样，不知道的还以为是哪来的良家妇女呢！"

"今天你到了我们大爷的地盘，先跳一曲《胡旋》给我们瞧瞧！"

店内的人见两个无赖堵住了个美女，本来就都关注着，见听说这女子是个扬州舞伎，更加来了兴趣，一个个都涌出门看热闹。

公孙鸢见周围被人围住，今日注定无法息事宁人，只能将肩上的包袱取下，丢在地上，说道："跳一曲倒无妨，只是《胡旋》素日跳得不多，为两位献舞《剑器》如何？"

话音未落，她也不等那两人的回答，随手扯下身旁一棵柳树的一根枝条，一旋身便是一个起手式。虽然她穿着最简单的布衣，头发也只随便绾了个髻，但持柳临风而立，身姿飘然若仙，顿时令所有人都不由自主地叫了一声"好"！

她以柳代剑，纵身起舞，妙曼的姿态如云朵舒卷，所有人凝望着她的舞姿，只觉得此时楼前黄尘土地化为了结绮楼阁，窄袖布衣瞬间蜕变为七重锦衣。场上的美人携带着氤氲弥漫的烟云之气，江海波光荡漾飞旋，无法看清——

骤然间她舞势一变，那波光与烟云瞬时转变为雷霆震怒，电光火石之间，她手中的柳条如疾风扫过，向着那两个无赖抽了过去。

啪啪两声，那两人的脸上先后出现两条红痕，顿时痛得他们捂着脸，嗷嗷叫出来。

"抱歉啊，柳条太长了，控制不住。"她冷笑道。

周围的人都大笑出来，就连黄梓瑕也不禁莞尔。

被柳条抽了只是皮肉之痛，但大庭广众之下受人耻笑，那两人哪肯罢休，顿时哇哇叫着扑了上去。

公孙鸢出手如电，刷刷两下，那两人又各自捂着鼻子，疼痛不堪地蹲了下去。原来是被抽中了鼻子，两人都是涕泪交加。

"对不住了两位，我身在扬州，你们在成都，原无瓜葛。今日我失手伤了二位，日后你们来扬州，我定尽地主之谊，向二位赔罪。"她说着，抛下两个满脸鼻涕眼泪的无赖，转身走向门口。

那两人哪肯罢休，恼羞成怒地扑上去，还要阻拦。

猛然间砰砰两声，那两人被踢飞到墙角，顿时痛得哇哇大叫，再也爬不起来。

“光天化日之下，朗朗乾坤之中，居然敢在成都闹事，丢尽了成都人的脸，当我这个捕头不存在吗？”义正词严的一句呼喝，众人顿时哄然叫好，朝着那个教训恶少的人雀跃鼓掌，更有人大喊：“周少捕头好样的！”

“奉旨查案周捕头果然名不虚传！”

“周少捕头，成都全靠您和周使君了！”

在一片欢呼之中，万众拥戴、瑞气千条的那个奉旨查案周少捕头荣耀登场，赫然就是周子秦。

只见他一身朱红色的捕头服，系一条松花绿蹀躞带，腰挎一柄靛蓝色鲨鱼皮的腰刀，着一双鸢尾紫快靴，好容易戴了顶低调的黑纱帽，上面却插了一根鲜艳的孔雀尾羽。

通身上下五六种鲜艳颜色的周子秦，开开心心地走进门来，向着众人拱手，谦虚地说：“义不容辞，义不容辞！”

李舒白和黄梓瑕对望一眼，都深刻理解了惨不忍睹的含义——周子秦身上颜色太多，几乎快要闪瞎了他们的眼睛。

“离开京城这么久，子秦还是这模样，一点没变啊……”黄梓瑕不由得感叹。

李舒白则说：“奇怪，以他的身手，怎么能将那两个人一下子震飞？”

话音未落，他们看见周子秦身后跟着进来的那个人，顿时明白了——

张行英跟在他的身后，和他一起走了进来。

黄梓瑕和李舒白仗着他们不认识自己，坐在那里顾自吃饭。不过在满店阿谀的人群中，唯有他们两人坐着不动，反倒让周子秦一眼就注意到了他们。

外面没有热闹可看，众人都已经散了，公孙鸢对着周子秦和张行英敛衽下拜，说：“多谢二位。”

“哎，应该的，我最讨厌欺负妇孺的浑蛋了，有本事冲着我们大男人来啊！”周子秦不屑地冲着那两个灰溜溜站起逃走的恶少大喊，“喂，有本事上使君府讨说法！下次再被我抓到，绝饶不了你们！”

公孙鸢看着他们屁滚尿流地跑远，不由得冲他微微一笑，说：“我想他们该不敢再欺辱我了。”

周子秦拍着胸脯，豪气干云地说：“有事找我！成都捕头周子秦，川蜀所有浑蛋我都要管！”

店内的小二立即说道：“那是那是！成都百姓有福啊，虽然走了黄姑娘，但又来

了周少爷，成都平安指日可待……”

店主踢了他一脚，低声喝止：“干吗拿黄姑娘出来说事！”

小二这才想起，当初那个断案如神的黄姑娘已经是朝廷钦命要犯，四处逃窜呢，不由得一脸尴尬：“这个……少捕头请恕罪……”

“什么恕罪？这话我最爱听了，没想到我也有能与黄梓瑕并列的一天！”周子秦乐不可支地拍拍他的头，看了看店内没什么空桌子了，便拉着张行英过来，直接就在李舒白和黄梓瑕身边坐了，说，“来来，先吃早点——两位不介意拼个座吧？”

黄梓瑕和李舒白当然摇头，但也没和这两个人说话，免得露了马脚，只顾自吃自己的东西去。

只听得周子秦问张行英：“张二哥，你一路寻到蜀地，可有找到阿荻的行踪？”

张行英心事重重，摇了摇头。

黄梓瑕见他形容消瘦，显然这段时间一路寻找滴翠十分辛苦，心中油然涌起一股难言的情绪。

“我想，你有这份心意，阿荻知道了，肯定十分感动，”周子秦说着，捏着个鸡蛋剥着壳，又问，“接下来，你准备在蜀地寻访一下吗？”

“是，准备在周边村落找一找，我想她可能会去比较偏远一些的地方吧。”

周子秦是最热心不过的人，立即便说：“有什么需要，尽管跟我说，别的不说，现在我在成都，还是可以找几个人帮你的。”

“暂时不需要，不过还是多谢子秦兄了，”张行英说着，怔怔出了一会儿神，又说，“不知黄……杨公公是否在这里？我想她说不定可以帮我们找一找蛛丝马迹，否则，以我的力量，想要找阿荻，恐怕是水中捉月，难觅踪迹……”

“崇古……”周子秦念了一声他的名字，趴在桌上，眼睛慢慢红了，“张二哥，崇古他……失踪了！”

“失踪？”张行英悚然一惊，忙问，“怎么回事？”

“他和夔王在入蜀的途中遇袭，如今与夔王都是下落不明。西川节度使和我爹一起派出了大批人手，正在山中搜寻呢。今天离他们失踪也有三四天了，可至今还没找到。”

张行英立即说道：“夔王天纵之才，怎么可能被区区刺客所伤？他肯定没事的！”

“是啊，夔王可能没事，但是……但是崇古就糟糕了！”周子秦抬着红红的眼圈望着他，扁着一张嘴，眼泪马上就要掉下来了，“你知道吗？昨晚半夜，我们已经找到那拂沙了，就是崇古的那匹马——它失陷在荆棘丛中，还受了伤，拉回来时已经气息奄奄了。你说，那拂沙都受伤了，崇古他……”

“杨公公聪慧过人，必定逢凶化吉，绝对不会出事的！”张行英立即打断他的话，不容置疑地说道。

周子秦抬头看着他，见他神情无比坚定，心里也像稍稍有了点底，点头说：“嗯，我也这样想。崇古这么厉害的人，应该绝对没问题的！”

黄梓瑕捏着勺子，看向李舒白，李舒白对她摇了摇头，却压低声调，以一种嘶哑难听的嗓音对周子秦说道：“两位所言甚是，如今只不过找到马匹而已，相信他本人已经逢凶化吉，顺利渡过了此难。”

“你也这样认为？”周子秦立即来了精神，赶紧说，“我一看二位就是非同凡响，不知两位来自何处，到成都来所为何事？”

李舒白很自然地说道：“在下姓王，京城人氏，与我表弟一起来到成都，主要是仰慕川中山水，想要暂居数月。”

“哦！这倒是的，川蜀山水秀美绝伦，尤其是顺江而下过三峡，从白帝城到南津关，巫山云雾，神女奇峰，一路崇山峻岭，悬崖峭壁，令人叹绝！”周子秦立即推荐道，“可惜我如今这边事情太多了，不然的话，一定要跑去玩的！”

“周捕头如今身系一城捕快马队要务，要抽空去游玩，恐怕是难了。”李舒白随口应道。

周子秦严肃点头道：“正是啊，一城百姓安危我得管着呀，怎么可能走得开呢？何况，黄梓瑕珠玉在前，我也不能太松懈了，得尽力赶上她才行呀！”

黄梓瑕面无表情地又给自己加了一撮香芹末，喝掉了半碗豆花。

周子秦问她：“好吃吗？”

她点点头。

“我觉得香芹有股怪味儿，据说西域那边的胡人比较喜欢吃……”他说着，也给自己的豆花加了一撮，喝了一口，又赶紧将它挑了出去。

旁边小二经过，随口说了一句：“当初使君家黄姑娘，出了名的喜欢香芹，她的豆花里都要放一小撮的。”

“真的？”周子秦又抓了一把撒了进去，欢快地喝了起来，“哎，这么一说的话，确实别有风味！”

李舒白转过目光望着黄梓瑕，眼角微微一扬，竟是戏谑的一抹笑意。

黄梓瑕受宠若惊地看看李舒白的笑容，捧着自己的碗愉快地把剩下的所有豆花喝完了。

等她放下碗，李舒白站起来，对周子秦与张行英说道：“我与表弟准备今日在成都逛一逛，失陪了。”

周子秦也赶紧喝掉了加香芹叶的豆花，说：“时候不早了，我也得赶紧上街巡视一番了，下午要是有空，我还想去夔王失踪的山林那边查看呢……”

“我觉得不需去那边查看了。”李舒白随口说。

周子秦愣了愣，问：“为什么？”

“因为……”他凑到周子秦耳边，低声说，“我已经站在你面前了。”

周子秦的眼睛顿时瞪大了，嘴巴大得几乎可以塞下个鸡蛋。

“别这么惊讶，敌暗我明，自然要易容一下。”

周子秦好不容易合上了嘴巴，结结巴巴地低声问：“那……那我该怎么办？”

“假装什么事也没有，先把你脸上的惊讶收一收。”

可周子秦面部表情向来最为丰富，让他收一收简直是不可能的，勉强镇定一点，也只能瞒瞒张行英这样的实心人。

“你可以邀请我到使君府做客，就说是你新结识的朋友，你爹应该懂得怎么做。”

“是……”周子秦赶紧点头，一边察觉到自己的表情动作又不对劲了，赶紧装出一副傲慢的神情，点头说：“嗯，可以呀，既然你是李明公介绍来的，要求见我爹又有何难呀？刚好我现在有空，赶紧走吧！”

黄梓瑕跟着李舒白站起，周子秦的目光落在她的身上，感觉到一种十分熟悉的味道，所以他一边走，一边不停转头看着她，等出了门，他才有意和她一起落到后面，小心地凑近她，低声问：“崇古？”

黄梓瑕点了一下头。

他顿时又惊又喜，忍不住抬起手肘撞了她的肩一下，抬手就要去揽她的脖子。

李舒白的后脑勺仿佛长了眼睛，淡淡地说：“少惹人注意。”

周子秦对着黄梓瑕吐吐舌头，缩着脖子不敢再说话了。

“李明公介绍的？哪个李明公？不见不见。”

周庠一听周子秦说李明公，顿时没好气地呵斥他：“是不是对方又给你找什么干尸啊古尸的了？闲着没事带什么人来见我？”

“周使君，这回你可误会子秦了。”李舒白在旁边笑道。

周庠一听见他的声音，顿时大惊失色，战战兢兢地站起来，等抬头一看见他，又摸不着头脑，端详半晌不敢说话。

“使君没看错，就是我。”

周庠立即将旁边所有人都屏退了，然后赶紧行礼见过：“夔王爷恕罪！此次王爷在成都遇刺，下官实在是难辞其咎……”

“你初到成都，上下尚不熟悉，何须承担这个责任？”李舒白示意他无须多礼，然后又说，“此事幕后凶手尚未明晰，希望使君能助我一臂之力，暂时先不声张，尽快揪出幕后黑手。”

“是！下官谨遵王爷之命！”

李舒白停了一停，又问：“岐乐郡主……不知如今怎么样？”

周庠叹了口气，脸上顿时化出一片悲怆：“郡主不幸，已经……”

李舒白默然闭上眼睛，黄梓瑕看不清他的神情，只看见他紧抿的双唇。

她耳边仿佛又响起那一日，李舒白对她说过的话。

在他被改封为通王，一个人闭门独居在永嘉坊的宅邸之中时，未来迷惘，人生无望。那时他一个人孤零零地存活于世，唯有这个无知而无畏的少女，在万千避之唯恐不及的人之中，握住了他的手。

或许他的心中，也曾有过一瞬间的转念，觉得娶了这个与自己属于远亲的女子，也算是偿还她那一刻对自己的顾念。

然而终究，他还是只能将她当成自己妹妹一样，无法接受。

黄梓瑕默然站在他的身后，看见他的睫毛微微轻颤。但很快，他便转开了自己的脸，不让任何人看见自己的神态，只听到他的声音，依然冷淡如常：“相信周使君会安排好她的后事。”

周庠赶紧说：“已经遣使至长安报丧，郡主的遗体，我们也自好好保管着。”

“我的侍卫们，如今有几人逃脱？”

周庠面露叹息之色，说：“王爷身边逃回来的侍卫与宦官，如今不过十数人，身上大小都有伤势，均在节度使范将军那边养伤。不知王爷可要前往那边看望，也让范将军停止山林搜索？”

“我如今刚刚脱离险境，前去节度使府，被人发觉了，难道不是又要陷入敌暗我明的境地？何况让他在山林中再搜索一下，或许也能多寻得几人回来，”李舒白说着，略一沉吟，“又问，救回的人中，可有景字开头的？”

“这个……下官倒是不知……”

“罢了。”他便不再问了。

周庠又想起一件事，赶紧说，“还有，下官与范节度一起到王爷出事的地方查看现场，在王爷车中发现了一只琉璃盏，里面有一条小红鱼，尚在游动……”

李舒白点了一下头，问：“如今在何处？”

“在范大人那边。”节度使的权力自然比府尹要大，他要拿走，周庠自然拦不住。

“那就先放在他那边吧。我想节度使不至于寻不出一个会养鱼的人。”

陆

冰雪容颜

周子秦觉得自己人生从来没有这么圆满过，他觉得自己走在街上，简直是辉光熠熠，耀眼夺目。

原因是——左边那个跟着他一起骑马巡逻的人，是名震京城的神探杨崇古，而右边那个漫不经心欣赏街景的人更不得了，是本朝夔王李舒白。

带着这样两个人出公干，自己简直就是人生赢家有没有！

只是……出的公干，好像有点不入流……

“大娘，你这堆莲蓬长得不错哈，水嫩嫩的——就是好像铺到街中心了，要是别人骑马太快，把您踢到了可怎么办？对对对……赶紧的，我帮您挪到后面去……”

“哎，大哥，你这糖人虽然吹得好，但是在这样尘土飞扬的街上摆着，它不干净呀对不对？我给你出个主意，你去那边大榕树下吹，来来来我帮你抬过去……”

“二姑娘，不是我说你，你这么标致一个女子，干吗出来当街卖羊肉？是，大唐律法是没有禁止女子卖羊肉，但是你看你这模样还抛头露面，大小伙子个个都来争着买你的肉，街上都堵住了不是……”

那位二姑娘手中持刀，横了周子秦一眼：“怎么啦？堂堂周少捕头就来管街头这些破事？有本事您去山上赶紧把夔王爷找回来呀！全天下百姓都感谢您！”

周子秦左手一个莲蓬，右手一个糖人，站在她面前毫无还击之力：“这个……马队已经上山了，我去了也没啥帮助……”

二姑娘一边给客人剁排骨，一边嘴巴更利索了：“那您有空上义庄去转转呀，那

儿不但凉快，还有多少尸体沉冤待雪等着周少捕头您大显身手哪！”

黄梓瑕在后面饶有兴致地看着他们斗嘴，一边打量着这位二姑娘。她大约不到二十岁，个子娇小，一张标致的圆脸，还有着成都大部分姑娘一样粉嫩白皙的皮肤，十分可爱。

周子秦完全落败，只能怏怏地转身上马，然后对黄梓瑕说：“她说起义庄啊，我想起一件事，崇古，这事儿吧，我觉得可能有点问题，但可能又没什么问题……总之就是没任何头绪，就等着你过来帮我呢！”

“我和你过去看看，”黄梓瑕说着，回头看李舒白，轻声说，“您如今身体还未痊愈，不能劳累，何况验尸这种事情，我和子秦过去查看一下即可。”

李舒白点头，说：“你也不要太过劳累了，数日奔波，也要好好休息。”

黄梓瑕觉得心口微微流过一阵暖意，点头道：“是。”

“还有……代我祭奠一下岐乐郡主。”

以前经常爬义庄窗户偷偷进去看尸体的周子秦，现在可算是熬出头了，大摇大摆骑马从大门进去，而且直接就招呼里面的看守：“姜老伯，我来看成都最好看的那具尸体来了！”

姜老伯满脸堆笑，脸上带着一丝不自然的尴尬：“哎哟，少捕头啊，您可太较真儿啦！又、又来看啦？”

周子秦从马上下来，说：“这回我不仅自己看，而且还带了别人来看。这位是我们新来的……呃，捕快，断案很有一手，我带他来看看。”

姜老伯赶紧朝他们点头哈腰，看了看黄梓瑕，有点疑惑地皱起眉头：“这位小哥……依稀好像在哪里见过呀？”

以前没少和他打交道的黄梓瑕笑了笑，为免麻烦，也不说话。

姜老伯皱眉回想着，等见周子秦带着人就往里面走，又赶紧叫住了：“少捕头，少捕头……”

周子秦回头看他：“怎么了？”

“那……那具尸体啊……”他欲言又止，面露难色。

“腐坏了？不会吧？”周子秦顿时大急，“不能啊！放在那么冷的冰窖里怎么还这么快腐坏了？”

“这倒不是，而是……”姜老伯一脸心虚，说话都差点咬到舌头了，“之前来了个女人，说是那个死者的姐妹，想来看一看妹妹的遗体。我看她不像是坏人，就、就带她下去了。”

“她现在人呢？”周子秦问。

“在里面拜祭呢……”姜老伯摸着自己的袖子，那里垂下一块，也不知那个女人给了他多少钱。

成都的义庄，是黄梓瑕最为熟悉的地方之一。

她先去义庄的档案柜内，取出了照例在这边会存放一份的验尸誊本，翻开来看记录。

最新的一册，誊抄着“松花里傅宅殉情双命案”。

验尸者是蒋松霖，本郡老仵作。

验：男尸一，女尸一。

男尸身长六尺，三十七岁，体型微丰，身着素色细麻衣，素丝履，仰躺于傅氏女素日寝睡之矮床，面容微有扭曲，躯体平展舒缓，有轻微腹泻症状。

女尸身长五尺二寸，年约三十许，丰纤合度，绾盘桓髻，着灰紫衫、青色裙、素丝线鞋，仰卧男尸右侧。左手与男尸右手交握，两人十指由于尸僵而紧握，难以松开。右手指尖略为发黑，似为沾染颜料。

经验查，男女尸俱无外力损伤痕迹，显为中毒身亡。中毒时间为前一日酉时至戌时之间。

毒物推断为：砒霜。

她细细看了一遍，然后跟在周子秦身后，进了陈尸房内。

里面是几张空的竹床，屋内侧有一个地窖入口。他们顺着台阶走下去，越下越深，越来越冷。成都夏日炎热，尸体很难保持住，所以两年前重修义庄时，禹宣与她一起商讨出了一个办法，在陈尸房内深挖出数个地窖，用青砖厚厚砌墙，只开几个小风门通风。又多设厚门，冬天的时候取冰放在里面，盛夏的时候如果进出不是特别频繁，里面的冰块可能一夏都不会融化殆尽，十分适合保存尸体。

顺着台阶越往下，里面的寒气越是逼人。而在这样的阴寒之中，唯有他们手中的小灯投下些微的光，在周围的石墙上摇晃，更显得阴冷。

周子秦带他们进了玄字号小室，那里面透出了隐隐的烛光，有个女子正站在一

具尸体前，一动不动。

那身上的布衣与简单绾着的发髻虽然简素，但她那纤细匀长的身影，让他们顿时认出了她是谁。

正是这一代的公孙大娘，公孙鸢。

黄梓瑕立即便知道了周子秦口中这具成都最美的尸体是谁。

他们两人走近，公孙鸢回头瞧了一眼，烛火在周围的冰块折射之下，如同数条跳动的虹霓在她周身萦绕，让她整个人不可逼视，连满脸的泪都显得晶莹剔透。

她抬手擦去眼泪，向着他们敛衽为礼，声音喑哑道："周捕头恕罪！我从扬州赶来这边，却未能见到小妹最后一面，因怕成为终身之憾，所以才央求姜老哥让我进来看一眼，还请周捕头见谅。"

周子秦赶紧说："不碍事，只要你不动不碰就行。"

"我知道的……我只站在这里看着，绝没有近前触碰……"她说着，刚擦干的眼泪又涌出来了，"我知道……阿阮躺在这里，必定是很冷的。"

周子秦说道："此案其实也算是结案了，她与情郎应当是确定殉情无疑。那位温阳家中尚有远亲，说愿意将他们二人一同收殓，早日入土为安，不知姑娘的意思……"

公孙鸢望着傅辛阮的尸身，勉强点了一下头，说："或者……等我的几位姐妹过来，至少让她们也见阿阮最后一面吧。"

周子秦点头，说："那也可以的。"

公孙鸢向他再拜致谢。

黄梓瑕持灯走到尸体面前，示意周子秦过来。周子秦见覆盖尸体的白布只被公孙鸢拉到脖子处，露出傅辛阮的脸，便直接将整张白布都掀掉，露出她的全身。

黄梓瑕持灯仔细照了傅辛阮一遍。她衣服穿得还算整齐，灰紫衫、青色裙、素丝线鞋等，与验尸档上所记并无二致。而她的身材，确实如周子秦所说，是难得一见的完美尸身。虽然冻得肌肉发青发硬，但她肌体光滑细腻，身材丰纤合度，想必活着的时候，是个增一分则太长，减一分则太短，施朱则太赤，施粉则太白的美人。

她扫了一遍之后，着重看了傅辛阮的双手，她的手指修长匀称，而右手指尖果然如验尸档上所说，呈现一种不太均匀的黑色，在她青白色的肌肤上，尤为显目。

她端详许久，抬手去擦了几下，冰冷一片，没有擦掉。她又俯头闻了闻，但尸体冰冻已久，显然已经没有任何气味了。

她微微皱眉，将傅辛阮的手放下，又查看了她的全身各处。周子秦说道："我已经查过两遍了，确是服毒身亡。"

“嗯……确实是的。”她点头肯定,轻扯过白布将尸体再度蒙好。冰窖内寒冷无比,他们都是身着夏衣,在这边说话验尸,早已冻得手脚冰凉,见再无其他发现,黄梓瑕便对公孙鸢说道:“大娘,怕灯火熏化了太多冰块,不如你先上去吧。”

公孙鸢点头,默然又凝望了静静躺在那里的傅辛阮一眼,顺着台阶走上去了。

黄梓瑕又去了天字号小室,岐乐郡主的尸身果然停在这里。圆圆的一张脸,那双漂亮的杏仁眼已经永远闭上。她身上的毒针被取下了,尸身却依然呈现那种青黑的颜色,显见毒性剧烈。

周子秦在她身后说:“不用看了,中毒死的。”

她将岐乐郡主的衣领稍微拉低一点,看见她脖子和胸口的针孔,已经变成一个个黑色的小洞。

周子秦细细查看过,又说:“这些针看来又急又快又密,应该是机括发射的,不是被人刺进去的。”

黄梓瑕点头,心想,当时李舒白能躲过那些毒针,真是厉害——也可能,这是在长久的经历中养成的本能吧。

她又想了想那个刺客,但又没有头绪,想着李舒白既然与他熟悉,应该是对此事已经有了把握,所以也不再多想,将岐乐郡主的尸身又重新用白布轻轻蒙好。

姜老头今日犯事被逮个正着,正打算戴罪立功,早就给他们备下了水盆和茶点。

黄梓瑕在盆中净了手,又挽留公孙鸢道:“大娘与我们一起用些茶点吧,关于你的小妹,我们还有些许事情需要向您查证,还请不吝赐教。”

公孙鸢点头,便在桌边与他们一起跪坐下来。周子秦亲自给她们分茶,又殷勤地给她们拿点心。

公孙鸢却无心用茶点,只捧着茶盏说道:“十八年前,我们曾有六个姐妹,因各自钦佩对方的艺业,所以在扬州结拜为异姓姐妹,相约终身扶持,相互依靠。当时我有个故人,一掷千金为我们建了云韶苑,因此坊间称我们六人为云韶六女。”

周子秦说道:“这个我也曾在京中听锦奴说过。”

“是的,锦奴是我二妹挽致的弟子,自我二妹失踪之后,论起扬州琵琶,她是第一。”

黄梓瑕不知她知道锦奴死了没有,但她想,公孙鸢必定不知道,锦奴就是死在她那个失踪多年的二妹梅挽致手中。

“我们几个人各有所长,像我就是擅长剑舞,三妹兰黛擅长软舞,四妹殷露衣昔年的歌声被誉为天下绝响……而阿阮,则和我们都不一样,她不是出来抛头露面的人，因她擅长的，是编舞，”公孙鸢叹了口气，轻声说，“几年前，阿阮受蜀中几个乐坊所邀，过来帮她们编一支大曲。本来说好两月就回，谁知她认识了温阳，便一月延过一月。我们听她在信中说温阳妻子早逝，觉得当续弦也不算什么，便任由她留在这边了。后来因温阳父母反对儿子娶一个乐籍女子，阿阮曾回到扬州过了几年，直到前年秋，她在外地与温阳重逢，知晓他父母均亡，于是又随他到了成都。前月，她写信告知我们，温阳守孝期满，两人即将成亲。我们几位姐妹都互相联络，蒲州的三妹与苏州的四妹也都约好了要一同前来。唯有我因是大姐，想着早日过来帮她筹措婚事，便早于其他人动身，谁知到了成都之后，迎接我的，竟是阿阮的噩耗……”

她说到这里，还是忍不住激动，眼中含着盈盈泪珠，但强制着不让掉下来。她望着周子秦，说道：“听说周公子您是皇上钦点的成都总捕头，我想您一定也会觉得不可能——我小妹阿阮，等了这么久，终于即将与情郎得成比翼。他们如今无牵无碍，相爱至深，为什么却选在成亲之前双双殉情呢？我觉得，其中必有内情！”

周子秦点头，说道：“这的确有悖常理！”

黄梓瑕又问：“温阳在外面，可有什么不顺遂的事情？”

“并没有。我也寻到了温阳邻居家，据说他父母和妻子去世之后，他深居简出，并不怎么与人接触。因他家中有山林资产，收入不错，所以每日在家唯有读书画画，是个性脾气都十分温和的人。这一点，与阿阮信上对我们说的，也十分相符。”

“那么，你的六妹，在殉情之前，又有什么异常吗？”

“不知道……阿阮擅长的是编舞与编乐，所以，她平时深居简出，在成都也只租赁了一间小屋，身边有一个仆妇而已。如今即将嫁入温家，那个仆妇也早已被遣散回家，找不到了，”公孙鸢含泪摇头道，“而她素日帮助编舞的几个乐坊，只说她殉情前两日还到她们那边去告辞，当时她通身光彩，容光焕发，实在令人想不到，她竟会在数日后便与男方一起自尽了……”

黄梓瑕若有所思，点头道：“这样说来，确实是十分蹊跷。十年都等了，所有的阻碍都已经没了，两人却在成亲之前自尽，怎么想，都令人觉得匪夷所思。”

“所以，还望周公子能重新彻查此案，公孙鸢感激不尽！”她望着周子秦，一双盈盈含泪的眼让周子秦不自觉便点了头，说：“放心吧，身为成都总捕头，此案我义不容辞！”

黄梓瑕觉得很憋闷。

从义庄回来的一路上，她看着周子秦那种乐不可支又极力抑制以至于都显得略为有点扭曲的面容，觉得自己真的憋闷死了。

她心里有个想法，就是飞起一脚把周子秦从马上踹下来，让他那张暗自得意的脸给摔肿。

等送走公孙鸢，只剩两人站在衙门内时，黄梓瑕终于忍不住横了周子秦一眼："你拿了什么？"

周子秦又是得意，又是敬佩地望着她："崇古，你真是料事如神啊！你怎么知道我拿了东西？"

"废话，看你的脸就知道了。"她向着他伸出手。

周子秦赶紧从自己的袖中掏出一绺头发放在她的掌中，狗腿般地望着她笑："哎呀，我真觉得有点不对劲嘛，虽然看起来像是砒霜中毒，但是你不觉得尸体手指的黑色很奇怪吗？"

黄梓瑕看着那绺头发，松了一口气，又丢还给他："我还以为你悄悄割了块肉什么的。"

周子秦顿时震惊了："崇古，你怎么可以这么残忍？像我这样纯真善良的好儿郎怎么可能干得出这种事来？况且那肉都冻得硬邦邦了，实在不好割呀！"

如果好割的话，你是不是就对傅辛阮的尸身下手了？黄梓瑕无语了，只能转了话题问："头发能验得出来吗？"

"勉强吧……看运气了。"他说着，又将那绺头发揣入怀中。

黄梓瑕又想起一件事，问："你之前说，发现了那拂沙？"

"是啊，它腿伤倒是不重，不过陷在荆棘丛中两三日，饿得够惨的。"周子秦赶紧带着她到马厩去看那拂沙。

虽然她已经易过容，但那拂沙一见到她的身影，还是欢欣地凑了上来，侧过头在她的身上摩蹭着，亲昵无比。

黄梓瑕抱着它的头，心中也是十分欢喜。但见它果然瘦骨嶙峋，不由得叹了一口气，赶紧到旁边给它弄了几升豆子，加到草料中。

周子秦的小瑕也偷偷凑过来，吃了几口。周子秦将它鼻子按住一把推开，说："幸亏那拂沙脾气好，要是涤恶的话，你看它会不会直接一蹄子踹飞你。"

"要是涤恶的话，也不敢把它和别的马关在一起啊，"黄梓瑕说着，总算也有了点笑意，便说，"赶紧去查验傅辛阮的头发吧，希望能有什么发现。"

"哦哦，我马上去。"周子秦说着，就跑到后面去了。

黄梓瑕在他的院门口一张，看见阿笔和阿砚波澜不惊地坐在院子中翻花绳，那两个铜人立在廊下，窗台上一排牛羊猪的头骨，看来周子秦到了成都之后，变本加厉了。

她心中记挂着李舒白，便出了使君府，向着客栈而去。

成都地处低洼，四面环山，一年中见到日光的时机并不多。如今夏季，气候略觉闷热潮湿。黄梓瑕却早已习惯，只觉得这风流动的方向都是她无比熟稔的弧度。

成都府大街小巷她烂熟于心，七拐八绕便到了巷子口客栈前。回到自己房间换了衣服，她赶紧到隔壁去听声音，想看看李舒白是不是睡着了。谁知刚走到门口，李舒白便在里面说："进来吧。"

黄梓瑕推门进去一看，李舒白正坐在窗边喝茶。看见她进来了，朝她示意了一下面前的椅子。

黄梓瑕稍一犹豫便坐下了，给他杯内添了茶水，问："王爷可知道，我们去看的那具尸身是谁？"

李舒白的目光依然在窗外成都府的万户千家之上，只淡淡地说："云韶六女的傅辛阮吧。"

黄梓瑕对他料事如神的本领真是佩服极了："王爷怎么猜到的？"

"傅辛阮新近死在成都府，死因有疑，难道子秦会不知道？他显然还未能得出头绪，还需要拉你帮他。"

她点头，说："此事颇有疑点。傅辛阮的右手指上有奇怪的黑色痕迹，子秦准备从中入手，先检查看看这个毒是否有问题。"

他也不再说话，只望着窗外，若有所思。

黄梓瑕陪着他看着外面的景致。

夕阳斜晖透过云雾洒在城内，一片氤氲的霭金色。城内家家蜀葵，户户芙蓉，连暖湿的气息都显得明媚起来。

"成都府，真是个好地方，不是吗？"

她在沉思中，忽然听到李舒白这样说。她下意识地点一点头，李舒白站起来，说："走吧，带我去看一看这个地方。"

黄梓瑕略有诧异，问："王爷不再休息一下？"

他摇摇头，说："我想去看看你以前常去的地方。"

她"咦"了一声，想了想，问："看我……以前常去的地方？"

李舒白点头，说："或许……对你家的案件有帮助呢？"

黄梓瑕虽觉这是个借口，但也不好意思再问，便跟着他出了门，往成都府最热闹的地方而去。

天色已经入暮，夕阳斜晖脉脉照在成都街巷之上。青石铺设的大街小巷，有些店铺关了门，有些店铺门口点起数盏灯火，灯光照着她前进的方向，明明暗暗，曲曲折折。

依本朝律令，成都府应该是要宵禁的。然而安史之乱以来，政令废弛，连京城的宵禁都不甚严谨，长安东西市旁常有夜归人，成都府离京城已远，所谓宵禁更是名存实亡。

他们一路行去，沿途有绣品坊、织锦坊，悬挂着的锦缎刺绣在灯光下映照得越发灿烂。蜀绣与蜀锦，都在大唐冠于一时，时人竞捧。她目光落在那些刺绣着五色吉祥图案的香囊，想起自己也曾想过要绣一个这样美丽的物事，挂在那个人的腰间，但最终，又没时间又没手艺，一直都丢在屋内的柜子中——

事到如今，那个未完成的香囊，大约已经被后来人清理出来，丢弃掉了。

蜀地夜街，小吃食物最多。

黄梓瑕用俘虏身上搜来的钱买了烤鹅翅与鹅掌，想了想，将鹅翅递给李舒白，说："王爷您翱翔青云，所以翅膀给您；而我在蜀地足踏实地，鹅掌便给我吧。"

李舒白低头看着她仰望自己的面容，在熙熙攘攘的人潮之中，夜街的灯火明灭，照着她的眼睛，光芒明亮。

高天上的星辰，碧海上的明珠，他暗淡人生中，仅此一次的流转光华。

他慢慢伸手接过她用油纸包好的鹅翅，又到摊子上扯了另一张油纸，将那对鹅翅分了一只给她，又将她手中的鹅掌，拿了一只给自己。

黄梓瑕捧着他重新分过的鹅翅鹅掌，还在迟疑不解时，听到李舒白在她耳边轻轻的声音，似乎自极远极远的地方而来，在她的心口中，微微回响，如同激起了无数涟漪。

"天上地下，太遥远了。"

她站在那儿，忽然之间觉得胸口波动一缕暗暗的潮涌，自己也不明白，为什么忽然手足无措，不知该怎么办才好。

过了许久，她见李舒白已经向前走去了，才回过神来，赶紧快走了几步，跟在他的身后，默默地吃着手中的烤鹅。这是成都府最有名的一家烤鹅，外酥里嫩，火候恰到好处，香气熏人，是她当初在成都府最爱的小吃之一。

黄梓瑕咬了一口，又担心这些市井的小吃李舒白会不喜欢，悄悄地抬眼看一看他，却发现他站在人群中，正回头看她。比旁人高出半头的身材，在人群中十分好找。

她在人群中蹭到他身边，仰头问他："好吃吗？"

他看着她粉嘟嘟的唇，又低头看看手中的鹅翅鹅掌，平生第一次在街上打开手中的油纸包，咬了一口品尝着，然后点了一下头，说："不错。"

她望着他在灯火下灿烂的容颜，不由自主地觉得有点紧张，仿佛为了掩饰自己，她扯开话题，说："我们正在被追杀中，这东西里，该不会有人下毒吧？"

"不会，"李舒白淡淡说道，"对方未必已经知晓我们的身份，而且他们连岐乐郡主都可以毫不犹豫地拿来利用，务求一击即中，怎么可能会用这么不确定风险的办法？"

"嗯，比如在我们的住处放一把火，比在街上给我们下毒可方便多了。"黄梓瑕说。

李舒白点头："对，所以，在我们身份泄露的第一刻起，落脚的地方就要认真挑选一下了。"

黄梓瑕深以为然，说："所以接下来，我们要遇见的人，或者说，从现在开始到我们下一次遇袭之前遇到的人，非常重要。"

李舒白看了她一眼，只一点头，却不说话。

他们像普通人一样，在顺流逆流的街道人流之中穿行。没有人注意到他们，自然也没有人能注意到，他们有时因为人流磕绊而碰在一起的肩，有时被风吹起而碰触的发。

街道的尽头是一家文房用品店。柜子中有白麻纸、黄麻纸，更有各色彩纸、洒金花笺。益州麻纸是朝廷钦定的用纸，李舒白日常也是惯用的，只是民间卖的毕竟不如上用的，他只看了看，便也放下了。

黄梓瑕手中揉着一张黄麻纸，转而想起那张先皇遗笔。那也是画在川蜀黄麻纸上的，至今令人无法揣测那三团涂鸦的意义，无法窥见其中的原因。

李舒白也定然是想到了这个，转头朝她看了一眼，然后低声说："父皇画画，一般用的是白麻纸。黄麻纸……一般用来书写。"

黄梓瑕愕然睁大眼看着他。

他凝视着她，店内狭窄，两人靠得太近，他压低的声音在她的耳边轻微响起，让她几乎可以感觉到他的呼吸，轻轻喷在她的耳边，水墨晕渲般散开："所以，他当时，是想写东西，并不想画画——更不想画那种不知所云的东西。"

轻微的声音，流动的气息，她忽然之间紧张极了，那种紧张脸红的感觉又出现在她心口。

两人走出那家店，夜色深沉，两人行走在人群散去而显得寂寥的街道上时，黄梓瑕终于忍不住，说：“王爷……必定早已想到此事吧？”

他低低地“嗯”了一声，那双清幽深暗的眼睛在睫毛下微微一转，看向了她。

她迟疑着，终于还是问：“为什么……却在现在告诉我呢？”

“因为，如今我们已经不一样了。”他说。

她微有迷惘，抬头看他。

明月东出，天色墨蓝，他在月光之前，夜空之下，深深凝望着她，他不发一言，却已经让她清楚了他想要说的话。

是的，不一样了。

她记得自己紧紧抱住他滚烫的身体，在黑暗中将脸贴在他的脖颈上；记得自己曾割开他的衣服，按着他赤裸的肌肤帮他包扎；记得在他身边守了一夜之后，迷迷糊糊睁开眼，看见他一双清澈无比的眼睛静静地在黎明天光之中凝视着她——

就像他现在凝视着她一样。

而他现在让她知道了这个秘密，将她又卷入了一场他身边的阴谋。此后，哪怕是她家的冤案洗雪，她重获清白，恐怕也只能与他并肩一直走下去，再也无法脱离他了。

因为，一切都已经不一样了。

她与他，不一样了。

“夔……王兄！杨小弟！”

在他们走到客栈门口时，有个急促的声音，骤然响起，打断了此时两人之前的沉默。

黄梓瑕转头看去，周子秦手中举着一个小瓶子，向着他们快步奔来，脸上的表情又是得意非凡，又是兴高采烈，又是惊慌失措，混杂在一起，显得格外怪异。

她不由得问：“这么快就检验出来了？”

“是啊，因为我万万没想到……”他说到这里，眼睛一转，看了看周围，然后神秘兮兮地拉着他们往里面走，“这事情可不对劲啊，赶紧的，我给你们看看！”

周子秦惯会吊人胃口，把门窗紧闭之后，还要仔细查看一下旁边的缝隙，直到确定万无一失，才将那个瓶子往桌上一放，压低声音问：“你们可知这是什么？”

黄梓瑕接过看了看，里面是平淡无奇的一瓶液体，无色无味，如水一般。

“小心小心！这可是剧毒！”周子秦赶紧说。

黄梓瑕又问：“是什么？哪里来的？”

“自然是从那绺头发上来的。她虽喝了毒药就死了，但毒气还是走到发梢了，我烧了那么点头发溶于水中，又过滤之后，就得了这么一瓶剧毒，”周子秦得意扬扬地展示给他们看，“可要小心啊，我点了一筷子头在水中，毒死了一缸鱼呢。”

黄梓瑕不由得为他家的鱼默哀了一下。

李舒白微微皱眉，将那个小瓶子拿过去，看了许久，才若有所思地问：“鸩毒？”

“是啊！就是鸩毒啊！”周子秦一股压抑不住的喜悦，偏又不能大声说话，简直是憋死他了，“鸩鸟羽毛划一下酒，就能制成鸩酒的那个鸩毒啊！”

“那是谣传，”李舒白淡淡说道，“世上并没有鸩鸟，只是因为被这种毒杀死之后，死者全身发肤都会含剧毒，鸟被毒死之后，羽毛也会含毒。拿着死者的发丝或者羽毛，都能再度制成剧毒，所以才会有此一说。”

周子秦吐吐舌头，又说：“这样的剧毒，幸好世人不知道配方是什么，不然岂不是天下大乱了？”

李舒白点头道：“这毒，宫中是有的，原是前朝所制。据说是以砒霜为主，乌头、相思子、断肠草、钩吻、见血封喉为辅炼制而成。当初隋炀帝死后，宇文化及在扬州他的行宫中所获，后来辗转流到太宗皇帝手中。太宗因此毒太过狠绝，因此将配方付之一炬，药也只留下了一小瓶，时至今日已经几乎没有了。”

“不能啊，既然它毒死一个人之后，那人的身体发肤都成毒药，那么将那个人的头发制成药不是又能得到一瓶吗？”

李舒白摇头道：“鸩毒虽厉害，但也会在使用过程中逐渐流失。鸩毒在制好后第一次用的时候，沾唇起效，绝无生还之幸。而在提炼了被鸩毒杀死的死者的血或者头发得来的第二次鸩毒，发作就较慢了，服用之后可能一两个时辰才会发作，但一旦发作，片刻之间就会让对方死去，甚至可能连呼救或者反应的机会都没有。而再从这种死者身上得来的毒药，虽然依旧是剧毒，但是见效慢，死者痛苦挣扎可能要好几个时辰，也已经无法再从死者身上提炼毒物，和普通的毒药并无二致了。”

周子秦又问：“那么，鸩毒的死法，是不是与砒霜很像？”

“自然是，毕竟它是主，其他为辅。但毒性之剧烈不可同日而语。误服微量砒霜往往无事，但鸩毒一滴却足以杀死百人。”李舒白说着，又看着那瓶周子秦提炼出来的毒药，说，“看来，傅辛阮与温阳是死于第二次提炼的鸩毒之下。”

黄梓瑕则问：“如今我们的疑问是，一个远在川蜀的乐籍女子，与并未出仕的情郎殉情自杀，为何用的会是只属于皇宫大内的鸩毒？”

“而且，按照夔王爷的说法，鸩毒现在连在宫内都是珍稀之物了，他们究竟是从哪里得来的呢？”周子秦的眼睛都亮了，明亮闪闪地望着黄梓瑕，“崇古！说不定这回，我们又遇上了一桩惊天谜案！”

黄梓瑕默然点头，说：“嗯，看起来……背后一定另有我们未能察觉到的真相。”

柒

月迷津渡

送走了被大案搞得兴奋不已的周子秦，黄梓瑕也起身向李舒白告辞。

就在走到门口的时候，眼前摇曳的蜀葵花，月光下艳丽的颜色陡然迷了她的眼睛，她恍惚地站在花前许久，忽然想到一件事，心口一阵冰冷，脸色蓦然苍白。

夏末，夜风渐感凉意。李舒白站在她的身后，看见她的身躯忽然轻微地发起抖来。他低低问了一声："怎么了？"

她慢慢回头看他，嘴巴张了张，却没有说话。

李舒白见客栈院内偶有人来往，便握住她的手，将她拉到屋内，关了门，问："你想到了什么？"

"我父母，还有哥哥……祖母……"她双唇颤抖，几不成声。

李舒白自然明白了，低声在她耳边问："你怀疑，你的父母也是死在鸩毒之下？"

她狠狠咬着下唇，强迫自己清醒一点。她的手抓着桌角，因太过用力，连关节都泛白泛紫了："是……我想，确认一下……"

"你先喝口水。"李舒白给她倒了一杯茶，站在她的面前，眼睛一眨不眨地凝视着她问，"你真的，要确认一下？"

她抬头看着他，那双眼睛在灯火之下，渐渐蒙上一层泪水，她的眼睛茫然而恍惚，被灯光一照，却直如水晶般晶莹。

她死死咬着下唇，点一点头，说："是。"

他不再说什么，抬起手在她的肩上轻轻一按，便疾步走出客栈，奔到巷子口。

远远月光之下，周子秦没有骑马，正牵着小瑕蹦蹦跳跳地往使君府方向而去，那三步一蹦、五步一跳的样子，真是生怕别人不知道他心中的喜悦。

他在后面喊道："周子秦！"

夜深人静，空无一人的路上，周子秦听到声音，赶紧拉着小瑕一路小跑着回来："王兄！还有什么事情吗？"

李舒白低声说："我们出去走一趟。"

周子秦顿时兴奋了："太好了，把崇古也叫来，我带你们去吃成都最好吃的鱼！花椒一撒别提多香了……"

"她不去。"李舒白说道。

周子秦"咦"了一声，问："那我们去……哪里？"

"掘墓。"

周子秦顿时又惊又喜："这个我喜欢！我和崇古配合得很好的！我们绝对是挖坟掘尸两大高手，配合得天衣无缝……"

"小声点。"李舒白提醒他。

周子秦赶紧捂住自己的嘴。

李舒白又说："她前几日累了，今晚得休息一下。"

"这么刺激的时刻，他居然选择休息……真是太没有身为神探的操守了。"周子秦噘着嘴，然后又想起什么，赶紧问，"王爷重伤初愈，这种事情……不如就让我独自去做好了，保证做得一丝不苟，十全十美！"

李舒白望着沉沉夜色，成都府所有的道路都是青石铺砌，年深日久，磨得润了，月华笼罩在上面，反射着一层微显冰冷的光芒。

他慢慢地说："这可能是本案之中，第一个有利于她的证据，我不能不去。"

周子秦有点诧异，问："她？哪个她？"

李舒白不说话，只问："你能出城吗？"

"这个绝对没问题，虽然我来的不久，但城门所有人都是我哥们了，我就说夜晚出去查案，保证替我们开门，"他说着，又悄悄凑近李舒白耳朵，轻声问，"去哪儿挖？"

李舒白转头看向城外山上，目光中映着月光，又清冷，又宁静。

他说："黄使君一家的墓上。"

成都以西，城郊银杏岭旁，面南无数坟茔。

"都说这块地风水特别好啊，所以很多有钱人都在这里买坟地。黄使君死于非命之后，黄梓瑕出逃，他族中凋落，没有什么人来收殓尸骨，是郡中几个乡绅筹钱，将他葬在此处的。”周子秦拿着刚从家里拿来的工具，绕着并不高大的坟茔转了一圈，看着墓碑上的字，叹息道，“碑上没有黄梓瑕的名字啊。”

李舒白淡淡道：“终会加上去的。”

“不知道黄梓瑕有没有过来看过父母的坟墓呢。”他说着，在青砖甃砌的坟墓上寻找着下手的缝隙，“这么说的话，其实我要是每天悄悄守在这边，肯定能等到黄梓瑕悄悄回到蜀地祭拜，到时候我跳出来把她一把抓住，跟她说，我们一起联手破解你父母的血案吧！王爷您说，黄梓瑕会不会被我感动，从此留在我身边和我一起破解天下所有奇案……”

“不会。”李舒白冷冷地打断他的话。

周子秦压根儿没有察言观色的本事，还在喜滋滋地说：“也对。所以我现在的方向也是正确的，我准备联手崇古，先把黄家的这个案子给破了，到时候黄梓瑕一定会回到成都，找到我向我致谢，那时我就对她说——”

周子秦说着，仿佛黄梓瑕就在他的面前一般，手一挥，十分豪迈地哈哈大笑：“不必多礼啦，黄梓瑕，这都是本捕头应该做的！如果你要感谢的话，你就留下来吧，我们一起为造福成都百姓而携手破案，成就一代美名！”

李舒白颇有点无奈，直接把话题岔开了：“你觉得从哪里下手比较方便？”

周子秦又研究了一下旁边太夫人和叔父的墓，然后说：“一晚上要挖五个墓也太难了。依我看，叔父的墓，虽然也是青砖砌的，但形制要小很多。而且成都乡绅们只是顺便帮他收殓，活做得不细。依我看，从墓后斜向下打洞进去，到天亮前，应该能挖出来了。”

两人对照墓碑的方位，在墓后开挖斜洞。毕竟是新下葬的土，十分松软，很顺利便打到了墓室，挖下了墓砖后，出现了棺木的一头。

“这里应该是头部方向，到时候也剪一绺头发回去，”周子秦一边拆着棺材板一边絮絮叨叨，“这回我们算运气好啦，上次在长安啊，也有一桩疑案，大理寺要求开棺验尸。结果那户人家真有钱，坟边的土都是用鸡蛋清和糯米汁搅拌过的，风吹日晒硬得跟铁似的，大理寺一干人挖了四五天，才算把墓室给挖了出来，结果那砖缝上又浇了铜汁，密不透风的一个笼子，最后终于被我们给整个掀了才算完……”

“你爹也把你给掀了吧？”李舒白问。

周子秦吐吐舌头，说：“王爷真是料事如神。”

将到天明的时候，李舒白回到客栈，看见黄梓瑕的房间里还透出隐隐的灯光，他犹豫了一下，见厨房的人已经在准备早餐，便让他们下了两碗汤饼，敲开了黄梓瑕的门。

黄梓瑕应声开门，她显然彻夜在等待他的消息，熬红了一双眼睛。

李舒白将东西放在桌上，示意她先吃一点。

天将黎明，一室孤灯。黄梓瑕捧着温热的汤饼，沉默地望着他。

他望着她，终于还是开了口，说："是鸩毒，无误。"

黄梓瑕猛地站起来，那碗汤饼差点被她打翻。李舒白不动声色地抬手将碗按住，说："先听说我。"

黄梓瑕咬住下唇点点头，却无法抑制自己身体的微微颤抖。她勉强抬手按住自己突突跳动的太阳穴，尽量让自己冷静下来看着他。

"凡事关心则乱，你虽然一向冷静，但毕竟事关亲人，必定会方寸大乱，所以我不让你跟着我们过去，是担心你到时太过激动，反倒不好。"

"嗯……我知道。"她勉强道。

"如今你父母的案情有了重大突破，相信你洗雪冤仇指日可待，"他说着，将那碗汤饼往他面前推了推，"但目前你最重要的，还是先照顾好自己，若你寝食难安，被悲哀所困，又如何能为家人翻案，又如何能洗雪冤屈呢？"

她默然点头，然后将碗端起来，一口一口全部吃完了，然后放下来看他。

天边已经透出微明，又将是一个夏日清晨来临。

李舒白这才对她说："按鸩毒的特性来看，你的父母，与傅辛阮和温阳一样，都是中了第二回提炼的鸩毒。所以，下毒的人绝对不是手持砒霜的你。"

她默然点头，勉强抑制住自己眼中的泪，颤声道："是……这么多日以来，我一直想寻找一个突破口，可无论如何追溯，所有的证据都对我不利——到现在，总算有第一个决定性的证据出现了，我作为凶手的可能性，或许就可以就此推翻了……"

"是，千里荒原，总算出现了一线生机。"李舒白声音低低的，略带疲惫。这一夜他与周子秦挖掘坟墓，也顾不得自己有洁癖了，甚至连死尸身上剪下来的头发都握住了——虽然事先戴上了周子秦给他的手套。

黄梓瑕却在激动之中，忘记了向他道谢，只问："我父母的尸身……现在怎么样了？"

"因五个人的症状及食物都是相同的，而且时间也稍显急促，所以我们只剪了你叔父和兄长的头发过来检验，都是鸩毒无疑。我想，或许可以先让子秦借此案放出风声，然后堂堂正正为你的父母再行验尸，如果确定是鸩毒，就可一举洗刷你的罪名，推翻旧案，重新立案再审了。”

“我现在……心乱如麻，也不知自己该如何……”她说着，伸手拔下头上的发簪，在桌上慢慢地画着。

一开始，她的手还是颤抖的，画的线条也是凝滞缓慢的，但到后来，她的手却越画越快，以中间的鸩毒为联系，线条一根根向着四方衍生。她一边画着，一边低声将自己的疑问一一理出来：

“第一，鸩毒从何而来，下手的人是否与宫廷有关？是否为同一人下手？”

“第二，同样的毒，我家的惨案与傅辛阮的案件又有何关联？双方交接点何在？”

“第三，鸩毒如何下在我亲手端过去的那一盏羊蹄羹中？”

“第四，傅辛阮与温阳的鸩毒从何而来？为何要以这种方法殉情？”

李舒白看着她列出来的疑问，略一思索，说：“这其中，最方便下手的，应当是第三和第四条。如今时候尚早，我们先休息，下午到使君府，我已经让子秦查探之前使君府中有可能接触到那一盏羊蹄羹的所有人，下午我们过去，应该就有结果了。”

川蜀使君府，位于成都府正中，高高的围墙，圈住大半条街。

自使君府大门进入，前面是衙门正堂，左边是成都最大的库房，右边是三班衙役的住处，后面是使君宅邸，宅邸旁边是一个小花园。

这是黄梓瑕闭着眼睛也能走出去的地方，她最美好的少女时代，已经随着那一日的血案，永远葬送在这里。

她跟着李舒白从侧门进入捕快房，周子秦正跷着脚在里面吃着松子糖，看见他们来了，赶紧一人给分了一块，然后从怀中掏出一卷纸，说：“来来，我们研究一下。”

如今正是午末未初，捕快房中空无一人。

“昨晚我和王爷剪了头发，将坟墓原样封好之后，马上就回到我居住的院中检测好了毒药，确属鸩毒无误，”周子秦得意扬扬地说，“王爷立即命我调查府中所有人等，以我的人缘和身份，打探这种消息还不是手到擒来？”

他展开那卷纸，上面写得清清楚楚，周子秦的字虽然一般，但胜在端正，极利于阅读。

厨娘一、鲁松娘，掌管厨房食料。案发当夜将厨中未吃完的羊蹄羹与其他食料一起锁入柜中的经手人。现状：前日儿子生病，向门房阿八借钱两吊。

厨娘二、刘四娘，掌管灶火，手下两个烧火丫头。案发当日领着一个烧火丫头在厨中做饭。现状：基本如旧，新添小银戒指一个，到处对人炫耀。

厨娘三、钱大娘……

杂役一、二、三……

丫鬟一、二、三、四……

黄梓瑕也不由得佩服起周子秦来。使君府上下人等四十多个，他一个上午打听得清清楚楚，而且事无巨细，简直比市井八婆还要厉害。

“这个……平时我就经常注意打听这些，这个是神探的日常素养嘛，对不对？”周子秦义正词严地说，“我相信，黄梓瑕肯定也十分注意关注这些。”

“我想没有吧。”黄梓瑕嘴角微微抽搐了一下。

李舒白似笑非笑地看了她一眼，一目十行将那些资料看完，然后丢到桌上，说：“所以，你一上午的调查发现，没有任何人有嫌疑？”

周子秦终于略有羞愧：“是……是啊。因为，鸩毒是皇室专用的秘药，如果有人交给府中人下毒的话，这个投毒的人必定不是被杀，就是被对方视为心腹飞黄腾达——可如今所有人都没有什么变化，足以说明，显然并没有哪个人因投毒而与上层扯上关系，发生变化。”

黄梓瑕点头，肯定他的想法：“子秦这次分析很正确。”

周子秦顿时就得意起来了：“所以啊，其实我是个很有天分的人，假以时日，我和黄梓瑕联手，崇古你的京城第一神探地位可就难保啦！哈哈哈……”

黄梓瑕和李舒白无奈相望，一致决定忽略掉这个人。

“所以，接下来我们的突破口，只能从傅辛阮与温阳的殉情案下手了。”

温阳的家在成都府西石榴巷，巷中颇多石榴树。正是夏末，石榴花已经半残，一个个拳头大的石榴挂在枝头，累累垂垂，十分可爱。

温家也算是好人家，三进的院落，正堂挂着林泉听琴的画，左右是一副对联：“竹雨松风琴韵，茶烟梧月书声。”

迎上来的是一个老管家，须发皆白，面带忧色。上来先朝他们躬身行礼："见过周捕头。"

周子秦赶紧扶起他："老人家不必多礼啦。"

老管家带着他们在堂上坐下，让一个小僮仆给他们煮茶，又叫了家中厨娘和杂役，过来见过他们。

"我们老爷先祖曾出任并州刺史，后辞官回归原籍。老爷今年三十七岁了，十余年前也曾经热心功名，但屡试不中，也就淡了。等父母和妻子去世之后，老爷更是深居简出，一心只读老庄，常日在院内莳花弄草，不与人接触。"

周子秦点头，问："那么，他与傅辛阮——就是那个殉情的女子，又是如何认识的呢？"

"老爷祖上留有山林资产，每年收入不错，夫人去世后他也不续弦不纳妾。他素来最喜王右丞诗意，说王右丞也是断弦不续，等日后到亲戚中过继一位聪明的也就行了，"管家说着，一脸疑惑地问，"请问捕头，这王右丞，是谁啊？"

周子秦说道："就是王维王摩诘了。"

"哦哦，"管家应着，但显然他也并不知道王维是谁，只继续说，"老爷家中无妻室，所以有时也会去坊间找一两个女子，只是他从不带这些风尘女子回来，我却不知道究竟是什么人了。"

周子秦悄悄地压低声音说："这会儿怎么不学王维隐居别业了，反倒去花街柳巷？"

黄梓瑕没理他，问那个老管家："老人家，请问当日你们老爷出门，是否曾对你们说过什么？"

"当日……他似是应一位友人之邀，说是要去松花里，我也记不太清了……唉，老爷虽薄有资产，但这两年山林收成不好，身边原本有个亲随伺候着，前些年也辞掉了。如今家中统共只有我一个，厨子一个，杂役一个，还有个我孙子，偶尔跟着出去跑跑，"他一指正在煮茶的小僮仆，唉声叹气道，"你们说，一个家没有女人打理，可如何能兴旺得起来呢？就连前几日，和老爷同个诗社的几个人过来祭奠，有位大官员——好像是姓齐的来着，在老爷书房逗留了许久，对我们叹息说，你家老爷早该找个女人操持的。"

"这么说，你们对你家老爷在外面的事情，一无所知？"

"老爷从来不提，也自然不会带我们出去……真是一无所知啊。"

见老管家一问三不知，家中厨子杂役和小童子更是个个摇头，周子秦也只好带着李舒白、黄梓瑕，三人一起到后院查看。

后院是书房，满庭只见绿竹潇潇，梧桐碧碧，松柏青青，山石嶙嶙，一派孤高清傲的气质。

周子秦说：“这里让我想起了一个地方，是哪里呢……”

他还在抓耳挠腮想着，李舒白在旁边说：“鄂王府。”

“对啦，就是鄂王那个专门用来喝茶的庭院！这种刻意构建的诗意，真是让人受不了。”周子秦摸着自己身上的鸡皮疙瘩，一边走到书房，查看里面的东西。

只见书房迎面是一排博古架，绕过架子之后，是两排书架，一个书案。书案后陈设着屏风一架，上面墨色淋漓，写着一幅龙飞凤舞的字，正是王维的《山居秋暝》，落款是并济居士。

屏风右边的墙上，挂着一幅看来年岁已久的画，画的是一只蝴蝶落在粉红色绣球花上。画的颜色略有陈褪，显然已经是旧物。满堂之中唯有这花蝶娇美可爱，让黄梓瑕的目光停留了一瞬。

桌上有几张纸，已经被收拾好了，放在案头。

周子秦过去拿起来一看，第一张的第一个字是“提”，后面几个字是“提於意云何须陀洹能作是”，周子秦念着，莫名其妙地看向李舒白和黄梓瑕两人，黄梓瑕微一皱眉，而李舒白已经念了下去：“须菩提，於意云何？须陀洹能作是念‘我得须陀洹果’不？”

黄梓瑕恍然大悟，接下去念道：“须菩提言：‘不也，世尊。何以故？须陀洹名为入流，而无所入，不入色声香味触法，是名须陀洹。’”

那张纸上所写，确实是他们两人所念的这样，但他还是摸不着头脑：“这是什么？”

黄梓瑕解释说：“是《金刚般若波罗蜜经》中的一段，看来他曾抄写过这段经文。但次序放乱了，所以你一时读不懂。”

周子秦“哦”了一声，将经文放下了。

黄梓瑕想了一想，走过去将经文翻了一遍，又重新理了一遍，有点诧异：“前面的不见了。”

“咦？”正在研究他藏书的周子秦转头看她，“这种东西难道也有人要？他字写得挺一般的。”

“嗯，你刚刚念的这一句，就是这边所有经文中，最前面的一句了。”她将其他的纸张理好，放在案头，用一个玛瑙狮子镇住，然后在架子和各个抽屉中找了一遍，却怎么都没找到前面的几段。

“剩下的，还有这几封信。”他们从一个锦盒中找到几封信，拆开来一看，周子秦顿时激动起来：“是傅辛阮写给温阳的！”

温郎见字如晤：

多日阴雨，长街水漫，无从跋涉也。念及庭前桂花，应只剩得二三，且珍惜收囊，为君再做桂花蜜糖。

蜀中日光稀少，日来渐觉苍白。今启封前日君之所赠胭脂，幽香弥远，粉红娇艳，如君案前绣球蝴蝶画。可即来看取，莫使颜色空负。我当洒扫以待，静候君影。

辛阮书上

周子秦不由得感叹说：“他们日常挺好的，真是恩爱旖旎。”

再看看下面的，除了傅辛阮几封信之外，多是些诗社来往酬酢，没什么出奇的。

周子秦说：“看来前面那半部《金刚经》是没了。说不定，是被管家他们当成废纸扫出去。看这府中老的老小的小，厨子杂役什么的，应该是一个字也不识的，哪知道有些有用，有些没用啊！”

黄梓瑕摇头道：“正因为不识字，所以他们肯定会敬惜字纸，免得扫错一张纸，被主人责骂。尤其是，这个主人还似乎很得意自己的书法。”

“何以见得啊？”周子秦见她又说出了自己不曾察觉的事情，有点不服气地问。

“这纸上的字迹，与屏风上的，是一样的，不是吗？能将自己的字制成落地屏风欣赏的，难道还不得意自己的书法吗？”

“可屏风上的落款是‘并济居士’啊！”

“温者，柔也，阳者，刚也，温阳是觉得自己的名字一柔一刚，刚柔并济，所以才取了这个别号而已。”

“真的吗？”周子秦半信半疑，走到院中，抬手招了招正在院外收拾东西的杂役：“喂喂，你过来！”

杂役赶紧跑进来，问：“捕头有何吩咐？”

他问：“书房中这架屏风，从何而来？”

“是老爷亲手所书，写废了足有二十来匹绢才写好的，他好像很喜欢这幅字，所以特地叫人拿去做了这架屏风。”

黄梓瑕在周子秦身后问杂役：“平时你们可有丢过字纸篓？”

“有啊，但是都要老爷发话的！自从几年前我将老爷的一首诗当成废纸扔掉被罚之后，我们现在凡是要收拾书房，必要等到老爷在时，一张张问过他之后，我们才敢丢呢。”

周子秦用仰慕的眼神看着黄梓瑕，只差在脸上写“我们联手打败黄梓瑕吧”几个大字了。

李舒白将书房内又打量了一遍，然后问杂役：“那幅蝴蝶绣球的画，是什么时候挂上去的？”

“这个可难说……老爷有几张藏画，有山川的，也有河流的，高兴的时候就亲手换一幅挂一挂，我们做下人的，自然不知道是什么时候挂的。”

“你记忆中这幅画出现的时间呢？”

“呃……应该是近几天吧，总之应该没多久，之前也没见过。”

等杂役走了，周子秦环视四周，说：“看来似乎没有其他异常了，我们还要待在这里吗？”

黄梓瑕将手指向松花里的方向：“走吧，去案发现场看看。”

刚走出温阳家门，黄梓瑕一眼看见站在街角的人，脚步便不由停住了。

她看见巷子的另一边，一条修长挺拔的人影正站在河边绿竹之下。

竹子潇潇簌簌，他的身影清匀修长，两者相得益彰。

黄梓瑕一动不动地看着他，而周子秦则兴高采烈地冲他招手，问：“咦？你不是禹宣禹学正吗？你还记得我吗？我们在京中曾见过面的！”

禹宣向他点头，目光在黄梓瑕的身上稍稍停了一下，先向李舒白行礼，然后才对周子秦说：“我正是有事要找少捕头。”

“你说你说！”周子秦蹦跳着就过去了。

他指着身旁的一个空壶、一个竹篮，说：“今日晨间，我去广度寺求了些净水，去祭奠黄使君。”

黄梓瑕的身子陡然一震，下意识地收紧了自己的双手。马缰绳在她无意识收紧时紧紧勒住了她的手掌，因为太紧而渐渐青紫，但她却浑然不觉。

李舒白看见了，也不说话，只抬手轻拍了一下她的肩。她骤然醒悟，慢慢松开马缰，身子却依然没动。

周子秦丝毫未察觉他们这边的动静，只咦了一声，问禹宣：“今天是什么大日子吗？”

禹宣摇头，说道：“并不是。”

“那么……”周子秦有点疑惑地看着他。

“只要身在成都府，我每日都会去墓上洒扫。”他说道，目光从周子秦的身上滑过，又定在黄梓瑕的身上。他的目光比此时身旁流水的光芒还要明净清澈，声音比此时

穿过竹林的风还要低暗："昨晚又偶尔梦见了往事，有所感念，所以才去沐善法师那边求了净水，带些果品前往祭拜。"

周子秦惯爱理会那些鸡毛蒜皮的事，一听便追问："沐善法师这边的净水很有名吗？好像很多人都去求。"

禹宣点头说道："沐善法师道行高深，是成都最有名的高僧。近日，成都府更是传说他禅房后有一眼泉水，听他多年诵经感化，一夜之间水势大涌，从方寸泉眼变为尺许流泉，世人都说是奇迹。所以大家纷纷前往取水，据说若再得沐善法师诵经，即可成为净水，可使生人六根清净，可使亡魂超度往生。"

黄梓瑕牵着马，站在竹林之中，听他娓娓说来，不觉恍惚。想起当年他们并肩在成都府的大街小巷走过，他口中一草一木似乎都有典故，引人入胜。

周子秦点头，说："改天我也去打点水喝一喝。"

禹宣点头，向周子秦躬身行了一礼，说道："周少捕头，今日我从义父墓前回来，便即往衙门找寻你，又跟到这里，是因有一件大事，需要告知。"

周子秦赶紧问："什么事情？"

"前几日我去清扫坟墓时，发现叔父与义兄的坟墓有被人动过的痕迹，但砖石瓮砌还算完整，只是外面泥胎有动。我想，会不会是有人意图掘墓？"

周子秦脸上的笑容顿时僵硬了，忍不住回头看了看黄梓瑕，尴尬地对着她扯了扯嘴角。

他还自夸自己掘墓手艺好呢，没想到一下子就被禹宣发现了——不过他想禹宣肯定不会发现的是，发掘墓穴的人，全都正站在他的面前，而且，一个是当朝夔王，而另一个就是他来求助的捕头。

禹宣当然不知道自己面前这个正一脸复杂表情的周少捕头就是掘墓者，只缓缓说道："我想，成都府所有人都知道，黄使君廉洁清正，墓葬中多是笔墨书籍，哪有盗墓贼会瞄中这样的墓穴？"

周子秦正义浩然地点头："没错！禹兄弟说得是！我想此事必有蹊跷！"

黄梓瑕低头默然不语，只望着旁边的竹枝发呆。

李舒白将那竹枝拉下，细细地观看上面的脉络，仿佛那上面有金玉真言似的。

周子秦瞄瞄他们两人，见神情都是幽微沉郁，滴水不漏，也并未出声帮自己说话，只好反问禹宣："那你的意思是……那些人为什么盗掘黄使君的墓葬？"

禹宣摇头道："我也不清楚，但总是有原因的吧——比如说，想要借此对新任使君不利；或者，周捕头应该也知道，黄使君的女儿黄梓瑕出逃后，至今没有音信。

或许有人想要借此将黄梓瑕引出，以对其不利？”

一提到黄梓瑕，周子秦顿时大惊：“不会吧？有这样的用意？”

“我不知道……只是，我希望周捕头帮我留意一下，是否有这样行踪不轨的恶徒。或者……”他的目光转向黄梓瑕，声音微微地扬起来，“让黄梓瑕知道，可能背后有一股她还看不见的势力，准备对付她。”

“哦……我们会注意的，衙门一定会多加注意，妥善保护黄使君的坟墓。”周子秦说着，偷偷向黄梓瑕和李舒白挤挤眼，意思是：“你看，这人想得真多，却想不到是我们做的，哈哈哈！”

而黄梓瑕却没有理会他这个小表情，她站在竹林之中，在萧萧的风中思索片刻，然后抬头看向禹宣，目光平静而澄澈：“多谢你好意转告，也多谢你为黄梓瑕的安危着想。但此事……我想背后可能并没有什么势力介入，无须太过担忧。”

他不解地望向她。

她将目光转向别处，说：“是我们做的。”

禹宣顿时愕然，甚至连脚步都不稳，不敢置信地退了一步。他喉口挤出几个艰涩的字，几不成句：“你……你们去挖黄使君和其他人的坟墓？”

黄梓瑕点了点头，说：“是。我们还找到了黄梓瑕不是杀人凶手的确凿证据。”

禹宣瞪着她，口中喃喃又问了一遍：“你亲手去挖……黄家亲人的坟墓？”

“其实崇古那天生病了，没有去，是我为了重新验尸翻案，所以和……所以我一个人去的，”周子秦把李舒白掩饰了，得意地说，“我的手脚很干净吧？挖开坟墓验尸完毕之后，我又全部重新砌了一遍。如果你不是天天去扫墓的话，我敢保证，两三天后，或者只需要一场雨，就再也没有人能发现蛛丝马迹了。”

他自吹自擂，禹宣却压根儿也没理会他，只大步走上前去，抬手按住黄梓瑕的肩，紧紧地盯着她问：“重新验尸的结果如何？你所说的黄梓瑕不是杀人凶手的确凿证据又是什么？真凶是谁？如何杀人的？为什么要栽赃嫁祸？嫁祸的手法又是什么？”

黄梓瑕见他那双一贯明净清澈的眼中瞬间布满血丝，几乎失去了理智，只能叹了一口气，说：“你冷静点，我还没找到真凶。”

“但你……已经证明清白？”他又追问。

黄梓瑕默然凝视着他，慢慢将他的手从自己肩膀上拉下来，却并不说话。

李舒白转头看周子秦，问：“子秦，我刚刚没注意，温阳房内那幅绣球花，画了几瓣花朵？”

周子秦顿时脸上汗都下来了：“啊？这个和本案……有关系吗？”

“没关系，但本王想去数一数。”他说着，转身便走了。

周子秦只好苦着脸对黄梓瑕挥挥手，赶紧快步跟上他。

黄梓瑕见李舒白离去的脚步轻捷，便安心地收回目光，对禹宣点头说：“是，我亲人致死的原因，不是砒霜。”

“不是砒霜？难道说……”即使已经有了心理准备，可他依然无法避免震惊，只能怔怔地站在那里，脸上的肌肉微微抽搐，惊骇、懊悔、欣喜与恐惧交织成复杂的激流，让他几乎站不稳身子。

直到无意识地连退了两步，后背抵上一丛竹子，禹宣才靠在竹子上，目光虚浮而悲怆，盯着黄梓瑕颤声问：“我……我错了？”

黄梓瑕凝望着他，神情平静地说道：“是。虽然我买过砒霜，虽然你说曾看见我拿着那包砒霜，面露怪异的神情，但这一切，都与我亲人的死无关——因为他们并不死于砒霜之下。”

“我……冤枉了你。”他茫然地重复着，身体瑟瑟发抖。

“是。而你不相信我，将我给你写的情书作为罪证，亲手给我加诸了难以洗清的罪名，”黄梓瑕没有避开他的目光，她定定地直视他，声音低沉而平静，“不过幸好，我们已经发现了难以辩驳的事实真相，总有一天能洗清我的冤屈。”

禹宣睁大一双眼睛，怔怔地盯着她。

他看到她站在自己面前，瞳孔明净，全身披满盛夏的生机。日光照在她的身上，只让她看起来显得更加明亮灼眼，几乎刺痛了他的双眼。

因为眼睛的疼痛，他抬起手背，遮住了自己面前的她，也遮住了自己眼前薄薄的朦胧，免得被她看见，自己的失控与悔恨。

他想起自己那时的怨恨，恨她一瞬之间破坏了自己的家——在他流浪了多年之后，终于寻到的一角庇荫，一缕温暖，却被自己所爱的人亲手破坏。他的脑中挥之不去，白天黑夜都是她捏着那包砒霜的样子，她那时冰冷而诡异的神情……那些爱便转成了浓黑的污血，铺天盖地将他淹没，让他的神志都无法清醒。等他回过神来之后，他已经身在节度府，那封情书，已经呈在范应锡的案头。

他靠在身后的竹子上，只觉得一身都是虚汗，命运在他眼前的世界中劈下两个幻影，让他颤抖着，胸口如钝刀割肉，痛到无法自拔。

一个幻影，是他十六岁那年初夏，看见赤脚踩在泥泞之中的黄梓瑕，日光恍惚晕红，整个天地被染成血也似的颜色。那是他们的第一次见面，美丽得如此不祥。

而另一个，则是他十四岁那年，睁开眼睛看见日光从破旧的窗棂外照进来，周围静得可怕，毫无声息。他从床上爬起来，跌跌撞撞地往外走去，然后看见斑驳的泥墙上，晕红的日光映着他母亲的人影，从梁上悬挂下来，似乎还在轻轻晃荡。

人生往往就是这样，遇见了什么人，永别了什么人，似乎都是一样的颜色，于是，也分不清这命运到底是喜是悲，这眼前大团的鲜红色，是血迹还是光明。

黄梓瑕的声音，在他的耳边恍惚响起："我已经将当时府中人全都调查了一遍，尚未找到有嫌疑的人。因此，如今先着手调查的，是松花里傅宅的杀人案。"

禹宣用力地呼吸着，胸口急剧起伏，强迫自己镇定下来。他声音略微颤抖，但毕竟还是勉强能成声了："你说，你已经证明自己不是凶手，因为……那不是砒霜的毒？"

"是鸩毒，发作时的状况，与砒霜十分相似，所以就连成都府最著名的老仵作，也多次验错。"黄梓瑕点头。

他望着她，许久，又问："那么鸩毒是从何而来？又是如何放进去的？若是鸩毒的话，你要在路上不动声色加一点，岂不是比砒霜更加简便？"

黄梓瑕反驳道："我并无任何方法弄到鸩毒！这种毒药只在宫廷流传，民间鲜少发现。而且，故意用死后模样相同的鸩毒来造成砒霜毒发假象的，必定是他人要栽赃嫁祸给我。"

"那么……那封信又如何解释？"他的声音，微颤中含着一丝犹疑，让她知道，他始终还是无法彻底相信自己。

黄梓瑕愣了愣，想起了她当初在龙州时写给禹宣的信，便说道："那封信……只是我随意发散，你多心而已。"

"是吗……"他说着，但终究，望着她的神情还是和缓了，"或许，我之前执着认定你是凶手，大约是我错了……若有什么需要，你尽可来找我，我也想和你一起，将义父义母的死，弄清楚。"

"嗯，还有松花里殉情案，此案中有些事情，我确实需要你帮忙。毕竟，这桩案子中，有一个死者也是你认识的人。"黄梓瑕长出了一口气，轻声说，"这回的松花里傅宅案子，可能与我爹娘的事情有关。因为……所用的毒，是一样的。"

"鸩毒难道真的如此稀少？"他问。

她点头，说："对。"

禹宣按住自己的太阳穴，等着眼前那一阵昏黑过去，然后才说："温阳与我交往不多，但之前曾在同一个诗会中，偶有碰面。"

黄梓瑕便问："你对他与傅辛阮交往的事情，知晓吗？"

禹宣愣了一下，才想起来什么，问："听说……他是和一个歌伎，殉情自杀？"

黄梓瑕点头，又问："他平时为人如何？"

他垂下眼，避开她的目光，低声道："温阳平时在人前沉默寡言，但私底下……风评不好。"

"什么风评呢？"黄梓瑕又追问。

禹宣欲言又止，但见她一直没有放弃，才说："他私行不端，是以我对他敬而远之。"

黄梓瑕心下了然，大约是温阳出入花柳之地被人发现，以禹宣这种个性，自然不会与他来往。

"那么，其他人也知道温阳的所作所为吗？"

禹宣摇头道："应该不多，不然我们那个诗会的人大多洁身自好，怎么会与这种人厮混呢？"

黄梓瑕点头，又想起一事，便问："你如今，常去广度寺沐善法师那边？"

禹宣点头，说道："世事无常，诸行多变。我近来常看佛经，觉天地浩瀚，身如芥子，凡人在世所受苦难，不过芥子之上微小尘埃。有时候想想，也能暂得一时解脱。"

"但终究只是一时而已，不是吗？唯有查明真相，祭奠亲人，才能得永久安宁。"

禹宣凝视着她倔强的面容，轻声说道："是，阿瑕，我终究不如你洞明透彻。"

"我不洞明，也不透彻，我对出世没兴趣，"黄梓瑕摇头道，"这世间，苦难也好，欢喜也罢，我从来不想逃离。该来则来，是好是坏，我必将正面迎击，不到真相水落石出那一天，永不放弃。"

禹宣默然点头，两人站在竹林之中，听着周围流水潺潺，一时无言。

巷子的另一边，李舒白与周子秦已经折返。

李舒白神情平静地看向黄梓瑕，说："走吧。"

周子秦则兴高采烈地问黄梓瑕："你知道那幅画上有几片花瓣吗？"

黄梓瑕头也不回，淡淡地说："许多片。"

"哎，你这样的态度，可注定成不了黄梓瑕那样的神探哦！黄梓瑕对案发现场的每一寸、每一丝可都是了如指掌的，哪像你这样啊，态度不端正嘛……"

禹宣向他们行了一礼，带着东西离开了。

李舒白和黄梓瑕都选择了听而不闻，径自上马往前走。

周子秦无奈地噘起嘴，喃喃："崇古你这个小心眼，不如黄梓瑕就不如嘛，还不承认！"

捌

何妨微瑕

松花里，傅宅。

傅辛阮十二岁起便名闻江南，各歌舞坊园竞相聘她编曲编舞，而且她又没有妈妈嬷嬷克扣，是以来到成都之后，便买下了松花里的一间小院，独自居住。

周子秦到院前撕去门上封条，拿出钥匙准备开锁。

黄梓瑕看见门上另贴着一张纸条，上面写着“我现在紫竹里云来客栈，务来。”

下面没有落款，只画了一只小小纸鸢。

黄梓瑕还在看着，旁边的一个大娘出来看见了他们，赶紧上来对周子秦说：“年轻人，这可是官府封的，你扯掉了要吃官司的！”

周子秦扯着自己身上的公服，笑道：“大娘，我就是官府的。”

大娘又赶紧问：“这么说……是这个案子有着落了？”

“这倒没有，我们这不是正在查吗？”

“哎呀，赶紧查啊！这院子里出了人命案，还一死死俩，我们旁边人心惶惶，晚上都睡不好觉了呀！”

“行嘞，大娘您就交给我们吧，”周子秦说着，忽然又想起什么，问，“对了大娘，请教您个事情啊，那位温阳大爷经常过来这边吗？”

“我怎么知道？这个傅姑娘啊，脾气古怪着呢！家里就一个婆子伺候着，每日不出门。我们日常连她的人影儿都见不着，她在这边住了有一年多了，我都只见过四五面，何况什么温大爷呢！但你别说，长得是真叫漂亮，就是一脸薄命相，我第

一次看见她的模样就觉得她命不好！”大娘摇着头，又打量着周子秦，“哎，我跟你说啊，大娘我见的人多了，眼光很准的，比如你吧，我一看你就和我娘家一个小侄女有夫妻相，不如这样，你给留个地址，我侄女改天来了我叫你一声，你看好不好呀？”

好容易甩掉这个忽然凑上来做媒的大娘，周子秦开了门锁，一进门就赶紧把门关上了，靠在门上喘了口气：“难怪傅辛阮整日不出门，要是被这邻居逮住了，可不就是一天辰光完蛋了？”

黄梓瑕和李舒白深以为然，安慰了他两句，到屋内查看去了。

前院是一个小天井，种了两丛花果，放了几盆兰花。堂上供桌上，摆着香炉香器，供奉着一个女子。那女子锦衣玉貌，持剑起舞，衣衫绶带迎风飞舞，状若仙人。

黄梓瑕的目光落在她的手上。她持着的剑，是一把颜色暗沉的铁剑，剑身短而小，并不像一把长剑，更不像是拿来舞剑的器具，反倒像是一把不起眼的生锈匕首。

李舒白的注意力也在这把匕首之上，低声说：“你看到那把匕首了吗？”

“嗯，王爷知道它的来历？”

“这就是当年太宗皇帝赐给武后，用来制服‘狮子骢’的匕首，后来赐给公孙大娘，并传给了她的弟子李十二娘。十七年前，云韶六女进京，公孙鸢当时献舞所用的，就是这柄匕首，”李舒白说着，目光又若有所思地落在她的身上，“这柄匕首本是太宗随身之物，当时是海外送来的寒铁，铸成二十四把，唯有这一把被太宗选中，随身佩带。传说海国寒铁永不生锈，谁知乍离宫廷，竟会变成如今这样锈迹斑斑的模样。”

黄梓瑕说道：“可见传闻不足为信。”

李舒白点头道：“所以当时先皇自公孙鸢手中看到这柄匕首之后，大为叹息，说，当年太宗皇帝挚爱之物，如今竟成这样，时光荏苒，真是半点不饶人。”

黄梓瑕想起先皇曾被人称为“小太宗”，最是仰慕太宗风华，再看看画上女子手中的匕首，想着李舒白父皇的心情，也不禁生出唏嘘来。

身后周子秦上好了门闩，跑过来叫他们：“可以开始查看了吗？”

“先去后面看一看吧。”三人走到后面，见后面小庭中紫薇花正在盛开，一簇簇紫色花朵开得层层叠叠，分外艳丽，掩映着琴阁书房。

他们进入书房一看，里面陈设着几个落地书架，上面多是卷轴。黄梓瑕打开几个看，都是天书般的符号。

李舒白拿去看了，说：“四弦四相燕乐半字谱，这是琵琶曲谱，应该是傅辛阮编舞或者编曲时所用的。另外的那些，想必也是乐谱了。”

黄梓瑕又去看了看，琴谱她还看懂一二，舞谱则一窍不通了，只能先放下。

周子秦在抽屉里找到一叠纸，眼前一亮，赶紧说："你们看这个！"

他们过去一看，发现是一叠手抄的《金刚般若波罗蜜经》，那字迹与温阳书房内那半部，一模一样。

周子秦赶紧翻看这叠经书，发现最后一页果然写到"须菩提，所谓佛法者，即非佛法。须菩"。

与下文的"提"字刚好接上，又是一样的字迹。当下周子秦拍了拍手中的经书，说道："两人既然在一起，傅辛阮这边必定会有温阳留下的东西，这不就是了。"

黄梓瑕点头，说："这经书，应该确定是温阳的无疑。"

"不过一部经书对我们查案也没用啊。"周子秦沮丧地把经书丢到满是灰尘的桌上，说，"还要找找其他证据，才知道他们为什么要殉情。"

李舒白则看着那叠纸张，问黄梓瑕："你可看出其中不一样的地方了？"

黄梓瑕知道桌上都是灰尘，他是不会去拿的，所以自己动手翻了翻，点头说："嗯，看来是有用的。"

周子秦赶紧抢过那叠抄写着金刚经的纸，连声问："哪里哪里？有什么不一样？"

黄梓瑕解释道："这纸张的四周，留白甚多，我们猜想可能是要拿来装裱为蝴蝶装。"

周子秦莫名其妙："蝴蝶装怎么了？挺好看的嘛。"

黄梓瑕也只能放弃了，站起来走到她的衣柜箱笼之前，打开来细细地查看了一遍。里面有一两件男人的贴身衣物，她都拿起来交给了周子秦，让他拿去和温阳日常的衣物对比一下。再翻了翻傅辛阮日常的衣服，见如今夏日，她大都是颜色明艳质地轻柔的纱衣，鹅黄浅碧月白桃红，说不出的活泼盎然。

她站在这一柜衣服之前，不禁动容，忍不住伸手在各种纱绢绫罗上缓缓拂过，看着它们轻飘飘的颜色艳丽地在眼前洇成一整个春夏的色彩。

正在翻着男人衣服的周子秦转头看着她，不由得笑了出来："崇古，你长得像女人也就算了，还喜欢女人的衣服啊？"

黄梓瑕无语地将柜门关上，又检查傅辛阮的首饰盒，说："一看就知道，你不懂女人。"

周子秦嘲笑她："咦，说得好像你很懂的样子。"

黄梓瑕不再理他，打开面前的首饰盒。盒中有许多花钗首饰，除了寻常的花鸟之外，还有蜻蜓蝈蝈等各色别致簪环，十分可爱。金跳脱玉手环也有好几个，都被压在了簪钗的下面。

在首饰的最下面，放着一个单独的紫檀木盒子。

黄梓瑕将那盒子打开，发现是一只莹润无比的羊脂玉镯子，在窗外射进来的天光之下，整个玉的表面浮着一层微光，仿佛笼罩着一层薄烟般撩人。

她将镯子放在眼前看了许久，那玉的颜色似乎可以随着天光的变幻而流动，里面可以幻化出无数的形状。

这样的稀世珍宝，难怪傅辛阮会将它单独放在小盒子中，妥善保存。

黄梓瑕将镯子又放回盒中，问："之前，公孙鸢来过这里吗？"

周子秦诧异地说道："不可能吧？公孙鸢来的时侯傅辛阮已经死了，这边在验尸完毕之后就封上了，封条没有动过的痕迹啊。而且院墙也挺高的，难道她还能飞檐走壁进来？"

"嗯……所以她应该是在傅辛阮死后，才买通了守义庄的老人，进去看了傅辛阮一面？"

"应该是的。"周子秦说。

黄梓瑕若有所思地看向李舒白，李舒白与她自然心意相通，一下子便知道了她在想什么："那个手镯。"

在傅辛阮死后，公孙鸢还没进义庄之前，傅辛阮的那个手镯已经出现在公孙鸢的身边了。

它如何出现在她的手中，绝对是个值得追究的问题。

李舒白拿过她手中的盒子，取出里面的这个莹润玉镯，放在眼前仔细端详着。

黄梓瑕见他的眉头略微皱了起来，便低声问他："王爷认得这镯子的来历？"

李舒白转过头看她，那镯子太过莹透，日光折射在上面，又反射到他的面容上，让他唇角的弧度似乎在光线的映照下，显出一种忧虑而诧异的神情。

他低声说："这是宫中旧物。"

黄梓瑕顿时愕然。

"而且，是父皇当年去世之前不久，内廷刚刚雕琢出来的。"

他没有说是谁的，但黄梓瑕知道，先皇年迈之时，身边最亲近的人，唯有鄂王李润的母亲，后来疯癫的陈太妃。

李舒白知道她必定是想到了，便也微微点头，说："宫中之物，却出现在一个殉情自杀的歌伎身边，其中原委，必定曲折。"

黄梓瑕点头，又问："你确定……是那个人的？"

"嗯，父皇去世之前，我常去探病。那时她总是亲自在病床前伺候他，这镯子也是她心爱之物，常戴在她手上。我见过的光泽纹路，便永远不会忘记。"

黄梓瑕点头，将镯子交还给周子秦，见他也拿着手镯翻来覆去研究，便换了话题，问："对了，子秦，之前不是说傅辛阮在这边有一个仆妇吗？后来因为她要成亲，所以遣她回家了，如今这个仆妇找到了吗？"

"哦，早就已经叫人去找啦，据说是汉州人，很近，不几日就能寻到了。"周子秦说着，又赶紧丢开了手镯，眉开眼笑地凑近她，低声说，"据说这个仆妇烧得一手好菜，尤其是花椒鸡，香得惊动整个松花巷，到时候我们可以叫她烧了吃吃看！"

周子秦终究还是没吃到那个香得惊动整个松花巷的花椒鸡。

当天下午，去汉州打听消息的捕快们都回来了，一脸晦气，怏怏地汇报周子秦："那个仆妇汤珠娘，在从成都府回汉州的路上，失足坠下山崖，死了。"

周子秦大惊，立即问："真的死了？尸身找到了吗？"

"找到了呀，我们到了出事的地方往下一看，下面一个大娘趴在河滩上，身下全是血。小的们恪尽职守，一马当先，义不容辞把绳子系在腰上，从山崖上爬下去，检验了那具尸首。"

"确实是她吗？"

"确实是的，她的脸虽然已经摔得稀巴烂，但熟人都说她耳后有个大痦子，我们都看到了，右耳后一寸的地方，绝对没错！"

周子秦回头，与黄梓瑕面面相觑："死了？"

黄梓瑕皱起眉，下意识地又拔下头上簪子，在桌上轻轻画了几条线。

周子秦赶紧在她面前坐下，问："你想到了什么？"

她指着那几条交叉在一起的线条，说道："一是殉情的原因。两个人经过种种波折之后，终于在一起的人，为何要殉情？二是书房中那几页纸，明明该是他写来裱作蝴蝶装诵念的经书，为什么会放一半在傅辛阮那边？"

周子秦这才恍然大悟："原来你们之前说的经书不对劲是说这个！那这第三第四是什么？"

"汤珠娘之死和鸩毒的来历。"黄梓瑕说着，手中捏着簪子还在思索，旁边有个捕快跑进来，心花怒放："捕头，捕头，大事不好啦！"

周子秦给他一个白眼："大事不好了你还这种表情？"

"是啊，有个死者的苦主上门要说法啦！看来今天不好好劝慰她，我们是不可能脱身了！"

周子秦的白眼转成了"原来你是白痴"的同情目光。

捕快赶紧凑到他耳边，低声说："那苦主是个大美人！"

周子秦顿时恍然大悟，赶紧站起走到门口一看，果然是个绝色美人，一袭青衣站在衙门之前，全身干干净净没有一点装饰，但那身影站在平凡无奇的街头，便像是站在阳春三月的花树之中般，无比动人。

她朝着周子秦盈盈施礼，神情忧郁："不知周捕头今日将我叫来，是不是我小妹的案子有什么发现了？"

"哦，原来是公孙大娘啊！"他赶紧出门，说，"大娘，我们今日查了一天，颇有收获，来来来，刚好要找你问一些事情……"

话音未落，旁边有人轻咳一声。

周子秦赶紧转头一看，顿时蔫了，赶紧垂手肃立："爹。"

周庠恨铁不成钢地给他一个白眼，说："果真是成都出名的周少捕头，三教九流各色人物，你倒是交游广阔！"

周子秦耷拉着肩膀，在自己的爹面前恭恭敬敬唯唯诺诺："是，爹说得是，孩儿一定不负爹爹的期望，交游广阔，三教九流……"

"嗯？"周庠瞪了他一眼。

周子秦也茫然地看着他，浑然不知自己这句话到底错在哪里。

周庠拂袖而去，说道："逆子！你是要气死我！"

他身后一人赶紧笑道："岳父大人请勿生气，子秦天真烂漫，胸怀赤子之心，这是好事。"

周子秦一看见父亲转身走人，立即吐吐舌头，拉住他身后人叫他："齐大哥，你来啦！快来快来，我给你介绍两个朋友！"

周子秦拉着他进去，看见黄梓瑕和李舒白正在与公孙鸢说话，赶紧说："王兄，杨小弟，我给你介绍一下，这位是齐腾齐大哥，西川节度使府中判官。齐大哥，这两位是……我暂时请来的帮手，王蘷王兄，这位是杨小旸。"

齐腾年约三十岁，长相十分端正，笑起来更显温和，朝他们拱手笑道："在下齐腾。两位是为松花里那个案子而来吗？"

黄梓瑕赶紧还礼，李舒白则只点了一下头。

黄梓瑕回头，看见公孙鸢的目光低垂，微有闪烁。她顺着她的目光看去，却只看见齐腾垂下的袖子中，并无异样的左手五指。

见她回头看自己，公孙鸢赶紧问："我是想来请问，如今……我小妹的案件可有进展吗？"

“大娘，请借一步说话。”黄梓瑕对她示意道。

周子秦赶紧对齐腾抱歉道：“不好意思啊齐大哥，你先坐一坐，我们要问个话。”

齐腾面上笑容略微迟缓，问：“可是前日松花里那个案子吗？不是说温阳与一个姑娘殉情吗？怎么又牵扯上这位大娘了？”

周子秦这才恍然想起，说：“哦，对哦，温阳是不是与齐大哥也认识的？”

齐腾点头道：“嗯，前几年陈伦云牵头成立了一个诗社，我们都在其中，所以时有唱和。不过上月我们因事不愉快，吵了几句，他后来还曾写信给我道歉，没想到居然……就此阴阳两隔了。”

黄梓瑕听着，又着意看了看齐腾。见他始终面带笑意，一派温和气质，但肩膀宽厚，身材高大，看起来十分可靠，也很有男子气概。

节度使府中的判官，也算是地位挺高了，他却还如此年轻，而且一点也没有军队里的那种粗鲁习气，也属难得。

但她转念一想，夔王李舒白当初是真正率兵镇压过反叛的，王蕴也是王家子弟中难得从戎的，但他们都是一身清贵之气，哪有武人做派？

公孙鸢被他们带到隔壁，稍有不安，看着他们模样凝重，赶紧问：“请问各位，可是这案件有什么不妥之处吗？”

“我想请问公孙大娘，你是否真的想让傅辛阮的案件及早破案？”

公孙鸢的脸色顿时一变，那出尘的身影也微微一僵，迟疑着反问：“请问诸位何出此言？”

“那么，有些事情，大娘为何不对我们坦诚，偏要对我们隐瞒呢？”

公孙鸢蹙眉，将眼神不安地转向庭外，避开他们的目光。

黄梓瑕又说：“还请大娘坦诚相告，我们初见时你手中那个镯子，从何而来？”

公孙鸢垂下头，默然说：“此事……真是难以启齿。”

黄梓瑕望着她，轻声说道：“还请大娘坦诚相告，否则，恐怕我们有心帮你，也是无从下手。”

公孙鸢欲言又止，黄梓瑕又说道：“大娘难道不想早日查明你小妹殉情的真相吗？若你无法为我们释疑，我们又如何替大娘释疑？”

公孙鸢叹了一口气，低声说：“小兄弟，你说得是，我不该隐瞒你们。只是此事……与我小妹之死，我想应该是并无关系……其实我想拿的，并不是这个镯子。”

她竟随身带着那个双鱼的玉镯，此时将它取出，放在她们面前的桌上，说：“我

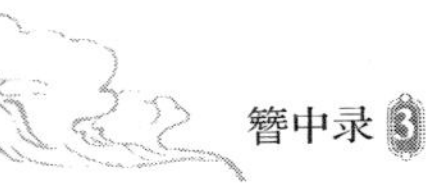

要找的，其实是一个羊脂玉手镯，没有花饰，十分简洁。”

黄梓瑕顿时想起在傅辛阮的妆奁中发现的那个堪称稀世珍宝的玉镯，她略一踌躇，试探着问：“不知那个手镯，有什么重要的地方？”

“那手镯，是长安一位显贵送给阿阮的，原是他母亲的遗物，是以他对它，十分珍视，”公孙鸢低叹道，“然则阿阮年纪比那人大了许多，她内心并未将对方放在心上，虽因他恳求而收下了玉镯，但却心许他人。此次阿阮要成亲，在给我修书时也曾提到过，让我将那个玉镯代为还给对方，终究是他母亲遗物，不可错付。”

黄梓瑕想起李舒白曾说过的话，不由得抬眼看他，两人心中都是一震。

虽然早猜测这镯子是鄂王李润母妃所有，却未曾想，原来这是李润亲手送给傅辛阮的，而傅辛阮却对他无意。

但仔细想来，李润是当朝王爷，而傅辛阮只是一介乐籍，就算她入了王府，将来毕竟要看着李润迎娶名门世家的王妃。而且她比李润年长许多，青春韶华逝去之后，有多少男人还能记得自己少年时那些心动与眷恋？

她舍弃了王府妾侍，选择了年龄相当的平民妻室，除了感情之外，也算是冷静而自然的选择。

只是，估计她自己也没有想到，即使她不贪妄，不骛远，最后也还是落得了与自己选择的那个人，共赴黄泉。

公孙鸢抬手支着面容，以手掌掩住自己眼中的泪，颤声说：“我来到成都府之后，前往松花里寻找阿阮，却不料未进巷口便听见喧哗声，巷子中站满了议论纷纷的人群。我赶紧打听，原来是傅宅的女子夜间与人死在一室，如今官府的人刚把尸体抬走……我当时震惊悲恸，不知我的小妹为什么忽然会在这最幸福的时刻死去，只能站在那里放声痛哭，完全不知所措……”

即使在此时，公孙鸢说起当日情形，那种悲苦茫然依然令人动容。她气息不稳，喉口噎住停了好久，才勉强又开口说下去：“也不知哭了多久，有人在我身边问我，为什么要在这里哭。我抬头一看，是个仆妇模样的人，她说自己叫汤珠娘，是这边傅宅的仆妇。我便问她是否能进去看看阿阮住过的地方。她却摇头指着进出的捕快衙役们，说官府正要查封呢，她也是前些日子被阿阮遣回家的，这次是回来拿自己的东西而已。”

周子秦赶紧问：“所以你就请她帮你悄悄取出那个镯子？”

“是……我想，若是阿阮的东西都被查封的话，这镯子的来历万一被追究，恐怕送镯子的那位贵人也会遭受口舌，再者阿阮信中也曾托我将镯子还给那人，于是我便给了那个仆妇一些钱，让她如有机会，帮我去妆奁中悄悄取一个白玉镯子……”

“结果她拿回来，却是这个镯子，而不是你想要的那个，对吗？”黄梓瑕看着那个双鱼玉镯，轻叹道，“你小妹的妆奁，我们也看到了，其中金银首饰甚多，仆妇又哪里知道你想要的是哪一个镯子呢？”

“是……可当时官府催促那仆妇离开，所以我也没办法让她回去换了，只好拿着镯子离开……好歹，这也是阿阮的遗物，如此莹润光洁，必定也是她日常喜欢戴的，所以仆妇才将这镯子拿给我。”

“大娘，你这样可不行哦，官府查案，你却还擅自买通别人，拿走死者的东西，真是大大不妥。”周子秦摇头道。

公孙鸢点头道：“是，我知道不妥，可……对方能喜欢我小妹，这份情谊已经让我们感怀在心，何苦又横生枝节，让他受人指摘呢？”

黄梓瑕慢慢说道：“子秦，这样没什么，想必是哪个富贵人家的子弟，擅自将传家宝送给了傅辛阮。公孙大娘为人家门风着想，在她去世后归还镯子，虽不妥当，但也不算什么大错。”

听杨崇古的话是周子秦发自身心的习惯，替美人辩护是周子秦义不容辞的责任，所以他立即原谅了公孙鸢擅自取走死者东西的行为，说：“这个我知道，而且傅辛阮殉情之时，公孙大娘尚且身在成都府外呢，她第二日才进城的，我相信大娘与傅辛阮之死并无关系！”

得了他的谅解，此事便算揭过了。

黄梓瑕低头看着桌上那个被仆妇偷出来的玉镯子，下意识地伸手将它拿了起来。

玉镯沁凉洁白，雕镂通透。本不太通透的玉石，中间被挖空之后，便显得异常莹透，波光如水。

这极尽心思的雕工，终究造出一对完美的小鱼，互相衔着对方的尾巴，亲亲热热，纠缠不休。

她一时黯然，神情恍惚。

李舒白的目光，从这个双鱼玉镯上缓缓上移，落在黄梓瑕的身上。

却见她终于长长出了一口气，将这个镯子往周子秦那边推了一推，示意他收好，低声说：“这镯子……与此案有关，就交给衙门保管吧。”

只这轻轻一个动作，却让他心口堵塞着的那些东西瞬间冰消瓦解，豁然开朗。

他自己都没意识到，他的唇角露出了一丝微弯的弧度。

周子秦将那个双鱼玉镯拿起来，随随便便地打了一眼，说：“这镯子也挺好看的，而且看起来也是主人的心爱之物，你看，养得这么润——咦，这镯子的里面，还有一行字。”

他将镯子平举到眼前，缓缓转动着查看里面所刻的字，轻声念了出来：“万木之长，何妨微瑕……这是什么意思？”

黄梓瑕垂下眼，慢慢地喝着杯中茶。茶水已经冷了，一线冰凉直下喉口，刺入胸中，苦涩的一种意味。

李舒白声音平静，说道：“万木之长，便是梓树。”

“哦，梓……瑕……”他又惊又喜，问，“梓瑕？黄梓瑕？这么说，这是黄梓瑕的旧物吗？”

公孙鸢疑惑看着他，不知谁是黄梓瑕。

李舒白与黄梓瑕都当作没听见。

周子秦欣喜若狂，也不管这东西是本案有关物事，直接就将这个镯子揣在了怀中，一边还伸手护着，仰天大笑：“万万没想到啊，黄梓瑕戴过的玉镯如今就在我手上！从今天开始我要夜夜抱着它睡觉，谁也不许碰它一指头！谁敢动它我就和谁拼命！”

公孙鸢以帕子按着泪痕未干的眼角，迟疑地问黄梓瑕：“周捕头……他没事吧？”

“哦，没事，”黄梓瑕头也不抬，捧着茶慢慢地说道，“他不抽风的话，就不叫周子秦了。”

今天是个大好日子，周子秦心情大好的时候，简直是泽被苍生。

“阿卓！把近日查案的几个人都赶紧叫来，大家辛苦了，今晚我请客，大伙儿喝酒去！”

一群人热热闹闹地跟着周子秦往衙门旁边街上走，一见到周子秦炫耀的那个玉镯子，更是每个人都惊呼：“对啊，这就是当初黄姑娘戴过的，而且是她最喜欢的！”

后面李舒白、黄梓瑕、公孙鸢实在受不了周子秦兴奋的聒噪，选择了落后他们两丈。

一群人落座，等看见公孙鸢，顿时个个眼都直了，尤其是几个年轻捕快，觉得坐在她身边都是倍儿有面子，为抢座位都差点打起来，酒一上来时，更是忙不迭凑上来敬酒献殷勤。

公孙鸢喝过他们敬的酒，致谢说：“我几个姐妹的孩子和你们差不多大，但你们比他们可乖多了。”

捕快们脸都青了，打量着面前的美人：“大娘贵庚啊？”

“快四十了。”她面不改色地说。

除了黄梓瑕几人，众人纷纷痛苦地捂住脸转向一边。

周子秦苦笑着说道："其实公孙大娘此来，也是为了她的小妹。各位近日在调查的那个殉情案，那个女方，正是她的小妹。"

成都前捕头郭明，因周少捕头周子秦奉旨过来做捕头，所以他如今转成了马队队长，虽然降了半级，但俸禄给升了一级，还是比较实惠的，所以也十分开心："哦，那个女方啊！她不是个乐籍家嘛，长得可真漂亮！就算服毒之后全身发青，还是跟玉雕美人似的，那身段，那脸庞……"

说到这里，他看了公孙鸢一眼，才忽然想起，赶紧问："这么说，她就是大娘您的……小妹？"

公孙鸢点点头，眼中却已经泛起泪痕，她站起来，转而向众捕快敬酒，说："我小妹阿阮绮年玉貌，却早早香消玉殒，真是可怜。我心知小妹秉性坚强，又苦尽甘来，断然不可能寻死，请诸位大哥小弟怜惜我小妹，替她申冤！"

郭明及一众捕快都忙不迭地应了，郭明这个大胡子最为动情，连说："大娘请放心，如果你小妹真的是被人害死的，我们兄弟一定尽力！如今少捕头还请到王兄、杨小弟两个帮手，我想有他帮助此案告破指日可待了！"

阿卓却在旁边叹了口气，低声说："要是黄姑娘在的话，这案子绝对没问题。可如今……我看一点头绪都没有……"

黄梓瑕默然低头，悄不作声地吃饭。

正在把玩手镯的周子秦却眼前一亮，赶紧把镯子塞回怀中，问："你们口中的黄姑娘，应该就是黄梓瑕吧？"

郭明见阿卓不吭声，便替他答道："当然是了！她可是我们成都人人敬服的女神探哪……"

"赶紧给我说说，黄姑娘是怎么样的？长得怎么样？和那张通缉画像上的像不像？平时喜欢吃什么？喜欢什么颜色？喜欢什么花？喜欢玩什么东西看什么书？"周子秦赶紧揪着众人询问。

"黄姑娘长得很美！虽然没有公孙大娘这样的风姿，但是她那种清丽脱俗的容颜，也是顶出色的美人！"

"那幅通缉画像，还是有点像的，画得很漂亮，"阿卓说到这里，抬头一看黄梓瑕，然后呆了呆，又说，"说起来，黄姑娘和这位杨兄弟……依稀约莫似乎仿佛感觉有点像。"

黄梓瑕明知自己易了容，但听他这样说，还是无语地侧了侧脸，有点尴尬，一言不发。

李舒白瞥了她一眼，不由自主地微微而笑。

郭明抬手给了阿卓头上一个爆栗：“胡说八道！杨兄弟和黄姑娘一个男的一个女的，一个是京中来的神探，一个是……是如今九州缉捕的凶犯，哪里会像啊？”

阿卓摸着自己额头，缩着脖子不敢说话了。

郭明赶紧向黄梓瑕道歉，然后叹了口气，闷声不响地低头喝酒去了。

席间的气氛顿时沉闷下来，无论周子秦怎么让大家多说说黄梓瑕以前的事情，都没有人开口了。

谁都不能不想起，他们的黄姑娘，如今已经是四海缉捕的重犯。她的罪名，是毒杀全家。

李舒白回头看见黄梓瑕低头不语，睫毛覆盖住眼睛，眸光暗淡。他从席上给她夹了一片莲藕放在碗中，对她说：“即使堕于淤泥之中，但人人尽知莲藕其白如雪，其甘如梨。待到被洗尽污泥的那一日，才见分晓——不知你可喜欢吃？”

黄梓瑕抬眼望他，轻声说：“是。我……喜欢的。”

众人听他们说着莲藕，都不解其意，只顾喝着闷酒。只有一个捕快低声嘟囔道：“话说，我昨天还见到禹宣了。”

“那个浑蛋，真是枉费了黄姑娘对他的一片心意！”年纪最轻，对黄梓瑕最为崇拜的阿卓悻悻地骂道，“黄使君一家对他恩重如山，黄姑娘更是和他多年相知，没想到使君一家遭难之后，却是他第一个怀疑黄姑娘，并将她的情书进呈给节度使范将军。范将军之前的子侄犯事，就是黄姑娘揪出来的，你说节度使能不坐实了此事吗！”

“阿卓！”郭明打断了他的话，使了个眼色，“酒没喝多少，你倒先说醉话了！范将军他高瞻远瞩，我们小小捕快懂个屁啊，听话做事就行！”

阿卓只好闭了嘴，却还是一脸愤恨。

周子秦却比阿卓更加愤怒，拍着桌子问：“禹宣是这样的人？这浑蛋还有脸躲在成都这边？”

“他？他春风得意，之前还被举荐到京中国子监，据说当了学正。不过近日又回来了。”

周子秦顿时愣住了，喃喃问：“国子监学正禹宣？”

“对啊，难道捕头在京中见过他？”

“何止见过，简直就是……”周子秦讷讷无语，实在无法把自己仰慕的那个清逸秀挺、温和柔善的禹宣，和这个人品龌龊、背弃黄梓瑕的禹宣连在一起设想。

黄梓瑕却问：“话说回来，黄梓瑕当初出逃时，能顺利逃出天罗地网，想来也是多承好心人救助。否则，你们成都这么多捕快兵马，怎么会让她顺利逃出生天？”

郭明赶紧说道：“绝对没有！我们都很认真地遵命去搜捕了！真的！衙门所有人手白天黑夜搜了好几天！”

“那么，想来也是她命不该绝了，”见他欲盖弥彰，黄梓瑕也便笑着举杯说道，“无论如何，我先敬各位一杯。”

席上气氛别扭，一群人吃着饭，各怀心事。一片沉默中，唯有周子秦偶尔嘟囔一句：“我得去找那个禹宣看看，弄清究竟是怎么回事。”

郭明又忽然想起什么，问：“对了，齐判官，禹宣当初中举之后，官府分拨给他的宅邸，好像就在您府邸旁边？”

齐腾的笑容有点不自然，手中捏着酒杯说道：“是啊，禹兄弟与我住得颇近。但……他性情孤高，不喜热闹，是以我们平时交往较少，也并不太了解。”

他说的自然是真话，黄梓瑕与禹宣之前那般亲近，但对于这个齐腾也没有任何印象，若是禹宣的熟人，她肯定是见过的。

黄梓瑕笑着向他敬了一杯酒，说：“节度使府中如今没有副使，判官便是一人之下，万人之上了。齐判官年纪轻轻便被委以重任，想来必定才干出众，范将军青眼有加。”

“哪里，运气好而已。”齐腾笑道。

周子秦将齐腾的肩膀一搂，说：“齐大哥你别谦虚啦，我爹千挑万选的女婿，能差到哪儿去？要是一般的人，我爹也舍不得把女儿嫁出去！”

黄梓瑕微有诧异，问：“原来齐大哥即将为使君府娇客？”

“哦哦，忘了跟你们提了，我妹妹紫燕，与齐大哥商定年底成亲。”周子秦说着，又看齐腾一眼，摇头笑道，“哎呀，大哥一下子变成了妹夫，这事儿我到底是占便宜了还是亏了？”

郭明等人又赶紧起哄，一群人争着给他们敬酒，席间总算又热闹起来。

一顿饭吃完，月上中天。

周子秦与各位捕快纷纷安抚了公孙鸢，许诺必会尽早给她一个交代。

众人散了，各自回去。

周子秦送黄梓瑕、李舒白回客栈，三人踏月沿街而行。

黄梓瑕问：“子秦，那个齐腾，年纪多大了？”

“将满三十了。”周子秦抓抓头发，颇有点无奈，“真是气死人，我爹初到蜀地，自然要与节度使搞好关系的。齐腾数年前曾娶过亲，但妻子过世已久，范大人知道

我妹妹还在闺中，便说齐腾是他左膀右臂，正要寻一门好亲事。你想，节度使这样说，我爹还能怎么样？便叫人拿了生辰八字对一对，没想一下子就合上了，大吉大利！这亲事就这么定下来了。”

李舒白若有所思，低声说道：“太阿倒持，无可奈何。”

黄梓瑕知道他的意思，是指节度使势力太大，连使君都为之钳制。但周子秦却不解，只眨了眨眼睛，然后又笑道：“不过我妹妹也不吃亏。我妹被人退婚后，在京城那是肯定找不到良配了，所以我爹才千里迢迢带她来这里呢，还不就是为了嫁一个不明底细的人，糊里糊涂娶了她？”

黄梓瑕顿觉其中肯定有无数内幕，赶紧问：“为什么会被退婚？”

周子秦明知道此时街上空无一人，却还是要东张西望一下，看看周围确实没人，才低声凑到她的耳边，说：“她认识了教坊中一个男人，打得一手好羯鼓，被他迷得神魂颠倒，还亲手给对方做香囊，结果被人撞见，传了流言……唉，家丑不可外扬，你们可千万保密啊！”

黄梓瑕点点头，说：“那也没什么，不过一个香囊而已。”

“总之我爹是差点气死了。我上头的哥哥们啊，如今个个在各大衙门任职，升迁平稳，可家中偏偏出了我和紫燕这样的不孝子女，真是家门不幸啊，哈哈哈……”

告别了周子秦，黄梓瑕和李舒白回到客栈。

天色已深，他们准备各自回房，只站在院子中略略聊了几句。

“接下来，你打算如何追查下去？”

“在我们理出的几条线中，那个仆妇汤珠娘已死。殉情案发之后，我们要找她，她便立即死了，想必其中定有问题。明日应遣人立即前往汉州，寻访与她熟悉的相关人等，看看是不是能从她日常的蛛丝马迹中找出点什么，破解凶手杀害她的原因。”

李舒白点头，又说：“以前在使君府做事的人，基本都还在，但却并无异常，看来没人能从你家血案之中获利。鸩毒的来源与下毒的人，查起来范围必定又要加大，难度不小。”

黄梓瑕点头，抬头望着墨蓝色的夜空。斜月当空，银河低垂，一空星子明灿若珠。

这成都府的深夜，与她当初出逃那一夜，一模一样。

家人去世的那一日，她被诬陷为凶手，仓皇逃出成都府。那时长空星月的光华暗淡，她看不见自己的前路，唯有一意北上，希望能在京城抓住一线渺茫的机会，为家人和自己申冤。

但其实，那时她心中，是深埋着绝望的。她并不信自己真能找到愿意帮助自己的人，也曾在幽暗的山路之上茫然流离，以为自己的人生将会就此埋葬在黑暗中。

谁知如今，她竟能在身旁这个人的帮助下，再次返回成都，追寻真相。

她的目光转向李舒白，看着他沉默的侧面。微垂的睫毛覆住他的眼睛，轻抿的唇角始终勾勒冷淡的线条，然而只有黄梓瑕知道，在他这冰冷的表面之下，隐藏着的那些不为人知的东西。

不然，在她狼狈不堪地被他从马车座下拖出后，明明可以将她毫不留情驱逐出去的他，为什么会愿意接受她的交换，带她到成都追寻真相呢？

他仿佛也感觉到了她的注视，目光微微一转，看向她这边。

两人的目光不偏不倚相接了。

黄梓瑕看见他幽深不可见底的目光，只觉得那目光直直撞入自己的胸口最深处，让胸膛中那颗心跳得急剧无比。

“早点休息吧，明日我们要寻访的范围，可能会比较大，你可要注意寝食。”李舒白轻声嘱咐她。

“嗯，王爷也是。”她点头。

两人正要各自回房之际，外面忽然传来砰砰的声音，是有人乱拍外面大门，在这样的深更半夜，几乎惊起了半条街的人。

店小二和衣睡在柜台内，正是睡梦香甜流口水的时候，被门外人打断了好睡，端了一盏油灯就要出去骂娘。谁知灯光一照到外面，他顿时什么声儿都起不来了，只讪笑着问：“客官，您住店？”

那人声音嘶哑，焦急说道：“我这朋友受伤了，你赶紧给开一间房吧！”

黄梓瑕听这声音熟悉，赶紧往外走。李舒白亦陪她走出，说：“张行英怎会带人半夜投宿这边？”

只见外面店堂一灯如豆，照在刚进门口的张行英身上。他紧搂着一个衣衫破烂的人，面色焦急，脸带血瘀。

他身材十分高大，又是这般可怕模样，难怪小二压根儿不敢阻止他，只赔着小心劝他：“这位客官，看你朋友受伤很重啊，我看你还是找医馆去吧。”

“医馆……哪里有医馆？”他问。

小二还没来得及回答，李舒白已经低声叫了出来：“景毓。”

玖

碧树凋残

靠在张行英身上的那个伤者，乍听到他的声音，顿时全身一颤，一直垂在胸前的头也艰难抬起，低声叫他：“王……”

“对,他就是王夔啊,你认出来了？”已经走到他身边的黄梓瑕立即打断了他的话。

景毓在暗淡灯光下，面无血色，气息奄奄，一双眼睛却牢牢钉在李舒白身上，放出一种亮光来。他立即知道不便在这里透露李舒白的身份，便也就不再出声。

李舒白让张行英将景毓先扶到自己房中，小二瞧着这两个浑身是血的人，愁眉苦脸又不敢说话。

黄梓瑕说了一句“我去找大夫”，便向小二借了一个破灯笼匆匆跑了出去。

她对成都府内外了若指掌，一时便寻到街角的医馆，用力拍门。

里面的翟大夫最是古道热肠，半夜三更有人求出诊也从不推辞，他见黄梓瑕说有人受了重伤，便赶紧收拾了药箱，跟她出门。

等到了客舍，景毓已经躺下了，一身的污血破衣也丢掉了，盖着被子神智朦胧。

翟大夫帮他把脉望切之后，才摇头道：“这位小哥受伤多日，伤口多已溃烂，却还能支撑着到今日，本已是危险，结果今日又再度受伤，新伤旧伤，恐怕不太好办。如今我也只能给他开点药，至于是否能痊愈，只有看他素日身体底子是否能扛得过这一劫了。”

翟大夫帮景毓脱了衣服，又将刀子喷了烈酒在火上烧过，要先将他身上溃烂的肉给挖掉。

黄梓瑕避在外头，听着里面景毓压抑不住的惨叫，不由得靠在墙上，用力咬住下唇。

那群刺客，到底是谁派遣来的？调得动京城十司的人，能将岐乐郡主都当成武器利用，又洞彻李舒白与自己所有动向的人，究竟会是谁？

她的眼前，先是浮现出皇帝那张温和含笑的丰腴面容，然后是王宗实阴恻如毒蛇的眼神。然而，还有其他隐藏在背后的人，王皇后、郭淑妃、庞勋，以及近在眼前的西川节度使范应锡……世间种种，人心最不可测，谁知道究竟会是哪一个人，在和颜悦色的表面下，暗藏着叵测杀机？

房门轻响，张行英也出来了。他手足无措地站在她的身边，转头看看她，欲言又止。

黄梓瑕于是便说：“对，是我。”

“真的是你……”他低低念叨了一句，高大的身躯站在她面前，头颅耷拉下来，说不出的沮丧痛苦。

黄梓瑕叹了一口气，问：“你怎么碰上景毓的？”

“我，我本来是想在蜀地到处找找，看是不是能找到阿荻，谁知昨日出了成都府，沿着山路走时，忽然有人骑马从山道那边直冲过来。山路狭窄，我一时闪避不及，竟被撞得滚下了山崖……”

幸好那一段山崖是斜坡，张行英抱住了一棵小树，才勉强止住身体。

这时他抬头看看四周，已经差不多快到崖底了，就爬下来喝了口水，坐在水边把自己刚刚脱臼的手臂给接上。

耳边忽然传来一声野兽低吼，张行英在水边回头一看，居然是一只花豹向着他猛扑过来。他右臂脱臼刚刚接上，心知无力反抗，只能下意识站起要逃。

那豹子的速度飞快，眼看就要扑到张行英身上，那利齿尖锐，向着他的喉管狠狠咬下。就在他准备闭目等死之时，旁边忽然有一块石头砸过来，将豹子撞开了。

张行英心里暗暗可惜，心想要是石头再大一点的话，那豹子准得脑浆迸裂。等他一回头，才发现丢石头的人一身是血，倚靠在江边大石下，早已身受重伤。在这样的情况下还能丢出石头帮他，已是尽力了。

张行英赶紧跑到他身边，两人一起以大石为凭，手持石头，不断向那花豹砸去。那人气力衰竭，但准头不错，而张行英右手虽还不能用，左手

力气还在，河滩上有的是石头，一时花豹被砸得嗷嗷直叫。

那只花豹本就是饿狠了才敢攻击人，此时见两人联手，知道自己断然没法下口了，在河滩上磨了磨爪子之后，终于窜入了山林之中。

张行英等花豹彻底消失了踪迹，才回头看他："兄弟，你没事吧？"

谁知他却问："张行英……你怎么会在这里？"

他顿时愕然："你认得我？"

"废话……我是夔王府的景毓。"

"毓公公一路上零零碎碎对我说了一些……他说王爷遇险后，他突围失散，身受箭伤。终于逃出山林后，谁知血腥味又引来猛兽……"张行英担忧地望着里面，低声说，"能支撑到这里已是不易，希望他没事才好……"

黄梓瑕知道，他们虽只相处这短短一天半夜，但共同拒敌，一路相扶回来，已经是患难之交，情谊自然不同了。就像她与李舒白一样。

张行英就着廊下微光看着她，局促地问："那，黄……杨兄弟，你又怎么会在这里？"

"我们路上遇袭，为了隐藏行迹，所以暂时住在这里。"黄梓瑕简短解释道。

里面景毓的声音已经轻了一些，黄梓瑕忙去打了一盆热水，见大夫出来了，便端了进去。张行英接过去，说："我来吧。"

他坐在床边给景毓擦洗身上的血污，见他身上纵横交错全是包扎的绷带，手中拿着的布竟无从下手，只能勉强给他擦了擦脸和脖子，心里觉得难受极了。

李舒白的房间腾给景毓和张行英，自己又另开了间房。店小二虽然望着房间内一床血花眼泪都快下来了，但因为这房间记在周子秦名下，也只好嘱咐说，客官，记得另付床褥费啊……

天色未明，黄梓瑕就醒来了，起身梳洗之后，穿好衣服出去，看见李舒白正从景毓的房中出来，掩了门之后对她说："情况还好，有点低烧，但比昨夜好多了。"

黄梓瑕点点头，松了一口气。

两人在前店吃早点时，黄梓瑕又轻声说："昨夜我忽然想起一件事，要请教王爷。"

李舒白点一下头，抬头看着她。

"因鸩毒而死的人，身上除了砒霜的症兆之外，还会出现其他的印记吗？比如说，指尖会出现黑气之类的吗？"

李舒白略一思索，问："你是指，傅辛阮手指上的那些黑色痕迹？"

"是。"

"应当是不会有的，我想，那黑色的痕迹应该是从其他地方沾染来的。"

"那么，这又是一大疑点了，"黄梓瑕低声道，"傅辛阮身为一个女子，容貌又如此出色，王爷想，一个女子在赴死之前，怎么会不爱惜自己的身体发肤？又怎么会让自己那双水葱一样的手，在死后还染着难看的颜色呢？"

李舒白点头，又说道："说到此事，我看你昨天查看了傅辛阮的箱笼妆奁，脸上也露出迟疑的神情，又是发现了什么？"

"这个，你们男人就不知道啦。"她看看周围，见依然只有他们两人在角落中用早点，便低声说道，"王爷还记得吗？傅辛阮死的时候，绾盘桓髻，着灰紫衫、青色裙、素丝线鞋。"

他点头，以询问的目光看着她。

"我看到她的柜中，全都是浅碧淡红的颜色。可见傅辛阮平日喜欢的，都是明丽鲜艳的衣裳。那件灰紫衫，我看倒像是珠光紫的颜色敝旧之后，拿来作为起居衣物随意披用的。"

"你是指，一般女子临终时，大都会换上自己喜欢的新衣，不可能穿这样的衣服？"

"何况，她是与情郎殉情，真的会弃满柜光鲜的衣服于不顾，穿着这样的旧衣与情郎十指相扣共同赴死？至少，也该收拾一下自己才对，"黄梓瑕说着．想了想又摇头，说，"不过如今也不能下断语，毕竟，一意寻死的时候，万念俱灰，可能也不顾及自己是否穿得好看了。"

"所以，我们下一步要着手的事情，便是看究竟有什么值得他们万念俱灰的吧。"李舒白说道。

黄梓瑕点头，与他一起用了早点，两人一起步出客栈时，她终于忍不住，转头看着他，欲言又止。

"说吧。"他淡淡道。

"我只是觉得有点奇怪……您难道从来不将前次的刺杀放在心上吗？"这每日与她一起调查案件的架势，让她简直都怀疑前几日究竟是否遇到过那一场惨烈刺杀。

他却只轻轻瞟了她一眼，说："急什么，不需多久，下一次就要来了。"

"好吧……反正您连刺客的领头人都认识，想来运筹帷幄，尽在掌握，我是多言了。"她说着，翻个白眼将他那一眼顶了回去。

李舒白第一次看见她这副模样，不由得微微笑了出来，侧头对她说道："告诉你

也无妨，其实那个领头人……”

话音未落，他的目光忽然落在前面一个人的身上，那即将出口的话也硬生生停住了。

站在街对面的人，青衣风动，皎然出尘，正是禹宣。

而禹宣对面所站着的人，让他们两人也迅速交换了一个眼神——正是周子秦妹妹的那个准夫婿——齐腾。

此时天色尚早，街上行人稀落，不知这两人站在街边说着什么。禹宣的脸色十分难看，无论齐腾说什么，他都只是摇头，缓慢但坚决。

黄梓瑕还在迟疑，李舒白已经拍了一下她的肩，说：“跟我来吧。”

他带着她走过清晨的街道，向着他们走去。

黄梓瑕跟在他身后，低头不语，就像一个小厮模样。

就在快走到他们身边时，李舒白在一个摊子边站住了，说：“来两个蒸饼。”

看着老板拿饼，背对着禹宣，却依然可听他们俩人的对话——

齐腾说：“禹宣，我实则是舍不得你的才华。其实你我平日交往不多，但对于你的学识，我是最仰慕的。如今黄使君一家早已死光了，你光靠着郡里发的银钱补贴，能活得肆意吗？范将军是爱惜你的才华，所以才请你入节度使府，一去就是掌书记，而且年后就任转支使，这是将军亲口说的！”

禹宣声音冷淡，似乎完全没听到他说的重点，只说：“黄使君一家未曾死光，还有一个女儿呢。”

“嗤……黄梓瑕？她敢回来，还不就是个死？这毒杀亲人的恶毒女子，也能算一个人？”齐腾嗤笑着，腔调不软不硬，“当初还是你向范将军揭发了她，怎么如今你还提起她来了？”

禹宣沉默片刻，然后转了个方向往前走：“我还有事，失陪了。”

齐腾脚跟一转，又拦住他：“哎，你还能有什么事？省省吧，人都死了半年多了，你三天两头去黄家墓前洒扫烧纸干什么？不过是个义子嘛，官场上培养后继助力而已……”

禹宣的声音陡然变冷，如同冰凌击水：“我本是一介微尘之身，哪敢接近范将军？请你帮我回禀范将军，今生今世禹宣不过一扫墓人，不敢踏污节度使府门！”

“呵呵，你还真高洁啊，”齐腾冷笑，讥嘲道，“听说你被郡里举荐到国子监任学正时，与同昌公主打得火热，差点就借裙带关系爬上坦荡仕途了？可惜啊，时也命也，怎么偏巧同昌公主就死了，你又灰溜溜回到成都了？这一回到成都，在长安做的事情就全忘了，又成了圣贤一个了？”

“两位，蒸饼出炉，小心烫手。”蒸饼摊的老板将饼用芋叶包了，递给他们一人一枚。

李舒白看见黄梓瑕伸出去的手略有颤抖，便替她接过，在她耳边说：“再看看，别出声。”

禹宣也没有出声，他只站在当街，长出了一口气，许久许久，才说：“我此生，唯求问心无愧。”

“哈哈……哈哈哈哈……”

齐腾大笑起来，他笑得太过激烈，差点将身边卖桃人的担子都打翻了。等旁边好几个担子都赶紧挪走避开了，他才指着禹宣，笑得上气不接下气：“问心无愧……哈哈哈，你当然活得问心无愧！因为你要是有愧的话，你早死了！”

禹宣不知他这句话何指，只冷冷地看着他。

齐腾拍着身旁大树，笑得不可遏制。禹宣在他的笑声中，终于觉得一股阴寒的气息从自己的心口慢慢泛起来，游走于四肢百骸，最后像针一样扎向自己头上的太阳穴，痛得不可遏制。

他捂着自己的头，那里血管突突跳动，让他几乎支撑不住自己的身体。

他听见齐腾的声音，在他的耳边诡异又嘲讽地问：“你还记得，我那条小红鱼哪儿去了吗？”

禹宣愕然睁大眼，那双一向清湛明净的眼睛，如今已经充满血丝，瞪得那么大，惊惶而茫然，仿佛窥见了自己不敢看破的天机。

“唉，你看，我本来只是想给你谋个好差使，谁知你却这样对我，”齐腾蹲下来，拍了拍他的脸颊，“回去好好想想，我等你消息，毕竟——其实你我交情还不浅呢。”

禹宣咬紧牙关，嫌恶地将他的手一把打掉。

齐腾又笑出来，此时的笑却已不是刚刚那种狂笑与嘲笑了，恢复成了脸上一直挂着的温和含笑模样，说：“多心了吧，我又不是温阳，怕什么。”

说罢，他拂了拂衣服下摆，便向节度使府走去。这一场争执就此结束，只剩得步履虚浮的禹宣，排开看热闹的众人，独自向着街尾而去。

也有人指着他的背影说：“他不就是禹宣嘛！当初说使君府中日月齐辉，一位是使君千金黄梓瑕，一位就是使君义子禹宣。这一对璧人交相辉映，都是惊才绝艳人物，成都人人称羡，想不到短短数月时间，竟变成了这样。”

黄梓瑕默然站在街边，许久，才转头看李舒白。他从她的手中取走一个蒸饼，说：“走吧。”

原本香甜的蒸饼，此时味同嚼蜡。她想起自己已经吃过早点了，但那又如何，她木然又咬了一口。

李舒白带着她，一直往前走去，一路跟着禹宣。

禹宣踽踽独行，直到快走到城门口时，才感觉到身后有人，慢慢地回过身看他们。

李舒白向他说道："幸会。"神情平淡，仿佛真的只是在路边巧遇一般。

禹宣点一下头，看向黄梓瑕。

黄梓瑕真是自己也想不通，为什么在这样的时刻，自己还手捧着那个蒸饼，而且不知不觉已经吃了大半。她捏着那个蒸饼，扔也不是，吃也不是，最后只好捏在手中，有些尴尬地朝他点点头。

还是禹宣先开口，问："两位何往？"

李舒白说道："我们到成都府多日，还未曾游赏过周围风景，今日抽空过来寻访一下城郊胜迹。"

禹宣也只顺着他的话说："是，明月山广度寺是蜀中古刹，山间奇石流泉，茂林修竹，景致非常，颇值得一玩。"

黄梓瑕点头，说："我们也想去拜访一下沐善法师。"

"沐善法师与我相熟，我倒是可以引见。"禹宣说着，示意他们往城郊而去。

蜀中山多险峻，明月山更是气势非凡。

沿着山脚的石阶，黄梓瑕跟在禹宣的身后，一步步往上走着，忽然想起，去年这个时候，天气晴好，他们也曾登过明月山。

那时他们并肩笑语，一起拾阶而上。在险峻的地方，她稍微落后，他便回头看一看她，向她伸出自己的手。

有时候，她毫不理会，口中说着"我自己会走"，赌气要超过他；有时候，她抓住了他的手，借一借力飞身跳上两三级石阶；有时候，她将路边摘下的小花放在他的掌中，假装不懂他的意思。

她去年曾摘过的花，如今依然在道旁盛开。

她在经过的时候，无意识地摘了一朵，捏在手中，抬头看前面的两人。

修竹般的禹宣，玉树般的李舒白。

一个是铭心刻骨的初恋，少女时第一次心动的梦想。

一个是足以倚靠的对象，她如今并肩携手的力量。

一个仿佛已经是过去，一个似乎还未到来。

她低头看看自己手中的细碎黄花，抬手让山风将它吹送到遥远的天际去。

她长出了一口气，仿佛要将一切杂念都排除在外，让此时的风将自己纷杂的情绪像那些轻飘的小花一样送走。

在她还没有完成人生中最重要的事情之时，又如何能让这些东西侵染自己的心绪呢？

沐善法师所在的广度寺，寺门在山腰，各大殿严整地沿着山势层层向上铺设，直达山顶。山势险峻，寺庙规模又太大，自半山腰开始，便见寺不见山，只看见黄色的墙壁房屋层层叠叠，遮住了山体。

沐善法师如今是寺中住持。禅房花木幽深，房后有一眼泉水，自山石之间漏出，潺潺绕过禅房。

“这就是那眼忽然一夜变大的泉水？”黄梓瑕走到那眼泉的旁边，仔细查看水底的泉眼。只见泉眼开裂痕迹尚在，周围石上青苔缺了大片，水流潺潺。

李舒白弯腰与她一起看了看，不由得失笑。而黄梓瑕也回头与他相视，低声说：“果然是人为的。”

李舒白在她耳边问：“这样粗劣的手法，为什么成都几乎所有人都相信了？就连禹宣都信了，这岂不是咄咄怪事？”

黄梓瑕瞥了站在不远处桂花树下的禹宣一眼，又看着那条石缝，点头道：“是啊，这石头裂开的缝隙，锋棱还在呢。”

两人还在看着，旁边知客的小沙弥已经过来了，说道：“二位是第一次来吧？想必也是来求见我们法师的？二位请看，这眼泉水就是法师法力无边的见证了。”

黄梓瑕转头看他，问：“听说，这就是那一夜之间变大的泉眼？”

“正是！前一天沐善法师还在说这眼泉水太小了，第二天早上我睡梦间便听见哗哗的声音，起来一看，这水都涌到砖地上来了！你们看，这泉眼噗突突一直都在大股大股冒水呢！”

“一夜之间突然出现的吗？果然是神迹啊！”

小沙弥更加骄傲了，挺着小胸膛说：“是啊！你们知道吗？之前，成都府出名惧内的陈参军，他老婆特别凶，整个成都府的人没有不知道的，他天天被老婆罚跪，还顶着夜壶呢……”

陈参军，黄梓瑕当初也曾听过他的事迹，于是饶有兴致道：“是啊，这个我倒也听说过。”

小沙弥得意扬扬地说道：“可现在，他在家里翻身了！如今他妻子惧他如虎，据

说每天都举案齐眉，跪着伺候丈夫用餐！”

黄梓瑕压根儿不信这些神神道道的东西，但还是一副兴致勃勃的样子，问：“那法师到底是用什么办法，让她转性的？”

“我们法师可厉害了，不打不骂，只让他们夫妻俩来到禅房里，取一盏净水煮了一壶茶，喝茶时又对他们说了一些佛经道理，晓之以理动之以情，结果，母老虎一下子就完全转过来了！”

“啊！沐善法师果然是法力高强！”黄梓瑕一脸听啥信啥、敬佩不已的模样，“不知还有什么神迹吗？”

“还有一件事，与西川节度使范将军有关！此事在成都府十分有名，人人都知道的！”小沙弥简直整张脸都在放光，眼睛发亮，说道，“当时范将军的公子迷恋上一个歌伎，寻死觅活要将她带回家。范将军当真是对他的公子完全无可奈何，打骂都无用，然而我们法师一出马，寥寥几句，便将范公子完全扳转了过来，转身就把歌伎抛在了脑后。可见佛法无边，洗涤心灵，法师大智慧大法力，足可力挽狂澜，浪子回头，苦海无边，我家法师普度世人……”

黄梓瑕忍不住打断他的话：“沐善法师在吗？”

“法师在禅房之中，”小沙弥一点眼力劲儿都没有，又双手合十说道，“施主喜欢听的话，我就继续跟您说说刘家巷的泼妇变淑女，真安里的不孝子猛回头，云州的……”

还没等他说完，那边禹宣已经过来，带他们去见沐善法师。他手中提着一壶水，轻叩虚掩的门户：“禅师法体如何？弟子禹宣求见。”

里面传来轻轻一声，声音干涩低暗：“进来吧。”

禹宣停了停，又说：“弟子带了两人求见禅师，是成都捕快……王夔与杨崇古。”

“哦……”沐善法师应了一声，慢吞吞的没回答。黄梓瑕与周子秦还以为他会说不见，谁知他已经拉开了门，向他们合十说道：“贵客降临，不曾远迎，请进吧。”

几人落座，小沙弥取了屋后泉水，蹲在那里煮茶。

沐善法师穿着一身半旧禅衣，手中一串磨得光亮的十八子，须发皆白，就是脸色有些灰暗，皱纹和老人斑都甚多，算不上鹤发童颜。

他已有七八十年纪，双眼眯着看人，苍老面孔上，瞳孔却如同针尖般，目光刺在他们身上，几乎让人觉得生烫。

黄梓瑕也合掌向他行礼，在心里暗想，这个老和尚，好毒的眼睛，不知道他是否看出什么了。

三人被延请入内，坐下喝茶。

沐善法师和颜悦色问：“两位捕快似乎是北方口音啊？”

“正是，我们从长安而来。”黄梓瑕说道。

“京中风土如何？不知两位来到成都府所为何事？”

黄梓瑕随口应付道：“听说当年法师也曾入京，我想如今京中应与当年并无多大变化。”

“世事匆匆，白云苍狗啊……十数年前老和尚入京，皇上刚刚登基，如今也做了十多年的皇帝了。老和尚当年还算硬朗，可这十几年下来，已经是老朽一个啦……”沐善禅师说道，笑语之中尽是感慨。

黄梓瑕自然说道：“老禅师精神矍铄，我辈羡慕不已。”

众人喝着茶，说着一些无关紧要的话。老和尚老而不朽，妙语连珠，黄梓瑕自然恭维道：“难怪禹兄常到这边来。广度寺的茶和沐善法师，真是绝妙，可以清心。”

沐善法师笑道：“施主此言差矣，广度寺最绝妙的，可不是茶和老衲。”

“法师指的，莫非是禅房后的泉水？”黄梓瑕抬手弹弹禹宣带来的水壶，说，“禹兄今日可不就是前来取水吗。”

禹宣见提到此事了，才向沐善法师说道：“因这水要祭奠我义父母，是以还请法师诵一篇经文，以成净水。”

沐善法师便盘膝在水壶之前，点数手中十八子，轻诵了一篇《佛为海龙王说法印经》，短短两三百字，一时念完。禅房之中只听得他低喑的声音，满蕴慈悲之意。

黄梓瑕听着他的经文，直到“诸行无常，一切皆苦，诸法无我，寂灭为乐”四句，不由得垂下眼睫，一时心中万千思绪，恍惚难言。

等沐善法师停下，禅房内檀香袅袅，一时寂静。

禹宣站起，提着水壶向沐善法师致谢，告辞离去。在临去时，他的目光落在黄梓瑕的身上，迟疑许久，终于开口问：“两位可要与我一起去吗？”

黄梓瑕缓缓摇头，说：“我会去祭奠黄使君和夫人、公子的，但不是现在。”

禹宣默然看着他，不言亦不语。

而黄梓瑕慢慢地、一字一顿地说道，“若不能为他们洗雪冤仇，我有何面目去见他们？等到黄家满门案情昭雪的时候，我自会前往墓前，以真凶为他们祭奠！”

禹宣点头，低声道：“是该如此。”他又深深凝望她许久，见她再不说话，便又低声道：“我先去祭拜，若还需要我的话，可去晴园寻我。”

待禹宣去了，沐善法师将目光定在黄梓瑕身上，打量许久，才笑道：“施主虽来自长安，但对黄使君家这个案件，似乎十分重视。”

黄梓瑕点头，说道：“黄家二老对我有恩。”

十七年的养育之恩，如今子欲养而亲不待，她望着窗外风中起伏不定的树枝，心中涌起深深的哀伤忧思。

沐善法师凝视着她，声音缓慢而低沉：“只不知……是什么恩情呢？”

黄梓瑕听他声音绵柔，那里面温和包容的意味，让人不由自主全然卸下防备，于是便回头看他。

那双因为年老而似乎总是眯着的眼睛，在满是皱纹与老人斑的灰暗面容上，在这一刻，如同幽深的洞，让她不由自主便难以移开目光，似乎要被那双眼睛给吸进去。

她茫然若失，下意识地说：“是人世大恩……”

沐善法师顿了顿，又问：“你的来意，莫非是为了黄使君之死？是谁让你们来的呢？”

黄梓瑕神情恍惚，不知不觉便说道：“我为我自己而来，也为……”

她话未出口，忽然觉得手背上猛地一烫，她低呼一声，下意识地抬起手，看向自己的手背。

原来是李舒白在斟茶的时候，有一小滴热茶水，不小心溅上了她的手背。

水很烫，她手背已经红了一小点。她赶紧揉着自己的手背，想着刚刚沐善法师问她的话，只是记忆十分飘忽，也不知是真是假，所以一时竟觉得头微微痛起来。

李舒白隔着袖子握住她的手腕，看了看她的手背，见只是一点红痕，才说道：“抱歉，刚刚倒水太快，竟没注意。”

“哈哈，这可是刚刚煮好的茶，两位斟茶时可要小心了。”沐善法师神情如常，说着又给他们每人再斟一盏茶，说，“两位施主，请。”

李舒白只沾唇示意，便放下了。

黄梓瑕深深呼吸，将自己心口潮涌般的疑惑压下去，附和道：“果然是好茶，似乎又不是蜀中之茶叶，不知法师从何而来？”

沐善法师点头，颇有点炫耀之意地笑道：“这是阳羡茶，从王公公那里来的。”

“王公公？”黄梓瑕的脑海之中，顿时浮现出那个阴恻恻的紫衣宦官。面容如冰雪一般苍白，眼睛如毒蛇一般冰凉的，当朝权势最大的宦官王宗实。

沐善法师点头道：“正是，神策军护军中尉，王宗实。”

黄梓瑕只觉得后背细细的一层冷汗，迅速地在这个夏末渗了出来。

她仿佛窥见了一个世上最黑暗的深渊，而她正站在深渊之巅，俯视着里面足以将她毫不留情吞噬的阴冷黑暗。

“原来，法师与王公公亦有交往。”黄梓瑕勉强压下心口的异样，笑道。

沐善法师下垂的眼角微微一动，露出一丝得意来：“不敢，不敢，只是见过数面而已。”

“法师十余年前曾进京面圣？”

“正是，如今算来，也有十一年了吧。”他掐指算了算，说，“大中十三年我入京，到那年八月，便离京了。”

大中十三年八月，刚好是先帝宣宗去世的那一月。

黄梓瑕不动声色，又问：“不知法师前往京城所为何事？”

“那时先帝龙体不豫，因此我与各地数十名高僧一同应召进京，为先帝祈福。而我幸蒙王公公赏识，在一行人中得以成为唯一一个进宫觐见圣上的僧人。”

黄梓瑕立时想到了张行英的父亲。当年先皇病重，宫中正是所谓的病急乱投医，不但召了各地名医入宫诊视，更有多名僧道入京祈福。而沐善法师当年便已经是名满天下的大德高僧，因此被王宗实延请入宫。

“可惜佛法虽然无边，但老衲佛性不坚，终难逆天，”沐善法师说着，叹了一口气，说道，“就在我进宫的那一日，先皇虽在我念诵经文期间短暂醒转，但终究只是回光返照，便即龙驭归天了……”

黄梓瑕微微皱眉，她记得当时是张行英的父亲给先皇施以药石，使先皇醒转，因此才受赐先皇御笔，如今这沐善法师显然是替自己脸上贴金了。

于是她便故作迟疑道：“但京中人多说，是端瑞堂一个大夫救治了先皇，让他醒转……”

沐善法师没想到她居然知道当年的事情，顿时颇为尴尬，只好说：“哦，那位大夫我也还记得，当时正当壮年，也是个不怕死的。太医院多少太医不敢下猛药，怕重手伤了龙体，他则认为与其让陛下这样昏迷不醒，不如暂得一时清醒，以图社稷后事。”

李舒白便问：“先皇龙体如此重要，他如此施医，怎么太医们也不来阻拦？”

沐善法师目光闪烁，避开他的追问，只说：“当时龙体危重，局势所迫，是王公公拍板定下的。”

黄梓瑕想起李舒白说过的，先皇当初咳出的血中有一条阿伽什涅的事情，不由得微微皱眉，有心想再盘问他，但又觉事关重大，不敢轻易开口。踟蹰许久，才问：“所以当时先皇暂时苏醒，身边有法师、王公公，还有那位端瑞堂的张大夫在？”

“哦，老衲也想起来了，那位大夫姓张……”沐善法师点头道，“当时圣上苏醒，

我们避在殿外，曾与他互通姓名。只是年深日久，如今已经不记得他的姓名了。”

黄梓瑕又问：“如此说来，法师与张大夫当时都守候在殿外是吗？”

沐善法师迟疑片刻，才说：“是。”

李舒白也不说话，但两人都明白沐善法师是在说谎。当时李舒白一直守候在殿外，若沐善法师当时出来，必定会与他见面。但以他的记忆，却不记得沐善法师的面容，可见两人绝对未曾见过面——也就是说，当时他父皇短暂苏醒之时，沐善法师，应该就在他的身边。

但今日这样仓促而行，又借了这样的身份，显然无法盘问清楚了，所以李舒白与黄梓瑕都选择了没有戳穿。

见李舒白朝她微微点头，黄梓瑕便向他合十行礼道：“多谢法师好茶。既见法容，得偿心愿。我等不便再打扰，以免贻误法师清修。不日将再行拜访。”

沐善法师那双眼睛又从她面容上扫过，然后笑着站起，送他们二人出门去。

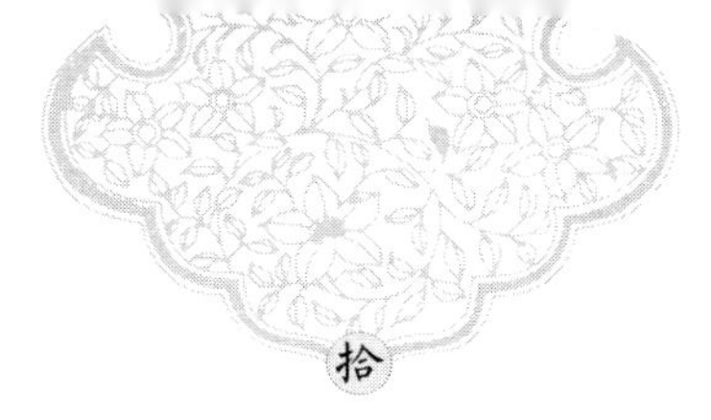

拾

摄魂离魄

上山时是三个人，如今他们两人走下明月山。

山风呼啸，鸟道盘曲。黄梓瑕与李舒白一路沉默。

他们走到前无屏障的山崖边，两人一起回看群山苍茫。飞鸟横渡他们面前的青山之间，长空烟岚横斜。

见四周无人，声息俱静，李舒白才开口说道："这沐善法师，似乎会天竺的摄魂之法。"

"摄魂之法？"黄梓瑕若有所思地皱眉，想起他刚刚看着自己时，自己那种如坠梦中的感觉。

"我之前曾见过一个西域胡僧，能用双眼控制他人，使人如痴如醉，言听计从——看来沐善法师就是学过这种法门，只是不及那胡僧高明。"

"嗯，据说他是游历过西域的高僧，不知自西域传来的阿伽什涅与他是否有什么关系，"黄梓瑕恍然大悟，点头道，"我在成都三年，曾听说过沐善法师佛法无边的传说，也曾听过范节度使的儿子范元龙迷恋歌伎的传言，只是不曾将二者连在一起关心过。现在看来，或许就是沐善法师以摄魂术改变的范元龙心态。难怪无人怀疑他那个假得如此明显的泉眼，还有那些所谓的不孝子回头、泼妇转性，大约也多是如此。若他将此法用在正理处，毕竟也是好的。"

"但若他当年曾在宫中，做过一些我们所不知晓的事情呢？"李舒白仰望面前横渡关山的飞鸟，长出了一口气，"若他与先皇的御笔，与陈太妃的疯癫，与先皇驾崩时，

口中那一条小红鱼有关呢？”

这些足以倾覆天下的秘密，自他口中轻轻说出，在山风之中飘散殆尽，无人知晓。

黄梓瑕望着他的侧面，这比千里江山还要悠远美丽的曲线，让她一时沉默了。许久，她才轻声说：“无论如何，明月山就在这里，广度寺就在这里。下一次，我们来见沐善法师时，准备妥当。”

他们一路向北，前往使君府。

在走到岔路时，李舒白却忽然转而走向另一边。

黄梓瑕站在他身后，说：“走错了。”

“没有，”李舒白说，“这里距离晴园不过百步，我们去找禹宣。”

禹宣。黄梓瑕怔了一下，没想到李舒白会想要去找他。她快走几步追上他，问：“你怎么知道晴园在这边？”

“衙门那里不是挂着一张成都府全图吗，我扫过一眼。”

黄梓瑕无语中——扫过一眼而已，恐怕已经比生活了三年的她还要熟悉成都府了。

晴园内多植梅花桃李，如今是夏末，这些花都不在花期。只有假山下丛丛麦冬开着串串紫色小花，竹篱边树树蜀葵盛开，还有可观之处。

禹宣正在花圃之间，提着水桶浇水。见他们过来，他朝他们点头，说：“稍等一会儿，还有几片花圃。”

黄梓瑕左右张望，问：“守园的李大伯呢？”

“他孙儿生病了，得在家照顾，我答应了替他早晚给这些花浇一次水，”他说着，又指了指前面的一片，说，“那些浇完便好了。”

黄梓瑕便不声不响地到水井边，打了一桶水，要帮他浇水。

李舒白便将她的水桶接了过去，理所当然地帮她提着，只给她递了个水瓢。黄梓瑕受宠若惊，转头看一看他，却发现他神情恬淡随意，似乎根本不在意，也只能强装淡定，接过来他递来的水瓢，舀起他水桶之中的水，一瓢瓢向着花草浇去。

见他们一个提水一个浇水如此自然，禹宣自己也未觉察到，他的手不自觉地停了下来，怔怔地看着他们许久，也没有回过神。

直到黄梓瑕回过头，问他：“浇多少比较好？”

他才转开目光，低下头，说：“多一点，最近天气炎热，若没有大瓢的水浇下去，日中时可能就糟糕了。”

黄梓瑕一边浇着花，一边问：“这么大一片园子，你现在一个人打理？为什么不拉几个人帮你？”

他低声说：“我如今赋闲在家，也没什么事情，过来这边也算打发时间。”

“当初成都府内属晴园最好，府中冠盖云集于此，几乎日日都有聚会，”黄梓瑕纵目望着园中花草，有点遗憾，“可如今天气这么炎热，估计也没什么人来玩赏了吧。”

禹宣点头道：“如今荷花开残了，桂花还没开，天气又这么热，自然无人。不过昨天晚上还有一个曲水流觞会，大家秉烛夜游，还作了一些诗。”

“曲水流觞？都什么人来？”

“就是我们那个诗社，很多人都来了……只少了温阳。”

黄梓瑕问：“这么说，齐腾也来了？”

禹宣点头，说：“是，他还在水中捞了条小鱼回去，说自己还要养一条呢。”

“小鱼？”黄梓瑕与李舒白顿时都抓住了这要紧的字眼，表面不动声色，互相却对望了一眼。

“嗯，齐腾喜欢养小鱼。他以前也曾养过一条小红鱼，还买了个瓷瓶在里面养着，到处带出去跟人炫耀，说这是阿伽什涅，稀世罕见，与夔王爷的那条一样。”

李舒白淡淡说：“阿伽什涅十分稀有，他那条是真的吗？”

禹宣给花朵浇着水，低头说：“这我倒是不知，但沐善法师说是的。”

黄梓瑕忽然想起，早上他与齐腾见面时，齐腾曾问过他，你还记得，我那条小红鱼哪儿去了吗？

那时禹宣的表情，震惊到扭曲，几乎令人觉得可怕。

所以，黄梓瑕给蜀葵一瓢瓢浇着水，缓缓地问：“那么，你知道齐腾那条小鱼……现在哪里去了吗？”

禹宣突然默然，停顿片刻才他看着黄梓瑕，见她的面容平静，眼神直视自己，他才勉强深吸一口气，低声说：“不知道……反正已经很久没看见了。”

“大约什么时候不见的？”黄梓瑕又问。

禹宣想了许久，脸色略有苍白：“大约就在……使君府出事之后。”

黄梓瑕“嗯”了一声，若有所思。李舒白见她握着水瓢不动，便自她的手中接过，浇水去了。

剩下黄梓瑕与禹宣立在蜀葵花影之中，日光将花影斑驳地映在他们的身上，光与影轻轻摇曳，在他们之间骤明骤暗。

黄梓瑕觉得心口涌起一阵轻微的疼痛，于是她便将头转开了，向着李舒白走去。

而禹宣似乎为了解除那种尴尬，也低声说："因为我记得，在那之前，大家曾开玩笑说，齐腾的外号别叫寒月公子了，叫养鱼公子得了……但那之后，那条鱼再也没有出现过，所以，也没人再开那个玩笑了。"

黄梓瑕停下脚步，只觉得心里有些什么不对劲的东西，便回头问："齐腾外号寒月公子？"

"是，齐腾字涵越，谐音如'寒月'，而温阳来了之后，好事者便起哄道，温阳对寒月，真是天生一对，因此大家开玩笑时，多叫他寒月公子。"

黄梓瑕思忖着，慢慢说："说起来，齐腾的运气真是不错。我查过档案，他去年还郁郁不得志，在范将军手下做个排位顶末的支使，可从今年开始便得了范将军青眼，如今一路青云直上，短短数月竟已被提拔为节度使判官了！"

禹宣点头，说："是啊，谁能想到。"

"他升迁速度这么快，不知是否有亲戚助力？"

"或许吧，但我不知道。"禹宣说道。

最后一片花圃，种的是一大片月季花。被一夏烈日晒得蔫蔫儿的月季花，枝叶稀疏，只有一两个枝头无精打采地挂着几朵颜色惨淡的花。

"这月季的品种非常好，还记得今年春季之时，一朵朵月季开得有碗口大，形色香俱佳，"禹宣一边浇水一边说，"我记得，齐腾最喜欢这花。"

黄梓瑕随口问："齐腾喜欢月季？"

"他喜欢所有鲜艳漂亮的花朵。而温阳最讨厌月季、牡丹、绣球、蜀葵这些色艳花大的。"

黄梓瑕立即想起温阳的书房中，那一幅绣球蝴蝶。

她慢慢点头，又问："不知温阳与齐腾，平时关系如何？"

禹宣想了许久，才缓缓说："没什么来往。"

"和你呢？"黄梓瑕迟疑了许久，终究还是问，"这两人中，你与哪个人交往较多？"

禹宣转开脸，开口说："齐腾救过我，温阳和我研讨过书法，但他们两人……对我而言，都是路人。有他们也好，没有也好，都没有改变。"

黄梓瑕便追问："齐腾救过你，是怎么回事？"

"义父母去世之后，我曾想不开，齐腾刚好经过，救了我。"他不愿多提，只一笔带过。

这冷淡疏离的话语，却让黄梓瑕呆愣在那里，她全身骨骼似乎都被抽去了力气，许久也不知自己该如何反应。

良久，她才干涩地问：“你……为何呢？”

“我……受不了，只想逃避……”他将头转向一边，低声说，“此生此世，我已经尝过一次亲人离散的悲痛，再也不想承受……第二次。”

黄梓瑕只觉得眼睛灼痛，心里面有种剧烈的酸楚，在缓慢地沸腾流淌，令她几乎忍不住自己的眼泪，就要夺眶而出。

李舒白看着她失控的泪眼，怕她就此痛哭失声，便低声说道：“时间不早，子秦还在衙门等我们。”

黄梓瑕点头，仰头长长呼吸，让自己的眼泪消去。

禹宣见她要走，又低声问：“温阳这案子……与义父母的死，是否有关？”

“在成都府，能拿到鸩毒的人，绝对不多。而有鸩毒又能接近使君府的人，更是稀少，”黄梓瑕说着，又摇摇头，说，“但也只是同为鸩毒而已，我不知是不是我自己多心了。”其实，还有一个关联，便是他送给自己的镯子。但黄梓瑕想了想，还是选择了忽略这句。

禹宣慢慢地说道：“说到这个，我忽然想起一件事。”

“什么？”

“我知道有一个人，或许能与宫廷扯上关系，拿到鸩毒。”

黄梓瑕立即问：“是谁？”

“齐腾。”

别说黄梓瑕，就连李舒白都立即警觉，问：“齐腾与宫中人有接触？”

“这个我倒不知道，但前几日琅邪王家那位王蕴来了……”他说到这个名字，不免看向黄梓瑕。

而黄梓瑕正在情绪低落之际，所以只是神情略微闪烁，然后便静等他说出下面的话。

禹宣迟疑了一下，然后又说：“前日，齐腾带他过来拜访我。我才知道，原来齐腾的母亲姓王，论起来，他是王蕴的远房表哥。”

黄梓瑕点了一下头，自言自语：“王家……”

王皇后便在宫中，若有心的话，自然可以接触得到。

李舒白在旁沉吟片刻，只若有所思地看向了她，眼中却是更为复杂的神情。

黄梓瑕知道他的意思，王蕴到成都府找禹宣，当然不可能是为了朝廷或者王家什么事，唯一的原因，只有一个了。

想必当时的情形，会十分尴尬吧。

黄梓瑕也不知自己到底心里什么想法，只觉乱得没法理出头绪来，也只能仰头望着高不可攀的蓝天，长长出了一口气，对禹宣说："多谢你告诉我此事，事关重大，我先去衙门找周子秦商量一下。"

"稍等一下。"禹宣将水桶和水瓢等都拿到园门边的小屋，归置好后跟着他们一起出来，说："我也想去，听一听此案的进展。毕竟，你说这个案子，或许与我义父母一案有关。"

黄梓瑕点了一下头，李舒白也没有反对的意思，三人便一起出了晴园。

黄梓瑕想着今日沐善法师的事情，迟疑着，终究问："禹宣，我问你，你知道沐善法师或许会……摄魂术的事情吗？"

禹宣皱起眉，愕然问："什么？"

"或许你不信，但刚刚在他的禅房，他确实想要从我这边探究什么，"黄梓瑕静静地看着他，端详着他脸上的神情，说，"成都府的百姓都说沐善法师佛法无边，普度众生——可其实，这些所谓的神迹，或许都只是他摄魂术的力量。"

"摄魂术……"禹宣张口想要说什么，但却又停在了那里，一动不动，静静地，只有呼吸渐渐沉重起来。

李舒白见他呆愣在当场，便说道："摄魂术是西域传来的一种术法，据说武后时期曾有妖人入京，可以在看人一眼之时，便让那人不由自主地癫狂，也有宫人被他迷了魂，暗夜潜入武后寝宫，企图行刺，幸而武后身边的上官婉儿抓起一把匕首，抛掷而去击杀了刺客，才护得武后安全。后来狄公狄仁杰破解重重疑团，揭露了妖人摄魂术，事情败露之后，那西域妖人企图反抗，被乱箭射死。自此之后，似乎就没再听到世间还有谁会摄魂术了。"

黄梓瑕点头，对禹宣说道："是，而沐善法师，似乎就是个中高手。所以，虽然沐善法师尚无劣迹，但你日后与他交往，也可多加注意，免得为他掌控。"

禹宣默然点一点头，却不说话。他脸色苍白，此时日光照在他的面容上，他的肌肤似乎带一点透明的莹白色，格外鲜明。

他不声不响，跟在他们的身后许久，然后终于出声叫她："阿瑕……"

黄梓瑕回头看他。

他欲言又止，那苍白的面容上，满是犹豫迟疑与后怕。许久，他才说："我之前曾和你说过，我有个东西，想要请你看一看。"

黄梓瑕点头，问："是什么东西？"

他指指南边不远，说："就在我书房之中，若你现在有空，可以随我来。"

黄梓瑕看向李舒白，见他点了一下头，而禹宣见李舒白首肯，什么也没说已经转身，向着自己的宅子走去。

成都历来多俊才，为激励士子上进，各县乡都有奖励。成都府学子考取举子之后，官府会分派宅邸，并每月供给银钱，以资劝学。

禹宣未到十九岁便成为成都解元，风头一时无两。虽然黄梓瑕的父亲十分不舍，但还是让他到自己分到的宅邸中生活——可能也是因为，父亲觉得女儿毕竟有未婚夫，长到十五六岁还与禹宣感情亲密，总是不好。

官府为禹宣修建的住宅，在城东涵元桥旁。门前垂柳小桃夹岸而栽，如果在春天来的话，会是非常美好的景致。

黄梓瑕不记得自己曾多少次来到这边，轻叩门扉。但她知道自己是世上除了禹宣之外，最熟悉里面布局的人——从大门进去，是粉墙照壁，后面天井狭窄，挖了四五尺见方的一个小池，里面睡莲长得蓬勃，如今夏末，应该正是花开得最好的时候。池后，便是堂屋。左右厢房，抄手游廊。再后面就是后院了，三间房打通，书房与卧室都连在一起，只用书架隔开，一屋坦荡开阔。

她曾笑他说，这么小的宅子，不如还是偷偷回使君府住吧，只一个他住过的薜荔院就比这里开阔精致。他却卧在榻上，用书盖在面上遮住日光，声音沉沉地说："我这样的出身，今生今世能有片瓦存身已经是大幸。这里很好，人生在世，即使王侯将相起居睡卧又能占地几许？"

现在想来，他们之间，确实是从他搬出去之后，开始变得疏远的。她忙于各种案件，他忙于聚会讲学，经常十天半月见不到面，即使时时写信互通，也只能让他们更加感觉到那种疏离。

那时他对她说，阿瑕，你要是不会查案就好了。

她生气极了，仿佛自己在这个世界上的意义被推翻，从此再无骄傲立足的凭借。两人第一次发生那么激烈的口角，她跑回去发誓再也不见他。然而第二天早上，他轻轻敲开了她的窗，递给她一枝桂花，下面一个盒子。

桂花香甜的气息让她整个闺房都陷入馥郁，而盒子中的那个手镯让她一夜的郁闷委屈都化为了无形——

那里面放的，正是他们商量了许久之后，定下来的样式。两条互相衔着尾巴的小鱼，就像他们一样，相依相偎，永不分离。

黄梓瑕沉默地想着往事，跟着禹宣往里面走。

绕过粉白照壁，穿过开着睡莲的天井，后堂是他的书房与卧室，三间大屋毫无阻隔，打通之后，只以书架和博古架隔开。

禹宣走到书桌前，伸手将抽屉拉开，从所有东西的最下面，抽取出一封信，交给黄梓瑕。

黄梓瑕见那封信上没有收信人，也没有落款，完全空白。她抬手接过，询问地抬头看他。

他慢慢地说："某一日，我从齐腾家回来之后，发现自己的几案上……多了这一封信。"

黄梓瑕将未曾封贴过的这个信封打开，发现里面只有薄薄一张雪白素笺。

她将素笺抽出，摊开仔细阅读上面的熟悉字迹——

十数年膝下承欢，一夕间波澜横生，满门唯余孤身孑立于世，顾不愿手上淋漓鲜血伴我残生。所爱非人，长违心中所愿，种种孽缘，多为命运捉弄。他生不见，此生已休，落笔成书，与君诀别，苍天风雨，永隔人寰。

黄梓瑕看着这一纸素笺上的淋漓墨迹，这略显散乱的字迹让她的后背隐隐冒出一丝冷汗，整个人仿佛呆了一般，站立在那里，一动也不敢动。

因为这字迹，这般熟悉，让她觉得这一个个字，几乎如同一个个可怕的怪兽，正向着她显露出最狰狞的面目，要将她的魂魄意识全都吞吃进去——

这是，她自己的字。

这世上，没有人比她更熟悉的，她自己的字。

她只觉得自己身上的每一寸肌肤的汗毛，都直竖起来；她身上的每一个毛孔，都冒出针尖一样的冷汗；她的呼吸不畅，让她的身体瑟瑟发抖，脸色也在瞬间转为灰白。

禹宣望着她，慢慢地说："我认得这字迹……我想，你必定也认识。"

黄梓瑕用力地呼吸着，企图让自己胸前狂涌的那些血潮平息下来。可是没有用，无尽的恐惧，在一瞬间笼罩了她的全身，让她无法抑制，几乎要转身逃离，逃开这扑面而来的暗黑巨浪，逃离这即将吞噬掉她的可怕深渊。

整个头颅内嗡嗡作响，她丢开这封信，用自己的手捂住耳朵，拼命地想要让自己恢复一点理智。

她抬起头，瞪着面前的禹宣，一字一顿地问：“这是什么？你的意思是……”

他凝望着她，眼睛一瞬不瞬，声音低沉而沙哑：“我的意思是，在你提醒我注意沐善法师的时候……或许，你自己之前也曾见过沐善法师？”

谁知道呢？

他们面对的，或许是真，或许是假，或许是半真半假。

至少，她确实不知道，自己在什么时候写下了这样的信，又如何送到了他的案头，最后，又怎么会把这封信忘掉。

在她提醒禹宣的时候，殊不知，自己也有一些记忆中根本不存在的东西，在不知不觉之中，留下自己也未曾觉察过的痕迹。

黄梓瑕用力按着自己的太阳穴，却无法抑制自己的喘息声。

而禹宣望着她，低声叫她：“你……不记得吗？”

黄梓瑕用力咬牙摇头，却什么话也说不出来。

那张素笺飘然落地，轻如棉絮，无声无息。

一直冷眼旁观的李舒白，捡起那张素笺，端详着上面没有抬头也没有落款的这几行字，默然看了一遍，缓缓开口问：“这是梓瑕写给你的？”

禹宣避而不答，只站在那里，望着黄梓瑕。

黄梓瑕却点头，慢慢说道：“这字迹……是我的。”

禹宣默然闭上眼，重重点了一下头。

李舒白打量着上面的字体，缓缓说道：“学卫夫人楷书的，天下人极多，为何觉得这信便是你的？”

黄梓瑕低声说道：“因为……我每个‘頁’（页）字，自小便将中间两横少写，虽然自己知道，但每次下笔都改不过来，只能再补充一横，所以，总有添笔的迹象……”

那上面的三个“頁”字，一个“顧”（顾），两个“願”（愿），都是如此。

“可，我的字迹，我的作为，可我自己，却什么都不知道……”黄梓瑕觉得自己全身的力气仿佛都被抽取干净了。她扶着旁边的椅子，慢慢地坐下，茫然说道。

“这是你，在案发之后，送给我的第二封信，”禹宣静静地说，“在义父母去世、你逃离成都府之后，我某日从齐腾家回来，却发现它放在书房的桌上。不知从何而来，也不知你如何送给我的，但我想，这是你自承罪行，要与世诀别的意思。”

李舒白仔细推敲着信上的内容，淡淡说：“看这封信的措辞，是有与世诀别的意思，但自承罪行我可没发现。”

禹宣沉默，而黄梓瑕则用暗哑的声音问：“手上淋漓鲜血，难道不算？”

“此信疑点甚多，待我们推敲一下，再下结论吧。”李舒白神情平静地将信笺原样折好，放回信封之中，声音比表情更波澜不惊。

禹宣不声不响，只望着面前的黄梓瑕，声音喑哑道：“这信，我藏在此处半年多，未曾示人。今日交予你，若你真的认定自……认定黄梓瑕无辜，请你继续查下去，给我，也给自己一个解释。”

黄梓瑕怀揣着那封信，跟着李舒白回到成都府衙。

刚到衙门，周子秦早已坐在里面，一手捏包子，一手捏着那个双鱼镯子看着，满面生辉。

黄梓瑕感觉到那封信的折角仿佛在刺着她的肌肤，让她觉得又窘迫，又无奈。

李舒白似笑非笑地看了黄梓瑕一眼，黄梓瑕正在出神之中，他突然凑到她的耳边，轻声问：“你说，什么时候告诉他真相比较好？”

黄梓瑕听出他话中戏谑的意味，那压在胸口的大石，在他的调侃面前，似乎也隐约放下了一点，让她不由自主地回嘴道：“下辈子！”

“什么下辈子？”周子秦耳朵尖，已经听到了。他站了起来，向他们走来，“哎，你们太慢了，我都等你们好久了。”

李舒白扫了他手中的镯子一眼，问：“什么事等我们？”

“傅辛阮那个仆妇汤珠娘，她的尸体已经找到了，几个相熟的人也都从龙州找过来了，我们赶紧去查一查呀！”

周子秦一手玉镯一手包子，边吃边往外走。厨子探头看见，赶紧喊他：“捕头，捕头！这边还有米糕，你再拿个？”

“哦，米糕我喜欢！”周子秦心花怒放，赶紧把镯子往怀里一塞，接过那个米糕拿着。

“子秦，好早啊。”旁边有人笑道。

周子秦转头一看，原来是齐腾，他手中一叠文书，显然是来府中商议事务的。他忙把剩下的包子往口中一塞，拱手道：“齐大哥！”

“你这什么习惯，这么脏的手还吃米糕。”齐腾嘲笑道，抬手就拿走了周子秦手中的米糕，却又不吃，只看着周子秦的手，说，“全都是米糊糊，你就这样去查案？”

“哦……”周子秦眨眨眼，还看着他手中的米糕，齐腾却随手将米糕丢到了旁边污水沟之中，然后到旁边舀了一勺水，说：“来，洗手。”

周子秦顿觉丢脸极了，赶紧说：“我……我自己来……”

“好啦，你都快是我大舅子了。”他说着，不由分说两三勺水泼下去，直把周子秦的手洗得干干净净，才放过了他，将水瓢一丢，说，“子秦，女人用的东西多肮脏你可知道？上面全是你看不见的头油脂垢！我就有个朋友，时常拿着个相好的手环睹物思人，结果有一次没洗手就吃果子，上吐下泻差点没要了命。后来才知道这手环是相好的在当铺收的，是那些无良该杀的从浮尸上脱下来的，你说这种东西还放贴身，还拿着边看边吃，能不出事？”

周子秦干笑，隔着衣服摸了摸那个镯子：“齐大哥，我这镯子……可新了，保证不是浮尸上来的……”

“总之要多加小心！我下午空了，带你去明月山沐善法师那边弄一桶净水，给你这镯子好好净化一下！”

说着，他重又抄起那叠文书，往衙门内去了。

周子秦朝着他的背影吐吐舌头，低声嘟囔：“之前怎么没发现，这又是一个洁癖呀……”

黄梓瑕的目光落在那个被丢到污水沟中的米糕上，若有所思地抬起头，与李舒白目光正相接。

黄梓瑕知道这种事他是绝对不可能做的，只好苦着一张脸，点了一下头。

三个人往外走时，黄梓瑕忽然“哎呀”一声甩着脚，郁闷地说：“踩到狗屎了。”

周子秦关切地问：“没事吧？”

“没事，幸好是干的，我去水沟边蹭一蹭。”

说着，她跑到污水沟边去了。周子秦在后面喊：“快点，我等你。”

“别等了，我们先去马厩吧。”李舒白径自往前走。

周子秦往后看了看，也只好跟着他走掉了。

黄梓瑕走到污水沟旁，站在那边假装蹭鞋底，打量着四下无人之时，抓起地上一根树枝，扎住那个米糕，将它举了起来。幸好这米糕掉到了一块石头上，还没有被水融化掉。

她到旁边撕了片白菜叶子，将那个米糕包住，捏在手中晃到马厩，和李舒白、周子秦会合。

涤恶还在养膘中，扬扬得意地吃着豆子欺负着其他马。那拂沙在它旁边养伤，卧在草堆中，一双大眼睛四下张望着。

李舒白和黄梓瑕虽已易容，但怕被涤恶闻出气味来，故意走到对面马厩，挑了两匹劣马。

他们骑着马经过街道时，一条凶恶的瘦狗从巷子中冲出来，向着他们狂吠。真是“想睡觉就有人送枕头”，黄梓瑕立即将那个米糕连白菜叶子丢了出去。那只狗闻了闻，几口就连着外面的白菜一起吃了下去。

周子秦说：“这种恶狗，我才不给它喂东西吃呢！”

黄梓瑕说：“我正差条狗，准备逮着它有用。”

“什么用啊？”

“狗的嗅觉十分灵敏，训好了能帮助查案。我看这条狗的模样，应该是最好的细犬。”

周子秦立即转头吩咐身后人：“阿卓，赶紧给我逮住它！”

所以，等他们来到义庄的时候，已经变成了四个人，一条狗。

看守义庄的老头儿一看这条脏兮兮的瘦狗，顿时笑了：“少捕头，要养狗您跟我说呀！我家里的狗刚下了几条，比这东西可好看多了！”

“你不懂了吧？一看这种狗的模样，就是最好的细犬！”周子秦拽了拽狗绳，将它系在了门口。

老头儿简直不敢相信自己的眼睛，蹲在门口和这只狗大眼瞪小眼许久，才喃喃自语：“这东西还细犬？绝对的土狗一只嘛！”

周子秦几步跨进义庄，看见屋内停着一具被白布蒙住的尸体，几个捕快正在谈天说地，旁边站着几个满脸晦气的中年男女，应该就是汤珠娘的亲朋了。

“来来，快点都来见过周少捕头！”捕快们吆喝着，给周子秦一一介绍，谁是邻居，谁是子侄。

周子秦先将自己的那个工具箱打开，戴上薄皮手套，查看汤珠娘的伤势。她确系坠崖而亡，摔得手足折断，脑袋血肉模糊。那张脸也是稀烂，只有耳后那个痦子，准确地揭示了她的身份。

“这是她坠崖后，身上所携带的东西。”捕快们又递上一个包裹。

周子秦随手翻了翻，见包裹内只有几件换洗衣服，一堆散钱，其他什么东西也没有。他把东西一丢，说：“看来，确实是在行路时不小心，坠崖而亡了。”

黄梓瑕忽然想起一件事，便问：“是什么时候死的？”

“昨日上午，大约是……卯时左右吧。”

卯时。黄梓瑕立即想到了昨日卯时，在路边被那匹急马撞下山崖的张行英。

“对了，子秦，我听说近日因夔王遇刺，所以成都府到汉州的山道都有西川军把守着，百姓进出甚为麻烦？”

“是啊，那条路商旅不绝，如今西川军禁止任何人骑马或者坐马车出入，步行进出的人还要搜身，百姓正怨声载道呢。”周子秦说着，又想起来一件事来，说，“不知道张二哥到汉州了没有。唉，张二哥真可怜，天下之大，茫茫人海，要找滴翠何其难啊！”

黄梓瑕蹲下去查看着汤珠娘的伤口，见她连后脑都跌破了，真是惨不忍睹。她站起转身问周子秦：“想知道张二哥如今身在何处吗？要不要我告诉你呀？”

“我才不信呢！”周子秦不相信，哼了一声：“难道你有千里眼顺风耳，能知道远在汉州的张二哥一举一动？”

黄梓瑕对他一笑，说：“爱信不信。我不仅知道他如今身在何处，而且还知道他右手脱臼，正在客栈熬药……”

周子秦顿时跳了起来：“你说什么？张二哥受伤了还在客栈熬药？”

“别急呀，也不是替自己熬药，没那么严重。”她说着，又翻看着汤珠娘的包裹，细细地查看衣服的花纹样式。

周子秦急得跳脚，只好转而拉住李舒白的衣袖恳求：“王兄，王兄，你就跟我说说吧，怎么回事？”

李舒白望了黄梓瑕一眼，说道：“你中午跟着我们走，就知道了。”

“你们，你们……真是急死我啦！”

看着周子秦跟热锅上蚂蚁似的团团转，黄梓瑕不由得对李舒白一笑，给了个“干得好”的眼神。

汤珠娘早年丧夫，如今寻过来的就只有她一个侄子，两三个邻居。

一个邻居是收拾得挺整齐的瘦猴儿，手上还戴了个金戒指，笑得一脸难看：“小人是松花里的里正。汤珠娘本来也是成都府的人，十七岁嫁到汉州去了。我婆娘和她从小一块儿长大的，说她老公死得早，日子挺难的，隔三岔五帮人家打短工赚点钱。后来那个傅娘子放出声来说要找人伺候，我就对我婆娘说，那娘子看起来人不错，应该好伺候的，月钱也多，事情也少，你问问汤珠娘，要是想去，我给介绍。”

“这么说，汤珠娘是你介绍给傅辛阮的？”

“正是呢。可没承想这才转过年来，怎么就出事了……唉，为了这事，我和我婆娘也是懊悔不迭。大家都说那宅子有问题，连死两个人不说，如今连汤珠娘也死在外头了，这可不邪门儿嘛！”

黄梓瑕又看向他身后人，那女人矮胖富态，正耷拉着头扯着手中的手绢。“这是您家里人？”

瘦子赶紧点头：“我婆娘，汤珠娘是她以前邻居。”

黄梓瑕便问她：“汤珠娘在那边做仆妇，有对你们提起过什么吗？”

那女人显然是刚刚被汤珠娘的尸身吓到了，用手绢抹着眼睛，声音也不顺畅了：“没有，逢年过节她倒是常拿着东西过来看我们，说是多谢我们给介绍了这么个好地方。据说……据说那傅娘子性情脾气十分温和，吃穿用度都给汤珠娘也算一份，银钱也从不克扣，家里也没什么事，就是日常洒扫、一日三餐。”

“她是否提过，傅娘子的家中客人来往？”

“没有……当时傅娘子托我们找人，就说必得嘴巴严实的，想必珠娘也是她训诫过的，所以从来不说这些。再说……再说她一个乐籍女子，家里来往什么人，我们又怎么好打听呢？”

黄梓瑕将这夫妻二人打发走，又问下一个。

这是个面色蜡黄的中年女子，系着青布围裙，头上绾了个髻，插着一支蒙尘的银簪子。她显然十分少见这样的场面，局促得手都不知放哪儿：“我……我是汉州田家巷的，住珠娘斜对门。她十七岁嫁到那边，我们年纪差不多，住得又近，算起来，我得叫珠娘嫂子。”

“珠娘最近有回田家巷吗？对你说过什么？”

“她前月回来过，一派喜气洋洋，说她伺候的那个娘子要成亲了。我随口说那种人能嫁什么正经人，结果她却说是顶好的婚姻，对方虽然结过一次婚，但没儿没女的，人又年轻，家世又好，娘子能嫁给他真是前世修来的福分了。”

“她提到过对方的情况吗？”

“没有……珠娘伺候的什么人，我，我又管她做什么？而且我们也没说几句，珠娘的娘家侄子就过来了，我赶着回家烧饭，没承想……这就是珠娘我和最后一面了……”

见她慌里慌张话都说不顺畅，周子秦便示意她先下去，让汤珠娘的那个侄子过来。

汤珠娘的侄子名叫汤升，年约二十出头，一副吊儿郎当的模样，脸上那笑容跟颜面抽筋似的，怎么看怎么讨厌，。

“我那姑姑啊？没错儿，前月我是见过她，跟她说了我要成亲了，让她多给点钱。结果她就只给我摸了两千钱，啧……”汤升甩着手中荷包，一脸鄙夷，“去正经人家做仆妇尚且说起来不好听呢，现如今她还伺候个扬州的妓女，脸都丢大了！要不是看在她说要给我未过门的媳妇打一对银簪的分上，我都不想跟她见面。”

黄梓瑕问：“打一对银簪是怎么回事？”

“就昨天的事，她跟的那个妓女不是死了吗？她收拾好东西出门时，我正回家呢，刚好在巷子口遇见了——我家就在旁边双喜巷。”

黄梓瑕点点头，知道就是汤珠娘的娘家。

“她看见了我，就把我叫住了，在自己的包裹里掏东西，说是有东西要给我。我还以为什么好东西呢，就站住了等着。结果她掏了半天，我都看见她拿出半个荷包了，又塞了回去，说，还是我先带到汉州去，给你未过门的媳妇打一对银簪吧。我还以为是真的，等回过头一想，这可不是诓我吗？成都府的银匠铺子成百上千，她有钱干吗到汉州去打，摆明了舍不得，哄我呢。”

黄梓瑕停下笔，将自己记下的又看了一遍，问：“你姑姑汤珠娘当时说的是，‘还是我带到汉州去，给你未过门的媳妇打一对银簪’？”

“对，没错，”汤升点头，“我回来后翻来覆去想了几百遍，一个字都没错！越嚼巴越觉得假。”

黄梓瑕点头，又问：“你姑姑平时，和你们说过什么吗？比如傅娘子交往的人、她日常的生活之类的？”

“没有，她嫁出去都几十年了，回娘家也就是看看我祖母。如今我祖母老了，跟个泥塑木雕似的，说什么都听不见，她也就每月给祖母塞点小钱，除此之外，回家干啥？”

汤珠娘看起来过得不怎么样，其他亲戚连尸体都不来认，侄子就马马虎虎看了几下尸体，然后说：“估计是了。哎，她夫家没人了吗？怎么要我们娘家收尸啊？”

“她夫家要是有人，别的不说，房子早被收走了，还等得到现在？”周子秦说。

汤升眼睛一亮，问：“房产没人收？”

黄梓瑕面无表情地说：“无子无女者，子侄若替她办妥丧事，可继承房产。”

汤升立即说道：“她是我姑母，我身为她的侄子，为她办一场丧事那是义不容辞！”

“那好，你备齐棺椁，择好坟地。出殡下葬之后，到衙门来拿房契地契。”

把汤升送出门之后，周子秦问黄梓瑕：“我朝有这样的律令？”

“没有，”黄梓瑕摇头道，“但是你看到没有，一听说还有房产，‘我那姑姑’就变成‘姑母’了。”

周子秦郁闷道：“想个法子让他鸡飞蛋打最好。”

“得了，汉州小巷一间破房，去掉丧事花费之后，大约也就抵得过一对银簪子。”

黄梓瑕说着，又将今日众人说的话看了一遍。

周子秦已经急不可耐了，问："这下你有空了吧？赶紧给我说说，张二哥怎么样了啊？"

"别急，直接带你去看你不就知道了？"黄梓瑕说着，将自己手中写好的档案收拾好，合上。

李舒白却在此时伸手将它拿了过去，翻开来仔细看着她的字。

是他熟悉的字，簪花小楷，清秀娟丽，却因为总是急于速度，在下笔行文时，有一种仓促的落笔与收笔。

李舒白微微皱眉，目光扫过那些笔迹时，不由自主显露出一种冰冷的意味。

黄梓瑕低声问："怎么？"

他将那档案册交给她，低声说："关心则乱，牵扯到你的亲人，果然你就无法保持冷静了。"

黄梓瑕皱眉，翻开自己的本子又看了看。

而周子秦已经在那里问："什么？这个案子牵扯到谁的亲人？不是那个汤升的吗？"

李舒白点了一下头，随口说："正是。"

黄梓瑕则还在翻看着自己所写下的东西，强自压抑着自己的震惊，可目光中的不敢置信，终究还是泄露了出来。

她脚步慢了下来。

李舒白回头看她，停了一下，终究还是走到她的身边，轻轻拍了拍她的肩，低声说："到使君府的时候，再对一对。"

她勉强点点头，仿佛逃避般，将手中的册子合上了。

几个人走出义庄，门口那只又脏又瘦的丑狗精神一振，跳起来就冲他们狂吠。

黄梓瑕看了看天色，又看看狗，有点诧异。

李舒白在她耳边低声说："真没想到，你也有预料出错的时候。"

黄梓瑕白了他一眼，说："我说过了，我就是养条狗替我做帮手查案，仅此而已！"

几个捕快骑着马，牵着一条丑狗招摇过市，令人侧目而视，有人看着那条狗，暗地窃笑，还有人对着周子秦大笑："周少捕头，这条狗犯了什么错啦，要被你们一群捕快押着游街示众？"

"切，捕头我养条细犬帮助破案，你们什么眼色？"

"原来捕头的细犬长得跟土狗一模一样？"

“哈哈哈……看这泥巴裹满全身的样子，你看得出真面目吗？说不定洗干净后真的是条细犬呢？”

“这要是细犬，我把那整条狗给活吞了！”

等到了街角处，那个二姑娘正在卖羊肉，一看见这条狗，就给丢了块小肋骨。那条丑狗乐不可支，直接狂奔过去，牵着它的周子秦差点没给它拉倒了，几个踉跄被它拖到羊肉案前，收脚不及，顿时咚的一声狠狠撞在肉案上，整个人跪了下去。

二姑娘手提着大砍骨刀，好笑地看着他：“周少捕头，何须行此大礼呀？”

周子秦捂着酸痛的鼻子，眼泪都差点掉下来了：“二姑娘，不是早跟你说过了，不要当街卖羊肉吗？好歹……好歹别离路中心这么近啊！”

二姑娘面不改色，拉起独轮车往路边挪了两三尺，然后讥嘲地问：“就算我避到这边，难道你就不会拜倒在我面前吗？”

周子秦苦着一张脸，说：“至少……不会在你的石榴裙下跪得这么情真意切。”

二姑娘扯扯自己的破旧裙角，翻他一个白眼，抓起一块更大的骨头往前面一丢：“去！”

丑狗顿时乐不可支，疯狂地往前急窜，原本就趴在地上的周子秦被它拖着，在街上直接脸朝下滑行了足有两丈远，才终于抱住了一棵树，将它狂奔的步伐给止住了。

在满街人的嘲笑声中，周子秦气愤地把手中的狗绳解开，摸着自己磨破的手肘和膝盖，冲到二姑娘的面前，狠狠一拍肉案：“你！”

二姑娘抄着砍骨刀，不咸不淡地看着他：“我？”

周子秦看看刀子，再看看二姑娘白净的肌肤、清秀的面容，嘴巴张了张，然后讷讷地举起手，往后退了一步：“我……我就是想说，以后你卖羊肉，就摆在这里很好，不会挡住行人车马。”

拾壹

漫卷火龙

顶着满街的嘲笑，周子秦终于跟着他们到了客栈，跑到后院一看，一个小火炉上熬着一个砂锅，张行英坐在小板凳上，正一边轻轻扇着火，一边掀开盖子看里面的汤药。

“张二哥！”周子秦顿时大吼，冲进来差点没把药炉给撞飞了，“你不是去汉州了吗？怎么在这里啊？”

张行英被他吓了一大跳，赶紧护住砂锅，说：“小心小心，再熬一会儿就好了。”

“出什么事了？你生病了？受伤了？”

黄梓瑕见张行英结结巴巴说不出事情的来龙去脉，便在后面说：“他和朋友在路上遇险，所以带着他先回来了。”

“什么朋友啊？张二哥好像是一个人上路的呀。”周子秦说着，探头往屋内看了看，顿时大惊，“景毓？”

“周少爷，”景毓躺在床上，转头朝他勉强一笑，又说，“哦，不对，是周捕头。”

“你也脱险啦？为什么待在这里呀？”

“我……自然是待在王爷身边比较好，”景毓的目光看向李舒白，低声说，“只是……如今这情形，恐怕会拖累王爷……”

“别说这种话，”李舒白打断他，“安心养伤。”

景毓艰难而感激地点点头，外边张行英捧着药碗进来，说：“我在端瑞堂的时候，学过煎药的，这碗药的火候现在应该差不多，赶紧趁热喝下吧。”

李舒白接过药，亲自在景毓床头坐下，将药吹凉。

景毓赶紧倚枕坐起，低头接过药，不敢让他喂自己喝药。周子秦在旁边坐下，看着景毓喝药。

黄梓瑕拔下自己头上的玉簪，坐在桌前漫不经心地画着，盘算着今日所探得的线索。

天色渐暗，黄昏夕光收敛。众人在店内一起吃了饭，周子秦舍不得走，一直叽叽喳喳说到快半夜。

黄梓瑕最后都无奈了，拉起周子秦说："你还是让毓公公早点休息吧，别惊扰他了。"

"我不走啦，就在这里睡好了，免得这么晚回去又一大早跑来，多累啊，"周子秦说着，又眼睛亮亮地看着她，"崇古，你房间的床大不大？收留我一夜吧？"

黄梓瑕背脊一寒，正要拒绝，后面李舒白的声音淡淡传来："不大。"

她赶紧低头，向李舒白行礼。

周子秦沮丧地说："好吧，我去开上房。"

"记得帮我们也结一下前几天的房钱。"黄梓瑕赶紧冲着他的背影大喊。这个是当然的，从俘虏那边缴获的钱，差不多都要花光了，还是让周子秦这个冤大头出吧。

好容易周子秦安顿下来了，几个人得了清静，各自休息。

睡梦之中，忽然听得外面惊呼声大起。

黄梓瑕惊起之时，刚看了一眼映在窗上的火光，李舒白已经在外面敲门："起火了。"

她立即起身穿好衣服，因为还要束胸，难免耽搁了一点时间。等她出门时，周子秦都已经踉跄地跑过来了："不得了、不得了啦！"

李舒白和黄梓瑕没有理他，先就着火光奔到景毓的房间。

空气中已经有了浓重的烟味，张行英已经在景毓房中，而客栈里的人都已经蜂拥而至，全都跑到了小天井中。

"这火……这火起得太猛烈了！"

只见客栈前面已经全是大火，黑烟滚滚，已经涌向景毓这个房间之中。

李舒白和黄梓瑕曾在闲逛成都府夜市的时候，谈论过对方下手最好的方法就是火烧客栈。然而他们也观察过这座客栈，在起火的时候，是十分容易就能逃脱的，要在这里实施暗杀，除非——

黄梓瑕立即站起来，提起凳子砸向窗户。窗棂应声而落，他们看见窗外已经全是烈火，前后左右所有院落，居然几乎在同一瞬间起火，他们被包围在了熊熊烈火之中。

对方居然真的为了诛杀他们，而将周围所有的建筑都引燃，连这整片城区化为焦土都在所不惜。

在四面烈火之中，他们陷在唯一还未烧到的地方，但浓烟滚滚包围了他们，这里已经是绝地，是几乎无法逃生的局面。

李舒白微微皱眉，示意张行英扶起景毓，说："走吧。"

话音未落，外面一阵惊呼，原来隔壁一座年久失修的旧楼，已经轰然倒塌了下来。那些燃烧的梁柱全部砸在客栈院落之内，从前面店面逃出来的人全部拥挤在这边，顿时有几个人被砸得大声哀叫。

这客栈在冷落的小巷之中，周围都是废弃旧楼，此时周围楼宇全部燃烧，火焰似是从四面八方压下来，黑烟滚滚笼罩了位于中间的客栈。

天井中许多人已经被呛得剧烈咳嗽，甚至有老弱妇孺已经被熏得晕厥在地。

李舒白直接将床上的被子撕掉，黄梓瑕不等他说话，已经拿茶水将布浸湿，分给每个人一条。

他们用湿布蒙了面，一起出了房间。火势危急，而比火势更危急的是滚滚浓烟。

"烟是往上冒的，弯腰低身，下面能好一点。"黄梓瑕伏下身，带着他们往门口处走。

烟熏得所有人睁不开眼睛，他们闭着眼睛沿着墙往前走，但墙已经被烧得滚烫，他们根本无法摸索，只能在一片昏暗中连滚带爬。

"哎呀……"周子秦被地上的一具躯体绊倒，手脚并用地爬起来，也不知对方是死是活，他慌慌张张地摸了摸对方被自己绊到的地方，说："对不起、对不起。"

黄梓瑕还提醒他一下，一张口却觉得喉咙剧痛，连大脑都开始晕眩起来。她膝盖一软，就要跌倒在地。幸好被人抓住了手臂，将她扶住。

"跟着我。"她听到李舒白的声音，在一片混沌灰暗之中，近在咫尺，令她陡然安心。她用湿布捂住自己的眼睛口鼻，什么都不用看，什么都不用想，只要他带着自己，就能一直走下去。

仿佛，他的背后，就是自己最安全的地方。

李舒白忽然停了下来。前面是院墙尽头，他的方向感十分出色，已经顺利找到了后门。

张行英抬脚正要踹门，李舒白却抓住了他的肩膀，低声说："外面有人。"

月黑风高，大火烧在他们身边不远处，哔哔剥剥。三面大火，唯一留存的一个出口外，一片死寂。

张行英侧耳倾听，愕然道："没有……没有人声啊……"

"这么大的火，唯一的出口，怎么会没有人围过来？"李舒白的声音也开始微微波动起来，"可如今外面，却一点人声都没有。"

"有人在外面守着这扇门？"周子秦忍不住脱口而出，"难道我们一冲出去，就会万箭齐发？"

"这里是成都府内，外面又没有掩体，不可能埋伏众多弓箭手。但——绝对有人埋伏在外，冲出去就会被斩杀。"

众人的背后，都不觉冒出冷汗来。

正在此时，后面的人已经开始向这边拥过来，有人大喊："门在那里！快跑啊……"

混乱之中，拥挤的人潮一片混乱，四下乱攘中，忽然轰隆一声，火光四溅——

旁边烧得朽烂的楼阁，整个倾倒下来，后面的人群顿时拥挤踩踏，摔倒的、受伤的、被火烧的、被烫到的，种种惨叫哀叫声不绝于耳。

唯有他们五人，被围困在火堆之中，灼热的火已经包围了他们全身，衣服头发都被燎焦，唯一的生路，只有前面这扇门。两旁的墙都被烧得滚烫，旁边的树木尽在燃烧，局势危急。

滚滚浓烟之中，烟雾骤聚骤散之际，黄梓瑕抬头看见前方女墙上，有人正在窥视这边，向着下面挥手致意。

她转头对李舒白说道："他们已经发现我们了，正在等我们自投罗网！"

李舒白略一点头，目光再度投向那扇门。

被张行英扶着的景毓，原本一直捂着自己的口鼻跟着他们踉跄出逃，此时忽然取下湿布，放开张行英走到门口，说道："王爷……属下就此辞别。"

张行英愕然，下意识问："你要去哪里？"

"只要我出去，就不可能成包围之势了。"他声音嘶哑地说道。

李舒白在他身后厉声道："景毓，不得胡来！"

景毓只回头看了他一眼，脸上浮起一个仓促的笑，便转身向着门上撞去。

已经被火烧得朽透的门扇立即连同门上的锁一起倒下，他连人带门重重跌在外面的青石板上。

就在他落地的一瞬间，有数把刀向着他倒下去的身体刺去。

果然如他们所料，外面有人埋伏。

就在刀剑加身的时候，景毓不管不顾，撮口而呼。在一片黑夜之中，这尖锐的哨声穿透了滚滚浓烟与混乱的人声，引得周围一阵波动。

身后的众人与浓烟一起冲出，那些人只来得及攻击到第一个出来的景毓，李舒白与张行英、周子秦都已经飞身跃出，避开了第一波锋芒，随即在烟雾滚滚之中，夺得兵刃。

几人借助浓烟与黑暗隐藏身体，迅速欺入对方阵中，挥刀乱砍。

李舒白挡住攻势，黄梓瑕赶紧拖起景毓，将他扶到外间巷子口。把守巷子的人想上来阻拦，被李舒白直接砍杀。

火势更烈，在大火掩映之中，天上的星星都失去了光芒，显得黯淡起来。

在烈烈火光之中，她看到周围有数条人影迅速欺近，直接杀入刺客群中。

是王府军的精锐。在她走访案件的这几日，他们已经在成都府集结，并且迅速聚拢到李舒白身边了。景毓刚刚的哨声为他们指明了火场中夔王所在，如今一切已经无须担忧。

她便低下头，将一切交给李舒白处理，只将景毓尽可能远地脱离火焰和厮杀，以免被殃及。

巷子外有人大喊：“这边有人跑出来了，救火啊！”

附近百姓们拎着水桶纷纷跑来，埋伏的人本就已经失去了将夔王杀死在火场之中的时机，如今见势不好，只能丢下几具尸体转身便跑。

李舒白示意他们不要追赶，让暗卫们去办即可。毕竟几个人都疲惫不堪，骤脱大难，哪有精力全歼这些人。

他们聚在景毓身边，见他原本已经止住的伤口，再度崩裂，再加上他冲出大门时引了数刀，此时全身上下淋漓浴血，已经再也没有活命之望了。

黄梓瑕赶紧将他交到张行英手中，说：“快点，我跑去叫大夫……”

她跑了两步，又听到李舒白低声叫她：“不必了。”

她愣了愣，回头看向景毓。他握着张行英的手，眼望着李舒白，低低地说：“以后王爷身边……暂时……可能没有人伺候了……”

虽然在山道上被冲散的护卫有许多已经重返，但景荣与景祥就此失散未归，李舒白身边毕竟没有近身伺候的人了。

张行英握着他的手，忍不住眼中涌上眼泪，低声说：“我……我会在。”

景毓的目光转到他的脸上，艰难地笑了笑，说："你这被开除的小子……行不行啊……"

李舒白走到他身边，蹲下来注视着他，轻声说："不必担心我，你安心去吧。"

景毓却只握着张行英的手，那已经开始溃散的瞳孔，转向李舒白，又转向张行英。

黄梓瑕和周子秦赶紧把景毓抱住。

张行英眼眶湿润，拜倒在李舒白面前。

景毓的眼睛一直看着李舒白，嘴唇嗫嚅着，却没说出什么来。

李舒白犹豫了一下，抬手扶起张行英，说："你之前也是我仪仗队的人，现如今重新回到我身边，也算是有始有终。"

张行英仰头看他，眼中那层水汽终于化成眼泪滴落下来，颤声说："多谢……王爷！"

景毓面容上露出一丝欣慰的神情，他似乎想笑一笑，但那笑容刚刚出现，随即又扭曲消散。

旁边的门和围墙倒塌下来，里面烧伤的、摔伤的、踩伤的人争先恐后涌出。在一片鬼哭狼嚎之中，景毓的手默默垂了下来。

李舒白握住他的手，放回到张行英的怀中。

黄梓瑕看见他紧抿的唇，还有微微颤动的睫毛。她默然伸手，轻轻覆在他的手背之上。

大火直烧到凌晨，天边都被映成了红色。整个成都府的人都被惊动，从四面八方赶来救火。

景毓的尸身被义庄的人运走，修整遗容。

黄梓瑕与周子秦在那几具被丢弃下的尸身上搜索许久，发现他们做得非常干净，穿着普通百姓的衣服，身上没有任何可以表明身份的物件，连手中的武器都已经磨掉了上面的铸造印记。

在城中携带随扈，毕竟不好，李舒白命身边侍卫们散去，有时暗中跟随即可。余下他们四人望着面前这片灰烬，都是默然无言。为了追杀李舒白，对方不但敢杀害岐乐郡主，如今连周围整条街的无辜平民都全然不顾，害得多少人葬身火海，又害多少人流离失所。

"浑蛋……我一定要亲手揪出这个纵火犯！"周子秦咬牙，愤恨道。

黄梓瑕皱眉道："这么大规模的火，而且周围那几座楼全都被他们控制，前后门被堵被关，过程、细节无一不是事先策划好的。恐怕针对王爷的这群幕后凶手，其势力之大，远远不是你所能想象的。”

周子秦撇撇嘴：“我管他们是谁，反正他们在成都犯事，身为成都总捕头，我就一定要跟他们斗到底！”

几个人走出烧成瓦砾堆的巷子，忽然看见前面人群之中，有个女子焦急地在逃出来的人群中四下里寻找，辨认从里面走出来的人。她身姿婀娜，步履轻盈，即使面容上焦急异常，身影在这样拥挤混乱的人群中却依然显眼。

周子秦朝她打招呼：“大娘，你在找谁啊？”

公孙鸢抬眼看见他们四人，怔了怔后，才长出了一口气，快步走到他们面前说道：“我找你们！”

“咦？担心我们吗？”周子秦拍拍胸脯，仿佛完全忘了自己刚刚差点被吓破胆，“别担心，我们是谁呀，当然是毫发无损！”

“你看看你们这样子，别吹了，”公孙鸢看着他们满面尘灰、狼狈不堪的模样，帮他拍了拍身上的灰，“好啦好啦，没事就好。”

“大娘，你如今住在哪儿？我们也一起去你们那个客栈吧。”黄梓瑕问。

公孙鸢点头说道：“我被那两个人骚扰之后，就住到了两条街外的云来客栈，你们随我来吧。”

云来客栈十分幽静，虽然是间不起眼的小客栈，庭内却种植了修竹兰草，还引了一眼小泉，让刚刚被火烧过的几个人都觉得简直是太完美不过。

“旁边被烧的客栈里转过来的？”掌柜的是个老行当，看见他们的模样，顿时了然，“行李抢救出来了吗？随身还带着钱吗？”

一直在发呆的张行英，此时终于回过神来，有点感动：“多谢老板关心……”

黄梓瑕打断他的话：“放心吧，不会付不起你房钱的。”

公孙鸢立即说：“我来付。”

周子秦豪迈地一挥手：“放心吧，一切用度都由衙门出！”

见这么多人抢着付钱，掌柜的这才放心：“哦，那就好。”

张行英脸上的感动顿时僵硬，压抑悲痛的表情又回来了。

几人到了房内，第一件事就是叫小二打水把身上赶紧洗了一遍，然后才到前面店中集合，一起点菜吃饭。

“哎呀……从未吃过如此狼狈的宵夜啊……”周子秦看着外面即将破晓的天空，感叹道，“也从未吃过这么丰盛的早餐啊……”

在火场之中摸索良久，几个男人还好，黄梓瑕的喉咙被烟熏坏了，一直按着胸口干咳不停。幸好周子秦已经叫店家煮了一大碗雪梨熬枇杷，在等宵夜的时候先让大家喝下，以去火气。

“崇古，你最严重了，你可要多喝啊！”周子秦给她拼命灌汤。

黄梓瑕喝了一肚子水，实在不适，只好借口去找公孙鸢过来相聚，逃离了周子秦的殷勤。

等公孙鸢随黄梓瑕来到店堂之中时，他们却发现她们身后跟着另一个三十来岁的女子，身材娇小玲珑，在摇曳多姿的公孙鸢身后如同一个毫不显目的侍女。

等她走到他们面前，向他们施礼之后抬起头，他们才发现她面容如海棠初绽，在灯下朦胧生晕，即使笼着一层忧愁，也别有一种妩媚动人的风情。

“这是我四妹殷露衣，今日刚刚到成都府。我之前在阿阮松花里的宅子上留了字条，露衣今日抵达成都府，便寻来了。”

周子秦这才恍然大悟：“哦，原来门上那张纸条是你给姐妹们留的？我还在想那个纸鸢是什么呢。”

公孙鸢点头，拉着殷露衣在他们旁边坐下。殷露衣沉默寡言，席上众人也都挂怀着景毓之死，这一顿饭吃得沉闷无比。直到快结束的时候，周子秦才问殷露衣：“不知四娘你擅长的是什么呢？”

见周子秦请教她绝活，殷露衣也不说话，只朝着他一翻手，指间冒出一朵石榴花来。

“咦？哪里来的花？”周子秦诧异地伸手要去拿，殷露衣将自己的手一转一收，合掌将花揉了两下，又再度向他伸出手。只见一个石榴出现在她的掌中，金黄中泛着粉红，圆溜溜的，十分可爱。

周子秦一把抢过石榴，惊喜地问：“原来你会变戏法？”

“扬州人家喜筵寿宴，能请露衣一场戏法，便是轰动全城的盛事呢。”公孙鸢说着，将石榴从他手中取过，掰成几瓣分给大家吃了。

石榴和树上刚摘下一样新鲜，滋味酸甜。唯有殷露衣手中捏着一块掰开的石榴，眼中含泪，食不下咽。

公孙鸢叹了口气，对她说：“我知道你素来多愁善感，其实死者已矣，阿阮能与情郎一起去了，她心中必定是欢喜的，你何苦多为她伤感。”

“是……是我看不开了。”殷露衣说着，却依然怔怔的。

“阿阮之死，我觉得必有内情，因此已经托周公子代为调查了。”公孙鸢望着周

子秦，殷切说道：“如今我们姐妹全要托赖捕头，还请二位查明阿阮殉情真相，好歹……让我们知道她到底遇上了什么事，为什么不向我们求助，而选择了死路。”

“大娘请放心吧。”周子秦拍着胸脯保证，“我既然是钦点的成都总捕头，在成都发生的所有案件，我都会一一查明真相，绝不会让任何案件留下疑问！”

殷露衣抬头望了他一眼，刚想说什么，公孙鸢已经感激地朝周子秦说道：“多谢周少捕头！我妹子的冤情，一切都要靠您了！”

周子秦满口答应，又想起一件事：“说起来，明日成都府衙要宴客，不知你们可否前来助兴？”

公孙鸢与殷露衣对望一眼，说道：“周少捕头既然发话了，明日自当赴宴。不知宴请何人，准备如何助兴？”

“实不相瞒，明日节度使范将军驾临使君府，一则是为新任使君刚到成都，亲近话事。二则是为节度使府判官齐腾与我妹妹的婚事。节度使是武人，必定喜欢剑舞，这正是大娘的拿手好戏了。”

公孙鸢点头道：“是的。但我想……这回毕竟是喜庆日子，少捕头妹妹想必不会喜欢刀光剑影的。”

周子秦皱眉道：“这个……可管不了她，毕竟以客为重。”

“我倒有个好主意，之前阿阮曾帮我将剑舞重新编排，做了几处修改，虽依然是《剑器浑脱舞》，但其中旖旎柔美之处，尤胜绿腰，可算是刚柔两者兼而有之。如今露衣过来了，正好有人帮我准备，明日就上演我的新舞，绝不会让各位失望。”

周子秦大喜道：“大娘既然这样说，必定是精彩绝伦的表演！行，那我们明日就拭目以待。”

“还有一件事，我明日舞蹈中所需的东西，请让人帮我准备一下。”她叫小二送了纸笔过来，写了一张单子，递给周子秦。

周子秦看了看，念出她所要的东西：“牛皮灯笼两对，花瓣一篮，蝴蝶十对……”

他念到这里，不由诧异地问：“蝴蝶？难道这回的剑舞，还顺带放生呢？”

公孙鸢虽然情绪低落，但也不由得掩嘴一笑，说：“天机不可泄露，我也就罢了，但这内里的机关可是露衣吃饭的本事，断然不能告诉别人。”

周子秦不好意思地抓着头笑了笑，说：“我整天在家研究尸体，哪知道这些？我这就叫人去准备。”

“可务必要记得是活的，这边人生地不熟的，我们自己可找不到活的蝴蝶。”公孙鸢又说道。

“保证只只都是活的！交给我吧，没问题！”周子秦说着，又艳羡地看着殷露衣手中的石榴，说，“话说回来，四娘以前怎么不到京城来啊，你的手艺可真绝妙。”

殷露衣个子小小的，声音也是低柔轻婉，说：“十多年前，我曾随姐妹去过京城，但当时周捕头应该还是孩童。不过我有几个弟子，也有几人去了京城的，听说常在京城西市。”

周子秦忙问：“那可要怎么找呢？”

“我大弟子、二弟子在一起，是一对夫妻，年纪比我还大些。当初离开时我曾送给他们一只驯好的白鸟，或许你去找找便能见到了。”

黄梓瑕顿时了然，说：“我曾在西市见过那对夫妻。只是他们技艺普通，那只白鸟儿也被卖掉了。”

当时，买下了白鸟的王蕴，在仙游寺中出演了一场忽然消失的笼中鸟，导致了之后的种种不测事态。

殷露衣点头说道：“于技艺之上，急功近利最是不智。孙大学了两手之后，便觉足以行走江湖，向我辞别了。倒是容娘还好些，有学到几个好的，只是丈夫要离开，她也只能随他去了。”

周子秦赶紧说：“不如四娘在明日的宴席之后，也为我们露两手，助助兴？”

殷露衣默然低头道：“这倒也不必了。明日大娘的舞中，也有些许地方用得上我，到时候各位都可以看到的。”

等席上散了，黄梓瑕有意落到最后，问张行英：“张二哥，我看你一直都闷声不说话，面带愁容，是在担忧什么吗？”

张行英赶紧说道：“不是的，我只是……我只是想到毓公公的死，又想不知那些刺客什么时候还会来行刺……”

“放心吧，王爷不会再让刺客有机可乘的，”黄梓瑕安慰他说道，“如果这样他还不能应对的话，他就不是夔王。”

张行英默然点头，神情略略放松了一点：“那……那我就放心了。”

黄梓瑕看着他往李舒白的门外一站，摆出一副准备把守整夜的姿势，不由得无奈：“你不是说放心了吗？”

“呃……放心把守了。”

黄梓瑕不由得又好气又好笑，只好敲门问李舒白：“王爷，您觉得今晚刺客会来吗？”

里面李舒白的声音淡淡传来：“对方每次组织刺杀，都力求一击必中置我于死地，如今我忽然换到这边，他们未经策划，怎么可能下手。”

黄梓瑕理直气壮地看向张行英：“所以，最危险的地方是最安全的地方，最危险的时刻也是最安全的时候，你要是信我们的话，回去睡觉。”

里面脚步声响，是李舒白起身开了门。

“如今我身边侍卫散失，身陷险境，你却愿意选择在此时跟随我，正是路遥知马力，”李舒白拍拍他的肩膀，说道，“今晚你先去好好休息，日后我还需你助我一臂之力。”

张行英诚惶诚恐：“属下一定全力以赴，死而后已！”

“没这么严重，”李舒白淡淡道，“几只扑火飞蛾而已。”

凌晨睡下，到近午起来，果然安适无比，平静得让黄梓瑕睁开眼时还想了想，然后才记起自己身在何处。

窗外竹林潇潇，流泉潺潺。她披衣起身，推窗看见李舒白正在竹林中活动筋骨。

她靠在窗前，右手握拳在双唇前，挡住自己轻微的咳嗽——昨天那场大火，让她的胸口至今干涩微痛：“已经痊愈了？”

他停下来望了她一眼：“嗯。”

“中午要吃什么？我先去给你点。”

“你喜欢就好。”

“不挑食，真好。”她说着，一眼又看到了站在林边目瞪口呆望着他们的张行英。

她想起刚刚自己和李舒白毫无礼数的懒散对白，不觉脸上微微一红，然后便问他：“张二哥，你要吃什么？”

“我我我……我也你点啥都好。”

几个人吃着一样的早点，周子秦睡眼惺忪地过来了：“早啊……”

黄梓瑕问：“你早上没回去？”

“废话，凌晨回家，被我爹知道了肯定又要骂一顿。干脆说我在外面查案好了，”他说着，抓着自己的头努力思索，“哎呀睡得太好了，我脑子好像一片空白啊——今天我们要干什么来着？好像有很多大事要做，可又好像什么事情都没有的样子？”

黄梓瑕提醒他：“节度使范将军要去你家，所以你要帮公孙大娘准备一些东西。”

周子秦赶紧摸身上，摸到那张纸才松了一口气。

“好啦，你去准备东西吧。”黄梓瑕站起。

周子秦赶紧问：“你上哪儿去？”

“上街，去逛一逛。”

成都府的大街小巷，依然是热热闹闹熙熙攘攘。

李舒白陪着黄梓瑕穿过大街小巷，走到一家当铺前。掌柜坐在高高的柜台之后，撩起眼皮瞧了他们一眼，问：“要当什么东西呀？”

黄梓瑕问他：“掌柜的，你们在龙州是不是也有分店？”

“是啊。不过龙州的店我们这边可管不着。”

黄梓瑕将周子秦那边拿来的牌子取出，在柜台上敲了两下：“官府查案。”

掌柜的打眼一瞧，这才赶紧出了柜台，将他们请到后面，让人煮茶上点心：“不知几位要查的……是什么东西？”

黄梓瑕一看他这模样就明白了，便说道：“掌柜的请放心，最近没什么大案，不是来查赃物的。”

掌柜的明显松了口气，在他们旁边坐下，问：“不知三位所来何事？”

“我们要找一件东西，应该是在龙州你们分店那边的活当。据我所知，活当过了日期未有人赎，便会送到你们总店，大掌柜的过眼之后，一并售卖，是吗？”

掌柜的点头道：“正是。”

“我想要找一个双鱼的白玉手镯，两条鱼相互咬尾，中间镂空，造型十分独特，掌柜的只要经了眼，肯定会记得的。”

“哦，我记得！确实有那么一个玉镯子，今年四月过了赎期，龙州那边的店送过来的。”

“那么，如今又在何处呢？”

掌柜的赶紧翻了翻出入账本，然后拿着给他们看：“这镯子已经卖出去了，就在送过来不久。买主……没有留下姓名。”

只见上面写着“双鱼玉镯，全款已付。”

黄梓瑕问：“当时的经手人，现在还在吗？”

“我问问。”他赶紧到后面叫了人过来询问，一个个掌柜伙计都摇头，只有个机灵的小伙计说：“这个……当时龙州送过来的，或许是龙州那边的人帮忙写的，你看这字也不是我们写的，保不准是龙州那边的谁写的。”

“赶紧去问问看龙州送东西过来的人是谁，当时是不是有经手那个镯子。”掌柜

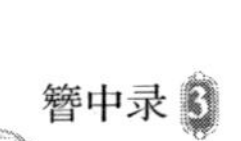

的说着，转头又朝他们赔笑："三位差爷，要不这样，我们先赶紧派人去龙州打听一下，也就这一两天的事情，马上就能回话。"

黄梓瑕点头，又给他写了个纸条，说："到时候务必记得带人来找周少捕头。"

"一定，一定！人一来我就带去！"

拾贰

旧游如梦

三人出了当铺门，黄梓瑕问李舒白："王爷准备接下来去哪儿？"

李舒白说道："节度使府。既然对方逼我们显露行迹了，我们自然得抓住机会，寻衅滋事一番。"

"好呀，"黄梓瑕毫不犹豫便应了，"不过还要等一等，我估计范将军那位公子此时此刻还没起床呢。"

张行英听着他们说话，脸都绿了："寻衅滋事？"

"走吧，"黄梓瑕笑道，"找人帮忙哪有找人麻烦好玩？"

李舒白给她一个赞赏的眼神，问："你确定前几日在客栈调戏公孙大娘、后来被张行英打趴下的那两个人，是范元龙身边的人？"

"确定。我以前经常训他们的，"黄梓瑕说着，觉得昨日火燎的胸口依然干涩，只好捂着轻咳了两声，转身往云来客栈走去，"反正时间还早，我们看看公孙大娘还在客栈吗？请她帮个小忙。"

还未走到客栈门口，在街上一家果子铺中，他们一眼就看见了正在买糖果的公孙鸢和殷露衣。

公孙鸢买了两大板的饴糖，因天热，便让店里的伙计用糯米纸包了好几层，再用雪白的大张绵纸包裹了，提在手中。

黄梓瑕和她们打招呼，诧异地看着她手中的糖，问："大娘这么喜欢吃糖？"

公孙鸢回头看见她，面露诧异之色，但很快又回过神来，笑道："我倒不喜欢吃糖，

实则是露衣气血有亏，时常头晕目眩，这几日带来的糖已吃完，因此过来买一些。”

黄梓瑕听她说起气血有亏，不由想起当时在山崖边，李舒白丢给自己的那袋雪片糖，她不自禁地朝他看去。

李舒白望了她一眼，唇角微微扬起一个弧度。

“天气炎热，这么一尺见方的两板饴糖，吃不掉会不会坏掉呀？”黄梓瑕又问。

殷露衣温婉沉默，只低头默然不语。

还是公孙鸢代她说道：“这倒没事，露衣会将饴糖雕成各色形状，她是变戏法的，就算吃不掉，用来练手指的灵活性也可以的。”

“哦，雕饴糖是不是和雕豆腐一样？那可果然考验手指。”黄梓瑕大感兴趣。

殷露衣低头掩口，终于出声说道：“还好，比豆腐可方便。等我弄好送给大家一份。”

她们三人走出店门时，却发现李舒白没有跟上来。黄梓瑕赶紧回头看他，原来他也称了一包糖，落后了几步。

她不解地望着这个并不喜欢甜点的人一眼，而他却面不改色，平静地将手中的那包糖递给她。

她闻到了淡淡的梨子香味，打开一看，果然是一包润喉清肺的梨膏糖。

她不由觉得胸口涌起一种微甜的暖意，就像是那梨膏糖化在了自己胸口，让她不由自主地捂着那里，轻轻地咳了两声。

李舒白听到咳嗽声，微侧脸看她。

她假装去看街景，取了一块梨膏糖在口中含着。等再回头的时候，发现李舒白已经走出了三四步远，仿佛从未回过头一样。

他们与公孙鸢、殷露衣一起来到节度使府门口，刚好看见节度府偏门打开，一群人牵马出来，可巧就是范公子出来了。

西川节度使范应锡家中有两个小霸王。一个是侄子范元虎，去年因为非作歹，被黄梓瑕揪了出来。使君黄敏判他五十杖，流放二千里。范应锡不敢触犯众怒，只能忍了。第二个霸王就是范应锡的亲生儿子范元龙，如今还在成都府中耀武扬威，欺男霸女。

公孙鸢一看见范元龙身后的两个人，顿时皱起眉来，这不就是当时在客栈中调戏她，然后被周子秦和张行英打飞的那两个人吗？

张行英也发现了，顿时愣住。

那两人看向这边，对着范元龙说了句什么，那一群人向着他们走来，张行英后退了一步，发现李舒白和黄梓瑕就在他不远处，赶紧叫他们：“快跑啊……”

他这个举动落在范元龙眼中，却更加糟糕了——“那两个人，也是同伙！哼哼，不给我身边人的面子，就是不给老子我面子，给我打！”

他身后那群人扬扬得意，撸着袖子问：“公子，打到什么程度为止？”

范元龙一看张行英一副时刻准备转身逃走的模样，一扬手中鞭子就说：“给我打断所有人的腿！”

“断腿的感觉，怎么样啊？”

黄梓瑕踢了踢躺在脚下的那个打手，笑着问。

眼看身边所有人被李舒白和张行英打得趴下一片，只剩下自己一个人孤零零站在当场，在周围人的窃笑声中，范元龙转身就跑，对着府门内的人大喊：“你们是死人吗！我身边人都被打成这样了，你们还一动不动？”

刚刚一切发生得实在太快，那群人断腿不成反被断，门房和卫士们压根儿还没反应过来，听到他这样喊，才恍然大悟，抄起手边的家伙就冲他们跑了过来。

黄梓瑕身后那群看热闹的人顿时一哄而散，有人边跑边喊：“还不快跑，你们死定了！”

黄梓瑕收回自己的脚，没等他们来到面前，已经从怀中掏出一个令符，大喊：“夔王府使者，谁敢妄动？”

一句话出口，瞬间所有人都如被施了定身法，全都站定在了当场。他们其实也看不出她手中的令符是什么，但见她如此气势，个个都觉得兹事体大，只能面面相觑，然后怔怔回望后面的范元龙。

范元龙一时也被黄梓瑕整晕了，他一溜小跑到黄梓瑕面前，抬手去接那个令信，想仔细看一看，黄梓瑕反手将令符在他的脸上轻轻拍了拍，笑道：“好啦，还是请范将军出来吧，夔王爷来了，你说他不出来迎接，合适吗？”

范元龙顿时蔫了，他虽不认识李舒白，但看见他负手站在人前，一派清贵倨傲之气，又想起最近夔王确实在附近失踪，吓得茫然失措，还在思索该如何验证对方身份，只听得身后有人笑道：“咦，杨公公，多日不见，颇有威势呀。”

黄梓瑕抬头一看，正从侧门内含笑走出的人，面色虽略显苍白，但那种沉静温柔，如春风如旭日的气度神情，令人不由神往——

黄梓瑕忍不住低低叫了一声：“王都尉……”

王蕴朝她点点头，然后走到李舒白面前，抬手施了一礼：“见过王爷。闻说王爷

于山道遇险，我等都十分挂怀。如今幸得上天庇佑，王爷安然无恙来到成都府，真是社稷之幸，黎民之福！”

李舒白微微一笑，道：“皇上安康才是社稷之福，怎么几日不见，蕴之都大变样了——莫非体肤之痛，也能影响口舌吗？”

王蕴神情微微一僵，下意识地侧脸瞥了黄梓瑕一眼，却见她正给范元龙出示那个令符，神情丝毫未变。

他又微笑道：“王爷真是开了天眼了，怎么知道我前日随西川军进山搜寻时受了点伤？要认真说起来，我也是一片忠心为了王爷。”

黄梓瑕回过目光瞥了他一眼，见他脸色十分苍白，忍不住问：“请问王都尉伤在何处，是否要紧？”

“并不要紧，只如玫瑰花上的刺，轻轻在我心口上戳了一下而已。”王蕴笑道。

黄梓瑕微微一哂，也不说什么，只笑道：“我和夔王爷都易容改装了，王都尉还能一眼就认出我们，真是好眼力。”

“不是好眼力，实则是我先听到你的声音，然后才赶紧出来的，”他毫不隐瞒地笑道，凝视着她的目光幽远绵长，“我一路往成都而来的时候，也曾无数次想过，到了这边之后，能恰巧遇见你也说不定呢……刚刚听到你的声音时，还有点不敢相信自己的耳朵。”

黄梓瑕默然低头，而李舒白已经走过她的身边。她赶紧跟了上去，与含笑看着她的王蕴擦肩而过，紧跟着李舒白的步伐。

周子秦十分郁闷。

已经是华灯初上的时节了，眼看范节度就要到使君府了，可关键时刻，居然找不到黄梓瑕他们三人了。

“不会是出事了吧？不会是在哪儿玩得太开心忘了我吧？不会是……”还没等他琢磨出个原因来，外间已经报进来：“少爷！范将军来了，他的随行亲兵队已到府门口。”

“好吧好吧，赶紧跟着我爹出去迎接吧。”周子秦整了整身上的玫瑰紫蜀锦袍，跟着周庠到门口一看，范应锡正从马上下来，一看见周庠，只来得及拱了一下手，便赶紧到后面一匹马前，恭谨躬身道：“请王爷下马。”

周子秦一看下来的人，顿时嘴巴张得下巴都快掉下来了。

黄梓瑕跟在李舒白身后，快步走向周庠，并在行礼之时，向着周子秦眨了一下眼。

周子秦顿时嘴角抽搐，狠狠瞪了她一眼，用口型问：“怎么回事啊？”

她丢给他一个“你猜猜”的眼神。

周子秦正在无语，听到范应锡对周庠说道：“我真是该死！光顾着在山上搜寻王爷踪迹，却没想到王爷得天庇佑，自然早已安然无恙。可恨犬子妄诞，冲撞了王爷，我真是万死难辞其咎……”

“哪里，也是本王不欲引人注目，因此隐藏了行迹，你家公子又何尝知晓本王身份？”李舒白扯起谎来也是冠冕堂皇，面不改色，“只是他身边侍卫蒙蔽主人，本王已略加惩戒，相信你家公子日后定能远离小人，成就大器。”

“下官万死，下官待会儿回家，定要打死那小畜生！”

范应锡说的跟真的似的，他儿子范元龙在身后体若筛糠。不过大家也都知道，父子俩就这么回事，所以随口笑着劝了几句，鱼贯入府。

黄梓瑕跟在李舒白的身后，走进正门，直入正堂。经过后堂，便是使君的居处，三重院落后面，就是花园。

青石铺设的院落，中间走得多的地方已经被踩出一道浅浅凹痕。这是她曾雀跃过、疾奔过、漫步过的地方，那上面，似乎还留着她的足迹，留着她永远逝去的少女时光。

前方，两株芭蕉，一畦玉簪。花圃之外，青砖之上，曾停过她亲人的尸身。她眼前还清楚地浮现着被白布覆盖的自己最亲近的人的身躯，而如今这里已经张灯结彩，耳边丝竹声声，铺陈着一场盛宴。

她的家，她的少女时光，她永远一去不回头的幸福人生。

盛景永在，人事已非。曾含笑凝望着她的人，永远消失在了过往之中。

她望着眼前与当初记忆中一模一样的景色，不觉鼻子一酸，眼圈也渐渐红了起来。

而她颤抖的手，在此时，却忽然被人握住了。

是李舒白。在经过拐角走廊时，在所有人的目光被遮住之时，他轻轻地握住了她的手。

修长而有力的手掌，将她的手包在温暖之中。

这一刹那仿佛静止，却又仿佛只是须臾。她抬头看见他的面容，他关切的眼神，深深地望着她。

后面的人已经跟上来，他的手也松开了。黄梓瑕与他又恢复了默然跟随的状况，她跟着他的脚步，向着前面慢慢走去。

只是她的心里，已经不再凄苦疑惧。她知道自己并没有失去最后的依靠。在这个仿佛被整个世间抛弃的时候，还有一个人，会永远站在她的身边，在她需要的时候，

毫不犹豫携起她的手，给她最强大的力量。

正堂设了十二个席位，李舒白在上首，范应锡与周庠左右陪着。黄梓瑕与张行英在下首入座，抬头一看自己的左右，顿时愣住了。

左边正是那位周子秦的准妹夫，齐腾。

右边沉默跪坐在那里的，却是禹宣。

张行英顿时激动了，赶紧悄悄地喊禹宣："恩公，你怎么会在这里？"

禹宣神情沉默，此时抬头看了看他，不由得略微诧异："你是……阿宝的叔叔？"

"正是！阿宝至今还念念不忘恩公您呢！"

禹宣默然一笑，但他心事重重，没有再搭话。张行英也只好不再说话了。

周庠身为主人，率众举杯先敬夔王；范应锡身为西川节度使，先敬夔王并自罚一杯；周庠是主其他人是客，众人举杯敬他；范应锡是节度使而周庠刚赴任，两人干了一杯……

宴席才刚刚开始，那纷繁热闹的阵势就已经让人架不住了。周子秦给黄梓瑕使了个眼色，两人偷偷地出了大堂，跑到旁边小厅喝酥酪去了。

"崇古，你给我从实招来！到底怎么回事，你们一下子就跑到范将军那边去了？"

黄梓瑕吃着点心说道："放心吧，没有欠范应锡人情，反倒是他给我们抓了个把柄。这个还要多谢他家那个臭名昭著的儿子呢，想当年我盯了他多久，对他简直了如指掌。"

"你盯着谁？"周子秦问。

黄梓瑕赶紧搪塞："你难道不知道吗？成都府小霸王范元龙啊，这名字在京城都如雷贯耳。"

"是吗？我怎么不知道。"他说着，又想起什么，赶紧拉起她，说："走，我们去看看公孙大娘今晚的剑舞准备得怎么样了。"

公孙鸢与殷露衣正在花厅之中。临水的轩榭之上，前面的小船码头已经摆好座椅。而水榭已经清理出来，如今悬挂好了大幅绣花纱幕作为背景，灯光从后面照过来，锦绣颜色绚烂，朦朦胧胧罩在帐前的公孙鸢身上，令她全身神光离合，如美玉流光，不能直视。

殷露衣在旁边正吃着饴糖，看见他们来了，便起身用绵纸包了两块糖给他们。

黄梓瑕低头一看自己手中的饴糖，果然雕成了一只燕子的模样，如剪的尾羽，舒展的双翼，纤毫毕现，栩栩如生。她不由得惊叹，再一看周子秦手中的，是只正在打盹的猫，那种慵懒的神态还保留着，只可惜已经被周子秦一口咬掉了半拉脑袋。

周子秦也颇觉尴尬，张了张嘴巴，说："这……我能吐出来吗？"

公孙鸢笑道："本来就是吃的，何况她下午雕了许多，你再拿一只就好了。"

周子秦开心地挑了一只小老虎说："给我妹妹那个母老虎带一只……哎，糯米纸还留在上面啊？"

他将包在饴糖外面，防止糖黏在一起的那张糯米纸撕下来吃掉了，说："我特别喜欢吃这个。"

黄梓瑕无语："你刚刚是不是没吃饱？"

"废话，那种场合，你能吃得下？"他说着，把自己那个饴糖雕的猫拿起来，一口吞掉了。

公孙鸢抿嘴一笑，说："少捕头既然有空，那就帮我放一下灯笼吧，这个牛皮灯笼这么重，我拿起来可不方便。"

"哦，好。"周子秦把糖老虎用绵纸包好，塞进怀中，赶紧帮她们将牛皮灯笼放好。

这种灯笼有个好处，外面罩着厚厚牛皮。这牛皮是活动的，可以用它遮住全部一半或者一部分光芒，调节灯光所照的地方。

公孙鸢让他帮自己摆好灯笼，遮住面向观者的那边灯光，让四道光线只照向台上。

今晚没有月亮，周围天色已暗，又熄掉了所有灯笼，只剩下光线照在水榭之中，纱幕之前，公孙鸢身上。

她手持一长一短两柄剑，站在水榭正中，转了一圈熟悉舞台。

她素来衣饰简素，然而今晚要表演《剑器浑脱舞》，自然穿上了舞衣。这是一件密织金色流云图案的锦衣，密密麻麻的簇金绣在厚实鲜艳的蜀锦之上闪耀光辉，灿然迷人。她盘了高高的螺髻，发髻上有金簪三对，花钿无数。而这些鲜艳夺目的装饰，似乎全都是为了衬托她而存在的，她的容光，能让所有看见的人忘记她的装束，只能赞叹她的容颜。

黄梓瑕不由得想起了大明宫蓬莱殿内，她曾仰望过的王皇后。她不由得心驰神往，遥想十几年前，扬州繁华之中，韶华极盛的这六个女子，该是如何动人的模样——

只可惜年华已逝，散作流萤。

她望着公孙鸢，心想，不知道她为什么一直没有嫁人？当初为她建了云韶苑的人是谁？为什么他们没有在一起？

公孙鸢在台上试了几个舞剑的动作，然后看向殷露衣，问："可是这样？"

殷露衣点头，指着后面悬挂的大幅薄纱说："我记得连续两次旋转之后，便进入

了薄纱后面了。”

公孙鸢点头，按着她的拍子旋转，剑光闪了两下之后，她便进了纱幕之后。

黄梓瑕问殷露衣：“怎么公孙大娘忘记舞步了吗？”

“哦……她今晚要跳的《剑器浑脱》，是数年前阿阮重新改编过的一支，旖旎温柔，没有太多剑气锋芒，比较适合这样的场面。”殷露衣说着，看了看水榭内的场景，又提起一只灯笼进了纱幕之后。公孙鸢的身影正好被灯光照在纱幕之上，那婀娜的身姿在朦胧灯光中看来比往日更增添一种迷离。

周子秦悄悄对黄梓瑕说：“其实我觉得啊，她身上穿的衣服若是轻薄一点，可能更好看。这两个旋转时，裙袂衣袖飘飞，肯定跟神女仙子一样！”

黄梓瑕轻声说道：“她们是专擅歌舞的，还会有你想得到而她们想不到的时候？必定是另有原因，比如说太过轻薄的衣料与剑舞不符，又或者衣袂飘飞时会阻挡剑势之类的。”

“嗯，还是你想的多。”周子秦心悦诚服。

眼看时候不早，两人担心逃出来太久，到席上不好交代，便向公孙鸢二人告辞，赶紧匆匆忙忙跑回席上去。

拾叁 绛唇珠袖

回来一看，气氛还是那么热烈，拍马屁的表忠心的，个个都很投入。看到自己的爹都是其中的一员，周子秦痛苦地捂住脸转向了一边，喃喃自语："所以我宁可待在家里和尸体做伴嘛！"

黄梓瑕十分理解地对他投以赞同的目光。

满堂喧哗之中，只有禹宣静静坐在那里，神情淡然，仿佛不属于这个地方。

黄梓瑕与张行英换了位置，靠近禹宣身边，低声问他："你今日怎么得空过来？"

难道是被齐腾刺激了，真的要进节度府了？

禹宣点头，也将声音压得极低，在满堂的喧哗之中，差点听不清楚："周使君遣人来请我，我本不想来，但又想……或许能见到你。"

她怔了一怔，眼神不由自主地转向李舒白那边，见他正与范应锡说话，才缓缓问："是吗？"

"嗯……"他似乎也有点局促，迟疑了许久，终于又说，"想问问你，义父母那桩案子，如今进展如何了？"

黄梓瑕低头沉吟片刻，说："正巧，我想找你问一问温阳的事情。"

"温阳……他与此案有关吗？"

黄梓瑕神情平静地看着他，她的声音也是十分沉静，徐徐地，仿佛从胸臆之中将那句话吐露出来："我怀疑，杀害我父母的人，与杀害温阳的人，是同一个。"

禹宣声音微颤："可温阳，他与你家，并无任何关系。"

“所以你的看法？”她的目光看向他。

禹宣怔怔转过脸，盯着面前的杯盏，许久，终于默然垂下眼睫，轻声说：“毫无关联的两个案子，却最终汇聚到一处，其中的原委，我如今还想不出来。”

黄梓瑕默然点头，又问：“那么，温阳之死，你有什么看法？”

禹宣那双略有迷惘的眼睛，从睫毛下微微抬起，看向她：“或许，你可以问问齐腾。”

黄梓瑕的目光在齐腾身上一扫而过，低声问：“他与温阳有什么关系？”

“我曾偶尔撞见过他们争执，齐腾似乎十分鄙薄温阳，说他……见不得人之类的。”

黄梓瑕思忖着，又问：“其他的呢？”

禹宣默然，说：“我只是偶尔经过，何必去听他人墙角？所以立即便走开了，只知道他们争执过。”

这种无头无脑，听了等于没听的话，让黄梓瑕也有点无奈。她放弃了问话，转过头看向坐在左边的齐腾，却见他端着酒杯，脸上堆满笑意，那目光却落在她的身上，颇有思忖之意。

黄梓瑕知道，自己身为夔王身边人，却换了位置与禹宣如此亲近低语，必然会让他觉得不快——因为，今天早上，他还刚刚嘲讽过禹宣呢。

黄梓瑕朝他笑了笑，又回到自己的原位，坐在齐腾身边，向他敬酒道：“齐判官，我敬你。”

“不敢不敢……该是我敬公公才是，”他赶紧干了杯中酒，又笑问，“公公与禹宣认识？”

“之前在长安，曾见过禹学正几面。”她随口说。

齐腾的脸上露出诡异的笑容：“是啊，听说他甚得同昌公主青眼。”

黄梓瑕只低头扯了一下唇角，说：“是吗？我倒不知道此事。”

他赶紧假装自己失言：“我也是听说而已……不知公公贵姓？”他上次与黄梓瑕虽见过面，但当时黄梓瑕曾有易容，所以他并不认得她。

黄梓瑕说道：“在下姓杨。”

齐腾顿时惊愕道：“莫非你就是……夔王身边屡破奇案，声名如雷贯耳的那位杨公公？”

“不敢。”黄梓瑕心恶他的为人，但为了打探温阳的消息，没办法只能笑道：“说起来，最近有件案子，还牵涉到了齐判官呢。”

齐腾顿时愕然，问：“什么案子？怎么会……会牵扯到我？”

黄梓瑕端详着他的神情，却只是笑。齐腾顿时心里发毛，果然便耐不住了，问：

“是……最近？温阳……那件事？”

黄梓瑕点头，说：“正是啊，我听说你们同在一个诗社，而你曾与他有过争执。”

“我们是有过争执，但后来我们已经互相谅解了呀！何况……何况我杀他做什么？我与他往日无冤近日无仇，并无任何关系！”

黄梓瑕点头，问：“那么，依你看来，温阳与傅辛阮殉情，可有缘由？”

“这个嘛……”他左右看了看，将嘴巴悄悄凑近她，低声说，“杨公公，跟您说实话，这事你问我，就算问对了。”

黄梓瑕假装惊讶：“是吗？齐判官知晓内情？”

他叹了口气，低声说：“那个傅辛阮，长得真是美貌。”

黄梓瑕诧异问：“齐判官见过？”

“今年春日，偶尔在明月山见过。当时春暖花开，温阳与她踏青归来，她马上的红缨掉落了一个，我刚好在马下，便拾起来给她，透过帷帽的缝隙，看见一张异常美丽的面容……”

齐腾说着，又一声叹息，摇头说，“可惜啊，可惜那张面容上满是眼泪，大好春光之中，她竟哭得十分伤心。我当时还呆了一呆，心想，这么美貌的女子，在和情郎出来踏青的时候，为什么哭成这样？没想到啊……他们竟然早已情路受阻，最后……居然落得如此惨淡局面。”

黄梓瑕微微皱眉，默然不语。

“唉，情路坎坷，佳人已逝，痛惜啊！”他说着，又举杯向她示意。

黄梓瑕一哂，不再与他说话了。

眼看时候不早，众人一起举杯，替夔王贺福完毕，便一起到小榭之中观赏歌舞。

水边早已排下歌舞艺人，看见他们来了，笙箫琵琶顿时齐发，一时打破静夜，热闹非凡。等他们落座，又先上来一场莲花舞，二十四个年少娇艳的官伎手捧莲花，旋转齐舞，一时热闹非凡。

李舒白、范应锡与周庠在最前面坐下，黄梓瑕、张行英伺候在李舒白身后，周子秦和范元龙坐在周庠与范应锡身后，王蕴与禹宣、齐腾、西川军几个副将、使君府几位参事坐在后面。

笙箫合奏，莲花舞正在继续，王蕴却站了起来，向着后面的水边台阶走去。

黄梓瑕正给李舒白斟茶，感觉到他的身影微动，眼角的余光瞥向他。

却只见禹宣跟着他走向水边。在融融泄泄的和乐气氛中，他们两人走到水池边，站在那里，临水并肩而立。

她心中升起些许疑惑，手也缓了一缓。

李舒白也侧头看了一眼水边，低声说："去吧。"

黄梓瑕诧异地看向他。

"我也有好奇心，想要知道他们这两个人，会在一起说什么。"他附着她的耳朵，轻声说。

一个是她的未婚夫，一个是她之前闹得沸沸扬扬的恋人，他们两个人，为什么会凑到一起说话？

黄梓瑕默然放下手中的杯盏，放轻脚步，向着台阶边走去。

说是码头，其实只是系了一条棠木舫聊作意思而已。水榭前的平台很大，池塘却很小，水底的大花缸中种了几缸睡莲，池水清凌凌的，在池边悬挂的灯笼之下，可以清晰看见水底的青砖纹路。

灯光将水波的纹路清晰映在水边的王蕴和禹宣身上，他们身上波光粼粼，在黑夜之中带着一种透明感。

码头边只有灌木，黄梓瑕弓着身，刚好能藏下。她又不想让自己走到水边偷听的模样太明显，只好走到灌木后就停下了脚。幸好晚风吹送，他们在上风处，话语虽听不得全部，但大多都落在了她的耳中。

王蕴的声音在风中徐徐传来，依然是那种柔和的嗓音："幸会。"

"王都尉，幸会。"禹宣的声音在风中清清冷冷。

王蕴却只随意一笑，靠在栏杆上说："禹学正在这边生活了三年多吧？想必对于这里的一切，是非常熟悉了？"

禹宣默然许久，才说："是。"

"虽然我身为梓瑕的未婚夫，却从未来过成都，也从未踏足她生活过的这个使君府，之前，一直引以为憾。"他说着，偏过头看着他，问，"听说出事的时候，她住在花园之中，应该就是那边那座小楼了？"

他抬手指向不远处的小阁，见禹宣默然点头，他才笑道："我身在京城，但对于她的事情，还是常有耳闻，毕竟——她是我期待了多年的未婚妻子，我自然会时时关注。"

所以，禹宣和黄梓瑕都知道，他对于他们之间的传闻，定然是一清二楚，巨细靡遗。

禹宣向他施了一礼，转身就要离开。

"这几日在节度府中，我曾听齐判官说起过你。节度使范将军似乎也十分赏识你，他还问我，是否认识你。"王蕴的声音缓慢从容，在他的身后缓缓传来。

“不敢。”禹宣只低声说了这两字，并不作其他回答。

“我也只能说我并不熟悉你，只是在京中听过你的名字，有点印象——毕竟我确实不认识禹学正，无法为你引荐，”王蕴轻轻笑了笑，说，“范将军似乎有意要邀你入府任职，不知你是否有意？”

禹宣说道：“多谢王都尉好意。今日晨间，我与齐判官遇见，他也对我提及此事，但我已经推辞了。”

“哦？禹学正对仕途无意？”

“富贵非我愿，帝乡不可期。”禹宣的声音很低，但这简单的两句话却带着不可动摇的坚决。

王蕴低笑，说：“然而，你已经卷入了这个巨大的旋涡之中，难道还想抽身离开吗？”

禹宣似乎不明白他的意思，没有回答。

“你是否曾想过，齐腾为什么要帮你？范将军又为什么要对你另眼相看？有时候，不是你自己愿不愿意，而是他们需不需要你，你能不能为他们所用。”王蕴原本柔和的嗓音，此时忽然变得冰冷起来，就像此时他们身上波动的光芒，虽然看起来是暖色的光，其实却是冰冷的水波荡漾，只能让肌肤感受到寒意。

“禹宣，无论你是什么身份，什么来历，这些我都不知道也不在乎。我只知道，你是被选中的人，过去也好，现在也好，有人十分赏识你。只要你一点头，荣华富贵唾手可得，今后的成都，人们将会忘记如今这个让所有人羡慕的齐腾，你取而代之成为令人艳羡的对象，这难道不好吗？”

“我想要的，已经永远得不到，那么即使我得到了其他的——就算是整个世间所有东西，又有什么意义呢？”风露清冷，禹宣的声音也似乎染上了这种寒冷，变得僵硬冷漠。

王蕴却笑了出来，说：“你这样又有什么意义，要让我觉得你的手很干净吗？有时候杀人见血不过是很简单的事情，胸口上多一个洞就可以了，不是吗？”

黄梓瑕揣测着他们这种没头没尾的对话是什么意思，终究还是不太明白。但她听着他们的话，只觉得一股寒气从自己的脚底慢慢地升上来，直到头顶，冰冰凉凉的一种可怕感觉，让她的身体僵硬，只能弯腰待在灌木之后，无法动弹。

她听到禹宣的声音，仿佛传自天际，听不分明的一种恍惚感：“你不必说了，我本以为，你会说一些更切合我们之间的事情，却不知你为何要来当一个说客，说些不知所云的事情。”

王蕴轻笑，毫不留情地问：“不知所云？难道说……你连自己身在齐腾家中时的

事情，你连沐善法师，连那条小红鱼阿伽什涅，都忘记了吗？”

禹宣沉默地站在那里，黄梓瑕透过灌木丛看见他的侧面，在摇动的灯光与波光之下，他那张完美无瑕的面容上显出一种模糊暗淡的神情。他望着面前的王蕴，缓缓地又说了一遍：“我不知道你在说什么，我与齐腾交往不深，对他的鱼也没有任何兴趣。”

前方丝竹之声渐起，原来是公孙大娘的剑舞，即将开始了。

黄梓瑕慢慢地退了几步，从灌木丛之中往后潜行。

她看到王蕴向禹宣走去，示意他与自己回到水榭之前，声音柔和，毫无异常：“有时候不知道，反倒是好事。走吧。”

场下所有人都已重新坐好，公孙鸢走到人群之前，向所有人深施一礼，说道：“今日良辰美景，公孙不才，愿为各位献舞一曲，名为‘剑器浑脱’。在座各位或有曾见过此舞的，但公孙此舞，与诸位之前见过的，定是截然不同。今日此舞有花有蝶，非关刀光剑影，只合花前月下蜂蝶双飞，诸位有意者，可与心上之人同赏，方不辜负其中深意。”

场上人听了，都不由得会心而笑。

李舒白转头，朝黄梓瑕看了一眼，黄梓瑕向着他微微而笑，转而似觉有异，她迟疑了一下，终于还是看向禹宣，发现他刚刚入座，脸色略僵。见她向自己看来，他便将自己的目光转开了。

她的心里，忽然涌起淡淡的伤怀。这使君府中，花园轩榭之间，曾留下他们的多少欢笑，她的整个少女时期，都是在这里，和禹宣一起度过。

而如今，景物依然，他们两个人，却已经完全变了。

她在默然之间，发现齐腾已经不着痕迹地站起身，退到了座椅的最后。在那里，设了一架碧纱橱，有一个少女正坐在里面。

齐腾轻轻敲了敲碧纱橱的门，她转过头，朝着他莞尔一笑。

黄梓瑕心知这必定就是周子秦的妹妹了，虽然在黑夜之中看不清面容，但看那一仰脸的姿态，在黑暗之中似有光芒的雪白肌肤，也显示出她该是一个漂亮的少女——其实，十六七岁的时候，哪个女孩子会不好看呢？

她还在想着，旁边击节声响起，公孙鸢已经进入水榭之中。她的身影在纱幕之后，摆了一个起手式，一长一短两柄剑在她的手上，寒光隔着薄纱透出来，如隔帘水波。

还没等众人回过神来，只见那两道水波一转，纤细的身影已经从帘后轻捷转出，前方的牛皮灯笼遮住了面向观者的那一边，所有的光都被聚到了她的身上。

她在明亮的光线之中，持剑起舞。剑光转折间，明亮光线画出一个个圆转弧形，仿佛神子携日月而下，在黑暗中破出无数轮新月的痕迹。那些新月的痕迹却又是活动的，如水波如流云，映射着灯光，使她的周身围绕着绚烂无比的光芒。

新月之光陡然散开，是她在水榭之中腾挪飞舞，剑尖颤动，剑光散为星星点点的亮光，那绚烂明亮的剑光就是她周身流转的星辰，随着她一身簇金绣的光芒闪烁而明亮夺目，令所有人无法移开目光。

刚一开场便是如此激昂炫目的剑舞，在场所有人都被她的艺业惊呆了。周子秦更是连下巴都惊掉了，手中抓着的那把瓜子哗啦啦全掉了下来，然而大家的注意力都在公孙鸢的身上，竟没人顾得上理他。

就在这天地为之低昂的时刻，公孙鸢忽然将身一停，一长一短两柄剑陡然一合，灿烂的灯光也变得余光暗暗，原来是台下的殷露衣正站在灯笼旁边，抬手就将灯笼上的牛皮纸转过来，灯光便陡然暗了下来。

只剩下纱幕后的那个灯笼，灯光从纱帘后照来，逆光中只见公孙鸢的身影，动作如同凝固，她舞姿的剪影被身后锦绣纱帘衬得如同斑斓的孔雀，披着霞光般的五彩颜色。她手中的剑已经不见，只见她旋转如风，衣袂裙角披帛鬓发，全都旋舞着，围绕在她的周身，如云朵激荡又如光晕圆转。就连纱幕都被她周身的风带动，飘动起来，就像围绕在她身边的一片五彩烟岚。

她旋入纱幕之后，陡然一停。

殷露衣的手向着旁边的乐器班子示意，一直响着的乐声也陡然停了下来。在一片寂静之中，唯有一缕笛声细细传来，如泣如诉。公孙鸢垂手站立，身影如同凝固，而此时香气氤氲弥漫，水榭之上花瓣漫空，原来是殷露衣拉动了亭畔一条绳索，早已陈设在屋檐上的数个竹笼缓缓倾倒，里面盛满的花瓣全部飘落下来，随着夜风徐徐落了满庭。

众人仰望着飘飞的花瓣，纷纷赞叹。

范元龙最是夸张，跳起来说："我要近前去看看，那些花瓣是真的还是假的！"

黄梓瑕见他站起扑到前面去，几乎将殷露衣身旁的灯笼撞倒，又故意抓住殷露衣的袖子，口中嚷嚷道："哎哟，这位姐姐扶我一下……"

殷露衣正在专注帮公孙鸢，被他一把抓住衣袖，吓得顿时手一抖，牛皮灯光顿时晃了一下。

她回头看范元龙，见他正趁着酒兴，嘻嘻笑着抓紧自己的手，不由得挣扎了一下，

低声说：“请……请客人仔细观舞，以免打扰旁人。”

别说在场诸人了，就连范应锡，看见自己儿子这副丑态，也是顿足暗骂，正要叫齐腾将他拉回来，回头却不见人，这才想起他到后面陪周家姑娘去了。

周子秦正要挤出去，可他在父亲身后，一时移不开椅子。却见坐在第三排右手边的禹宣站起来，上前将酒醉的范元龙后背搭住，说：“范少爷，你是不是喝醉了？这边有风，你透透气。”

禹宣身材比范元龙高大半个头，范元龙又喝醉了，因此虽然挣扎，却还是被他强行架走了。

殷露衣感激地朝禹宣点头致意，然后又赶紧顾着最后一笼花瓣。

范应锡尴尬地向诸人道歉，众人也只能说：“酒醉而已，无伤大雅。”

此时花瓣已飘完，公孙鸢的身影映在绣满花纹的纱幕之上。灯光打过来，她的周身有一两只蝴蝶正在慢慢飞出。一只，两只，三只，陆陆续续，在纱幕上出现。

鲜花落地，蝴蝶满天，众人的注意力顿时又被吸引走，个个仰天赞叹。黄梓瑕抬头看蝴蝶，又顺着蝴蝶的轨迹低头看着坐在那里的李舒白。

他的发上，沾染了一片红色的花瓣。

她犹豫了一下，终于还是抬手，轻轻地摘下了那片花瓣。他感觉到发丝上的动静，转头看她，而她朝他微微一笑，举起自己手中的花瓣示意。

她看见李舒白明亮的眸子，在这样的暗夜之中如同南天星辰。

公孙鸢身影不动，衣袖轻飘，直到十对蝴蝶全部从她的袖中飞出，她才将衣袖一挥，外面那件簇金绣的红色锦衣蓦然落地，她一身薄透轻纱，傍着那些纷飞的蝴蝶，翩翩起舞。

这一回，她的动作却是轻柔而缓慢的，仿若正与蝴蝶比翼双飞，足尖轻踏，罗衣翻飞，在纱帘之后，被灯光照得半透明的衣袖如同蜻蜓的翅翼，高举的手指如兰花的姿态。

周子秦望着与蝴蝶一起旋舞的公孙鸢，不由得骄傲又带点炫耀地对黄梓瑕说：“崇古，你可知道我抓这十对蝴蝶有多难啊？带着下人们找了一整个下午呢！”

黄梓瑕赶紧敷衍道：“辛苦辛苦。”眼睛一刻也舍不得离开水榭。而此时笙箫齐作，击节声急，公孙鸢越舞越急，殷露衣转动灯笼，灯光顿时大亮，公孙鸢在亮光之中明若旭日，轻薄的衣服，繁急的舞步，变幻的身影，如湍流相激，如冰雪倾泻，如紫电经天。

一声清磬，破开所有目眩神迷的舞步，公孙鸢骤然收了舞势，鱼卧于地。

所有人都还沉浸在她惊人的舞蹈之中，无法回过神。直到寂静许久，众人才轰然叫好，激动得无法自已。

公孙鸢如云朵般袅袅而起，向着众人敛衽为礼，面带淡淡笑容，又挽了殷露衣的手，向场外人致意。

李舒白抚掌笑道："一别多年，公孙大娘技艺又精进了。这一舞让我想起当初在大明宫第一次观赏你的《剑器浑脱》，年少的我第一次知道什么叫锋芒毕露，剑气激荡。而现下这一曲，刚柔并济，不重雄浑而重优美，也属难得。"

"当年大明宫内，我才二十多岁，正是体力充沛、身材最灵活的时候，那是我的巅峰时期，"公孙鸢气息尚不稳，擦了擦自己额头细细的汗，微笑道，"但如今年纪渐大，身体已经吃不消了，也只能将中间一部分改成较缓慢的舞蹈了。话说回来，这还是阿阮亲自为我改编的呢。"

黄梓瑕听出她的声音中带有无限遗憾与感伤，而殷露衣也轻轻抚着她的手，似是在安慰她。

范应锡毫不知她的事情，一双眼睛只在她们身上滑来滑去，笑道："公孙大娘驰名天下二十多年，果然是舞技惊人，令人叹为观止。不知是否可有兴趣到节度府……"

话音未落，后方忽然传来一声凄厉尖叫，是一个年轻女子撕心裂肺的惨叫。

周子秦一听，顿时失声叫出来："紫燕！"

周庠也是脸上变色，赶紧转身，跟着周子秦往后方的碧纱橱快步走去。

离得较近的几个下人已经围住了碧纱橱旁边的椅子，而碧纱橱内的周紫燕早已跑了出来，和自己的几个丫鬟站在一起瑟瑟发抖。

周子秦奔过来，问："怎么回事？"再抬头一看碧纱橱旁边，顿时脸色变了。

水榭旁边灯光大亮，照在岸边游船码头之上。碧纱橱旁边的椅子上，齐腾一动不动地垂首坐在那里，全身软瘫无力。在他的心口上，一个血洞尚在汩汩流血。

周子秦立即走到他面前，先探鼻息，再摸他脖子上的脉搏，然后站起身来，低声说："已经……断气了。"

周围人都忍不住惊叫出来。

节度府判官在使君府中忽然死去，范应锡与周庠都是脸上变色。周庠心知事关重大，可他毕竟文官出身，一时之间也不知怎么反应，只能瞠目结舌站在那里。

范应锡脸上迅速闪过恼怒与恐惧，他府中的副手忽然死去，焉知不是有人针对他下手？而且，死在这里的原因是什么？

他待要发作，又惊觉夔王就在身边，不得不强压所有情绪，向李舒白请示道："王

爷，下官府中判官死于此处，不知我与周使君该如何处置较好？”

李舒白目视黄梓瑕，安抚他说：“我身边的杨崇古，在京中曾破了几个案子，用起来还算应手。范将军若有需要，尽可驱驰。”

范应锡赶紧说道：“不敢不敢！还请王爷示下，若能得杨公公帮助，此案自然迎刃而解！”

黄梓瑕也不再理会这些人在尸体旁的客套，向范应锡一拱手之后，便立即走到尸体旁边，查看尸身上的痕迹。

齐腾面容算得上平静，显然是事起突然，他还未反应过来就被杀了，所以表情并没有特别惊吓扭曲。他的身躯也还柔软着，瘫软在椅上，双手下垂，后背贴着椅背，脑袋下垂。要不是胸口的血洞，别人还会以为他只是在偷懒睡觉而已。

周子秦在她身边轻声说：“你看他的左手背。”

黄梓瑕将他的两只手抬起，仔细看了一遍。

他的右手背一切如常，但左手背上，有几个不太均匀的几个小斑点，分散在那里。只有仔细凑近了观察，才发现那几个小小的伤口，就像是被小猫咬噬过，或者滚油溅上后水疱破掉的痕迹，不规则地分散在他的手背与手腕相接的地方。

“是前几天留下的伤痕，已经落了痂。过几天颜色淡去后，就可以恢复了，大约只会在他的手背上留下几个难以注意到的小伤痕。”黄梓瑕说。

周子秦点头：“是啊，只是不知道这几个小伤口是哪里来的，和本次的命案有没有关系。”

“好几天前的小伤口，和今天的死……怎么看都觉得好像没有什么关联。”周子秦一边说着，一边还是记在了验尸档案上。

黄梓瑕见齐腾身上再无其他异常，便站起身，观察了一下周围情况。

观舞的人全部都在水榭之前的码头空地上，这里三面环水，若要进到这块地方，除了经过水榭之外，唯一的办法就是从水上过来。

然而她沿着码头走了一圈，在水边的台阶上，没有任何人从水中进来的痕迹。别说码头，水榭边的树下、灌木丛边、岸边湖石之上，都没有任何水迹。

水榭之中已经摆下茶点，周庠与范应锡陪着李舒白在用茶。只是范应锡面对着下属的尸体，周庠眼看着准女婿死亡，都没有心情品茶。

只有李舒白还在如常品茶，见她沉默地转回来，便放下茶盏问：“没有外人进入的痕迹？”

“是……作案的人，只可能是我们几个在场的人。府中在这边伺候的奴仆下人，我、周子秦、张行英、禹宣、王蕴、周家姑娘、周使君、范将军，甚至……王爷您，都有作案的嫌疑。”

李舒白微微皱眉，站起与她走出水榭，目光落在尚且在丫鬟们身边瑟瑟发抖的周紫燕身上。

黄梓瑕看出了他的意思，压低声音在他耳边说道：“是的，事发的时间，应该就在公孙大娘跳这一场舞的一段时间，不过半炷香光景。在人群之前看跳舞的人，若要抽空偷偷到后面杀人，即使灯光暗淡，身影也必然会被别人看见。唯有碧纱橱，因是周家姑娘在里面，所以陈设在了人群最后。而因为齐腾来到周家姑娘身边，所以当时在她身边的四个丫鬟，都已经避到了旁边树下。所以，能杀人而不引起别人注意的，最大的可能，应该就是当时身在他身边的那个人，周紫燕。”

李舒白将目光从周紫燕的身上收回，淡淡地说：“一个即将出嫁的姑娘，大庭广众之下杀害自己的准未婚夫，未免骇人听闻。”

“除了审问周家姑娘之外，还有一条，就是赶快搜身，看是否能缴获凶器。如果没有的话，估计就要下水去打捞凶器了。”

拾肆

碧纱橱外

成都府四位捕快连夜进来，对当时在场的人搜身，包括禹宣在内。

他默然将自己的外衣脱掉，让他们搜身。只是他的神态中带着隐忍抑郁，强自压抑着不快。

王蕴在他身后，十分爽快地站起示意捕快们来搜他的身。等搜完无误之后，他才对禹宣笑道：“被人怀疑这种事，可够令人郁闷的，不是吗？”

禹宣与他并不熟悉，因此也不接话，只看了他一眼。

“己所不欲勿施于人，不是吗？”他又慢悠悠地说。

禹宣知道他的意思，就是指自己当初将黄梓瑕的情信上呈给节度使范应锡，致使黄梓瑕被认为毒杀全家的凶手，亡命天涯。

他默然转头，看向黄梓瑕。

她正站在夔王的身后，而夔王回过头，正向她说着什么。场面混乱，四下嘈杂，她一时没听清楚，于是他俯下身，贴近她又说了一遍。

那张总是冰冷的面容上，是难得一见的和煦神情，而他在说话时，那双始终定在她身上的眼眸中，掩饰不住的温柔几乎要流泻出来。

禹宣神情一黯，但随即又转过眼看他，声音低若不闻，却刚好让他听见：“她与我又有什么关系呢？与她有一纸婚约的人，又不是我。”

他的话清清淡淡，却让身为黄梓瑕未婚夫的王蕴的心口，猛然一抽。

但他素来涵养极佳，终究还是抑制住了心头的那阵火焰，只朝着禹宣微微一笑，说："是啊，只是我也不知，究竟是有个名分比较好，还是无名无分来历不明的好，你觉得呢？"

禹宣冷冷转开自己的面容，再不说话。

在场诸多人都被搜过了身，一无所获。

"捕头，有……有个发现……"有个捕快跑过来，凑到周子秦耳边，吞吞吐吐不敢说。

周子秦赶紧揪住他的耳朵："快说快说！到现在还有什么不好说的，你要急死我啊？"

"是……是范少爷的衣服下摆上……"他低声说。

周子秦三步并作两步，赶紧冲到范元龙身边。这倒霉家伙刚刚中途被禹宣拉走，趴在灌木丛边就吐了，吐就吐吧，还直接倒地就睡着了，现在被人拉起来，正蹲在那儿喝醒酒汤，满身是尘土和呕吐物，一片狼藉。

周子秦也顾不上脏了，蹲下来拉住他的衣服下摆一看，两抹新鲜血迹。

范元龙扯着衣服下摆，还在嘟囔："撩我衣服看什么看？我也是男人，好看吗……"

范应锡一看不对劲，过来先把范元龙揪了起来，又气又急："小王八蛋，你衣襟下摆这是什么？"

范元龙含糊地说："这不……脏东西吗？"

"脏东西？你再看看！"他暴怒道。

周庠赶紧出来做好人，另替自己儿子转移仇恨："范将军，事情未明，看令公子的模样，也还在酒醉糊涂中，你别吓到他啊，等下我们慢慢问，将军您看可以吗？"

范应锡气急败坏，松开儿子那又脏又臭的衣襟，狠狠地将他推倒在地："小畜生！到底喝醉酒干了什么？你这是要死啊！"

李舒白却在旁说道："也未必见得就是令公子。毕竟，天底下哪有杀了人之后将凶器在自己身上擦干净，然后又丢掉的凶手？"

范应锡如释重负，赶紧对李舒白躬身行礼道："王爷说得是，末将真是气糊涂了！"

周庠也赶紧吩咐周子秦："好好查探！务必要尽快查出真凶，看谁敢冤枉范公子！"

周子秦唯唯诺诺地应了，黄梓瑕与他一起蹲下去，研究了一下范元龙身上那块血迹。

血迹刚刚干涸，还是鲜红色的，痕迹呈长条形，两条并不平行。显然是凶手杀人之后，抓起范元龙的衣服下摆，将满是鲜血的凶器在上面擦拭，一正一反，所以

留下了两条。

一直哆哆嗦嗦缩在一边的周紫燕，此时指着黄梓瑕叫出来：“还有那个公公，不是还没搜过身吗？”

周庠立即喝道：“胡闹！杨公公是天下闻名的神探，在长安屡破奇案，又是王爷身边人，岂会有作案嫌疑？”

黄梓瑕看着负责搜身的那几个捕快，颇觉尴尬。这一招是她和周子秦提出的，虽知凶器还在凶手身上的可能性微乎其微，但也是必由的例行公事，谁想此时却临到了自己头上。

周子秦还在查看齐腾的尸体，那双手正在伤口摸索着查看推断凶器特征，听到他们说的，便赶紧站了起来，举着自己那双血淋淋的双手，说：“我来搜我来搜！我还从未搜过宦官的身呢，我得研究一下崇古的身姿为什么总觉得比别人优美些，他的骨骼肯定和别人不一样！所以谁都别跟我抢啊！谁抢我跟谁急！”

黄梓瑕无语了，只能回头看向李舒白。

站在她身后的李舒白将手轻轻搭在她肩上，说道：“她是我夔王府的人，刚刚周使君也说了，诸位都会看在本王的面子上，觉得搜她的身便是对夔王府不敬。但本王立身向来持正，她既是当事人，搜身也无可厚非，因此便由本王亲自搜身，一则无须各位担心冒犯王府，二则任何人等一视同仁，不知各位可有异议？”

众人赶紧说：“自然没有！王爷果然清正严明！”

只有王蕴垂眼一笑，禹宣在树下默然不语，周子秦哭丧着一张脸，不甘心地望着他们。

李舒白又说：“张行英如今也是我身边人，子秦，你不是一向觉得他身手出色吗？也可以试试看。”

“哦！张行英交给我？太好了！”周子秦立即擦干净手扑上去，捏住张行英的胳膊啧啧赞叹，“张二哥，你的腱子肉实在不错，让我好好感受一下！”

周庠实在无语，只能咳嗽了一声——毕竟如今出了大事，节度使身边的判官死了，何况此人还是自家的准姑爷能不能收敛点？

周子秦吐吐舌头，只好认真搜了搜，然后说：“没有凶器。”

李舒白低头看着黄梓瑕，轻声在她耳边问：“可以吗？”

黄梓瑕轻轻点了一下头，抬头望着他。她想起他们遇险的时候，在寒冷的山林之中，她抱着他，竭力地贴近他，帮他暖着身子。在一次次帮他换药的时候，她也早已看过摸过他半裸的身躯了。

真奇怪，现在想来恍然如梦。曾紧紧贴在一起的肌肤，曾轻萦相闻的鼻息，曾散在心口的那些悸动，几乎都随着那些黑暗，变成了他们的秘密。只是从此之后，即使不宣诸于口，他们之间，也已经不一样了。

所以她只低下头，顺从地抬起自己的手站在他的面前。她感觉到他的手落她的肩上，然后顺着她的手臂一直往下滑去，滑到手腕袖口。摸到手腕之下，他的手指与她的手掌轻轻相触时，他们都感觉到体内血液的流动似乎快了一点点。

他放开了她的手，移在她的腰间转了一圈，确定那柔软的腰肢之上没有任何坚硬的东西，然后他才俯下身，顺着她的腿往下摸去，直到脚踝处。

就像一根温柔的藤蔓，顺着她的身体，轻轻地萦绕。她忽然觉得，或许这样被束缚了，也没什么不好。

而他将手收了回来，直起身子望着她，一时说不出话。

真奇怪，反倒是他的神情有点紧张，呼吸微有不畅。而她却轻松自若，朝着他微微一笑，甚至还抬脚在他面前扳了扳足尖，笑道："鞋子里也没有东西。"

李舒白望着她的笑容，觉得自己的心口猛地一下抽搐，从未有过的一种热潮，流经了他的全身，让他碰触过她的那一双手，不由自主地紧紧收拢。

许久，他才回头看众人，说："没有凶器。"

自此，现场所有人都已搜身完毕，没有找出凶器。

周子秦便吩咐捕快们在场上所有地方细细搜寻一遍，然后又找了几个会水性的，将水池中的水排干，寻找凶器。

水榭前的地面十分平整，一块块方形的青石铺设得整整齐齐。因为夔王到来，所以下人们白天将石缝中长出的杂草又清理了一遍，青石板上十分干净，除了沿水栽种的两排灌木，还有几块湖石之外，简直是纤尘不染，一览无余。

周紫燕被仆妇搜过身，正在郁闷，见周子秦只顾着安排别人下水摸凶器，顿时又叫起来："哥，你这个白痴都没发现吗？那个跳舞的公孙大娘，她手中就有两柄剑！"

周子秦无语地看着自己的妹妹："在公孙大娘上场之前，你没看到她用的剑吗？全都是未开锋的，好不好？"

公孙鸢刚刚也被搜过身，一直沉默站在旁边。此时听到她说话，便起身到栏杆边将那两柄剑拿了过来，呈到众人面前。

果然，她手中一长一短两柄剑都是未开锋的，虽然在剑身之外涂了银漆，以增加那种寒光闪闪的效果，但别说杀人了，恐怕连稍微粗一点的草都砍不断。

周子秦一入手就“咦”了一声，感觉到不对劲，便抬手指在剑身上一弹，只听到轻轻的“嗒”一声，原来这两柄剑不仅未开锋，而且还是木头制造的。剑柄上以错金花纹斫出花饰，又镶嵌了各色宝石，但剑身却是木头所制。

公孙大娘解释道：“我年纪渐大，铁剑舞起来略有吃力了。而且我常在贵客面前舞剑，用那样的凶器自然不好，更何况长途跋涉带着也不便，所以就在前些年制作了这两柄木剑，只求好看而已。”

周子秦好笑地瞧了妹妹一眼，见她还不肯认错，便拉过王蕴：“来来来，蕴之兄，快帮我闻一闻看，上面是不是有血腥味。”

王蕴顿时失笑：“我只是略通香道，怎么让我闻这个。”

“哎呀，总之你鼻子很灵的嘛。”周子秦强行把这两把木剑递到他鼻下。

王蕴无可奈何，只能勉强闻了闻，然后摇头说：“并无血腥气，倒是有点土腥气。”

黄梓瑕接过来看了看，发现较短的那把剑，把柄处有些许泥沙粘在上面，显然是弄脏了。

公孙鸢也看见了，有些懊恼地说：“中间转场的时候，我把剑往地上一放就不管了，希望上面镶嵌的宝石和错金花纹没有被我磨掉。”

黄梓瑕瞧了水榭地面一眼，又看看她身上整洁的衣服，也不说什么，只将木剑递还给她。

“崇古，你快点过来，和我一起看看这个伤口。”周子秦见池水一时排不干，便先将黄梓瑕拉到尸体身边，指着伤口说道，“我刚查看过伤口了，推断凶器应为一寸宽的匕首，而且匕身十分窄薄。凶手的手法很利落，看起来应该是个老手，一下刺中心脏，没有惊呼，直接死亡。”

黄梓瑕正看着那个心口血洞，王蕴也过来了，他在后面说道：“凶手真是胆大啊，我们这么多人在旁边观舞，虽然齐判官在最后，但旁边也有周家姑娘在，居然敢当众下手，岂不是胆大包天吗？”

黄梓瑕点头，又看了看齐判官的面容，注意到他的右脸颊上有微微一道红色。她提灯仔细看了看，发现是小小的一弯掐痕。

“指甲的痕迹。”黄梓瑕仔细地看着，推断说。

周子秦将齐腾的手翻过来一看，指甲刚刚修剪过，而且剪得十分短。

“应该是凶手在他的身后，左手捂住他的口鼻，右手将匕首迅速刺入他的心口。就在那时，凶手的指甲在他的脸上掐出了血迹。”黄梓瑕说。

周子秦立即跳起来，说：“检查指甲！谁的手上留着指甲？”

指甲留得最长的，是周紫燕，其次是那四个丫头，然后便是殷露衣和公孙鸢。除了女人之外，还有几个奴仆指甲长了也未修剪。

周子秦的脸色顿时难看了：“要……要审问我妹妹啊？”

黄梓瑕蹲下来，将自己头上的玉簪子从银簪之中拔出来：“怎么了？”

周子秦蹲在她身边，都快哭了：“谁敢去审问这个母老虎？除非不想活了！”

“可是你妹妹嫌疑很大，不是吗？”黄梓瑕在沙地上画着，将所有人的方位都过了一遍，“当时你妹妹坐在最后的碧纱橱之中，而四个丫鬟，因为你妹妹与他正坐在一起所以都避到了前面树下……换而言之，她要杀人的话，所有人都在前面，没有任何人会发现。”

周子秦点头，然后又赶紧说：“可是，可是我妹妹能嫁出去就不错了，她怎么可能把自己的夫婿杀了呢？”

黄梓瑕转头看着他，见他虽然口上奚落，却已经急得脸上都冒汗了，便叹了口气，说：“擦一擦汗吧，好哥哥。”

话一出口，她忽然想起了，自己也曾经有个这样的哥哥，虽然口口声声厌弃自己一个女孩子整天与尸体打交道，但在她有事的时候，总是跳出来挡在她身前，撸起袖子朝着面前大吼，谁敢欺负我妹妹？

她不觉黯然，也不再故意捉弄他，只对他说道：“放心吧，你妹妹不是凶手。”

周子秦大喜，赶紧追问：“怎么说？”

“因为，当时你妹妹坐在碧纱橱之中，而齐腾刚好坐在你妹妹的右侧。”黄梓瑕示意着旁边的碧纱橱。这是夏日为了防蚊蝇而设的架子，中间是竹床，上面悬垂纱幔，一直及地，用来遮掩女眷也是不错。“按理说，你妹妹确实有机会掀起纱幔，然后将随身携带的匕首刺入齐腾的心口，但我们在齐腾的脸颊之上，找到了一个指甲掐痕，却彻底洗清了你妹妹的嫌疑。”

她示意周子秦进入纱橱之中，然后让他坐在小竹床之上，向右侧的齐腾尸体靠拢，摆出当时凶手杀人的姿势。

周子秦尽力倾着身子，却发现怎么都不对劲。

黄梓瑕说道：“你看，当你坐在碧纱橱的竹床之上，然后努力右倾身子，左手捂住齐腾的口鼻，右手举起匕首时，必定会……”

话音未落，只听到扑通一声，周子秦已经因为这个动作而失去了平衡，一头栽倒在了竹床之下。

“跌倒。”黄梓瑕口中刚好吐出这两个字。

周子秦揉着自己的脸站起来，问："所以，我妹妹的嫌疑，洗清了？"

"嗯，在场所有人中，有几个人的作案，是最难的。"黄梓瑕以手中簪子指着地上画好的地形图，点在碧纱橱之上，说，"一个是你妹妹，她要杀人的话，只能是从碧纱橱出来，然后再绕到齐腾的身后将他杀死，而齐腾肯定一直关注着她，怎么可能在她动手时毫无觉察呢？"

"那还有呢？"周子秦忙问。

黄梓瑕的簪子又指向水榭："公孙大娘，事发时她一直身在水榭之中跳舞，所有人的目光都在她的身上，所以，她没有作案的时间和机会。"

周子秦肯定地点头，然后也将自己的手指向水榭之前的大灯笼旁边："还有调节灯光、还负责花瓣等道具的殷露衣，就站在水榭旁边的灯笼旁，她若是要走动，也会被所有人看见。"

"对，所以她也没有机会。此外，就是坐在最前面的，夔王爷、你父亲，还有范将军，他们始终都处在众人的目光焦点之中，就算站起来都要被人发觉，何况是到后面杀一个人？"黄梓瑕的簪子又抹掉了三个人，"另外就是侍立在椅子旁边的你、我，还有张行英，但——我们的可能性就要大一点了，因为，趁着灯光暗下来的时候，花瓣飘飞，公孙大娘在台上放飞蝴蝶，所有人都在惊叹之际，或许我们偷偷摸摸溜到后面，再溜回来。只要运气够好，时机够巧，手脚够快，或许，能瞒过后面人的目光……"

"那王蕴和禹宣、范元龙的嫌疑，比起我们来，岂不是更大了？他们若跑到后面作案，成功率比我们又要高一些了。"

"是的，这次的作案，越是在后面的，就越有可能。而且，范元龙和禹宣，中途还离开了，所以最后一排，只留下了王蕴。"黄梓瑕说着，将那根玉簪在周子秦的身上擦干净，插回了自己那根银簪之中，"还有水榭边演奏的乐师们，站在树下的四个丫鬟，还有过来伺候的六个下人，一共十个人，也足够你今晚盘问一番了。"

周子秦关心的却不是这个，只扯着自己的袖子看："为什么你的簪子脏了，要在我的身上擦干净？"

"因为你的袖口都沾上血了，反正都要换了。"

"也对。"周子秦说着，顺便就将衣服脱下往地上一丢。

眼看夜已三更，李舒白与范应锡先行回府去了。周庠将他们送出去时，嘱咐周子秦好好查探。

周子秦却赶紧抓住李舒白的马缰，说："王爷，你就先让崇古留在这里吧，无论如何他得帮帮我啊，你知道我没有他不行的！”

李舒白转头看了黄梓瑕一眼，黄梓瑕向他微一点头，便跟着周子秦回去了。

使君府的花园其实并不大，所以所谓码头其实只是做个样子，主要还是一个大平台。

顺着平台边的台阶下去，就是水池。如今水池已经被排干，下面是青石铺设的地面，污泥菱荇搅成一团，可怜的捕快们正用手捧着污泥，在里面搜寻凶器。然而别说凶器了，就连薄铁片都没找到一枚。

“不会是凶器太薄太窄,所以直接就在排水的时候被冲走了吧？”周子秦忧虑地说。

黄梓瑕摇头：“排水口是用铜丝网罩住的，一寸宽的凶器过不去。”

苦命的捕快们只好又叫了一批府中的下人过来，水一桶桶地浇下去，所有的淤泥都被洗干净，以寻找凶器。

那边寻找凶器，这边黄梓瑕与周子秦准备好册子，开始询问在场人等。

因为范元龙喝多了酒，虽然刚刚被齐腾的死吓得酒醒了一半，但现在又开始有点昏沉了，所以他被安排在第一个。

坐在周子秦的对面，范元龙捧着自己的头，一脸假惺惺的痛惜，酒气浓重，有点大舌头：“齐大哥死得好惨啊！我一定会为他报仇的！周少捕头，你非得抓到凶手不可！不然……不然我们兄弟情谊就白费了……”

周子秦在心里暗想，我和你有什么兄弟情谊啊？

喝醉酒的人就是话多，什么也不需问，范元龙已经开始步入正题：“这个案子，别说了，保证就是禹宣做的，禹宣！”

禹宣负手站在不远处，抬头望着天上稀落的星星，一言不发。

“为什么说是禹宣呢？我可是有证据的！想当年，众人说成都府来了个大美人时，我，我可不信……没想到，还真有……干吗？你们干吗这样眼神？你们以为仙子是禹宣？呸！说的是傅辛阮！松花里傅娘子！”他满口飞沫，离题千里，但周子秦看了看黄梓瑕，还是默默地全部记录了下来。

黄梓瑕见他决口不提自己当初曾迷恋傅辛阮的事情，便问：“听说你与傅辛阮也有过交往？”

“好像……好像有吧，可是后来，发现她心有所属，我真是气死了，”范元龙扶着沉重的头颅，狂喷酒气，“真是仙子啊，梧桐街从头走到尾，可有这样的美人吗？我告诉你们哇，有一次我偷偷地……偷偷地跟着傅娘子，想要抓住她的奸夫好好揍一顿。结果你们猜我看到她走到哪里啊？哈哈哈……晴园嘛！禹宣他们一伙人在结社作诗！她站在远远的地方，我顺着她的目光那么一看啊，这倒霉催的，小眼神儿可不就定在了禹宣身上吗？一群人中，就他一个人闪闪发亮，身旁的什么年少有为齐判官啊，什么成都风流陈伦云啊，什么四大才子，八大诗人全都是狗屎！我的那个气啊，真是鸨儿爱钱，姐儿爱俏，妈的长得好看了不起啊……”

周子秦看看范元龙的酒糟鼻、下垂眼，再看看禹宣清致俊美的侧面，在心里默默地想，能长得这么好看，当然了不起，你还别不服气。

范元龙说到这儿，已经完全逻辑混乱了，只在那里说着乱七八糟的话：“老子当时心都碎了，当场决定这辈子和女人断绝关系了！我还去了夜游院找了个小倌！唉！可后来还是回到女人身边了，这个事情说来屈辱，别提了，我们说正事……”

周子秦眼珠子都快掉下来了，还在思忖着节度使公子找小倌这段要不要写，黄梓瑕瞥了他的册页一眼，说：“与本案无关的，就别记了。”

周子秦默默点头，听到黄梓瑕又问：“那么，你刚刚说禹宣杀害齐腾，又是为何？”

“我是这么想的，禹宣如今沦落到这种地步，能不恨齐腾吗？本来禹宣是成都府名望最高的才子，可谁知齐腾得了我爹重用，一下子抢了他的位置，所以傅娘子对他伤心失望，一颗心也转移到了温阳身上，最后还旧情难了，和温阳殉情了！你说禹宣会觉得是谁害的？齐腾嘛……”

对于这种毫无逻辑的醉话，周子秦都无语了，忍不住又停下笔，转头看向黄梓瑕。黄梓瑕却靠在椅背上，居然还问起他来：“如果是这样的话，今晚他离齐腾有一大段距离，你觉得他有机会杀人吗？”

“有！绝对有！”范元龙振振有词，“我当时不是去看花瓣嘛，然后那个小娘子……就是灯笼旁边那个，那姿色真不错，我就想亲近亲近搭搭话，结果禹宣那小子一下子就把我拉开了！哎，你说要不是因为对方是傅娘子的姐妹，要不是他对傅娘子有情，他会把我拉开？”

这下，连黄梓瑕都不接他的话茬了，他却十分兴奋，还在叽叽喳喳说个不停：“注意听啊，重要的事情在这里——当时他把我拉开之后，丢在了灌木丛旁边！我当时被冷风一吹，一阵头晕，当下就在灌木丛旁边吐了个天昏地暗，然后回头一看，他小子压根儿就不在我后面——你们说他去哪儿了？说不定他直接就沿着灌木丛往后那么一走，走到坐在碧纱橱旁边的齐大哥身边，反正天色那么暗，他拿出刀子那么一捅，噗……呜呜呜呜呜，我的齐大哥啊，你死得好惨哪……”

黄梓瑕也懒得追究范元龙是酒醉还是装疯，将话题转移开了：“你吐完之后呢？”

“我当时都晕了，吐完之后就往灌木丛下一倒，也不知睡过去了还是晕过去了。

等我醒来的时候，已经被拉起来坐在了栏杆边。那个谁给我端了醒酒汤，又说齐大哥死了！我当时就蒙了……”

“这么说，你也不知道自己衣服上的血迹是什么时候沾上的？”

“怎么可能知道？我当时都人事不知了——跟你们说是禹宣嘛！”他凑近他们俩，一副智珠在握洞悉真相的模样，一双眼睛骨碌碌往禹宣那儿看去，“他趁我昏迷的时候，过去杀了齐大哥！然后把刀子在我身上擦干净，嫁祸给我，最后把凶器丢了，隐藏真相！你们赶紧把他抓起来，这事实真相八九不离十了！”

黄梓瑕口气平淡地说道：“范公子，我知道之前你对禹宣多有成见，你堂弟犯法被流放，与禹宣也脱不开关系。但如今真相未明，你就斩钉截铁说是他犯事，是否不妥？”

范元龙没想到她对自己与禹宣的恩怨知道得一清二楚，不由得张着嘴愣了半晌，才矢口否认：“你是指我污蔑他？没有！我爹都要纳他入麾下了，我会有什么成见？”

黄梓瑕也不欲和他纠缠这些与本案无关的事情，抬手示意禹宣过来，范元龙只好悻悻地站起离开了。

禹宣不肯坐范元龙坐过的椅子，自己另拖了一把椅子过来坐下。

周子秦一边记录一边问：“昨晚事情发生时，不知你在何处？”

禹宣低头看着桌上的木头纹路，平静地说：“昨晚我本来坐在后面，但因为范公子酒醉纠缠他人，所以我便将他拉开，带到了灌木丛边。”

周子秦赶紧问：“然后呢？你是待在他的身边，还是离开了？”

禹宣头也不抬，声音依旧平淡：“离开了。酒醉呕吐一股恶臭，我衣上也差点被溅到，于是便回来观看公孙大娘的剑舞。”

“证据呢？”周子秦又问。

禹宣想了想，说：“我站在最后面，估计没有人看得到我。人证的话，我没有。”

周子秦又问：“难道有物证？”

禹宣一言不发，站起来在他们面前比画起来。他旋转、跳跃、屈身、折腰，虽然动作都做得不太协调，也不到位，只徒具那几个意思而已。但他们一眼就可以看出，正是刚刚公孙大娘曾跳过的后半段舞。

等到他一个卧鱼的动作结束之时，旁边传来轻轻的击掌声。是公孙鸢拍掌赞叹道：“禹公子真是记忆过人，这支舞被阿阮改过之后，我只在人前跳了这么一次，没想到

禹公子仅仅看了一次，竟能记下了几乎所有舞步。”

禹宣站起来，拂去衣上尘土，眼望着黄梓瑕说道：“我当时若是去杀人的话，恐怕没办法看到公孙大娘的绝妙舞姿。”

证据确凿，就连一直蹲在旁边等着抓他空子的范元龙亦无话可说。

拾伍

重寻无处

公孙鸢与殷露衣一起在他们面前的椅子上坐下，殷露衣面露紧张与哀戚之色，公孙鸢轻轻拍拍她的手掌，说道：“别担心，周捕头和杨公公定能明辨是非的。”

她转头去看周子秦，脸上浮起一个勉强的笑容，问：“不知周捕头和杨公公觉得我们有何嫌疑？”

周子秦赶紧说道：“这个，我和杨公公刚刚也商讨过了，其实二位是最没有作案可能的。因为二位始终都在水榭之中，众目睽睽之下，又怎么可能分身去杀人呢？”

黄梓瑕点头，说道：“只是依例询问一下两位而已，你们与齐腾齐判官，是否曾有过什么交往？”

公孙鸢与殷露衣一起摇头。公孙鸢说道：“我们之前虽曾来过成都几次，但也都是应邀过来表演而已。而且我最晚一次来成都也是在五年之前了，露衣更是只在七年前来过一趟，也只到了龙州，并未涉足成都府。我们与齐判官素未蒙面，何曾有过什么交往呢？”

黄梓瑕说道：“这个我们会遣人去调查的，请两位不必担心，官府绝不会牵扯到清白无辜人等。”

“多谢周捕头、杨公公，”公孙鸢说着，又殷切地望着他们，问，“不知我小妹阿阮的案件，如今可有什么进展了？”

周子秦颇为狼狈，说：“在查……已经有点进展了，请大娘再等等。”

公孙鸢也不再说话，只带着殷露衣向着他躬身行礼。

周子秦的妹妹周紫燕，长得一张俏丽的瓜子脸，和周子秦有点相像，身材脸庞都要小巧很多，气势却要威压过周子秦一百倍。

“哥，你说说看，我准未婚夫就这么死了，我以后在成都，是不是就成个笑话了？”周紫燕拍着桌子，一脸愤恨。

周子秦捂着头痛苦地说：“妹妹，反正也不是第一次了……之前，不是在京城也被笑过吗……”

“所以第二次了，我这辈子估计就嫁不出去了。得了，我还是回京去找我心上人吧！”

周子秦哀求地看着妹妹，希望她给自己一点面子：“现在是官府问话，公事公办，你给我坐端正点。”

她压根儿没理他，只跷起一只脚，歪坐在椅子上，一脸不屑：“就你那半桶水，我还不知道吗？哥，你要是真想把这案子办好，我给你出个主意，保证所有难题迎刃而解！”

周子秦居然还真的探头过去，轻声问：“什么主意？”

黄梓瑕无语地低头，假装自己在专注看前面的各人供词。

“你去外面发张榜文，就说黄梓瑕是清白的，请她赶紧回来，衙门一群以周少捕头为首的废物，等着她救命呢！”

周子秦嘴角一抽：“这样行不行啊？”

见周子秦还当真了，黄梓瑕只能咳嗽一声。

他这才回过神，赶紧一巴掌拍在周紫燕的后脑勺上：“给我坐好！官府问话呢！”

黄梓瑕见周子秦是靠不住了，只能自己执笔边写边问：“凶案发生之时，周姑娘在哪里？”

周紫燕一脸晦气：“一直待在碧纱橱之中嘛，哪儿都没去……真是的，今天晚上我一定会做噩梦的，也不知道他到底什么时候死的，不知道我和一具尸体一起坐了多久呀！”

黄梓瑕又问：“齐判官当时在你的身边，有没有什么异常举动？”

“没有啊，他就跟我聊了聊公孙大娘的剑舞，给我念了杜甫的诗，就是‘昔有佳人公孙氏，一舞剑器动四方’那首。谁还没念过那首诗啊，所以我说我也读过的，别吵到我看剑舞。他有点尴尬，就不再说话了，我还以为他是不敢在我面前表现了呢，谁想原来是死了！”

黄梓瑕对这个完全不通人情世故的女孩子也是无语，只能又问：“那么，在观舞期间，你是否曾有感觉到周围的动静？”

“动静吗……”她噘起嘴，仔细地想了想，然后说，“我想起来了，在中途，就是前面飘花瓣，然后不知怎么好像闹起来的时候，我看见谁拖了个人，拉到灌木丛边。然后就是一股臭气被风吹来。我赶紧捂住脸偏开头，那时候仿佛觉得坐在碧纱橱旁边的齐判官似乎喉口里‘咕’的一声……”

“你确定是在那时候？”周子秦激动地问。

“好像是啊，因为我在想，我还有层碧纱橱遮着，外面这齐腾肯定要被熏死了吧？”

“那么，你当时偏开头去看了吗？”

“没有呀，那么臭，避之唯恐不及，谁还会转头去看啊！而且外面的灯都熄灭了，只剩下前面照着水榭的几盏灯笼，我周身本来就暗，再加上又坐在碧纱橱内，隔了一层纱，就算想看外面也看不清呀！”周紫燕将团扇抵在自己下巴，皱眉想了想，说，“不过那之后，好像齐判官就真的没有动过了，我想他肯定是在那个时候死了。”

“没有任何其他动静吗？”

她十分肯定，毫不迟疑：“没有，反正我没感觉到。”

周子秦只好说：“好吧，你先去休息吧……总之，齐判官应该是在那时候死无疑了。”

周紫燕站起身，走了两步，又回头看着他，说：“哥，给你出个主意吧。”

“嗯？”周子秦抬头看她。

“你还是去找黄梓瑕吧。我看，你这废物要查明案件，基本是不可能的。”

周子秦愣了愣，然后转头看着黄梓瑕，满眼含泪：“崇古！求你一件事！”

“知道了，”黄梓瑕面无表情地翻过一页记录，“我会帮你破掉这个案子，让你在妹妹之前重树雄风的。”

王蕴依然是那种意态潇洒的模样，脸色虽略有苍白憔悴，但在此时的灯光照耀之下，蒙了一层朦胧温暖的光线，更显得整个人温润如玉。

他端坐在他们面前，神情中淡淡一抹笑意：“天色已晚，你们还要管这个案子，真是辛苦了。”

周子秦愁眉苦脸道：“就是啊，何况还是节度府中的判官死去，兹事体大，不尽快破案可不行啊。”

“我当时一直都在原地安坐观舞，身边的禹宣与元龙离开之后，身边虽然无人，但毕竟还有几位副将和参事，我想应该是所有人都可以为我做证，证明我并未离开过当场的。”王蕴神态轻松，对于齐腾的死也并不放在心上。

周子秦点头，又说：“我当然是绝对相信王都尉的，只是当时场上所有人都看着水榭之中，下面座位席上昏暗，王都尉又坐在最左边，后面无人，右边的禹宣和范元龙也离开了，不知隔了三个座位之外，有没有人注意到王都尉是否站起离开过呢……”

王蕴苦笑道：“这可不好说，毕竟大家都是往前看的，谁会在观舞的中途往左边看我是否坐在那里呢？”

周子秦又安慰他道：“没事啦，毕竟你与齐判官也并无纠葛。按照常理来说，王都尉没有作案动机。”

他本来也不在乎，口气轻松，就跟聊天似的：“不知两位对这个案子有何看法呢？”

周子秦烦恼地说道：“此案目前来看，并未找到有作案时间的人，所以主要的着手点，应该只能是作案动机了。”

“对呀，究竟谁有杀齐腾的理由，全部抓起来问一问，不就行了？”王蕴说着，眼角带笑地望着黄梓瑕，“不过我应该第一个被剔除出嫌疑人行列吧？毕竟，我刚从京中来，与齐判官没有任何瓜葛。”

黄梓瑕淡淡问：“不知王都尉到成都府所为何事？”

“御林军要提拔几位校尉，有三四个是成都人，得调查一下家世背景。本来这并不是我的事，但你们都到成都来了，我一人在京中也十分无聊，算帮个忙，于是便过来了。”他言笑晏晏，说话滴水不漏。

周子秦十分感动，立即拍板说：“王兄，你一定要在这边多待几天！过两天这案子一结，我们几人到周围玩半个月，好好领略蜀中山水名胜！”

黄梓瑕默然无语地低头喝茶，一边说：“王都尉有心了。时候不早了，我们赶紧先问一问几位副将吧。”

西川军几位副将互相做证，一口咬定当时彼此都在一起，绝对没有任何人单独离开过。

“何况我们是武职，齐判官是文职，我们平时虽然有交往，但都是场面上点头之交，实则没有任何利益牵涉。就算他没了，我们之间也没人有机会升迁，怎么可能杀人呢？”

成都府的几位参军也是彼此做证，他们与齐腾更是关系浅淡，怎么可能会杀人呢？

乐师们当时在水榭一侧，随时听从殷露衣的指挥演奏。就算是当中有一段只有笛声，但其他乐师也都是要等候着的，个个坐在那里，绝没有人起身离开过。

奴仆们在水榭另外一边，包括周紫燕的几个贴身侍女。十来个人站在那里虽然有点混乱，但站得都比较紧凑，谁要是走动的话，必定会被其他人发觉。

人证看来是靠不住，而另一个重要的物证，也是毫无头绪。无论他们在剩下的垃圾中如何一遍遍地搜寻，都没有任何像凶器的东西。

黄梓瑕又回去仔细观察了齐腾的尸体一遍，沉吟不语。

范元龙居然还没走，这回酒倒是好像醒了一些，溜溜达达又凑到她身边："杨公公，听我一句话，凶手就是禹宣！仗着自己长得好看，意图染指使君千金！当初黄使君女儿就是他勾搭过的，现在又把目标定在了周使君的女儿身上，现在一看周使君要把女儿嫁给齐判官，他就怒从心头起恶向胆边生，一不做二不休，量小非君子无毒不丈夫！禹宣啊禹宣，你简直是专挑使君女儿下手，你忒上进了你！"

禹宣冷冷地瞥了他一眼，什么也没说，自顾自抬头看天。

他冷淡倨傲的神情让范元龙顿时暴跳起来，要不是被他身边的人死死拉住，他肯定就要动手了。

眼看深夜这一场喧闹一时不会停歇，周子秦站在黄梓瑕身后，束手无策："这个案件可太棘手了！明知道凶手就在我们一群人之中，任何人都没有作案的机会不说，而且所有人都在众目睽睽之下，却愣是不知到底是谁。而且，就连凶器都找不到！"

黄梓瑕点头，说："是很奇怪……"

身后有人给她递了一杯茶，说："先喝口茶吧，慢慢找。以杨公公的聪明才智，不过三五日，我相信此案定能真相大白。"

黄梓瑕接过茶回头一看，正是王蕴笑容温柔地站在她的身后，之前的凶案和周身那些喧闹仿佛压根儿没影响到他。

见她迟疑了一下，王蕴便给周子秦也倒了一杯，笑问他："子秦你说呢？本案有杨公公出马，天下还有谁能出其右？"

"不知道如果黄梓瑕在的话……她会怎么看。"周子秦捏着茶杯，若有所思。

王蕴笑道："我相信她和杨公公的想法和做法，应该是一模一样的。"

黄梓瑕尴尬看了王蕴一眼，低头喝茶掩饰自己："王都尉还没回去吗？"

"真相尚未大白，回去也是无心睡眠啊。"他在栏杆上坐下，笑意吟吟地看着她。

黄梓瑕无语了，只能对周子秦说："我们先回去休息吧，今晚看来是无法有什么进展了。"

"要回去了吗？"王蕴姿态从容地站起身，掸了掸衣服上的尘土，"我也正要回

节度府，你我可以同归。”

黄梓瑕默然看了他一眼，见他神情温柔，一副坦荡荡的模样，又无法拒绝，只能跟着他出了使君府。

她的那拂沙被救回来之后，如今伤势尚未痊愈，所以她骑着马，尽量小心，溜溜达达地出了使君府。

王蕴的马也走得十分慢，两人并辔而行，嘚嘚的马蹄在成都府静夜的街道上轻轻回荡。

天空无月，寂夜无声。王蕴回头看她，她低垂的面容在暗夜中看不分明，唯有她的目光一转，如同水波在暗夜中闪动，他才感觉到她看向了自己。

黄梓瑕端详着他被黑暗隐没的面容，忽然觉得心中一动，记忆中有些东西被猛然掀起，就像泛起暗黑的涟漪，在她的心口涌起黏稠而不安的惊惧。

她犹豫了一下，然后忽然“哎呀”一声叫了出来。

“怎么啦？”王蕴催马来到她身边，关切地问。

黄梓瑕跳下马，仔细看着马匹身上的伤势，说：“好像那拂沙的伤势还未痊愈，我这才骑了多久，它就颤抖了，还是让它休息吧。”

“要回使君府换匹马吗？”王蕴问。

黄梓瑕摇摇头，说：“都出来挺远了，等一下就到节度府了。”

王蕴见她在下面牵马走着，想起了之前在长安的夜色之中，她在街上走着，而自己在旁边骑马与她一起走回去的情景。他不由得笑了出来，在马上开玩笑地俯身伸手给她，问：“要不……上来和我一起？”

她抬眼看了一下他，居然闷声不响地抓住他的手，真的翻身跃上了他的马背，坐在了他的身后。

王蕴自己反倒怔了怔，诧异地回头看她，却只看到她低垂的眼睫微微颤动，她的神情隐藏在黑暗之中，只有声音轻轻传来：“最近变故丛生，我好像真的有点儿累了。”

“那么……我带你回去吧。”他说。

黄梓瑕没出声，他感觉到她应该是点了点头，然后轻轻用自己的手围住了他的腰。

在这样的暗夜之中，就像是恍然如梦。长久以来遥遥以望的女子，坐在自己的身后，柔顺地抱住自己，让自己带着她回家——这不像是真实的，倒像是一场午夜之中的幻觉一般。

可是她的手明明就在自己的腰间，夏日的衣衫轻薄，她的肌肤热气都似乎能隔着衣服透过来，传到他的身上。她的呼吸那么轻微，微微撩起一丝他散落的头发，在他的脖颈之上轻轻掠过……

就在王蕴一时恍惚之际，她的身体忽然向旁边一倾，仿佛猝不及防，她的手往旁边一移，重重按在了他的左肋。

他闷哼一声，虽然控制得极好，只有轻微的声音，但她显然已经听到了，她的声音也变得冷淡起来：“王都尉受了伤？伤在左肋？”

王蕴默然咬牙，低声说：“前几日随西川军进山查找夔王踪迹，谁知遇上了流窜的刺客，受了点伤。”

黄梓瑕点点头，说：“原来如此……”

话音未落，她的脚又忽然往前一踢，刚好就踢在了他脚上另一个受伤的地方，他顿时痛得浑身一哆嗦，忍不住低低呻吟了出来。

趁着他忍痛时身体一低，黄梓瑕放开他的腰，迅速从马背上跳了下来，翻身上了自己的那拂沙，拨转马头，退离了他。

他们彼此勒马，站在街的两旁。拐角处的街灯照在他们的身上，温暖的一种橘黄色，但黄梓瑕在夏夜的风中望着面前的王蕴，觉得身上冒出了微微的寒意。

王蕴暗暗咬一咬牙，脸上浮起一抹看似自若，实则艰涩的笑意：“怎么了？”

黄梓瑕死死盯着他，在此时的静夜之中，流过他们身边的风都带着一丝令人不寒而栗的意味。

她声音极低极低，却一字一顿，清晰无比：“原来……是你。”

王蕴目光与她对望，脸上的笑容又显得浅淡从容起来：“对，是我。”

黄梓瑕想起暗夜山林之中，他看着自己与李舒白的亲密举止时，那种意味深长的复杂眼神；想起自己喂他吃鱼肉时，他问自己为什么对他这么好时的神情；想起自己威胁他的时候，他说，这么好看的女子，为什么要装扮成宦官……

她心乱如麻，夏夜风声凌乱，呼啸过成都府的大街小巷，自他们身边川流而过，似乎永不止歇。

而王蕴遥遥望着她，那一直温柔的面容上，笑容渐渐淡去，他凝视着她，那目光深暗而幽杳，直刺入她的心口。

她咬一咬下唇，问：“为什么？你奉了谁的命令追杀我们？你又为什么要接下这个任务？”

王蕴催马向她走来，他的声音，似乎被夜风传染，也变得冰冷僵硬起来：“如今你这匹马受不起长途奔袭，你逃不掉的，还是乖乖地束手就擒吧。”

黄梓瑕勒马后退一步，警惕地看着他：“我还想问你一句话。”

“说。”他冷冷地伫马，站在她面前一丈远的地方。

“在山林之中，夔王已经看破了你的身份，却帮你隐瞒了，而你也帮助我们最终离开了。那么后来，你又为何要在客栈再度暗杀我们？在身份已经泄露的时刻，再组织一次暗杀，你觉得这样明智吗？”

王蕴冷冷一笑，问：“那么你认为呢？”

“因为，第二次暗杀的布置者，不是你——或许，根本就是来自两股势力，”她目光清冷地望着他，仿佛是洞悉，又仿佛是悲悯，“而你身后的人，在明知道夔王已经知晓你身份的时候，却还组织起第二次暗杀，成功了倒好，不成功的话，你便是替罪羊，唯有身后的势力，无论成败都坐享渔人之利……”

“你不需要如此挑拨离间，”他打断她的话，冷冷地说，“只是因为我当时受伤了，所以暂时不再过问此事。至于其他人如何执行的，与我无关。”

黄梓瑕又说道：“王爷当时在林中那样处置，自然便是已经放了你一条生路。何况你也是奉命行事，只要你指认幕后真凶，自然不会追究你的过错……”

“你不必再拖延时间了！”王蕴拨马向前，直扑向她，“黄梓瑕，我不会再让你回到他的身边！哪怕毁了你，我也不愿看到你在别人身边活得称心如意！”

黄梓瑕却将马匹往后一拨，转身就向着后方疾奔而去。

只有一丈的距离，那拂沙虽是万里挑一的大宛宝马，但毕竟大病初愈，反应稍微迟缓。而王蕴胯下的马虽比不上她的，却也是千里良驹，一纵身就横在了她的面前，挡住了她的去路。

黄梓瑕却再度拨转马头，向着后方奔去。

王蕴再度催马向她跃去，却只听得“哗”的一声又“砰”的一声，马鞍陡然一歪，他从马上直摔了下来。

幸好王蕴反应极快，在地上打了个滚消去势头，才没有受重伤。但他原先的伤口在这样的撞击之下，顿时绽裂开来，胸口的衣襟被些微的血迹染出斑斑红点来。

他将目光转回自己的马身上，看见被整齐割断的马鞍，才惊觉原来她刚刚坐上自己的马时，早已动了手脚。

还未等他起身，黄梓瑕早已从马上扑下，将手中那柄鱼肠剑抵在他的喉口——这柄剑，在宴会开始前她放在了那拂沙身上，从那拂沙身上下来时，她假装检查马的身体，其实悄悄地收在了袖中。

他仰卧在地上，胸口剧痛，全身无力地望着面前的她。

仿如山林之中那一场戏重新上演，在无人的寂静深街，她又再度将他制住。

“黄梓瑕……我终究不是你的对手。”他愤恨又无奈地望着她，喃喃说道。

黄梓瑕将手上的鱼肠剑偏了偏，免得误割到他的肌肤：“王都尉，在山林之中，我们迫于形势，所以将你放走了。但如今你又再度落在了我的手中，不如现在请你跟我坦白一下吧，到底，你幕后的人是谁？”

“没有幕后人。我听从的只是自己的心。”王蕴的目光冷淡地定在她的身上，冰冷如刀。这一刻他那种春日般温煦的风度已经完全不见，取而代之是冬日般的冰寒。他的声音，也带着冰冷的意味，深深地刺入她的心中。“这次离京的时候，有人送我一句话。他说，有些东西，你不顾一切想要得到的，却终究落在了别人手中，那么，还不如毁去了来得痛快。”

黄梓瑕抓紧了鱼肠剑的柄，她的手指骨节握得太紧，甚至显出一种青紫的痕迹，可她却仿佛没有任何感觉。她只一动不动地望着王蕴，就像望着一个全然陌生的人，就像望着一座开满鲜花的园林瞬间失陷于兵火，一切美好的印迹荡然无存。

“黄梓瑕，你可知道，我有多么恨你，”他的声音低沉而缓慢，语调冷得不带一丝感情，“你侮辱了我，侮辱了整个琅邪王氏，你让我和我的家族成为整个天下的笑柄，你说——我怎么甘心，看着你好好活下去？”

黄梓瑕反问：“为了报复我，你竟会扯上夔王？”

“哼……”他却没有回答，只冷冷地转开目光，抬头望着夜空。

“就算你是真的恨我，真的想杀了我，但你的第一目标，还是夔王。而我只是你顺带想要杀死的人，不是吗？你背后的势力，才是这次暗杀的开端。”黄梓瑕深吸一口气，直视着他，毫不迟疑地问。

“我想杀你，岐乐郡主也想杀你，我们一拍即合，仅此而已。”他依然只这样说。

黄梓瑕还要逼问，却听到身后有人淡淡地说：“崇古。”

黄梓瑕回头，看见一条人影站在繁星之下，清致而优雅，挺拔而伟岸，正是李舒白。

她依旧以鱼肠剑抵着王蕴的脖颈，叫他：“王爷……”

“你不要胡乱揣测，”逆光的星空之下，她看不清李舒白的表情，只看见他的一双眼睛，倒映着星光，带着一种幽暗的辉光，“蕴之是我好友，更是琅邪王家的长孙，王皇后的堂弟，左金吾卫的都尉，他不可能会是刺杀我的人。”

黄梓瑕正要开口，但在接触到他目光的一刹那，她陡然惊觉，明白过来。

她放下自己手中的鱼肠剑，将它还鞘放回自己怀中，低声说：“是，我多心了……还请王都尉不要介怀，不要怪我唐突冲撞。”

王蕴慢慢地坐起来，看着她不说话。许久，他的目光又转到李舒白的身上。

李舒白平静地说道："蕴之，崇古单纯无知，不谙世事，你切勿责怪。"

王蕴抬手按住自己的胸口，许久，才低声说："不敢。"

李舒白便不再说什么，只走过来，伸手给他。

王蕴握住他的手，慢慢站了起来，看向黄梓瑕。

黄梓瑕强自按捺住心中的郁闷，向着他一低头赔罪："王都尉，请恕奴婢太过挂心王爷安危，以至于错怪了您。"

他一抬手制止住她，慢慢地越过她，向着节度府内走去。

黄梓瑕跟着李舒白走到居处。

节度府内西院，新清扫过的院落，正堂是李舒白，左右两个厢房是黄梓瑕和张行英。

"很晚了，你今晚又这么累，早点休息吧。"李舒白对她说道。

黄梓瑕站在原地，踟蹰片刻，才说："请王爷降罪。"

他神情如常，回头看她："何罪之有？"

黄梓瑕嗫嚅道："如今局势未明，我……不应该将一切先暴露在外的。"

李舒白看着她不安的模样，唇角却浮起一丝笑意，说："你也是担心我再遇到第三次暗杀，所以才有点急躁，不是吗？"

黄梓瑕默然点头，说道："可在之前，我真没想到，会是王蕴……"

"就是因为他才麻烦。"李舒白想了想，示意她进自己所住的房间。

两人在床前矮榻上相对跪坐，李舒白从自己身上取出一个纸袋，从里面抽出那张符纸，递到她的面前。

黄梓瑕看着上面的六个字，除了第三个"孤"字之上尚留着那个血色红圈之外，其他字上，都已经泯失了痕迹。

黄梓瑕仔细观察那个"废"字，却见纸面如常，哪还有之前淋漓的血色痕迹。

李舒白从容道："之前，在我们身在客栈遇险之后，我曾确认过这张符纸，那上面的'废'字，依然被红色圈定，没有变化。"

"这么说，就是在进入节度府之中的这几日，它才发生变化的？"黄梓瑕将这张符纸递还给他，皱起眉头。

李舒白说道："岂不是很奇怪吗？"

他们说着这样诡异的事情，口气却都十分轻松。他将符纸放回纸袋之中，又说："因为途中不便，所以我没有再将它放在重重锁盒之中，而是选择了随身携带。近日西川军带回了我随身的物事，于是我又重新放回那个圆形小盒内，没想到，立即便起了变化。”

黄梓瑕低头思忖，不言不语。

李舒白见壶中茶水尚热，便亲手给她斟了一杯，闻过气味又观察过颜色，这才交给她，说：“节度府的茶叶还不错。”

黄梓瑕捧着茶杯，心口泛起一丝伤感。在他替耽于游乐的皇帝接管朝政的那一刻起，恐怕处处防范，面对无数的生死转折了。

李舒白见她面露这种神情，反倒安慰地笑了笑，给自己也斟了一杯啜了一口，说道：“其实也没什么，难道范应锡不怕我在他的府中出事？既然我在他这边，他必然得负责任的。”

黄梓瑕点头，还在想着什么，却听到他又轻声说道：“有时候我想，也许我这一生当中，唯一享受到安逸平静的时刻，就是和你一起在山林中逃亡养伤的那几日了。”

黄梓瑕睁大眼睛，愕然望着他。

“虽然，我们狼狈不堪，命悬一线，但唯有那时候，仿佛整个世间所有一切苦痛与疑惧都消失了，我人生中的过往和未来也都不重要了。只有我们两个人在树荫下一直往前走，叶间透下来的阳光投在我们身上，一个个灿烂的光点，绚烂华美，微微跳动……”

他在灯下专注望着她，宫灯的光芒在夜风中微微颤动，他们的周身泛着闪烁不定的光线，隐约朦胧，营造出一种近乎于幻觉的虚浮感。而比光线还要令黄梓瑕觉得虚幻的，是李舒白的声音，在她的耳边轻轻响着——

“十三岁，我的父皇去世，皇上登基之后，我便长久地处于不安定之中。几个年长的兄弟，全都无声无息地莫名死去了，除了尚在稚龄的三个弟弟，年纪较大的，已经只剩下我。那时我每天都想着，是不是，下一个就轮到我了。”他轻轻说着，凝望着灯烛跳动的芯焰，青灰色之外包裹着一层温暖的橘红，在轻微的气流之中，缓缓摇曳着。这暖色的光笼罩在琉璃盏之上，原本遗落在马车上的那条阿伽什涅，在灯光与琉璃光之中，安安静静地沉在底部，也不知是醒着，还是睡着。

“三年多前，庞勋于徐州叛乱，我自请出去平叛。当时朝廷能让我带走的，唯有数千老弱。可我当时却一点都不害怕，我想，或许这也是我解脱的一个机会……”

黄梓瑕听着他的话，忽然想起他曾对自己说过的，和雪色、小施的初遇。那时他孤身直入虎穴之中，去斩杀庞勋手下溃乱的兵卒，她听到时曾经想过，这样冒险是否不智。然而现在想来，却忽然明白了，那个时候他的心情。

其实，前往徐州，他一开始并不是想要找一个崛起的机会，而只是想要找一种自己可以接受的死亡方法吧。

然而，他一战成名，六大节度使效忠于麾下，凯旋回朝的那一天，就是他权倾朝野的开端。

“回来后，我重新受封夔王，荣耀一时，但日子也过得并不安生。我时刻面对着两股势力，成为一方推出的牺牲，也成为另一方的目标。有无数的人，希望我消失在这个世间。”他说着，眼神幽暗晦暝，抬起手轻弹琉璃盏。里面些微的涟漪荡起，小鱼轻轻甩了甩尾巴，然后又伏在了水底，不为所动。“我的身边，出现了无数的谜团，时时刻刻都在警戒着我，无人知道我心急如焚，活在谜团之中。我曾以为，今生今世，我便一直都活在这种无尽的神灼心焦之中，直到那一天……你出现了。”

他放开琉璃盏，那双晦暗的眼睛之中，不知什么时候落了明亮的星子，倒映着灯光的影迹，在轻轻摇曳。他一瞬不瞬地望着她，她的身影也在他的眼中随着灯光，微微摇曳起来。

黄梓瑕觉得自己紧张极了，似乎是怕自己被那明亮的星子吸引进去，从此再也没有存在的凭借；又似乎是怕任性脱离了他的目光之后，自己会就此迷失，再也找不到明亮的方向。

所以，她任由自己胸口的心跳得剧烈至极，直到身体灼热，再也没办法控制那种心旌摇曳，才用力深吸了一口气，轻声说：“我……十分惭愧，未能为王爷分忧，至今也还未帮您揭开您身边那些秘密……”

“一个能改变朝野的秘密，怎么可能是朝夕之间破解的？”他缓缓摇头，低声说，“我花了多年时间，也没有任何成效，何况你刚刚接触不久。”

“但我……”她凝视着他的面容，忽然在心里下了大决心。或许是此时暗夜的风与灯光迷失了她的矜持，她伸出手，轻轻覆住了他的手背，认真地说，“我一定会陪在你的身边，将这个秘密，揭示出来。我不会再让你失陷在迷雾之中，我会帮你驱走所有障眼的浮云，让你清晰地看清自己的命运。”

她说得这么认真，仿佛是誓言一般。

她没有对他说，在那一夜，他垂危昏迷之际，她曾经在心里想，她豁出一切赌定跟随的这个人要是消失于世了，她从此在世上再没有依凭，再也没有为自己的家人翻案申冤的机会……那，自己活着，又有什么意义呢？

但她想，有些事情，何须说出口呢，他一定是明白的。

李舒白在灯下凝视着她，那张一向平静如水的面容上，唯有目光在瞬间流过无数的复杂情感，欢欣、悲哀、感伤，甚至还有一点迟疑的惶惑。

黄梓瑕感觉到他的手微微地动了一下，似乎在不自觉地收紧。她这才一低头，发现自己刚刚太忘情了，手竟然僭越地按在了他的手背之上。

她顿时窘迫又紧张，赶紧抬起自己的手，准备收回来。

就在她的手指一动之际，他翻转过手掌，将她的手紧紧地握在了掌心之中。

灯光明亮地流泻在他们的周身，万籁俱寂的静夜，沉睡的小鱼，唯一的声音，只有外面流逝的风，还有他们彼此血脉的跳动，急促而融洽。

拾陆 落尽酴醾

黄梓瑕一夜浅眠，脑中翻来覆去无数纷繁念头，杂乱无章地在她的脑中拥挤来去，让她无法摒弃又无法看清。

也不知是甜蜜还是悲哀。

快到天亮，她才迷迷糊糊入睡，直到外面的吵闹声将她惊醒。她抬手遮住眼睛，困倦至极，在床上翻了个身，呆呆地继续想着那些困扰自己的事情。

外头的人用力捶门：“崇古，快点起来啊！我有新发现！”

自然是周子秦了。他大约是在衙门中等急了，所以干脆直接冲到节度府来拎她起床了。

天色可能已经近午。外面的光线亮得简直令人睁不开眼睛。黄梓瑕用力按着自己的太阳穴，只含糊地应了一声，然后将自己拾掇好，再先将节度府给她准备的衣物穿戴整齐，才打开门，问：“什么发现？”

周子秦兴冲冲地举着手中那个爱逾珍宝的双鱼玉镯，说：“今天一早，有个当铺的人就过来找我了，说是衙门的人找他，他连夜从龙州赶过来的。他一看见这个镯子就想起来了，当时的买家是——”

黄梓瑕眼前一亮，见他又故意卖关子只说一半，顿时急了：“是谁？”

“哈哈，我就知道，肯定是你叫当铺的人去查的！”周子秦一脸得意，显然对自己的洞察力充满信心，“你是什么时候去问的？不然对方怎么会来找我？”

黄梓瑕点头，问：“那个镯子确实是龙州那边的人卖出的？买家是谁？”

周子秦往节度府的周围院落看了看，免得有熟人看见，一边拉着她进了房间，凑在她的耳边轻声说："你肯定想不到！当时买下这个镯子的人，并不是傅辛阮的情郎温阳，而是——西川节度府！"

黄梓瑕愕然，脑中无数纷繁的线索与念头顿时全都涌了上来，一切似乎都因此而有迹可循，但一切都似乎因此而更加杂沓混乱。

"据说，当时刚好年节，当铺的老掌柜依例精心准备了一批好东西，请了各府的管事过来。自然节度府排在第一个，先挑选一下有什么是节度府看得上的。供他们挑选的那一批东西中，就有这个玉镯子。当时是龙州送东西来的人在管着，节度府有人便问，这个镯子玉质一般，造型倒是挺有趣，不如给了我们作添头？当铺自然乐得做这个人情，于是就没有登记在册，直接就送给他们了。"

黄梓瑕慢慢问："当时节度府过去的，是谁？"

"那人是龙州临时来帮忙的，自然不知道。因为没有入册，所以如今要追查也难。不过，这边当铺的人回忆，有齐腾在内。"

这么说，这个镯子是落到了齐腾的手中。

齐腾与温阳的关系究竟如何？他与禹宣的关系又到底怎么样？傅辛阮与温阳之间的交往又究竟如何？齐腾买下的手镯如何到了傅辛阮的手中？仆妇汤珠娘的死，又究竟是意外还是谋杀？如果是谋杀，那么原因是什么？

齐腾的死，究竟是与谁有关？是周紫燕不肯嫁与他，所以用她还没有察觉的手法、或者授意他人杀害，还是他素日交往的人……禹宣？温阳？或者，范将军？

而在禹宣的身上，又究竟发生过什么？是他的记忆出错，所以导致混乱之中出现了关于她杀害父母的场景，还是有人在他的面前陷害自己，设置了场景让他误会自己？

事到如今，她父母的案情，唯一已经查明的，只有鸩毒一事。在当时能有机会下手又能拿到鸩毒的人，究竟是谁？死在鸩毒下的傅辛阮，和自己的亲人又有什么关系？究竟会不会是同一个人下的手？她父亲是成都府尹，傅辛阮是一个乐伎，这之间的关联，又会是什么？

黄梓瑕迅速地将这一切的头绪都清理出来，揪出了最重要的一个点——他们同在的那一个诗社。

今日时间凑巧，晴园诗社正好在清溪边聚会，社中所有人都接了帖子。

"走吧，刚好人到齐了，我们不如去会一会那群人。"周子秦带着黄梓瑕纵马出城，说道，“清溪的风景很好的，我顺便带你去欣赏一下。”

清溪在城郊，出了成都府，就在前往汉州、龙州的路上。

周子秦和黄梓瑕一人一骑，出了城门，过城郊十余里，便是山行道路。

上山道旁设有来往关卡，前阵子搜寻夔王已经完毕，如今也没接到什么重要的图影文书，几个西川军士卒无所事事地坐在那里，随意地打量着行人。

周子秦交游最为广阔，经过关卡时，还从马背上卸下一笼刚买的果子，递给那几个兵卒说：“上次刘大哥说在这边把守，口渴乏累，我寻思着送酒水啥的怕影响公务，给你们带点这个。”

几个人见他这么热心，顿时少捕头长少捕头短的，一定要留他歇一歇，还给倒了两杯凉茶喝着。

黄梓瑕看着零星来往的行人车马，随意问：“这几日应该人多吧？几位可辛苦了。”

有个年轻的点头道：“可不是，前些天封山，好多人都憋着呢，这几天可算夔王安然无恙，放开了之后，人着实多。”

“当时搜寻夔王时，听说除了西川军之外，马匹一律不许进出？”黄梓瑕又问。

那几个守卫啃着果子笑道：“可不是，夔王要是出了事，别说我们，整个西川军、成都都担不起啊！哪敢让人进出。”

“那几天三班轮流嘛，一个非西川军的也没进去过。”

“辛苦辛苦……”黄梓瑕说着，忽然想起什么，又问，“对了，齐判官是文职，他当时进山是为什么？”

周子秦顿时震惊了，愕然看着她，不明白怎么忽然提起齐腾，又忽然讲到他进山的事情——最重要的是，她是怎么知道齐腾当时进山的。

“哦，是啊，说起来倒是奇怪，我们也觉得齐判官不该进山的，但那天他就是骑着马溜溜达达过来了，还说不放心，得亲自巡逻一遍。”

“对啊，我当时赶紧套了马准备跟着，他却说自己随便进去看看，即刻就回。我才上马，他就已经驰出去了，那我也没辙，只好又下来了……”

“是啊，结果这马屁也没拍成，人家压根儿不理你，哈哈哈……”旁边一群人奚落嘲笑他。

又有人想起什么，赶紧问周子秦：“哎哎，少捕头，齐判官是不是死了？”

周子秦点头：“对啊，死得还挺蹊跷的，我和杨公公想了许久，没啥头绪。”

“是吗？连少捕头这么英明神武都查不出来，那可真是悬了。”

“齐判官平时人挺好的，对我们这些污烂兵都笑眯眯的，真没想到会被人杀死啊。”

众人纷纷议论着齐腾的死，当中有个比较年轻的守卫一直不说话，只若有所思地捏着手中的果子，迟疑半晌。

黄梓瑕便问："这位大哥，你与齐判官是否有什么交往？对此事有什么看法吗？"

"没有没有……"他赶紧一口咬掉半拉果子，却没有咀嚼，只含含糊糊地说，"我在想，齐判官那个娘子……可不知道怎么办。"

娘子。黄梓瑕迅速抓到了这个莫名其妙的词，对周子秦使了个眼色，周子秦心领神会，右手一伸，一把揽住他的肩膀："人有三急，你们这边有茅房吗？你赶紧领我去一下。"

过不多久，周子秦回来，笑嘻嘻地和众人告辞。

两人上马同向清溪而行。

等一拐过山道，周子秦见前后无人，立即神秘兮兮地把马拉近她的身边，挤眉弄眼："崇古！大发现啊！简直是惊天地泣鬼神！"

黄梓瑕忙问："怎么说？"

"那哥们在数日前当值时，曾见过齐腾去明月山！"

黄梓瑕心知他不靠谱，但应该也不会不靠谱到这种地步，只能按捺住性子，静静等他说下文。

见黄梓瑕没有接话茬也没有求他赶紧说下文，周子秦真是空虚寂寞，只好一脸不甘愿地说："他当时不是一个人出行的。和他一起过去的女人戴着帷帽，帽檐垂下的白纱遮得严严实实，不过隐约可以看出，那是个十分漂亮的女人。"

黄梓瑕若有所思地点头，而周子秦则郁闷至极："齐腾这个混蛋，还是死了好！三十多岁了还这么风流，他之前的妻子说不定就是被他气死的！"

黄梓瑕知道他是替妹妹捏了一把汗，不由得笑了笑。

果然，周子秦又说："幸好紫燕没有嫁给他！不然以紫燕的性格，婚后摊上这样的男人，还不一刀捅了他？"

黄梓瑕挑挑眉，没说话。

周子秦话说出口才愣了愣，然后赶紧说："没有没有！不会不会！我的意思不是说我妹妹会杀人！就算……就算我妹妹不愿嫁给齐腾，她也肯定是跟我们哭闹，不可能一声不吭去杀人的！"

"我知道，"黄梓瑕说着，转而又问，"那个和齐腾一起踏青的女子，有没有什么线索？可能和本案有关吗？"

周子秦一拍脑袋说:“差点把这茬忘了!他们当时前往的是明月山,两人骑马出关卡时,阿卢发现那女子马鞍上的一个红缨掉了,便赶紧捡拾起来,递给她。因是马下,他仰头一看,刚好从帷帽的缝隙间看见了那张脸。这一眼真是乖乖不得了,那女子一张面容在白纱之内像天仙一样,他当时就看呆了,直到他们走了,还回不过神来呢!”

黄梓瑕勒住马,思索片刻,才问:“有没有记住什么特征?”

“面容上是没有,而且他当时看呆了,现在想想唯有一个惊艳的感觉,哪能记住那些细节?而那小子见到了她的模样之后,真是辗转难忘,后来又打听到齐判官即将娶妻,所以他就想,或许是他未过门的娘子,我的妹妹……这回见我,居然旁敲侧击问我家妹子的事情,也不想想一个大头兵,我爹会同意吗?”周子秦说着,又稍微有点心虚,“不过反正也一样,他看上的也不是我妹子。不说紫燕不太可能跟人外出,也没那个倾国倾城的貌啊。而且就她那性格脾气,如今婚事又平生两次波折,要嫁个好人家可难了。”

黄梓瑕默不作声,仰头看着头顶被高大树枝深蔽的天空,那重重枝叶之后,终究还是露出了明亮的湛蓝。

她深舒了一口气,低声道:“原来如此……”

周子秦赶紧从马上凑过身去,追问她:“什么什么?什么原来如此?”

黄梓瑕转头朝他说道:“李代桃僵,也可以叫作金蝉脱壳。我想,我们很快就可以去清溪,证实一下了。”

“其实,要说正式结社,倒也不是。只是成都府就这么大,常在一起的几个人偶尔有兴致,就拉了彼此的朋友一起举办诗会,久而久之就沿袭下来了,每月会相约在晴园以诗会友,坐谈论道,其实时间都不固定的……”

聚集在清溪边的诗社成员们,见周少捕头亲自来询问,脸上都带着惶恐与不安的表情。诗社起头人,名叫陈伦云的一个士子小声问其他人:“是不是我们今年同游神女祠时,写的那些诗太轻浮了,所以……被神明降罪,一下就死了两个人了……”

“怎么可能?要说轻浮,怎么都不可能轮到温阳吧?他一贯不谈情爱的!连我们对神女塑像评头论足时,他都在研究墙上的题诗,压根儿不掺和我们的话题。”

几个人还在争持,周子秦打断他们的话:“可是我听说温阳也经常去花街柳巷呢,可见还是喜欢漂亮女子的。”

“是吗?这个……这种事情,我们倒是从未听说,”陈伦云问旁人,“而且温阳素日冷漠，居然会和一个乐伎殉情，我们也很惊讶。他像是这样至情至性的人吗？”

“别说至情至性了，怎么想都很奇怪吧？他爹娘已没了，族中也没什么近亲，甚至连娘子都早没了，他就算娶一个乐伎，也没什么人会阻拦会反对，又为什么要殉情呢？”又有人说道，“前年何大不就是娶了乐伎柳姐儿为续弦吗？柳姐儿脱籍从良后，如今大家最喜欢往何大家去，他娘子又风趣又大方，什么场面都转得开，偶尔还扮男装和我们一起去踏青游玩，谁不称柳姐儿一声好娘子？我们还暗地羡慕何大呢，又有谁会觉得温阳娶个乐籍娘子有什么大不了？”

“再说了，如果是齐腾的话，说不定还担心娶个乐籍女子会影响官场风评，对仕途有损。可温阳的样子，一向没有入仕的兴趣，又有什么担忧的？”

黄梓瑕也不说话，任由他们议论许久，才问：“齐腾与温阳素日交往如何？”

陈伦云说道：“哦，因为齐腾字涵越，人长得又潇洒和气，所以我们给起了个外号为寒月公子，刚好与温阳是一对，所以常拿来相提并论。但齐腾爱热闹，温阳好静，两人似乎并未有什么交往，素日也就是点头之交吧？”

黄梓瑕又问：“那么，与齐腾和温阳两人交好的，又是谁？”

马上就有两三个人异口同声说：“是禹宣！”

黄梓瑕颔首不语。

周子秦却还未领悟，震惊追问：“你们是说禹宣和两人中的谁交好？”

“与两人都好！”他们都确定地说。

陈伦云见周子秦不相信的样子，便解释道：“温阳好静，喜欢书法，而禹宣的书法在成都府是佼佼者，所以他常借故接近禹宣，千方百计与之交往——你们谁还记得上次那钟会手书的事情？是不是从那事之后，他们开始交恶的？”

“是的，这事我记得！”有个年轻人赶紧说道，“是去年秋天的事情了，那时温阳说自己得了一幅钟会手书的信笺，请禹宣过去品评。禹宣欣然前往，但回来后却自此再不理会温阳，别人问起也只字不提。我还曾问过禹宣，那张信笺他怎么看，究竟是不是真迹。”

周子秦赶紧问：“禹宣怎么说？”

“他当时神情挺奇怪的，可能你们不熟悉他不知道，禹宣是我们诗社顶出色的一个人，那种飘然出尘的举止神态，是谁也比不上的。我与他也认识几年了，未曾见他生气过。但那一次他却神情冷淡，语气也十分僵硬，说，嘉平元年十二月的信，钟会自称尚书郎，怎么可能是真迹。”

陈伦云点头道：“正是啊，我们一开始也不解，后来翻了书才发现，原来嘉平元年钟会已经迁中书侍郎了，是以他一眼就认出是伪造的。”

周子秦忍不住说：“就算是伪造的，那也是温阳受骗买了伪迹啊，为什么会因此交恶？”

“是啊，但就是此事之后，禹宣与温阳再无来往了，平时诗社碰面，温阳倒是还对禹宣一头热，但禹宣对他退避三舍，甚至因此好几次诗会也不来了。”

黄梓瑕的目光转向周子秦，见他还是一脸不解的模样，便转开了话题，问：“那么齐腾与禹宣的交往呢？”

陈伦云说道：“这个我倒是清楚，他们之前也一直是普通关系，但自从禹宣那一次自杀未遂之后，他们便有了交往，甚至有段时间十分频繁。”

黄梓瑕之前听禹宣提起过这事，但他却并未详说。如今听陈伦云提起，她的心口猛地一跳，脱口而出：“自杀未遂？”

“是，就是在黄使君一家出事，黄家姑娘出逃之后。成都府人人都知道，黄姑娘与禹宣关系亲密，而谁也想不到，在黄使君出事之后，会是禹宣出首告发黄姑娘；更让人没想到的是，在黄姑娘出逃，下落不明之后，禹宣会在黄使君出殡的那一日，在使君墓前自尽——又谁也没想到，把他救回来的，居然是平时与他似乎并无来往的齐腾，”陈伦云叹道，“此事也只我们诗社几个人知道，因为禹宣和齐腾都是我们朋友，所以几个人虽然知道了，但也都没有说出去。”

黄梓瑕觉得胸口隐隐阵痛，只能茫然靠在后面的椅背上，一言不发。

“但是，禹宣在病床上昏迷了好几天才醒来，不知道是不是哪里造成了损伤……你们不觉得他性情都变了吗？”

陈伦云听其他人这样说，也点头道：“是啊，他原本是那样超凡脱俗的一个人，可那一场大变之后，整个人恍恍惚惚，又好像什么都不太在乎，又好像对每个人都充满戒心。而且前一天与我们说过的话，常常第二天就忘了……”

“而且啊，我们偶有不慎，提起使君府之类的话，他就头痛，一开始我还以为是伤痛使君的死，谁知他痛得全身都是冷汗，整个人都虚脱了，差点没再死一次，所以我们……在他面前都小心翼翼，生怕再提起他的伤心事。”其他人也纷纷附和，表示疑惑不解。

“这个在病理上来说，也是有的。比如受了太大的打击，再度提起某些事，感觉承受不住时，便会下意识地排斥，然后就会发生激烈反应，”周子秦在旁分析，说得头头是道，“还有一个，就是他自杀的时候，体内或许哪根弦被触到了，自此后性情变了，也是有的，比如说当年我曾在古书上看到过这样一件事例……”

众人和他一起研究了死而复生和重大打击之后的人格转变等各种传言和案例，黄梓瑕在旁边听了许久，也没再听出什么有用的话来，她便也一只耳朵进一只耳朵出，只坐在椅上，表面安安静静，心里思索着这个案子的各条线索纠葛关联。

眼看时间不早，可同在诗社之中的禹宣还没有来。

周子秦见众人都没什么可说的了，几个人尴尬地坐在那里。他便说："多谢诸位替我答疑解惑，我便先走了，改日你们晴园聚会通知我一声，我也去附庸一下风雅。"

"哎，少捕头自长安而来，言谈风趣，见解不凡，能看得上我们这些乡野之民，是对我们的抬举！"

"是啊是啊，少捕头给我们面子，可真是我们造化了！"

周子秦又一次发挥了他朋友遍天下的特质，一番闲谈鬼扯后，成了晴园诗社所有人的好友。

几人将他们送到清溪口，依依惜别。

清溪原是一条大山谷，丛树环绕之中，一条清澈的溪流自谷口被山石地势分成三四条溪流，又在谷尾汇聚成一条，奔涌向前。

等他们上马沿着溪水走到谷口之外时，黄梓瑕却发现清溪的对面，正有一人踽踽独行。

正是禹宣。他听到马蹄声，转头向这边看来。隔着溪水，他一个人站在林间背阴之处，任由水风吹拂他的衣襟下摆，只静静地望着她。

黄梓瑕犹豫了一下，见前面周子秦转头看她，她便对着他说道："你先出谷，我好像有个东西掉了，要回去找找。"

周子秦"哦"了一声，回头在左右看了看，但他旁边是块巨石，刚好挡住了溪水对面禹宣的身影，他见深林幽幽，溪水潺潺，并没什么异常，便对她说："那你快点。"

等他出了林子，向着官道去了，黄梓瑕才催马溯溪而过，走到他的身边，翻身下马。

她听到他的声音，低低的，带着一丝疲倦的暗涩，也不知道他在这里站了多久："阿瑕……"

再次听到这个称呼，恍如隔世。

成都之中，使君府之内，他曾多少次这样轻唤她："阿瑕。"

他曾埋怨说，阿瑕，你又光顾着查案，忘记吃饭了吧？然后笑吟吟从身后拿出尚且温热的食物来。

他曾欢欣说，阿瑕，昨晚帮你查阅了涉案的所有账本，终于找出前年四月有一笔不对劲的账目了。

他曾忧虑说，阿瑕，我很担心死者留下的幼子，我们再去善堂悄悄探望一下他，给他送点好吃的？

往日种种，铺天盖地涌上她的心头。那些她曾觉得琐碎麻烦的殷殷叮嘱，那些她曾觉得没有意义的细微末节，如今重新面对着他，回想起来，都让她伤感。

他低声问她："昨日齐腾的死，你是否有线索了？"

这么熟悉的话语，就像之前所有案件，他不经意问起的那一句。

黄梓瑕垂下眼，有意不看他的神情："这个还不知道。表面看起来，他应该是个没有理由会死的人——他待人和蔼，又是节度府判官，与所有人关系似乎都不错——"

禹宣神情恍惚地皱着眉头，随口应和她的话："是啊……谁会杀他呢？"

"是，表面上来看，大家都与他十分交好，但事实上谁知道——或许，很多人都有杀他的理由，只是还未浮出水面，"黄梓瑕抬眼看着他，缓缓地、声音极低极低地说，"不满意他的婚事，或许有人不愿意周家姑娘嫁给他；又或者，他在仕途上阻了谁的路，成了别人向上爬的障碍。再或者……也许他曾经做过对不起别人的事情，比如说，在某些时候，曾经当众让别人难堪。"

禹宣的脸色顿时转为苍白，他愕然睁大眼睛，不敢置信地盯着她，许久，才惨然一笑，问："你看到了？"

"是……我当时，刚好就在旁边。"黄梓瑕低声说道。

禹宣望着她，许久，又问："所以，你怀疑我是凶手？"

"如今真相还未大白，你有可能是凶手，周子秦、张行英，甚至，我也有可能是……所有的事情都还很难说。"

禹宣看着她，想从上面看出一些关于自己的神情，但没有，她神情淡淡的，看不出任何异常。

他轻叹了一口气，说："是，昨日早上，他对我说过那些话，我不是特别清楚，但又觉得，那应该是跟我关系十分重大的事情。我本来打算在宴席之后，问一问他那些关系到我的事情，可谁知道，他竟忽然……死在了那场歌舞之中。"

黄梓瑕望着他的侧面，见他神情暗淡，那俊美无俦的脸上蒙着一层抑郁神情，令她的心中也不由得一动，心想，或许对他来说，齐腾的死，也对他影响很大吧。

黄梓瑕轻轻叹了一口气，又问："在我父母去世之后，你为何要寻短见？"

禹宣脸色苍白，面容上的悲怆隐隐。他转过头不去看她，只哑声说："与你无关……我只是想随着义父义母而去。"

黄梓瑕轻轻点了一下头，又问："听说，在你自杀之后，是齐腾救你起来的？"

“是……”

“这么说，他也算是你的救命恩人了，你对于自己的救命恩人，一点都不了解吗？”

禹宣淡淡说道：“只是凑巧而已，他救我一命，但我已心如死灰，并无再生之意，所以他对我，也算不上有恩。”

他的面容疏离又冷淡，对于齐腾，似乎确实不放在心上。黄梓瑕叹了口气，说：“你想不起来，那也没什么……反正，我会将一切都查得清清楚楚，证据确凿地摆在世人的面前，让所有人知道，到底是谁杀了我的父母。”

禹宣凝望着她，低声说道：“你那第二封信，可曾查清楚了？”

黄梓瑕垂下眼睫，避而不答，只站起来说道：“我未曾写过这样的信，确凿无疑。”

禹宣见她不愿正面回答，他的声音终于变得冰凉起来：“黄梓瑕，你至今尚未洗清自己的嫌疑，却一直着手调查另外毫不相关的案件，我不得不怀疑，你最后调查得出的结论，到底是否正确……”

听到他的质疑，黄梓瑕的声音也不由自主地尖锐起来：“你怀疑我回来，是想要借调查之名，拉一个无辜的人做我的替死鬼，换得自己逍遥法外？”

他摇头，又怔怔出了一会儿神，才说：“你明知道我不是这个意思。我只是……只是很担心，你是否有自己也不清楚的过往，因为种种原因，选择了逃避……”

“你我的记忆对不上，让我也想了很多。我想，也许真凶，就在你我之间。我们对不上的那一段时间里，肯定发生了什么。”她说着，目光转向他的身上。

清溪密林之中，日光阴影之下，她看见他清瘦的身影，还有，那张熟悉无比的清俊面容上，久违的清湛的双眼。她面前的这个人，狠心斩断了他们之间的过往，甚至将她亲手写下的情书作为罪证呈给她的敌人——所以在此时，他这样望着她，依然是当初那清气纵横的少年，却分明地，已经与她隔了遥远的距离，再也无法携手了。

她的眼前，忽然出现了昨日摇曳灯烛之下，她对李舒白说过的话。

她到现在还在诧异，为什么自己会在一瞬间听从了自己胸口波动的那些情绪，握住了他的手。

而他，在翻手将她的手握住时，又是什么心情？

她甩了甩头，将一切都丢开，却听到禹宣的声音：“我们对不上的那段时间，我总觉得……应该非常重要。”

他说着，抬手扶住自己的太阳穴，黄梓瑕看见他手背上，隐隐跳动的青筋。

他是如此重视这个案件，同时，也是如此害怕答案。

和她一样，他们的心中，隐隐都知道，自己身边这不对劲的事情，将会使他，或者她，粉身碎骨，死后再也无颜见地下等候的那些人。

可是，究竟那个人是谁？他们之间有一个出了问题的人，究竟是他，还是她？

黄梓瑕长叹了一口气，转过头去："我走了，你……珍重。"

他见她转身就要离开，情急之下，他抬手握住了她的手腕，低声叫她："阿瑕……"

他的手冰凉无比，微微颤抖，冷汗沾湿了她的手指。

黄梓瑕回头看他，摇头缓缓地抽回了自己的手掌，轻声说："禹宣，一切事情，终究都有结果。"

"那么，最后你的结果，是不是依然和王蕴在一起？"他咬牙沉默片刻，然后忽然没头没脑地问。

黄梓瑕愕然回身，茫然看着他。

他收回自己的手，静静伫立在林荫之下，望着她许久，低声说："事到如今，我没有资格对你说什么。可是……昨天晚上，我跟着你出了使君府，然后看到……"

看到什么呢？看到她与王蕴并辔而行？看到她上了王蕴的马与他同骑？看到她当时抱住王蕴的腰？

但他肯定没看到，她拿刀对着王蕴的场景。

然而黄梓瑕却只是自嘲地笑了笑，说："有时候，眼见未必为实。"

她没有解释，也没有再说什么。她上了那拂沙的背，蹄声渐渐远去。

长风迴回，碧空浩荡，只留得他一个人在风中，清楚地看见她头也不回的姿态。

周子秦正坐在道旁小亭栏杆上，无聊中脚一踢一晃的，等着她回来。一看见她的身影，他赶紧跳下栏杆，问："崇古，先回去吃饭吧？下午我们去哪儿啊？"

黄梓瑕带着他往城里走："齐腾家。"

周子秦雀跃道："太好了！我最喜欢跟着你去查找蛛丝马迹了。对了，禹宣那里去不去？我也想去看看。"

黄梓瑕抓着马缰的手微微一缓："看他干什么？"

周子秦不好意思地抓着头说："不知道啊……总觉得，黄梓瑕喜欢他，同昌公主也和他有说不清道不明的关系，还有诗社里那些人对他的形容……让我都觉得很想再见一见他，一探究竟。"

黄梓瑕默然低头，慢慢地往前走，只在路过蔓生的酴醾之下时，她抬头望着那早已落完花朵的纠葛绿藤，才声音极轻极缓地吐出两个字："曾经。"

周子秦不解地看着她："曾经？"

她点了点头，在酴醾浓荫之中，夏末的热风之中，轻轻地说："黄梓瑕，曾经喜欢过禹宣。"

在周子秦一路"你怎么知道黄梓瑕现在是不是还喜欢禹宣"的聒噪追问之中，黄梓瑕神色如常地骑着马，一路进了城，回到使君府。

她对衙门十分熟悉，进门后走过磨得十分光滑的青砖地，越过庭前的枇杷树，穿过木板龟裂的小门，她没有看地上，但脚步不停，一路行去毫无阻滞。

周子秦到旁边端了两碗莲子羹过来，又殷勤地给她布好筷子，就差摇尾巴了："崇古，你跟我说说嘛，你是不是认识黄梓瑕？对哦，我怎么没想到！你们都是神探嘛，肯定有过交流的对不对？"

黄梓瑕不想和他多话，只能埋头吃饭："没有，神交而已。"

"好吧……"他说着，手持筷子发了一会儿呆，喃喃说，"不知道黄梓瑕现在哪里呢？是不是还在四处逃避追捕，是不是也在哪里和我们一样在吃饭呢？她吃的是什么呢？"

黄梓瑕无语地喝了一口汤，用箸尾敲敲他的碗："快点吃，不然我先去齐腾家调查了。"

"哦，好吧……"周子秦赶紧加快动作。

黄梓瑕看着他的样子，叹了口气，又说："放心吧……我想，黄梓瑕肯定也和我们一起，吃着很好吃的莲子羹。"

周子秦点头，神情比她还坚定。

还没等他们吃完，黄梓瑕从街上捡来试毒的那只小狗已经钻到了他们的凳子下，闻着香气流口水。

周子秦赶紧拣了两块最大的羊肉丢给它，一边说："富贵，你可要快快长大啊，衙门还等着你将来大显身手，顺风闻十里，逆风闻五里，成都府所有坏蛋的气味尽在掌握，将他们一举擒获呢！"

黄梓瑕看着吃得欢快的小狗，嘴角微微一抽："富贵？"

"对啊，小狗的名字。"他说，

黄梓瑕简直无语了，她看着这只毛色斑杂的丑狗，忽然想起一事，叫周子秦："把那个双鱼玉镯给我看看。"

周子秦从怀里掏出来给她，一边说："可要小心啊，这是黄梓瑕的东西呢……"

黄梓瑕没理他，将镯子缓缓转了一圈，看着上面的花纹。两条互相衔着尾巴的小鱼，两颗莹润的米粒珠。

她举起手镯，对着窗外的日光看去，通体莹白的玉石，就像一块弧形的冰，被挖空了之后，光线在里面丝丝缕缕折射，虚幻美丽。

她将手镯还给周子秦，又垂下手，摸了摸富贵的头。

富贵现在吃了两块羊肉，正在兴高采烈之际，所以毫不犹豫地舔着她的手，狂摇尾巴。

她让富贵舔了三四下，才站起走到水井边，在满溢出来的水沟中洗干净了手，坐在桌上看着富贵。

周子秦见她去洗手，便说："昨天厨娘把富贵狠狠洗了一通，身上应该没这么脏的。"

"嗯，我知道，"她随口应着，见周子秦还没吃完，就拔下头上的簪子，在桌子上慢慢地画着，顺便理着自己的思绪，"对了，之前齐腾不是说要给你去沐善法师那里弄点净水好好净化你的镯子吗？后来有吗？"

"没有，哪有时间啊，我也想不到齐大哥会死得这么突然，"周子秦说着，一脸忧愁，"可怜我妹妹，还以为这回能嫁出去了，而且还是个各方面都相当不错的男人……没想到如今又没着落了。"

黄梓瑕点头，在桌上继续慢慢画着。周子秦吃完了莲子羹，见她还在画着，也不打扰，只趴在桌上，一动也不动地望着她。

黄梓瑕被他看得尴尬，便将簪子插回头上，问："我们走吧？"

周子秦点头，站起来问："崇古，你以前……我是说没做宦官的时候，是怎么样的呢？是不是有很多女子喜欢你？"

黄梓瑕淡淡地说："没有啊，没有女子喜欢我。"

周子秦不由得深吸一口冷气："那么……有很多男人喜欢？"

黄梓瑕给他一个"别胡思乱想"的眼神，径自起身走人。

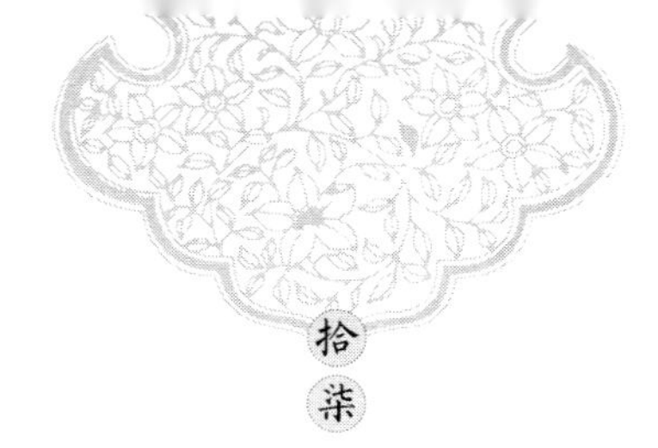

拾柒

桃李秾艳

齐腾的父母已经去世，家中虽有族人，却也都是旁支，又没什么势力，所以黄梓瑕和周子秦过去时，只看见几个远亲正在争夺东西，那理直气壮的架势，简直个个都已经把他家的东西视为囊中物了。

周子秦目瞪口呆，冲着场上众人大喊：“你们谁是管事的？快点出来一个，官府问话呢！”

那几人愣了一下，又都不约而同转过身去，继续麻利地收拾东西。

黄梓瑕走到天井正中，大声喝道：“你们都听着！齐腾此案非同小可，现官府已将家中所有物品一律封存。你们谁若带走一件，便是擅自侵吞官物，妨碍官府办案！轻则杖责，重则拘禁，你们谁敢妄动？”

几个人顿时被吓住了，赶紧丢下手中的东西，乖乖退到廊下，一边还摊开双手，示意自己并没有拿什么东西。

黄梓瑕又问：“管家呢？这边管事的人是谁？”

站在边门的一个同样摊着手的老头儿赶紧跑过来，点头哈腰道：“小人齐福，平日里管着这边内外事宜，见过两位官爷！”

“老人家，这边说话吧。”黄梓瑕说着，示意他与自己到旁边小厅去。

这边小厅布置得颇为别致，前面小小一座假山，假山下一泓碧水，山石上苔藓碧绿，栽种着一株丰美的桂花树。

齐福给他们斟茶之后，哀叹道：“我与齐判官也是远亲，去年他回乡见到我，知道我略通人情，又说自己担任判官之后，身边需要一个得力的人，因此便让我到这边来帮他打理事务。我过来一看，府中居然什么人都没有，就我们几个族中跟过来的人了。原来之前的管家手脚不干净，连同几个奴仆都已经被他赶走了。喏，前面那几个，都是我回族里后找的。”

周子秦问：“都是同族的，昨天人刚死，今天就分东西啊？”

齐福讪笑：“这个……反正齐判官也没近亲了，等族中其他人一来，还不是瓜分掉吗……我们平时服侍他，没有功劳也有苦劳，多拿一点，那个，也是应该的吗，嘿嘿……”

周子秦对他理直气壮的模样简直无语了。

黄梓瑕又问：“齐判官在这边任职，不知平日多与什么人交往？”

“他日常忙碌，多在节度府中，回家住宿也是早出晚归。他年纪轻轻就是节度府判官，这么大的官可了得吗？我们齐氏一族这么多年也只有这么一个大官啊……”

黄梓瑕不屈不挠地将话题又拐了回来：“老人家，请你仔细想想，他素日交往的，除了节度府的人之外，还有谁呢？这事关乎齐判官一案是否能迅速找到真凶，请你一定要帮我们回忆一下。”

齐福这才仔细地思索，然后说：“判官常去沐善法师处谈论佛理，沐善法师也曾来过我们家中用膳，这个……算吗？”

又是沐善法师。黄梓瑕立即问：“原来齐判官喜好佛理？”

齐福有点迷糊，说：“这个我倒不知，我连沐善法师在哪个寺庙都不知道。”

黄梓瑕又问：“除了法师之外呢？”

齐福似乎确实不了解齐腾的日常交际，面露迟疑之色。

黄梓瑕只好再问：“有位叫禹宣的，不知老人家可有印象？”

齐福“啊”了一声，赶紧说：“有这么个人！还曾在这边短住过两三天，似乎是自杀，被齐判官救回来了。当时沐善法师也曾过来看他，不知发生了什么事，当时他们三人在房中说话，齐判官把自己养鱼的那个瓷盏都摔了，还让禹少爷把他的鱼还给自己！”

鱼。黄梓瑕敏锐地抓住了这个关键点，立即问：“我听说齐判官喜欢养鱼？”

“喜欢嘛，倒也不见得。只是齐判官特别得意他养的那条鱼，说是沐善法师从京中偶得，带回送给他的，原是西域的种，中土十分罕见。”

黄梓瑕又问：“他让禹宣把鱼还给他，这么说，他把鱼送给了禹宣？这么珍稀的鱼，他会舍得给别人吗？”

“就是啊，看起来，齐判官和禹宣的关系也未到这种地步，我也觉得他不太可能将这么喜欢的东西送人。判官曾对我们夸耀说这鱼可活百年，自己死的时候就在墓中盛一缸清水，让小鱼跟着他一起去的……现在想来，这话可真不吉利，难怪他……唉！”齐福说话唉声叹气，脸上也堆了些伤悲表情，只是眼睛骨碌碌一直往厅内陈设的器物上看，尤其是鎏点金的，镶点银的，嵌点玉的，简直口水都要流下来。

黄梓瑕又问了些关于禹宣的事情，但齐福只记得些皮毛，说他在这边暂住的几天内，一动不动跟死人一样躺着，稍微清醒一点之后便让他自己宅第中的人将自己接回去了。他愣是没听他出一声。

黄梓瑕见他也说不出什么来了，便问：“那么，平时齐判官都在哪里办事？有没有留下文书什么的？”

“都在书房，请两位跟我来。”齐福转身带他们到后面的一个小阁。这里有书架书案，还有几幅悬挂着的画，画的是月季、杜鹃、水仙，还有一幅青松。

黄梓瑕站在松树画前，看着上面青碧的三四棵夭矫松树之下，一个人安坐弹琴。那人将琴置于膝上，轻挥十指，旁边写的是“为我一挥手，如听万壑松”。

周子秦在她身后看着这幅画，说：“好像……有点怪怪的。”

“是有点怪怪的，如果挂的是一幅绣球花，或许就更合适了。”黄梓瑕说。

齐福“咦”了一声，说：“正是，之前这里挂的，正是一幅绣球花。”

“那现在绣球花的画呢？”周子秦问。

“这个我就不知道了……也不知什么时候，绣球花换成了松树——你们稍等啊。”齐福说着，走到门口冲着外面大喊：“阿贵，阿贵！”

有个十四五来岁的少年跑了过来：“福伯，什么事啊？”

“你不是帮老爷打理书房的吗？里面那幅绣球花的画儿呢？”

那少年歪着头看松树画，莫名其妙：“我哪儿知道？说不定老爷觉得松树更好看，所以换了一幅嘛。”

“滚滚滚！”齐福挥手撵走了他，然后转头对着他们赔笑：“看来是老爷自己换的，我们做下人的，也得随着他不是？”

看来这个齐腾治家无方，人一死，如今宅中一团混乱，根本无从探查。

黄梓瑕只好示意齐福退出，自己和周子秦在房内寻找线索。周子秦第一时间先去翻书架和抽屉，黄梓瑕在屋内转了一圈，在废弃纸篓之中看到一个东西，便伸手取了出来。

是一个暗蓝色荷包。这荷包颜色稳重，式样老旧，而上面绣的百子莲也是一板一眼，毫无灵气，一看就是拙劣绣工。

黄梓瑕将荷包拿起，放在眼前仔细端详着。周子秦凑过来看了一眼，说：“大约是旧荷包，颜色暗淡了，所以被齐腾丢弃了。”

黄梓瑕摇头道：“这荷包虽然颜色沉稳，但上面这百子莲花纹，只是妇人所用，寓意多子。你觉得齐判官会用这样的花式吗？”

周子秦不好意思地抓抓自己头发：“可姑娘们怎么会用这种老气横秋的颜色？”

“姑娘不用，但年长妇人肯定会用的，不是吗？”

周子秦嘴巴张成一个圆圆的形状：“这么说……是他母亲的遗物？”

黄梓瑕有点无奈：“母亲的遗物丢在废纸篓里？而且齐判官出身大族，他母亲用这种做工的荷包？这又有作为遗物的必要吗？”

周子秦眨眨眼，问：“那么……”

“你忘记了，汤珠娘的侄子汤升曾说过的话了吗？当时汤珠娘曾把荷包拿出来一点，但又塞回去了，说还是带回去打一对银簪吧——而她死后我们检查她的随身物事，却没有发现那个荷包，是不是？”

周子秦顿时恍然大悟：“凶手将她推下山崖的时候，将她的荷包拿走了！”

“很有可能，就是这个荷包。”黄梓瑕拿着那个空荷包说道。

“可是，齐判官这么有钱，怎么会去抢那个仆妇的钱？”周子秦想了想，又说，“那……或许也有可能是别人见财起意，在山道上行劫，然后这荷包被齐判官刚好捡到了？”

“行劫的话，包袱必定会被翻得乱七八糟了，怎么可能里面的衣服还叠得整整齐齐的呢？对方明显是直冲着这个荷包而来，制服了她之后，又将她包裹中的荷包拿走，然后直接将她推下了山崖。”

周子秦顿时了然：“她侄子！”

黄梓瑕无力了：“她侄子如果真的这么凶残，当时在双喜巷见她把荷包拿回去就要下手抢了，还需要后面再赶出那么远去杀姑母抢钱？”

周子秦又问：“可齐判官为什么要抢汤珠娘的荷包呢？抢了之后又为什么要把它丢掉呢？”

“当然是因为，荷包并不重要，而里面的东西，却十分重要——说不定，会显露自己的身份。”

黄梓瑕说着，将荷包收起，交到他的手中。

周子秦将荷包收好，一抬头看见外面，赶紧拉着她，说：“你看你看。”

黄梓瑕看见齐福那群人又在偷偷地藏东西，便随口说：“算了，先找我们需要的东西吧。”

“可我们需要什么东西呢？”周子秦说着，一边漫无目的跟着她翻。

黄梓瑕在厚厚一叠文书之中，抽出了一张稍显暗黄的纸放在他的面前：“比如说，这个。”

周子秦看了一眼，顿时眼前一亮：“钟会手书？”

“而且，是嘉平元年十二月初九的信，落款是，尚书郎钟会，”黄梓瑕将它放在桌上，淡淡地说，“这应该就是，温阳请禹宣去研究过的那封手书。”

“真奇怪……这东西怎么会在这里呢？这不是温阳的吗？”周子秦拿起来看了看，又伸头去看她手中其他的信笺，“这些又是什么？”

黄梓瑕将那些信在他面前铺开：“洒金纸、薛涛笺、桃花封，你说呢？”

周子秦凑头去细看，却闻到一股脂粉香气扑鼻而来。他迟疑着问：“这些不会是……所谓的情书吧？”

“就是情书，而且，都是风月女子的信。”黄梓瑕说着，抽取一封看了看，上面写的是：

枕上闻鹊喜，懒起看花枝。竟日佳兆临，唯不见相思。

——长春苑娟娟冬日呵手亲笔

周子秦顿时感动了，说：“虽然诗不见得好，但难得这诗中情意令人感动呀……”

“这种诗，就是她们院中找个粗通文墨的人，然后替每个姑娘都写一首，姑娘们遇到喜欢风雅的恩客，就写了送给他，不过为博一个才女名声而已。”黄梓瑕说着，又取出另外几张纸看了，果然差不多都是这些套路，思郎怨郎等郎盼郎诸如此类，后面落款也都是“兰兰作于午夜梦回时”“沅沅红烛之下试笔”“小玉妆成和韵”，一个比一个情真意切，委婉动人。

周子秦叹为观止，又有点庆幸后怕地说：“幸好紫燕没有嫁给这种人，不然将来岂不是要气死。”

黄梓瑕对他这个妹妹也是有点好奇：“她的准夫婿去世了，现在一定很伤心吧？”

“没有啊，正在积极物色下一个人选呢，”周子秦说着，手中忽然停了一下，从那一叠纸中抽出了一张雪浪笺，“咦……这张倒是有点奇怪。”

黄梓瑕拿过来，发现雪浪笺上印了雅致的蓝色方胜文，比之其他花柳缠绵的信笺，别有一番洗净脂粉的意趣。

她念着上面的文字，发现也与其他不同——

曾为分桃怨，曾为断袖欢。冠盖满京华，公子世无双。

周子秦捂住脸，一副嫌弃样：“这拼拼凑凑，写得也太烂了……干吗不找个写得好点的人捉刀。”

黄梓瑕指着下面的落款，说：“别看诗，看这里。”

周子秦仔细一看，似乎并没有什么两样：“夜游院松风深慕子衿。”

“夜游院……松风？”周子秦似乎咀嚼出了点什么不一样的东西。

“嗯，你记不记得范元龙上次说过的，他去夜游院找过小倌？所以，我想这应该是成都府中一家……男风场所。”

周子秦的嘴巴张成了一个圆形，脸上兴奋得发光：“这么说，我们可以以公务的名义去逛风月场所啦？还是……还是男风啊？哎呀，我爹娘管得严，我可从没去过那种地方，想想就很紧张怎么办？”

黄梓瑕是一点都没从他的脸上看出紧张来，只看到了兴奋与期待。她想了想，放下书信往外走去，说：“我得先回去一趟。”

周子秦赶紧跟上：“回去干吗？”

她有点心虚地低下头，说：“先去和夔王禀告一声。”

周子秦若有所思地点头：“没错，一个宦官去风月场所，要是不事先对上司说清楚，日后怎么报销公款呢？”

再一想，他又追了上去：“哎哎哎，崇古，不对啊！反正是衙门出钱，还要跟夔王说清楚干吗啊？”

到了李舒白处一看，场面十分尴尬。

节度府中的一个老管事正带着几个美人儿往外走，一看见黄梓瑕他们过来，赶紧一脸谄笑地迎上来：“哎呀，杨公公，您回来啦？”

黄梓瑕看看他身后的那群美女，立即便知道是怎么回事，只点点头不说话。

“范节度担忧王爷远来寂寞，无人弄琴添香，因此买了几个出色的良家子送来，可王爷似乎看不上眼呢……”

黄梓瑕说道：“王爷素有洁癖，不喜他人近身，在王府中亦是如此，刘管事无须再挑选侍女了。”

刘管事的顿时恍然大悟："原来如此。那我过几日，再找几个长相端正的少年过来。"

"哎，不是这个意思……"黄梓瑕还未来得及阻拦，自以为得知秘密的刘管事已经兴冲冲地带着那队女子离开了。

黄梓瑕与周子秦面面相觑，两人都露出牙痛的神情。

李舒白听他们回来这么一说，也露出无奈神情："随便他们吧，总之想要在我周身安插人手，也不是容易的事。"

张行英神情庄严地说道："我虽只有一人，誓死捍卫王爷安全！"

李舒白看了他一眼，平淡地说道："附近几镇节度使也过来了，今日我会与他们碰个面。里面有几人是当年我曾在徐州指挥过的，自会挑选几个知根知底的人过来，你也不必一力独扛，太过劳累了。"

"属下……"张行英抓着头发，不知该如何回答才好。

黄梓瑕知道他是个实心人，平时说话也结结巴巴的，何况李舒白这话中几层意思，他哪里会懂。于是她赶紧出声说道："下午，我得请个假，和周子秦一起去梧桐街。"

出乎黄梓瑕意料，李舒白居然完全没有反应，只挥挥手说："去吧。"

她有点踌躇，而周子秦以为李舒白不知道梧桐街是哪儿，便补充道："就是那个……成都府最有名的风月场所梧桐街。"

李舒白点头，站起来准备出门："嗯。"

黄梓瑕正在忐忑，观察着李舒白的神情，他却浑若无事，问："齐腾之死，如今有什么线索了吗？"

"有了一些，但还不充分。"黄梓瑕点头，想起身边还带了之前他们一群人的证词，便拿出来给他看，说："那天王爷走后，我们将在场所有人都盘问了一遍，口供在此。"

李舒白接过来，一张张十分快速地扫过，每一张都只扫了一眼，然后，他在禹宣那一张上停住了。

黄梓瑕凑到他身边，俯身去看那张口述证词，却没发现什么疏漏的地方，她沉吟片刻，看向李舒白，却发现他的目光，定在供词的最后，禹宣印下的一个掌印上。

按例，与案件有涉人员问话时，都有专人笔录，写完后签字按手印，以求真实无误，免得有人胡言乱语影响公务。

禹宣的手掌纤长，骨节匀称，是十分优美的一个印记。

她正看着微微发怔，却听到李舒白的声音，轻轻地说着，如同叹息："这个手印，我曾见过。"

黄梓瑕愕然，低声问："王爷见过……他的手印？"

"有什么奇怪的，我身兼大理寺卿，虽然平时事务交给纯湛，不太管事，但所有结案卷宗我都看过的，"他瞄了她一眼，然后淡淡地说，"每个人的手印都各不相同，手掌的三条主纹路，还有无数细纹路，都是自生下来后就难以改变的。所以律法才规定按手印、掌印，以断绝狡猾生事之徒钻空子的企图。"

"但是……这么多掌印，王爷扫过一眼，便真的能……全部记得吗？"黄梓瑕不敢置信地问。

周子秦因为要去梧桐街而心花怒放，立即摇着尾巴上来献媚了："王爷天纵英才，当然记得啦，不信证明给你看！"

他说着，从刚刚那叠李舒白看过的卷宗中抽出一张，遮住了所有的东西，只露出一个掌印，然后问："王爷可还记得此掌印是谁？"

李舒白瞥了一眼，说："使君府家仆，负责洒扫西苑，兼办花匠工具的吴吉英。"

黄梓瑕觉得自己真的好想膜拜面前这个人。就这么刷刷两眼看过的东西，居然都能记得住，简直是神人啊。

她的目光落在禹宣的那份供词上，踟蹰着，问："那么……王爷见过的，禹宣的手印，是在哪里？"

李舒白皱起眉，片刻思索。直到张行英换好衣服跑来，站在门外等候时，他才忽然轻轻地"哦"了一声，说："两年前，我刚刚兼任大理寺卿的时候，为了熟悉事务，曾将十年内的所有案卷都看了一遍。他的手印，出现在五年前长安光德坊的一份卷宗上。"

黄梓瑕又问："其他的呢？"

"他应该不是犯人，但是……我当时没有留意，确实有点不太清楚了。"他看了她一眼，缓缓说。

黄梓瑕若有所思，嘴唇微启，想说什么，但又止住了。

他也不看她，先给案头琉璃盏中的小鱼喂了两颗鱼食，见它吞吃之后在琉璃盏中安静如昔，才说："我先走了。若有其他线索，我会再告诉你。"

黄梓瑕觉得他并不像是想不起来的样子，但他不肯明言，必定有其原因。

她思忖着，脑中忽如电光一闪，忍不住叫了出来："王爷……"

李舒白回头看她。

"当初，我们第一次见面的时候，在马车之内……"她终于明白了自己心中疑惑已久的事情，忍不住心跳都紊乱起来，"您当时看了我的手掌，便立即猜出我的身份，认出我是……”

李舒白微微一笑，点头说：“很多卷宗上，都有你的掌印。”

黄梓瑕忍不住也低头笑出来，说：“我就说嘛……一个人的人生，怎么可能真的从掌纹上看得出来。”

他见张行英与周子秦都已走出了门厅，而她近在咫尺，扬着一张脸笑盈盈地望着他。

不知是否因为胸口那一股微微悸动的热潮在催促，他自己也不明白的，竟抬起手在她的眉心轻弹了一下，说：“聪明一世，糊涂一时。”

她抬手按住自己的眉心，“哎呀”地笑着叫了一声。

他们笑着相望，片刻后又忽然像明白过来一般，略觉尴尬。

他将头转了过去，匆匆说：“我走了。”

“是……”她也低着头，再不敢抬起来。

周子秦压根儿没想过，黄梓瑕出了节度使府之后，为什么一直脸颊微红。他如今一心只想着去未知的世界探险，兴奋地说：“你看吧，我就觉得王爷肯定不会在乎你去花街柳巷的——反正你也就是跟着我去开开眼界而已……”

到了梧桐街，已经接近晚饭时间，天色稍微昏暗。

周子秦站在梧桐街上，看着头尾望不到边的秦楼楚馆，满街灯红酒绿，顿时惊喜不已：“崇古，你知道吗？我现在的心情十分激动！”

黄梓瑕只能给他一个白眼：“走吧。”

梧桐街的风月场所都是在官府备案存档的，也算是开门作生意的。几个站在街头的老鸨龟公看见他们，更是大大方方地过来招揽他们，夸自己家的姑娘长得多漂亮。

周子秦一身正气地抬手制止了他们：“我们今日是去夜游院的。”

“哎哟……”他们顿时脸都皱成了抹布，“好好的漂亮爷儿们，原来好这一口——喏，街尾巷口种着两棵老桃树的就是。”

出乎他们的意料，夜游院的生意着实不错。他们进去时，只见很多房间内都已经有人在弹唱饮酒了，有几个人歌声十分出众，周子秦还驻足听了一会儿，一副“今儿算见着世面了”的满足感。

黄梓瑕还算正常，问过来迎接的龟公：“松风在吗？”

龟公赶紧说：“在的在的，马上出来，两位……就叫一个人陪着？”

周子秦看了看一声不吭的黄梓瑕，只好拍拍胸脯：“对，我们就……就喜欢叫

一个人陪！”

见这两人看来挺横，龟公赶紧通报进去，松风立即便出来了，殷勤地给他们端茶倒水，熏香调琴。待要唱一首《相思调》时，黄梓瑕制止了他，问：“你在这边应该也有多年了吧？平时都有什么客人？”

松风轻声软语说道：“小人不幸，流落风尘已有六年了呢。平时熟客不少，只是像两位这样人才相貌的，可真少呢！”他一边说着，一边往她身上靠。黄梓瑕虽然身材修长，可松风毕竟是男人，比她高了半头，此时这低眉顺眼靠过来的样子，那小鸟依人的模样怎么看怎么别扭。

周子秦一脸正气地将他拉了过来，示意他好好坐着。松风一脸委屈，问：“二位还要磨蹭多久啊？”

周子秦正气浩然，喝道：“我才不跟你磨蹭呢，我就想问你，那个那个……”

说到这里，他才发现因为光顾着见世面，他连自己到这边来的原委都忘了，只能可怜兮兮地望向黄梓瑕。

黄梓瑕说道：“我们其实并不是来寻欢的，只是最近有朋友出了事，所以才过来打听一些事情——不知你的熟客之中，可有成都府名人？”

松风顿时泄了劲儿，懒懒地靠在桌上托腮望着他们，说：“废话，我松风艳名远播，成都府中喜欢我的人还少吗？别的不说，节度府中，可也有人眷顾我呢……”

周子秦脱口而出：“节度府齐判官？”

松风飞他一个白眼，说：“齐判官是谁？我说的是……”

他压低声音，眉间那种炫耀的神情简直要闪瞎他们两人的眼睛：“你们可不能说出去哦，是节度使范大人的公子啦，他曾来眷顾过我一次的……”

黄梓瑕无语地回忆了一下那个范元龙的模样，然后将袖中那张齐腾房中找出的信笺递到他面前：“这可是你写的？”

松风扫了一眼，点头：“是呀。”

“你还记得起来，是写给谁的吗？”

松风有点苦恼地说：“这个我怎么知道？这首诗是找了个什么刘生写的，我平时零零散散写了大约有五六十遍吧，很多客人都喜欢附庸风雅的，好像嫖了个会写诗的就格调高些似的。”

周子秦又问：“还记得是哪些人吗？”

松风用看白痴的眼神看着他：“客官您觉得会有吗？我们的客人，除了外地人不怕，本地人一般都是悄悄儿趁晚过来，连愿意透露名字的也没几个人，多是说自己叫‘李甲’‘王大’‘刘二’的,除非是熟客,来往多了才通个名字呢。范节度使的公子,也是别人陪他过来,我才隐约从他们的口风中知道呢。”

黄梓瑕便直接问:“所以,到底送给了哪些人,其实你自己也不知道?”

“你想要的话,我也可以写一张给你呀。”松风笑道。

备受嫌弃的周子秦不屈不挠地说:“你再想想看,是不是忘记了……”

“那么,温阳你可知道?”黄梓瑕问。

松风“哎”了一声,说:“他我倒是知道的,我们都是三四年熟客了,跟别人不同的。哦对了,他还说最喜欢我的名字了,松风吹解带,山月照弹琴——我的琴也弹得不错,各位要听一听吗?”

黄梓瑕摇了摇头,问:“这么说,这首诗他必定也有?”

松风掩口笑道:“是的呢,这诗,我也曾给他写过。当时他看了摇摇头,然后说,人与人,相差可真大。我就不服气了,问我比谁差了,他却只摸了摸我的头发,说,连我对他也只能仰望呢,你有什么可想的。”

他说到这里,脸上也没有什么郁闷的模样,依然笑嘻嘻地说道:“我一想也是,我是人下人,谁会觉得我比谁强呀?他也不是什么人上人,还不准人家心里也有仰慕的人了?”

黄梓瑕默然垂下眼,沉吟许久,转头看向已经惊掉了下巴的周子秦,说:“走吧。”

周子秦还在惊愕之中,见她已经站起走出了,赶紧追上去,拉住她的袖子急问:“崇古你怎么还这么冷静啊?你听到了吗?那个殉情的温阳,他、他喜欢男人!”

“是啊,我知道了。”黄梓瑕点头说。

周子秦有些郁闷:“你这一脸平静的模样,肯定是又早知道了!你什么都不告诉我,我们还怎么做好朋友啊?”

黄梓瑕淡淡地说:“那些诗社的人说话时,你就应该觉察到的。”

“啥?他们说了啥我怎么不知道啊?”

黄梓瑕对周子秦也无奈了,正在想时,后面松风已经赶了上来,一把抓住他们的袖子,朝他们大喊:“别走呀——”

周子秦莫名其妙,见他还死抱着自己的胳膊,赶紧一把甩开他问:“干吗?”

没想到松风身轻体软,被他一甩,顿时倒在了地上,额头都摔破了,顿时大喊起来:“来人啊,来人啊!这两个客人喝茶不付钱就跑了,我阻拦还被打了!”

夜游院豢养的打手们顿时抄起棍棒冲了出来,黄梓瑕和周子秦赶紧赔不是:“对不住啊,不知道这边喝茶要钱的……”

话音未落，几根棍棒已经不由分说先砸了下来。

周子秦挺身而出，替黄梓瑕挡了一棍，痛得龇牙咧嘴："糟糕了崇古，今儿会不会死在这儿啊？"

"那你就亮出身份啊！"黄梓瑕低吼。

"亮什么亮？要是被我爹娘知道我借口公务逛窑子，还不如死在这儿呢！"

还没等他们说上两句，旁边又有几个人提着棍子冲了出来，周子秦急中生智，大喊一声："我有钱！我付钱还不行吗？"

"钱要收，你打我们小倌又怎么说？就这么放过你们，我们夜游院怎么在这条街上立足？"龟公大吼，打手们顿时围上来，手中的棍子一起落下。

就在他们抱头蹲地，千钧一发之际，外面忽然有人飞身冲进来，只飞腿一撩，有一半人手中棍子都飞了出去，另一半的人则连人带棍子一起飞了出去。

那个人挡在他们面前，身材伟岸高大，往他们面前一站，威风凛凛。

周子秦顿时大喊出来："张二哥！你怎么会在这里？"

张行英回头看他们："王爷说最近不安定，这边又三教九流，恐怕不安全，让我暗地保护你们。"

他口中说着，手上不停，抓起几个重新围过来的打手又丢了出去。

黄梓瑕看着他大显身手，赶紧拍拍衣服上的灰尘。

周子秦却在那里惊愕不已："王爷不是什么反应都没有嘛？不是好像不管我们吗？幸好私下叫人保护我们了……"

还没等他说完，周围所有人都已经畏惧地缩在墙角，不敢动了。

唯有松风跳起来，一边哭着一边怒骂："你们这些无良混账！白吃白喝还要白嫖！我们干这行没日没夜，赚的都是血泪钱，卖身的痛你们谁知道啊……"

周子秦听着他血泪控诉，不由得眼睛一酸，赶紧一边掏钱一边自我检讨："我浑蛋，我混账……"

黄梓瑕都无力了，带着张行英灰溜溜地往外面走，一边问："王爷呢？自己一个人去了？"

"是，他说他没事，但杨公公您这边比较要紧，"张行英赶紧说，"不过我偷偷跟着到花厅那儿，看见几镇节度使都来了，才敢走的。"

黄梓瑕叹了口气，然后说："走吧。"

狼狈不堪的周子秦也出来了，问："我们回去吧？"

"不，还要去各个妓馆问一问。"黄梓瑕说着，带他们到旁边的那些楼阁之中，继续询问。不过之前不懂，现在可学乖了，知道这边喝茶说话也要钱的，看见姑娘时先奉上银子，顿时好说话多了。

长春苑娟娟："齐腾？哎呀，没有这个客人呀……温阳公子吗？是呀是呀，是个非常可亲的人，出手大方，还特别会说话，姐妹们都喜欢他！你们说我写的这首诗？哎呀讨厌啦，人家今年写了几十份发出去的，当然也有温阳公子一份啦！您说傅辛阮？傅娘子盛名在我们梧桐街无人不知无人不晓呀！我们几个姐妹一起去那边请她，才得她指点编了一曲《白纻》，如今是我们的招牌舞啦，各位不看看吗？"

红香楼兰兰："温阳公子？真讨厌，我们几个姐妹都知道的，外面相好的一大堆呢！上次说了要给我带满春记的胭脂，结果还给忘了！要不是他另买了支钗给我赔罪，我都不要理他了！那首诗吗？我抄了很多份送人，好不好我就不知道了，反正大家都说好的。傅辛阮傅娘子吗？我知道的，我好友翠翠擅琴，去傅娘子那边请她指点过，现在翠翠一曲身价翻了好多呢！"

章台阁沅沅："真的，那首诗真的是我自己写的，别拿那些代笔捉刀的来对比。温阳公子么，倒是会写诗，可从不留下自己的笔迹。喏，我给你们念念他送给我的一首诗：芙蓉台上环佩解，销金帐中玉臂舒。鸿雁声绝茜纱窗，何日再闻兰麝息……我沦落风尘十来年，诗写得这么下流恶心的人，我也只见过他一个呢！傅辛阮么我也知道的，听说很多人去请教她歌舞，去年长春苑娟娟就是因为她帮着编了一曲舞，最后在整条街上大出风头，夺了花魁嘛。"

瑶台馆的小玉："温阳公子怪体贴的，虽然来的不多，但一来就嘘寒问暖的。人真是挺不错的，去年我生病数月，他还给我送了些钱过来，若不是我另外有相好的了，他替我赎身我也愿意的……对了，傅辛阮傅娘子给我们写过一首歌呢，如今在我们苑内深受客人欢迎，几位不点一曲听听吗？"

"逛青楼，也是挺累的。"

时至子夜，周子秦才回到衙门，累得直接就倒在了大堂上，只说得出这么一句话。

旁边宿在班房的捕快们顿时面面相觑，继而吃吃地偷笑出来。阿卓贼兮兮地跑到他们身边，问："逛了半夜，有什么收获不？"

黄梓瑕头也不抬，只整理着今晚收集的各人口供，说："差不多了。"

气息奄奄的周子秦顿时一个激灵，从凳子上坐了起来："差不多了？什么差不多了？"

"本案啊，差不多了。"她淡淡地说。

周子秦顿时大叫出来："我还什么都不知道。你就说差不多了？这是怎么回事？"

黄梓瑕见他汗都下来了，便说道：“其实还没呢，我只是隐约心里有了猜想，但目前还需要一些确凿的证据。”

周子秦张大嘴巴：“那你告诉我，你猜想的人是谁？”

黄梓瑕避而不答，回头朝门口叫了一声：“富贵！”

那只瘦弱的丑狗顿时箭一般从外面飞奔进来，朝着她汪汪叫了两声，秃尾巴也随意摆了两下。

黄梓瑕默然打量着这只狗，见它毫无感觉，才回头看着周子秦，叹了口气，说：“所以，猜想始终只是猜想，还有令我无法猜透的地方。”

周子秦盯着富贵看了许久，终于恍然大悟，问：“你是怀疑……我那只镯子上，有毒？”

“嗯，所以你用拿了镯子的手去拿那个米糕时，齐腾劝阻了你，并将你的米糕丢掉了。”黄梓瑕皱起眉，说，“但现在看来，又似乎……并没有事情，他可能只是随口一说。”

“我得好好查查！”周子秦赶紧将怀中这个手镯取出，在眼前翻来覆去地看，对着墙上灯照了又照。

透镂的玉石花纹照在他的面容上，那种明透的光彩，美丽得诡异。

“好了，我得先回去了。”黄梓瑕一天奔波问询，又在梧桐街盘问了半夜，也有点支撑不住了。

她陡一站起，便觉得自己有点头晕眼花，大约又是过于劳累了。

她又重新坐回椅子上去，从袖中拿出两块梨膏糖吃了，静静坐了一会儿。

周子秦关切地问：“你没事吧？”

“哦，大夫说我气血有亏，是以太过劳累的话，会头晕目眩，”她说着，又将糖袋子递给他，“你吃吗？”

周子秦赶紧去仔仔细细洗了手，才抓了一片吃着，说：“这个，一般都是女人才会气血不足吧？我记得那位公孙大娘的妹子，殷露衣殷四娘，就是气血有亏。她好像也吃糖，不过我觉得饴糖没有雪片糖好吃，而且又不好带，经常就粘住衣服了。”

“是呀，还得随时用糯米纸包着，免得黏住外物。”黄梓瑕随口说道。

周子秦嚼着雪片糖说：“不过她的手可真巧，雕的饴糖活灵活现的，我妹到现在还保存着那只饴糖老虎呢。”

黄梓瑕点头应了，然后骤然间愣住了，一动不动地坐在那里许久，只有一双眼睛睁得大大的。

周子秦抬手在她眼前挥了两下，叫她："崇古，你在想什么？"

她拂开他的手，说："你让我想一想。"

周子秦见她神情慎重，赶紧吐吐舌头，缩在旁边看着她。

黄梓瑕按住自己头上的发簪，将玉簪从银簪中拔出，然后在桌上慢慢地画了起来。

周子秦托着下巴，看见她先画了一株花树的模样，然后又着重描绘了树干和横斜的枝条，最后在花树外面画了一件衣服的轮廓。

他莫名其妙，见簪子尖在木桌上画出了浅浅一点白痕，那件衣服束腰大袖，招展迎风，看来莫名的诡异，不由得问："崇古，这是什么东西？"

"是本案破案的关键。"她说着，慢慢将自己手中的簪子插回到头上银簪之中，又皱眉道，"可是……不对劲啊，如果是这样的话，那么，消失的凶器，又到哪里去了呢？"

周子秦点头说道："是啊是啊，说起这个，齐判官之死一案，那个凶器还没有找到呢，捕快们都快把荷塘翻过来了，旁边的灌木也拔掉了，所有枝条都细细查看筛选了一遍，可还是什么都没找到。"

"当时那些乐师们的乐器、公孙鸢他们的道具等，都搜索过了吗？"黄梓瑕问。

周子秦绝对肯定地说："第一时间搜过了！绝对没有问题！夹带啊什么的，我们都搜过了，真的没有！"

黄梓瑕靠在椅背上，长长地出了一口气，许久，才说："明天吧。等天亮了光线强一点的时候，我们再去看一看现场。"

周子秦想了想，说："不如你今晚就留宿在使君府吧，别回节度府去了。"

黄梓瑕微微皱眉，说："这样……不方便吧？"

"有什么不方便的？你这样每天半夜回去，多累啊。而且我还要跑到节度府去找你，我也累啊。干脆，张二哥——"周子秦回头看着张行英，说道，"你先回去吧，跟王爷说一声，就说崇古今天太晚了，明天还要查案，就先留宿使君府了。等案情有了眉目，马上就回去应王爷差遣。"

张行英有点迟疑地看看周子秦，又看看黄梓瑕："这个……杨公公，你觉得呢？"

黄梓瑕默然点了点头，说："嗯，我先在这里休息了。免得来来去去又麻烦。"

张行英见她这样说，便应了一声，转身便向外走去。

周子秦也十分困倦了，他站起来，摇摇晃晃地往自己居住的院落走去，一边问："崇古，你和我一起睡吧？"

黄梓瑕只觉得眼皮一跳，差点没被门槛绊倒："不要！"

“啊？我还想我们能抵足而眠，彻夜长谈呢！”周子秦十分不满地说，“我从小就可盼望有这样的一个朋友了！可是至今也没有找到愿意和我一起睡的人……要不崇古你就帮我满足一下心愿嘛！”

“这个我真满足不了，”黄梓瑕咬紧牙关，死都不松口，“我睡相不太好，磨牙踢被翻身蹬腿梦游什么都有，你不想被我梦中勒死你就和我一起睡吧。”

“什么……真看不出来你睡着了居然这么可怕，”周子秦挠挠头，然后不情愿地说，“好吧，反正我那边空房间也不少，你就住东首那一间吧，窗前虽然对着墙，但现在薜荔初生，一个个悬挂在你窗上，还挺好玩的。”

黄梓瑕对使君府如此了解，一下子就知道，他所住的院子，是西园。

西园的后面，是花园的池塘，栽种了一池荷花。而院落的墙壁之上，爬满了薜荔藤萝。当年她最喜欢在这边读书，夏日的黄昏，她光脚蜷缩在廊下薜荔藤中，往往有一场大雨打得荷叶翻转，薜荔坠落。

惊风乱飐芙蓉水，密雨斜侵薜荔墙。

那时禹宣总是坐在她的身边，和她一起捡拾起掉落的薜荔把玩，说着一些毫无意义却让他们觉得开心的话，消磨掉一整个下午的时光。

这里是禹宣的住处，整个府中最幽静的地方。

也曾是她，最喜欢的地方。

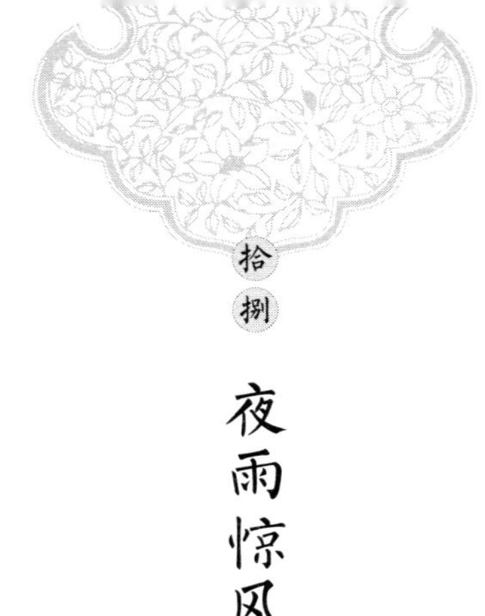

拾捌

夜雨惊风

黄梓瑕跟在周子秦身后，沿着薜荔垂落的走廊走到东首的房门前。周子秦给她将阿墨拉过来，说：“今晚被褥洗脚什么的，明早打水洗漱什么的，有事你就叫他，要是他做得不好，你就给他颜色看看！”

黄梓瑕想起当初周子秦被铜人差点压扁，而这两人还处变不惊翻花绳的情景，在心里想，估计没辙，你给了多少年颜色了，他什么时候理你了吗？

幸好她对这边十分熟悉，所以叫阿墨去柜子中抱了被子出来，给自己铺好，又去柜子中挑了两条新巾子，让阿墨到厨房提了一桶热水过来。

阿墨懒惰成性，但毕竟她是夔王身边的人，哪敢怠慢，赶紧给端茶送水，铺床叠被，比伺候周子秦殷勤多了。

黄梓瑕关门洗了脸和脚，擦了擦身子，觉得一天奔波的疲惫都涌了上来。她躺在床上，还在想自己旧地重游，会不会失眠。谁知睡意涌来，不一会儿，她已经沉沉睡去了。

也不知过了多久，她看见自己的父母和哥哥招手叫自己过去。

她赶紧走了两步，觉得走路的感觉不对劲，于是低头一看，原来自己穿的是绣折枝海棠的百褶裙，并不是宦官的服饰，她一个没注意，差点就踩到自己裙角了。

黄梓瑕开开心心地提起裙角，向着他们奔去，一家人和和乐乐地坐在一起。周围是一片茫茫，她什么也看不见，只有眼前方圆丈许，他们四人围坐在石桌旁边，头顶一株桂花开得正好，香气馥郁，浓浓地笼罩在他们身边。

每个人都在开心地说话，但黄梓瑕听不懂。所以她只抱住母亲的手臂，像以往一样，娇嗔地将自己的脸颊贴在她的臂上，含笑望着大家。

她不知道他们在说什么，但既然大家都很开心，所以她也一直笑着。桂花一朵朵落在他们的头上、肩上、石桌上，越来越多，金黄璀璨。

或许是那种香气太过浓郁，那种欢喜太过令人迷醉，黄梓瑕笑着，靠在母亲的身上，在开心快乐之中，渐觉恍惚。所以她笑着闭上眼睛，任由桂花和阳光落在自己身上。

也不知过了多久，温暖的阳光和香甜的桂花香都不见了。她不知道自己在哪里，于是睁开眼睛看向周围。

依然是白茫茫一片，眼前所见的，依然只有丈许方圆大小。她的父母和哥哥，躺在床板之上，覆盖着白布，静静地停在青砖地上。

一点声息也没有，她身边的一切都凝固了。

她看着亲人们的尸体，站在不知道是远还是近的地方，她呆若木鸡地看着，连呼吸都忘却了，连心跳都停止了。她也不知道自己一动不动站了多久，然后忽然在心里想，原来是梦啊，原来自己，又陷入这个梦里了。

就像是魔咒破解，她猛地睁开眼睛醒了过来。

梦境在她面前骤然破碎。除了近乎窒息的心口剧痛，什么也没有留下。

她捂着自己的胸口，沉重地呼吸着，瞪大眼睛看着周围的一切。

这熟悉的陈设，这记忆中的景致，就连梁柱上所雕刻的图案都与她记忆中一模一样的地方。

她回来了，回到了成都使君府，回到了自己度过人生最美好的那些时光的地方，回到了让自己此生最痛苦的地方。

她用力攥着被子，她的手和身体颤抖得那么厉害，仿佛全身的肌肉都在痉挛。她用力地大口呼吸着，眼前的黑潮终于渐渐退去，耳边的轰鸣终于淡去，她也终于重新再活了过来。

耳边传来鸟雀在枝头跳跃和鸣叫的声音，其余什么声响也没有。

她木然地从床上坐起，推窗外望。已经是日上三竿，窗前累累垂垂的薜荔上挂着晶莹露水，反射着日光斑斓的色彩。可以看见一角的荷塘，那里还零星开着夏日最后的几朵荷花。

黄梓瑕呆呆地望着窗外，望着这个使君府，望着自己曾经无比美好的那些年华，也望着自己已经永远死去的少女时光。

许久，她才摇了摇头，将所有一切暂时先丢在脑后。她对自己说：“黄梓瑕，千万不要做你最看不起的那种意志不坚者。你如今能做的,只有一件事。你如今面前，只有一条路。你如今能走向的，只有一个终点。”

她用昨晚剩下的水洗漱之后，开门走出去。

站在东侧厢房的廊下，眼前日光耀眼。她一眼便看见对面西花厅之中，四下敞开的门窗之内，正坐在那里用早膳的三个人。

面朝着她的正是周子秦，手中捏着包子朝她大幅度招手：“崇古，快点过来，肚子饿了吧？”

而坐在他左右的两个人，熟悉无比的侧面，正是李舒白和张行英。

她赶紧穿过小庭，过去见过李舒白：“王爷一早来到这边，不知有何要事？”

“听说使君府的点心十分出色，因此我特意未用早点，从节度府过来品尝一下。”李舒白手托一小碗粥说。

黄梓瑕向他点头，坐在小方桌空着的一边，一边给自己盛蛋花汤，一边对他说道：“是，使君府的厨娘，有几位在成都十分出名。尤其是管点心的郑娘子，她和手下两个师傅都是百里挑一的手艺。”

周子秦疑惑地看着她：“你怎么知道的？连我都不知道呢……”

“你忘记上次我们对府中所有人进行过调查了吗？”李舒白波澜不惊地问。

周子秦顿时一脸敬佩：“你们记性太好了！”

张行英埋头喝粥吃馒头，当作自己什么也没听到。

李舒白问黄梓瑕：“这几日你们辛苦奔波，案件进展如何？”

黄梓瑕放下鸡蛋汤，说道：“目前看来，齐腾的死，应该与傅辛阮、温阳的殉情案，以及汤珠娘的死有关。”

李舒白瞥了周子秦一眼，问：“与使君府当初的血案呢？”

黄梓瑕略一思索，说：“或许并无关系。”

“我倒觉得，是有关系的，”李舒白不疾不徐，任凭摸不着头脑的周子秦愕然睁大眼睛，“听说，此案禹宣也被牵扯入内。所以，几个案件，就被一个相同的人串联起来了，不是吗？”

黄梓瑕默然点头，说：“是，他与所有案件、所有死者，都有难以撇清的关系。”

“那么，你准备怎么办呢？”他又问。

黄梓瑕靠在椅背上，静静地想了一会儿，说：“我会去拜访他。”

周子秦立即提议：“我们今天去他那边走一趟吧！”

“嗯。”黄梓瑕应着，然后又想起什么，转头问张行英：“张二哥，我记得你遇险并与景毓相逢的那一天，在掉下山崖的时候，是被一个骑马的人撞下去的？”

“也不算撞，但是他从山崖拐角处忽然出现，转弯时也不稍微勒一下马匹。那疾奔而来的马忽然就向我冲来，把我吓了一跳，所以才失足滑下了山崖，”张行英赶紧把手里的半个包子塞进口中，一口吃完，说，“所以，他可能不是故意撞我，但我确实是被他害得坠崖的。”

周子秦有点糊涂，问：“汤珠娘的死，和张二哥坠崖又有什么关系？”

“你可记得，那几日夔王失踪，西川军在搜索救援时封锁了进出道路，一律不准车马进入山道。所以，汤珠娘回家的时候，是雇不到车而走回去的，张二哥也是一路在山道上走，才被对方冲撞。”

周子秦顿时眼睛瞪得大大的：“崇古！你的意思是……下令封山的这个人有问题？”

“谁没事封锁道路设这么大的一个局？”黄梓瑕无语了，“我的意思是，既然当时已经禁止车马进出好几天了，那么，那个将张二哥撞下山崖的人，又是怎么能骑马在山道上行走的？”

周子秦恍然大悟，一拍桌子：“刺客！肯定是当时行刺王爷的刺客，被滞留在山林之中了，好几天都没进出，所以才会骑着马出现在山道上！”

这下连李舒白都忍不住了，无语地将头扭向一边。

黄梓瑕毕竟与周子秦交情不浅，勉强耐得住，又问：“如果是这样的话，山道上常有西川军搜寻队伍，他怎么敢直接在道上纵马狂奔？后来又怎么没有传出抓到刺客的消息？”

周子秦顿时倒吸一口冷气，小心地左右看着，凑到他们面前问：“你们的意思是……刺客是西川军认识的人？”

黄梓瑕终于再也忍不住了，按住自己的额头，手肘重重地拄在了桌子上：“子秦兄，我的意思是，这个在山道上骑马横冲直撞的人，最大的可能，就是西川军的人，或者，至少是他们认识的人。”

周子秦忽闪着大眼睛，不解地看着他们，不明白这与破案有什么关系。

黄梓瑕问张行英：“你还记得当时马上那个人的样子吗？”

“呃……因为马来得太快，直冲过来，而我当时又马上就摔下去了，所以并未看清。”张行英老实地说。

黄梓瑕又问：“那身材感觉，是否接近禹宣？”

张行英顿时摇头："禹学正是我的恩公，我也见过多次。我感觉他和那个人毫无相似之处。"

黄梓瑕转头看着李舒白，说："所以，禹宣虽与这几起案件均有关联，但他与西川军并不熟，估计能在那时候纵马进入的可能性不大。所以，他与汤珠娘的死，从可能性上来说，联系应该不大。"

李舒白皱眉道："虽然汤珠娘的死与他并无关联，但傅辛阮、齐腾，以及——使君府的血案，不得不说，他都是关键人物，这一点，你不能回避。"

黄梓瑕默然许久，然后点了点头，说："是，我会特别关注他。"

李舒白也不再说什么，顾自吃自己的点心去了。

周子秦觉得气氛有点尴尬，赶紧捏着包子"哈哈哈"大笑出来："哎，一抓就是我最喜欢的豆沙包！是我运气好，还是厨娘喜欢我啊？"

没人理他，他的笑声在花厅之中回荡，显得更加尴尬。

周子秦只好蔫蔫地咬了一口包子,然后问黄梓瑕:"崇古,我们今天去哪儿比较好？"

黄梓瑕顿了顿，抬眼看向李舒白，见他神情没有任何变化，只好在心里暗暗叹了口气，说："你去禹宣那里，我去公孙大娘那边。"

周子秦诧异了："咦？干吗要分头行动？我们一起去找禹宣嘛！你不是说禹宣这个人长得又好，人品又好，性格又好，脾气又好吗？去嘛去嘛，和他相处很愉快的！"

"我……我什么时候说过啊？"真是哪壶不开提哪壶，黄梓瑕只觉得头皮都发麻了，她简直服了周子秦，专门找人的死穴捅刀。

耳边传来张行英的咳嗽声，仿佛是被豆浆呛到了——就连张行英这样迟钝的人都感觉到了，可周子秦偏偏不知道！

黄梓瑕偷偷地抬眼看李舒白，发现他终于看向了自己，可面容上却不是她原先预想的那种暴风雷霆，而是一种云淡风轻的微笑。

他含笑望着她，说："这个案子，既然子秦需要你，你自当一力配合，有些事情，也无须介意太多。禹宣那边，你和子秦一起去又有何不可？"

"……是。"她赶紧低声应了。

"我今日应邀视察西川军，待会儿就要出发。你与子秦去吧，切勿太过劳累。"他说着，接过背后侍立的下人手中的茶，漱口之后站起来，向外走去。

张行英赶紧跟着他走出去。周子秦和黄梓瑕都站起送他。

在走过黄梓瑕身边时，他忽然低下头，在她的耳边轻声说："你说过会陪在我身边，我记得。"

听着他坦荡荡的轻松话语，她觉得心口那一块重石陡然放下了，唇角也不由自主地露出了些微笑意，说：“嗯，我也记得呢。”

黄梓瑕带着周子秦抄近路到了涵元桥畔禹宣宅第。

急于见到禹宣的周子秦一脸激动，凑到门上啪啪扣着门环，别人叩门都是两三下，他倒好，一连扣了足有十七八下，差点连门环都被扯下来了。

这么大的动静，里面还是一点声音也没有。

两人正在等待，旁边有个蹲在地上拔草的老大娘抬起头，说：“估计禹举子不在家，别敲了。”

“哦……”周子秦怏怏地停下了手，“不知他上哪儿去了？”

老大娘显然不知道，没理会他，继续蹲着找地上的草。

黄梓瑕便问：“婆婆，您找什么呀？”

“哦，手背上长了几颗鼠痣，我得找两棵旱莲草擦一擦。”老大娘说着，拔起一棵草来看了看，揣在怀里了。

黄梓瑕知道，这是鳢肠，俗称旱莲草，止血消肿，拿来擦手上的鼠痣，不几日鼠痣便会收缩掉落。

她便说道：“这草确实不错，就是汁液会在手上留下黑色痕迹，轻易洗不掉的，要多用些皂角。”

“老婆子人老了，皮肤也黑了，看不太出来，没啥。”

黄梓瑕的脑中，陡然闪过那几个画面。

傅辛阮的手指上，那黑色的痕迹。公孙鸢看向齐腾的手，若有所思。齐腾死后，手上那几个细小的疤痕。

她站在柳树之下，忽然觉得心里涌起淡淡的伤感来。

周子秦见她沉默出神，便问：“在想什么？”

“我在想……”她缓缓地说，“你把最珍贵的东西捧给别人，而别人却厌烦得急于摆脱，真是不值得啊。”

周子秦莫名其妙，还在想着，身后门终于打开了，禹宣站在门内，一身普通青衣，却愈发衬得他清致挺拔。

他的身后，还站着一个人。他身披袈裟，面容苍老，身材瘦削，一双眼睛却精光内敛，正是广度寺内的沐善法师。

他们没想到沐善法师居然会在禹宣家中，都十分诧异，向他合十行礼后。

沐善法师笑道:“先客让后客，老衲便先告辞了。”

黄梓瑕赶紧说道:“法师先留步，我们正有事情想要请教您呢。”

沐善法师“哦”了一声，看向周子秦。

周子秦赶紧说:“成都府捕快周子秦。”

沐善法师神色一沉,但随即便笑道:“不知公门中人,找我方外之人有何贵干啊?”

“法师，请。”黄梓瑕向内伸手延请。

四人绕过了粉墙照壁，便看见天井中的睡莲，青紫色的花朵正在开放。他们在堂上坐下，正面对着一池青莲。

禹宣到后堂去煮茶，三人坐在堂上，一时气氛尴尬。

黄梓瑕先开口，问:“法师今日驾临，不知可是找禹宣研讨佛法吗?”

沐善法师点头，合十笑道:“禹施主于佛法常有独到见解，老衲常来谈论，觉心清气和。老衲近日就要出行，但见禹施主似有心事，因此今日先来与禹施主道别。”

“大师真是有心，”黄梓瑕说着，又问:“不知大师与禹宣是如何认识的呢?”

“是前年底了，禹施主中举不久，晴园举行诗会，陈伦云邀我前去。当时诗会虽有十数人，但禹施主风姿卓绝，我于众人之中看见他，便留下了难以磨灭的印象，”沐善法师叹道，“后来禹施主的义父黄使君一家出事之后，他郁积在胸，因此自尽。齐判官虽救了他,但见他心如死灰,于是便请我前去疏导,自此禹施主与我来往渐多。”

黄梓瑕点头，又叹道:“我也听说，齐判官与大师来往颇多。”

沐善法师点头道:“阿弥陀佛，齐施主在老衲这边也是常来常往的，他言语风趣，常带笑容。只可惜英年早逝，成都府少了一个妙人啊……”

周子秦赶紧道:“大师真是普度众生，禹宣当日自尽，也全是靠大师才打消了轻生念头。”

沐善法师面上虽还挂着笑意，但目光游移不定:“是啊，凡俗之人谁能离却红尘万丈呢?禹施主想要以一死解脱烦恼，总是缘木求鱼。”

黄梓瑕便问:“这么说，法师也是知道禹宣的烦恼?”

沐善法师说道:“自然知道。他身为黄使君义子，又人人皆知黄家姑娘为他而毒杀全家。他深恨自己害得恩人一家家破人亡，因此内疚不已，将一切罪责都算到了自己头上，心魔深种，因此偏激了……”

“我看他如今常有头痛,不知这是心病还是自杀后留下的病根呢?”黄梓瑕又问。

沐善法师叹道:“依我看来，该是二者皆有。”

黄梓瑕点头,又问:“请法师恕弟子好奇,听齐判官的管家说,法师曾到京城游历,

并带了一条阿伽什涅回蜀，赠送给齐判官？”

“是啊，老衲于京中偶得贵人相赠，于是便带回成都府。谁知后来在经书上看到此鱼嗜血不祥，怕是不合佛门清净，正想是不是要放生为好，刚巧齐判官前来探访，对小鱼颇为喜爱，我明言告知，他却不以为意，将小鱼讨了去——唉，恐怕是我误了他，给他带去了血光之灾啊。”

“法师思虑过甚了。那不过是一条小鱼，何来不祥之说？法师难道不曾听说，夔王身边也常携带一条小鱼吗？也正是阿伽什涅。”黄梓瑕说道。

沐善禅师见她说及夔王，赶紧合十轻诵佛号：“阿弥陀佛，夔王万金之躯，得上天庇佑，自非区区小鱼可损及万一。”

“而且，据说齐判官那条小鱼，已经不见了？”

沐善禅师神情一僵，但随即便笑道：“心中无愧，波澜不惊，外物又何能妨碍自身呢？只要坚守自身，小鱼在与不在，又有什么区别。”

见老和尚又开始转移话题，黄梓瑕只好又绕回来：“齐判官既然如此喜欢禅师送给他的小鱼，不知为何又没有妥善养护？不知那条鱼，如今又在何处呢？我曾向禹宣询问过此事，但他似乎对此一无所知，而且在齐判官的家宅中，也并无这条鱼的下落。听管家齐福说曾听齐判官对禅师提及，不知可有此事？”

沐善禅师下垂的眼角微微一动，语调越显缓慢：“实有其事。那条鱼……是被禹施主弄死了。”

这下就连周子秦都诧异了：“听说阿伽什涅生命力极强，足有百年寿命。禹宣无缘无故，怎么会弄死这条鱼呢？”

“想是他病情发作，一时不察，将养鱼的缸摔破了。就算阿伽什涅再顽强，失去了水始终无法再活下去。”

黄梓瑕见他答得滴水不漏，也只能点头，说：“原来如此……关于此鱼，弟子还有一个问题要请教，请问法师是否可以赐教？”

沐善法师表示许可，她才问：“关于那条鱼，阿伽什涅，请法师为我们讲一讲来历，何人所赠，如何得来，可否？”

“鱼……”沐善法师犹豫着，许久才点头道，“我出家之后，不喜黄白，与尘俗之物无缘。因此我之前上京，王公公便给我送了几卷玄奘法师亲手所抄的经书，还有那一条阿伽什涅。据说此鱼乃佛祖面前龙女一念飘忽所化，天生带有佛性。我带回成都府之后，因为齐腾喜欢这条鱼，向我讨要多次，我也觉得自己一个和尚，何必喂养生灵，所以便送给了他。”

说到了鱼，周子秦又想起一事，赶紧将那个双鱼镯子从自己的怀中拿出来，放在桌上，说："法师，这个……"

话音未落，沐善法师已经猛地将手一缩，似乎不敢触碰。他年纪老迈，举止缓慢，此时骤然动作，令黄梓瑕和周子秦都是一惊，觉察到了异样。

而沐善法师也似乎感觉到了自己失态，但一时却不知如何掩饰，只能仓促问："这……这是何物？"

黄梓瑕抢先问："法师之前见过此物吗？"

沐善法师迟疑一下，知道自己刚刚的反应毕竟骗不过人，只能说："是，这是齐判官所有之物，我曾见过。"

"啊？原来法师也知道此物啊？"周子秦赶紧说，"这是我们在此案中找到的一件证物，齐判官在世的时候，曾说死者之物或许不洁，让我们来找禅师以法力净化此物。我二人今日前来，主要也是为了此事。"

沐善法师看了看他，又看了看那镯子，欲言又止。

黄梓瑕问："法师，可能净化此物吗？"

沐善法师摇头道："此等灭门罪女之物，实属不祥，净化无益。不如埋入黄使君夫人墓中，也好了结。"

周子秦还茫然不觉，而黄梓瑕则缓缓问："原来，法师早知此物是黄梓瑕所有？不知是否齐判官告知于你？"

沐善法师迟疑道："适才是周捕头说涉及此案……"

"我说的是松花里殉情案，而齐判官又购买了此镯，我们正在百思不得其解……"周子秦迷迷瞪瞪道问，"而大师又如何知道此镯属于黄梓瑕？难道黄使君家一案，与此镯有相关联之处？"

"这……"沐善法师顿时张口结舌，说不出话来。

黄梓瑕正色道："老禅师虽是佛门中人，但官府办案，还请禅师如实述说，为我等答疑解惑，否则，怕我们误会了其中原委，使法师牵扯到是非。"

沐善法师两条倒挂的眉毛耷拉得更加下来了，一副愁眉苦脸的模样："是……老衲出家人不打诳语，二位尽管问吧。"

黄梓瑕先问："不知法师是在什么时候看见这个镯子的？又是怎么知道这镯子与黄使君家有关？"

"是年初了，禹宣自杀的那一次，我到齐判官宅中探望时，禹宣看见这镯子，神情反应颇为激烈。而齐判官对我说，这是黄府旧物，禹宣当初送给黄家姑娘的，所

以如今他看到此物，便每每忆及当初，情绪癫狂不可自拔。”

“那么，最后这镯子，齐判官又是如何处理的呢？”

“这个我便不知道了……也不知道这镯子如何会到了周少捕头的手中，又牵扯到什么松花里命案。”沐善法师眼睛微眯，端详着那个镯子，若有所思，“只因这镯子造型独特，因此我记得它……”

他话音未落，忽然听到“砰”的一声，从堂后的门口传来。三人立即转头看去，禹宣站在那里，手中的茶壶与杯盘全部在地上摔得粉碎，滚烫的茶水尚在地上袅袅冒着热气，但他却一动不动，只站在那里，死死地盯着那个镯子，脸色惨白，一如死灰。

黄梓瑕慢慢地站了起来。

周子秦不明所以，将那个镯子拿起来，看看镯子，又看看禹宣，问：“禹兄，你是看这个吗？”

禹宣的双唇微微张了张，却没发出任何声音，仿佛终于从恍惚之中醒了过来，如梦初醒般蹲下，赶紧收拾地上的杯盘碎片。

黄梓瑕走到他的身边，蹲下来与他一起收拾碎瓷片，低声问：“怎么了？”

“忽然，有点头晕。”他说着，头埋得低低的，唯有那浓长的睫毛，无法抑制地颤抖着，如同风摧蜻蜓翅翼。

黄梓瑕慢慢地回头，目光从周子秦手中的那个镯子上滑过，落在沐善法师的身上。

他垂首默诵佛经，一张苍老干枯的面容上，唯有一双不泄露任何神情的眼中，残存着一点精光。

吃了一盏茶之后，沐善法师起身告辞。

禹宣与黄梓瑕、周子秦送他到门口，又回来落座。夏末天气，颇为炎热，天井中小小一眼水池，也生不出多少凉快，那热茶的气息一熏，黄梓瑕只觉得自己内衣全都湿了。

禹宣给她递了一柄扇子，她赶紧拿在手中扇着。周子秦一边说着“心静自然凉”，一边却发现没有多余的扇子了，只好苦着一张脸擦汗。他抹了一把汗，可怜巴巴看着黄梓瑕，问：“崇古，扇子借我扇一会儿？”

黄梓瑕摇头，说：“你知道我脸上有易容的，万一被汗泡湿了，可就糟糕了。”

周子秦噘起嘴，说：“我就觉得奇怪嘛，王爷都不再易容了，你是他身边一个小宦官，干吗还要易容啊？”

黄梓瑕用扇子遮住脸，淡淡地说："这边有认识我的人。"

"认识又怎么样，他乡遇故知不是挺好的嘛……"周子秦说到这里，忽然像是明白了什么，赶紧问，"崇古，你从实招来，你是不是欠了成都某人的钱，怕被追高利贷？"

黄梓瑕对于他的奇思妙想异想天开早已习惯，只径自扇着扇子不理他。

周子秦顿时郁闷了，捧住她的手说："来嘛来嘛，你来求求我，我帮你还钱你看怎么样？"

黄梓瑕甩开他的手，说："太多了，你还不起。"

周子秦目瞪口呆："不会吧，难怪你都卖身为奴了……看来只能靠夔王替你还了。"

黄梓瑕无语地低头扇扇子，随口敷衍："是啊，这辈子我决定靠他了。"

禹宣默然望了她一眼，握着杯子的手在无意间默然收紧，筋节微露。但终究，他什么也没说，只给二人又斟了一盏茶。

黄梓瑕端起禹宣斟满的茶，抬眼看着他问："沐善法师在广度寺多年，怎么之前我却从未听说过？"

禹宣淡淡说道："大约是你不信神佛吧。"

他还记得，之前她的母亲初一十五就去使君府左近的寺庙烧香，而她从不肯跟从，连成都城内的寺庙尚且不熟悉，何况是郊外明月山上的寺庙。

黄梓瑕点头，说道："但沐善法师名声如此显赫，我也该听过才对。"

"沐善法师之前一直云游四方，直到去年才到广度寺禅居，自范节度的儿子范元龙那件事之后，才名声大振——当时你已经离开成都府了。"

周子秦在旁边听着，恍然大悟："我……我知道了！"

黄梓瑕转头看他，眉尖微微一挑："什么知道了？"

"崇古，原来你……原来你就是……"他指着她，嘴巴和眼睛一起张得圆圆的。

黄梓瑕以为他已经知晓了自己的身份，微有诧异："我是？"

"你们瞒不过我了！我的感觉特别敏锐！"周子秦正色，一字一顿地说，"我已经发现事实真相了！原来，你，杨崇古，和禹宣这么熟！你所谓还不清的债，就是欠了禹宣的！"

黄梓瑕扶住自己的头，无奈地叹了一口气，说："子秦，你确实很敏锐。"

她欠禹宣的，或者禹宣欠她的，似乎都有道理。从这一点上来说，周子秦也是对的。

周子秦得意地看向她，拍拍胸口："看吧，我洞悉一切，算无遗策！"

黄梓瑕不由自主地用扇子挡住下半张脸，笑了出来。

而禹宣静静望着池上睡莲，声息俱无。

黄梓瑕回头看见他的侧面，清冷浑如不似世间人的那侧面曲线，每一条起伏都是如此优美而熟悉。

心口有些东西暗暗地涌了上来，她垂下眼，低声叫他：“禹宣……”

他停了片刻，才回头看她。

黄梓瑕又问：“沐善法师说自己明日就要出行，你可知道他是要前往何处？”

禹宣说道：“去往长安。”

黄梓瑕不由自主地将身子前倾，低声问他：“是去做什么呢？”

“据说有旧友神思恍惚，他前往开导。”

“沐善法师这个年纪的人了，还要千里跋涉前去，看来这位旧友，必定不是普通人。”

禹宣听她说着，默然点了点头，说：“只是我对他所见之人没兴趣，因此没有问。若你需要的话，我明日去送他时打听一下。”

“嗯，麻烦你了。”黄梓瑕说着，手捧茶盏转头看周子秦，“今日过来，其实还是为了齐腾一案。但此案我觉得已没什么可说的了，不知子秦有什么需要问的？”

“当然有！”周子秦十分认真地从怀中掏出一个小本子，然后翻开，一条条问下去，“第一，在齐腾的家中，找到了钟会手书，你看是不是你在温阳家看到的那个？”

禹宣将他带来的那个册页接过来，扫了一眼，点头说：“正是。”

“确定吗？”

“嗯，当时我说是假的，温阳曾作势想要撕掉，但最后又留下了，你看——”他的手指向一个小小缺口，“这个痕迹尚在。”

周子秦点头，在那一条之后打了个勾，然后又看向第二条，问：“黄梓瑕是个怎么样的女子，具体形容一下？”

黄梓瑕只觉得自己眼皮一跳，不由自主地捂住了腮帮子，仿佛牙痛一般。

禹宣本就神思不定，听他忽然这样问，顿时恍惚诧异，茫然反问：“什么？”

“就是……我听说你当初住在使君府内时，和黄梓瑕十分亲近，感情非常好……所以我想找你了解一些关于黄梓瑕的事情，因为，因为……”周子秦不好意思地抓着自己的耳朵，吞吞吐吐地说：“因为我十分仰慕黄梓瑕。”

黄梓瑕无语地将脸转向一边，站起来走到池水边看睡莲去了。禹宣的目光一直伴随着她，他凝望着她在睡莲之前的身影，缓缓地应着周子秦的话：“她……和杨公公有点相像。”

周子秦点头：“是啊，两人破案都很厉害，不相上下！”

禹宣不知该如何接下去说，抿唇不再开口。

周子秦眼睛水汪汪地望着他，满脸期待，只差摇尾巴了。

黄梓瑕蹲在池边，伸手抚摸睡莲半开半闭的花朵，青蓝色的花朵和她白皙的手轻轻触碰，日光下颜色晕染，一时令他眼前一片模糊，看不分明。

她回过头看他，见他的目光落在自己身上，便放开了那朵睡莲，站起来说："既然子秦没事要问，那么我们便先回去了。"

周子秦噘起嘴，不舍地看着她："崇古，这里茶香花好，再坐一会儿也不错嘛。"

黄梓瑕摇头，说："我得先回去了。"

周子秦只好心不甘情不愿地站起，说："崇古，回衙门去坐着，了无生趣啊……"

禹宣站起，就在走到睡莲池边时，他终于停住了，轻声叫她："杨公公……"

黄梓瑕回头看他，静候他说出下面的话。

然而禹宣却始终没有出声，他只是静静地看着她，许久许久，才朝着她露出一个艰难的笑容，说："我送你。"

黄梓瑕默然望着她，看着面前这个照亮了少女时期的美好男子，她抑制着心口的轻微悸动，也向着他露出微笑："不必了，就此告辞。"

拾玖

明透双鱼

回到城内，他们刚进节度府所在的那条街，只见西川军正列队严整，簇拥着李舒白和范应锡而来。

黄梓瑕与周子秦赶紧避在道旁。

李舒白正与范应锡说话，抬眼看见她，人还没反应，胯下涤恶已经一步跃出队列，向着那拂沙奔去，低嘶一声，蹭了蹭那拂沙的脖子。

他们两人的距离，也因此而近得呼吸相闻。

而他含笑低头看着她，在两人的身体堪堪擦过之时，轻声问她："今日可有收获？"

黄梓瑕仰头看他，点了一下头，说："还有一二细节，等弄清楚了，便可以收尾了。"

在他身后队伍中的王蕴，听不清他们在说什么，只将自己的脸转开，看着在风中猎猎飘动的旗帜去了。

而正勒马在后的周子秦听到黄梓瑕这句话，下巴都快惊掉了，赶紧一把抓过那拂沙的缰绳，将她拉过来对着自己，一边失控地大吼："什么什么什么？本案只剩一二细节了？这是怎么回事？到底怎么结束的？你倒是给我个解释啊！"

他吼得太投入，口水简直喷了黄梓瑕一脸。她只好抬起手掌挡住自己的脸，说道："没有，我说了万事俱备，只欠东风。最后这决定性的一两件事，还得落在周少捕头的身上，你就是我们关键时刻的中流砥柱，。"

周子秦顿时乐得开花，把胸脯拍得山响："来吧来吧！身为成都总捕头，无论需要做什么，我都义不容辞！"

“那好，我们到使君府去，看一看案发现场，我要去找一找杀人凶器。”

周子秦瞪大眼睛，问：“崇古，你还不死心啊？现场都几乎被我们踏得矮了一尺了，那几十个人天天在那儿找都找不到，你确定你这一过去就能找到？”

黄梓瑕也不说话，只一扯马缰，遥遥向着后面的范应锡等人行了一礼，便径自向着使君府而去，只随口问周子秦：“你不相信？”

“信！天底下，我第一信黄梓瑕，第二就是崇古你！”他乐呵呵地扬鞭催马，赶紧催促小瑕跟上她。

李舒白转头看着已经跟上来的范应锡，说：“范将军，我欲往使君府一行，将军可先行回府。”

“是，恭送王爷！”范应锡赶紧带领着身后一群人行礼。

“今日在训练场上，本王见到了各镇节度使，并且西川军各队人员——也挑了数人到身边。”

在去往使君府的路上，李舒白对黄梓瑕说道。

黄梓瑕点头，又看向张行英。

张行英脸色微带惶恐，正在忐忑之间，却听到李舒白说：“行英会一直留在我身边。如今景毓已不在，景祥、景荣等又都未跟来，我身边竟连常用的人都没了。”

黄梓瑕见张行英松了一口气，赶紧跟上李舒白。

她默然不语，只静静地跟从。只是不知为何，心里涌起一种异常的苦涩，总觉得，有一种难以抑制的伤感。

如周子秦所说，齐腾死亡现场确实已经被刮得几乎矮了一寸。

一块块宽大青石铺设的码头平台之上，所有的草都被踩秃了，所有的花木都被折腾得叶子都没了，水池的水放干，淤泥冲洗得干干净净，水榭的柱子漆都被刮掉了……

没有凶器，确实没有。

奉命留在这边查找的两个捕快苦不堪言，像斗败了的公鸡，垂头丧气。即使跑过来参见夔王的时候，他们也依然沮丧不已：“请王爷恕小的们无能……这几日几乎把这边都翻过来了，还是找不到啊。”

“就是啊，别说是一把一寸宽的凶器，就算是一根毒针，这么找，也应该能找到了！”

李舒白见他们顶着毒日头寻找凶器，个个满身油汗，后背都湿了大块，也不苛责，只说道：“此事关系节度府和使君府，两位如此辛苦查案，也是苦劳。本王今日只是来随便走走，有什么事情，你们与周捕头和杨公公商议便可。”

两人应了一声，蔫蔫儿地走到周子秦身边。

周子秦看见身材最矮年纪最小的阿卓就在自己身边，耷拉着一个小脑袋，便抬手揉了揉他的头，然后转头看着黄梓瑕：“崇古，真的能找出来吗？赶紧的啊，你看这俩，急得头发都要掉光了！”

黄梓瑕对他招招手，示意他和自己一起顺着灌木丛走到水边，然后回头看向水榭，问：“你妹妹的碧纱橱，当时在哪里？”

周子秦比画了一下，指着靠近灌木的一个地方，说：“就在这边。”

“嗯。”黄梓瑕顺着那块地方，转了一圈，然后盯着地上，仔细地查看过去。

周子秦跟在她身后，见她踩着青石一步步向前，不由得莫名其妙，问：“崇古，你发现什么了吗？”

“发现了……两只苍蝇。”黄梓瑕指着地上说。

周子秦顺着她的手指看去，果然是两只苍蝇，正靠在一起，停在两块青石之中的土缝上，搓着前足。

他莫名其妙，问：“苍蝇怎么了？”

站在两人不远处的李舒白听到他这样问，便说道：“俗话说，蝇虫不落无缝之蛋，你说呢？”

周子秦更摸不着头脑了，张了张嘴眨了眨眼，许久，又转头看向黄梓瑕。

而黄梓瑕直起身子，在日光下舒了一口气，望着自己被拖得长长的影子，说，“好啦，傅辛阮的案子，结束了。”

“……”

周子秦觉得自己简直是世界上最可怜的人了。每次他跟在黄梓瑕身后跑前跑后，尸体一起验，证物一起看，怎么最后结果出来的时候，他永远都是最后一个知道呢？

他心里油然生出一种悲伤来，转身对着李舒白问：“王爷是不是，也心里有数了？”

李舒白随口说：“大致已知，但还有些许尚未清楚的地方，需要崇古揭晓。”

周子秦蹲在地上，看看苍蝇，又看看他们，然后悲愤地怒吼出来：“摆明了欺负我嘛！永远把我一个人排除在外，我以后不和你们混了！”

黄梓瑕赶紧抚慰笼络他：“没有呀！这不，关键的线索还是握在你的手中，还需要你出马，才能将一切都解开啊！”

周子秦抬头望天，一副高深莫测的表情："要我这个天下第一的仵作出手？你以为谁都可以动不动就请我出山我吗？除非……"

黄梓瑕赶紧凑近他："请周少捕头指示！"

"除非，你现在就站在这里，一五一十将一切都给我说清楚！"周子秦噘起嘴，开始耍无赖。

黄梓瑕只能陪笑道："哎，好吧，那我就提示少捕头一下吧。本案的关键，就在于'时机'二字。"

"时机？"

"对，在公孙鸢跳那支舞的时候，在场的所有人，谁能抽出空来，抓住时机，绕到后面杀掉一个人？"

周子秦顿时陷入了沉思："这个……当时场上所有人，好像都没有空啊……"

"仔细想一想？他们的供词，当时的情景。其实有一个人，完全可以在众目睽睽之下，绕到碧纱橱边杀人——在别人没有办法的时候，那个人，却完全可以制造出方法来。"

周子秦捧着头，开始努力思索："可以在众目睽睽之下杀人的，究竟会是谁呢？当时每个人的口供似乎都没问题啊，谁会有空杀人呢……"

见他蹲在那里绞尽脑汁的模样，李舒白难得纡尊降贵地开口帮周子秦求情，说："崇古，别为难子秦了，这方面子秦或许不是特别擅长。但我知道有件事，子秦绝对是天下无双，无人可及。"

"那就是我的检验功夫了！"周子秦用大拇指对着自己的鼻尖，毫不谦虚地自我夸耀。

黄梓瑕也点头附和，捧着这位大爷，见他开心了，才指指他的怀中，说："此案还有一个关键，我想大约会与你怀中那个手镯有关。"

周子秦一怔，赶紧伸手到怀中掏出手镯拿给她。

"除了作案时机之外，本案的另一个重要的关键，在于毒药的来源——"黄梓瑕伸手接过这个手镯，脸上开始变得凝重，缓缓地说，"而这个关键的毒药，两起鸩毒杀人之时，都有这个镯子存在，我不知这，是不是巧合。"

黄梓瑕说着，默然凝视着手中这个手镯。那上面互相衔着对方尾巴的小鱼身体，那流畅的曲线，她曾多少次用指尖轻轻抚摸过，每一条曲线的起伏，都如她自己的掌纹一般熟稔，仿佛只要她轻触那些线条，它们就能长到她的掌纹之上，命运之中。

她将手镯拿起，迎着阳光看去，镂空的玉在此时的日光下幽莹柔和。在两条小

鱼的头部，分别刻着一行字。

万木之长，何妨微瑕。

禹宣的笔迹。他亲自一笔笔刻下的这句话，却让她忽然之间睁大了眼睛。

有一道冰凉而锋利的光线，瞬间劈入她的脑海，让她在一刹那，想到了一种太过可怕的可能。

日光西斜，带着一点血色。手镯上针尖大的、芝麻大的、粒米大的那些大小不一镂空之中，细碎的血红阳光一点点透下来，恍恍惚惚映在她的面容上，深深刺入她的眼中。

这玉的颜色薄透，于是深深浅浅的阴影也显得虚幻，似有若无。

黄梓瑕只觉得脑中嗡的一声，眼前的世界幻化出重重影迹，在她面前动荡不定地分了又合，隐隐波动。

心口尖锐锋利的那些东西，一根根狠狠刺进胸口，让她痛得喘不过气来。而她唯一能做的，只有狠狠捏着镯子，用力将它从自己的眼前移开。

周子秦诧异地看着她，张大嘴巴向她追问着什么，可黄梓瑕却什么也听不到了。她眼前涌起大片的血红颜色，这是与禹宣第一次见面时的夕阳颜色，和此时的夕阳一样，染得天地血红一片，整个世界仿佛只剩了深深浅浅的红，万物失了真实，只有隐约的轮廓，扭曲地在她的眼前波动。

悲痛和抑郁，酸楚和隐忍，压在她的心口大半年的这些东西，此时仿佛万里黄河的堤坝骤然塌陷，无法遏制的悲哀迅速吞没了她整个人，让她的手和身体都控制不住地颤抖起来。

原来……如此。

她父母家人的死，她此生的转折，她不顾名节不顾身份，不管不顾付出的一切，原来就这样被人轻易地抹杀。

她抓着周子秦的手，大口地喘息着，拼尽全力将镯子塞到他的手中却没办法说出一个字。

周子秦看着她青紫的脸色和战栗的身体，不由得开口问："崇古，你……你没事吧？"

话音未落，一直站在她身后的李舒白，已经张开双臂，将颤抖不已，几近虚脱的黄梓瑕身子护住。他让她安全地倚靠在自己的臂弯之中，不至于跌坐在地。

她的双手茫然地挥在空中，如同日暮无法归家的惊飞倦鸦，似乎想要抓住点什么。李舒白护住她肩膀的手，顺着她的手臂向下，紧紧握住了她的手，与她十指相扣。

他身上传来的热量，透过了此时她身上薄薄的中衣和外衣，印在了她的肌肤之上，让她混乱喧嚣的脑中，终于出现了一些清楚的东西。

是他将她拥住，在她的耳边轻声叫她："别怕……世间最可怕的一切你都已经经历，还有什么值得你惊惧？"

他的声音那么厚重温柔，虽然她耳中一片轰鸣，只听得血液沸腾之声，但他的声音在耳边萦绕，便让她如同溺水的人抓住了岸上抛来的绳索，紧紧抓住，即使大脑清空了所有，转成一片空白，也知道自己得救，不再放开。

知道他在自己的身后，知道他会保护好自己的，于是她任由自己所有的力量流失，这一刻什么也不再想了，只默然靠在他的身上。因为她知道，身后这个人，能给她所有的力量与帮助，撑起她坍塌的天空。

她倚靠着李舒白，让他扶着自己走到水榭中坐下。

周子秦不知所措，完全不了解为什么她会忽然这样，看着她面无人色的模样，他不由得结结巴巴地问："那个……那个镯子很重要吗？"

黄梓瑕点了点头，捧住自己的头，没说话。

李舒白则对他说道："我想，崇古大约是怀疑镯子上被人下了毒。"

周子秦想起黄梓瑕对自己提过的，于是赶紧说："哦，这个事情啊，崇古跟我提起过的。但是之前我们在富贵身上试过了，好像没有毒。而且，这镯子在傅辛阮身边应该已经很久了，若上面有毒的话，怎么她前几日才中毒身亡呢？"

黄梓瑕抬手，抓住他的衣袖，干涩嘶哑的声音，从她的喉口一点点挤出来："你把它……给我。"

周子秦赶紧点头，将手中握着那个手镯递给她，惊疑不定地望着黄梓瑕，不知所措。

黄梓瑕用颤抖的手将玉镯接过来，抚摸着上面那两条互相衔着尾巴，亲密旋游在一起的小鱼，双手微微颤抖。

许久，她默然将这只玉镯拿起，用指甲在里面一挑，然后套在左手腕之上。光彩通透的玉镯，日光照在其上流转不定。那两条活泼的小鱼，就像是活了过来，在她的手腕上微微晃动。

周子秦望着她如同霜雪的皓腕，在那一道灿烂的光彩围绕之下，尤显光洁。他不知为什么有些紧张，讷讷地说："崇古，你不是说，这个镯子可能有毒吗？"

黄梓瑕低头，用右手转着这个镯子，胸口微微起伏，却没有说任何话。

而李舒白站了起来，低声说："放心吧，无论什么毒，也不可能从她没有破损的皮肤外渗进来，对不对？"

周子秦点头，但总觉得似有什么不对。

黄梓瑕与李舒白未说什么，一前一后向着外面走去。周子秦愣了愣，赶紧追了上去，你们去哪儿？

李舒白回头示意他："你先去花厅，等着我们。"

周子秦应了，又小心翼翼地问："要不要去找个大夫，过来给崇古看看？"

李舒白摇摇头，说："你先去检验这个镯子。崇古这边，我会处理。"

使君府厨房，在府内西南侧，靠近衙门，离当时使君府用餐的厅堂，距离也并不算太远。

李舒白与黄梓瑕到了厨房内，中餐已过，晚餐尚早，里面几个婆子帮工正在有一搭没一搭地剥着菱角莲蓬，一边说话聊天。

见他们到门口，管事的鲁大娘赶紧站起来，问："两位可是要点心吗？"

李舒白见黄梓瑕不说话，便问："有羊蹄羹吗？"

鲁大娘赶紧说："羊蹄羹没有，但今日还有莲子羹。"

"那就来一碗莲子羹。"他说着，转头看向黄梓瑕。

黄梓瑕走进去，挑了个与当初一样的大海碗，然后亲手洗过，放在灶台上。

她虽是大家出身，但十二岁起便常穿着男装跟父亲外出查案，更多与一干衙役捕快混在一处，举止行为没多少闺秀气，洗碗洗勺子也是一气呵成。

莲子羹盛好，她要伸双手去端时，又想了想，如当日一样将自己的窄袖挽起，然后去端。

海碗是越窑青瓷，夺得千峰翠色来。因碗太大了，所以两边有个两个耳，她双手捧着，往前慢慢走去。然后捧着碗出了厨房，向着厅堂而去。

这无比熟悉的一路。

出了厨房门后，越过庭前的枇杷树，穿过木板龟裂的小门，眼前是磨得十分光滑的青砖地，一路长廊。

她顺着长廊往前走，就像当时一样。

当初，因她心情抑郁，所以一路上捧着这么大一碗汤，倔强地往前走。身后丫鬟靡芜跟着，对她说："还是我来吧，小姐您太累啦！"

可她没理会蘼芜，只顾着埋头往前走。弯曲的手臂累了，她就握着碗耳，双手垂下来。双鱼手镯从手腕上缓缓滑脱下来，“叮”的一声轻轻敲击在瓷碗之上，清脆的一声，如碎冰击玉。

这“叮”的一声，也同样回响在今日，在她的腕间与海碗之上，一模一样，昔日重来。

她一路上捧着碗，沉默着，低头一步步向着厅堂走去。

李舒白跟在她的身后，与她一起走向厅堂——当初她一家人和乐融融吃饭的地方。

瓷碗之中刚刚舀起的莲子羹，热气袅袅，蒸腾而上。水汽凝结在她低垂的眼睫毛之上，湿润了她的眼。

她想起自己十四岁那年的初夏，蜻蜓低飞，菡萏初生。血色夕阳笼罩着整个天地，而她看见了他的眼睛，温柔明净，不像是望着一个小女孩，而像是望着一个自己将要一生守候的人。

他在抱起父母离丧的孤儿，亲自送往育婴堂时，眼中满含的泪水。他说，阿瑕，或许这世上，只有我最了解这种感受。她看见他眼眶中薄薄水光，那种悲哀忧思，直到她亲人故去的那一刻，她才懂得。

他们在初秋的薜荔廊下，隔着半尺距离，背对坐着。他一页页翻过书去，她一颗颗剥着莲子。偶尔有一个特别清甜的莲蓬，她剥一颗递给他，而他吃了，悄无声息。她气得摘下一个薜荔，狠狠砸在他的头上。那绵软的果实飞了出去，而他抚着头看她，一脸茫然无辜。

他搬出去住的那天晚上，凌晨下起了风雪。她第二天早早起来要去找他，一开门却发现他就站在门口台阶旁，屋檐遮不住横飞的雪花，全身僵直，满头落雪。肩膀上的雪已经融化，又冻成了冰，冻结在他的肩头。而他的表情已经木然，只看着她，却说不出话。她赶紧将他拉进门，帮他掸去一身积雪时，他才凝视着她，用很低很低，低得几乎模糊不清的声音说，我没办法，我不知道我离开了你们……要怎么办。

怎么办！怎么办？怎么办……

黄梓瑕的身体，开始微微颤抖。

她终于走完最后一段路，走进厅内，将自己手中的瓷碗放在桌上。

周子秦已经在那里等她，急不可耐要和她说话，但见李舒白跟在她的身后走进来，而她的神情又那般凝固沉重，于是站在桌子旁边愣了愣，没有上前打扰她。

身后帮她拿着碗碟的李舒白，将洗净的小碗一个个分设在桌上。

黄梓瑕默然深吸一口气，然后将已经挽起的袖子紧了紧，开始盛汤。

她左手捧着小碗，虚悬在蒸汽袅袅的大海碗之上，右手用木勺舀起里面的汤，盛了一碗之后，木勺放回下面的大碗之中，双手将碗放回，再拿起一个碗盛汤……

她脸色苍白，虽然勉强控制自己，可却无法遏制自己的颤抖身形。李舒白看着她的面容，见她神色如同死灰，眼中满是巨大悲恸。可即使如此，她还是固执地向着自己最恐惧的那个结果，一步步走去，悲哀无比，绝望无比，坚定无比。

李舒白抬手轻轻按住她的肩，她一直在颤抖的身体，感觉到他掌心按在自己肩上，有一种力量通过他掌心与她肩头的相接处，隐隐流动，自他的手中，从她的肩膀贯入，有一种巨大的勇气压住了她脆弱单薄的身躯。

他低下头，在她耳边低声说："别怕，我在这里。"

她的呼吸，因他的话而急促起来。那种死一般压着她的沉重负担，那些她不敢面对的可怕结果，那注定令她撕心裂肺的凶手，都在一瞬间变得不再重要了。

重要的，是真实地还原案件的所有步骤与细节，是将一切罪恶抽丝剥茧不容任何掩盖，是将所有真实提取淬炼呈现在众人面前。

无论事实真相如何，她如今有着身后最坚实的壁垒，他会给她最大的力量，无人可以剥夺。

她仰头回看李舒白，缓缓朝他点头，低声说："没事，我会做好的。"

李舒白深深凝望着她，见她眼中神情坚毅，才放心放开了她的肩膀。

她的心头清明通彻，原本颤抖的手腕也变得稳定起来。她盛好了五碗香气四溢的莲子羹，一一摆放在桌面上，然后，又一一摆放到原来亲人所坐的方位上。

然后，她才仿佛浑身脱力一般，慢慢在桌边坐下，怔怔盯着这五碗莲子羹许久，开口说："子秦，帮我验一验这五碗莲子羹。"

"验什么？"周子秦有些摸不着头脑。

"毒……鸩毒。"黄梓瑕缓缓地、却清清楚楚地说道。

周子秦顿时震惊了，大叫出来："怎么可能有毒？这是你亲自从厨房端过来，由夔王护送过来，又亲自盛好放在桌上的啊！再说……再说你哪儿来的鸩毒？"

"验。"黄梓瑕咬紧牙关，再不说任何话。

周子秦张了张嘴，但终究还是将这几个小碗放到托盘之中，端回自己住的地方。

李舒白与黄梓瑕跟着他到院落之中，守候在门边。

两人俱不言语。天气朦胧阴暗，笼罩在薜荔低垂的游廊之上，夏末最后几朵荷花在亭亭翠盖之上孤挺，一种异常鲜明夺目的艳红。

长风带着夏日最后的热气，从荷塘上滚过，向着黄梓瑕扑去，笼罩了她的身躯。

她身上有薄薄的汗，针尖一般颗颗刺在肌肤上。又迅即被热风蒸发殆尽，唯留一丝难以察觉的疼痛。

只剩得水面风来，斜晖脉脉。

黄梓瑕靠在栏杆上，许久缓过气来，怔怔地看着面前的李舒白。

而李舒白也看着她，没有任何言语。

黄昏笼罩在他们身上，整个使君府一片死寂。

夕阳如同碎金一般洒落在远远近近的水面之上，波光跳跃，粼粼刺目。

四年。

在这里，她从一个不解世事的小女孩，蜕化为一个不顾一切的少女；也是在这里，她从人人艳羡的才女，打落成人人唾弃的凶嫌。

她曾想过，自己已经历了人间最为痛苦不堪的际遇，尝过了最撕心裂肺痛彻肝胆的滋味，她也曾想过，这个世间，应该没有什么更可怕的东西等待着自己了——

然而却没想到，真相到来的时刻，居然比她所设想过的，更加可怕。

她身体剧烈颤抖，在这样的夏末初秋夕阳之中，她却全身骨髓寒彻，额头和身上的冷汗，渗出来，细细的，针尖一般。

她抓紧了李舒白的手，用嘶哑干涩的声音，问他："难道，真的是我……亲手送去了那一碗毒汤，将我所有的亲人置于死地？"

李舒白默然望着她，看见她眼睛瞪得那么大，可那双眼睛却是死灰一样的颜色，没有任何光芒在闪烁。

那个千里跋涉，狼狈不堪地被他按倒在马车之中，却还固执地说自己要为亲人洗雪冤屈的少女，她眼中一直跳动的火焰，熄灭了。

一直支撑着她走下来的信念，消失了。

李舒白握着她的手，感觉到那种彻骨的冰冷。因为她身上的寒意，他的心口也涌上一股带着刺痛的凉意。他慢慢地抬起双臂，将她拥在怀中，压抑着自己微颤的嗓音，低低地说："不，不是你。"

"是我！是我亲手将那碗汤端过来，又是我亲手给他们一一盛好，请他们一一喝下，一切……都是我！"

她失控地叫出来，她的身体被李舒白紧紧抱住了，无法挣扎，可脸上的肌肉却在微微抽搐跳动，十分可怖。

李舒白一阵心惊，他将状若疯狂的她抵在栏杆上，直视着她低喝道："黄梓瑕，冷静下来！"

她用力抓住他的手臂，想要将他从自己的身上甩开。但她怎么能是他的对手，被他轻易压制住，她胡乱的挣扎唯有换来凌乱的喘息。

她听到他在自己的耳边低声说："不是你的错，就不是。你只是这借刀杀人中的一环，你是被利用，毫不知情。而你最该恨的，不是自己，而是背后那个人。"

她的动作缓了下来，呆呆地望着他。

他盯着她，一字一顿地说："你历经波折，终于一步步走到这里，与其在这里追悔自责，不如奋起一击，揭发对方的阴谋，为你自己翻案，为你爹娘、兄长、祖母和叔父擒拿真凶，这才是正事！"

黄梓瑕瞪着他好久好久，才终于张了张嘴，嘶哑的喉咙中，挤出破碎不堪的几个字："理由……我得知道他的理由……"

"是，这才是接下来重要的事情，而不是一味责怪自己！"

她在他的话中，渐渐冷静下来，许久，那双死灰色的眼中，终于涌起雾气，大颗大颗的泪珠滑落下来，坠落于他的手上，引起细微的疼痛。

他低头一看，原来是她刚刚在自己的手上抓出了好几道小伤口，而滴落的眼泪自伤口渗入，令他感到微痛。

他默默地抬起手，轻轻地将她眼泪拭去，又将她鬓边散乱的头发细细抿到耳后。他那双一贯冷冽的眼眸，如今却显得格外温柔明透，那里面，盛着一泓无人知道的湖水，当他呈现给她时，便能将她全部包容，世间的风雨永远无法侵袭。

他凝视着她，缓缓地说："若累了，就休息一会儿。一切有我。"

她泪流满面，失控地在他怀中哭泣了许久。

但最后，他终于听到她哽咽的声音，低喑哑塞，却终于一字一字挤出来，艰难无比："不，我说得对……我终于历经波折走到这里，这最后的一刻，我也会努力做好，我会……亲手将一切完结！"

也不知过了多久，周子秦那紧闭的门忽然打开，他脸色青紫，眼睛圆瞪，狂奔出来站在他们面前，张大嘴巴剧烈喘息，口中却一句话也说不出来。

李舒白已经放开了黄梓瑕，两人坐在游廊的栏杆之上，隔了半尺距离，不远不近。

黄梓瑕直起腰，让自己的后背脱离了柱子，笔直地站在周子秦的面前。

李舒白开口问："结果如何？"

周子秦呼吸急促，勉强抑制自己胸口的剧烈起伏之后，才终于憋出四个字："鸩毒！五碗！"

黄梓瑕僵立的身子，仿佛脱力般软了下来。李舒白扶住她，让她坐在水边游廊之上，轻拍她的后背。

而她终于缓过一口气，眼前的黑翳和耳边的轰鸣渐渐远去。

她将头靠在柱子上，闭上眼睛轻轻地说："结案了。"

周子秦张大嘴巴，愣愣地看着她："结案？哪个案子？是傅辛阮的案子？还是齐腾的案子？"

"所有的，以及，前成都府尹黄家的案子，"她用尽了胸中最后的力量，一字一顿地说，"这三个案子，有一条无形的线牵连在一起。如今这条线的线头我们已经抓住了，接下来，只需要用力一扯，掩盖一切的幕布落下，这个案子便结束了。"

"结束了……？"周子秦咀嚼着她的话，心里感到无比的悲凉——我还完全没有线索呢，你怎么就已经全部都了解了？

"是的，本案，不，应该说，是这三个案子，都已经结束了。"

贰拾

雪泥鸿爪

天色已晚，沉沉暮色已经笼罩了整个成都府。然而夔王一声令下，在掌灯之前，有关人等全都来到了这边。

虽然还不知发生了何事，但就连西川节度使范应锡也赶紧带着儿子匆匆赶赴使君府。

王蕴是随着他们一起过来的，他一身雪青色绫罗外衣，看见黄梓瑕时，脸上虽还带着惯常的温和笑意，但终究是气色不太好的样子。

使君周庠早已经在自家水榭码头设下座椅，并让女儿以扇障面，进了碧纱橱。

公孙鸢与殷露衣同时来到，见当日齐腾死时所有在场的人都已到来，便向黄梓瑕与周子秦点点头，二人都在水榭中坐了下来。

禹宣也随即到来了，他身穿天青色襕衫，悄无声息地在水榭边坐下，如他一贯的低调。

令众人不解的是，那日根本不在此处的广度寺沐善法师居然也被请了过来，在水榭之外给他设了蒲团。

成都府当日在场的诸位乐伎、使君府的家仆、周紫燕的丫鬟，甚至连汤珠娘那个二流子侄儿汤升都被寻到，传唤了过来。

待到众人或落座或站好之后，李舒白看向黄梓瑕，向她点头示意。黄梓瑕站起，对众人说道：“今日请诸位过来，是因前几日发生在使君府的一桩谋杀案，即节度使府判官齐腾被杀一案。”

一言既出，下面顿时人人肃静。范应锡捻须不语，周庠皱眉作沉吟状，公孙鸢轻轻搂住殷露衣的肩头以示安慰，而范元龙却早已喊出来：“什么？齐腾案？杨公公已经有线索了？”

“我已经知道作案的人是谁，以及，凶手是如何在众目睽睽之下，杀死了齐判官，又将凶器藏在何处。”

范应锡看向李舒白，见他坐在黄梓瑕身后，却未说话，便已知此事他知情。于是他立即附和道：“杨公公，此事非同小可！对付我府上判官之人，或许是与我有仇，或许是对使君，对王爷，对朝廷心怀不满，定要狠狠教训之！”

“范将军心怀朝廷，忧虑王爷，这本是好事，不过此事起因，却与所有家国大事无关，唯一的起因，不过是一个‘情’字而已。”黄梓瑕淡淡说道。

范应锡一听此话，顿时一脸震惊，然而李舒白却看到他的目光中绷紧的感觉略微松懈了。毕竟，如果与朝廷和夔王无关的话，他这个节度使也就不需要负责任了，至于手下判官的死，他并不是特别在意。

“齐判官之死，当时除了沐善法师，大家都在这里。”黄梓瑕的目光在众人脸上一一扫过，看见有人紧张，有人专注，有人惊愕，有人不解。她不管任何人的反应，只慢慢地指着水榭，说了下去，“在这个案件之中，有两件事情，是阻碍我们破解谜团、擒拿凶手的关键——第一，是时间。”

众人都不由自主地点头，显然都深以为然。

“凶手下手杀齐判官，当然是在那一支舞的短短时间之内。因为在跳舞之前，我们排座入席，当时齐判官还搬着圆凳跑到了碧纱橱旁边，和周家姑娘说话。甚至，在开场之后，他也在和周家姑娘说话，直到，范公子在灌木丛边呕吐的时候，他才停止了说话，而且，是再也说不出话了。”

周子秦点头道：“所以，他的死亡时间，就在范公子呕吐之时或之后，也就是花瓣飘飞，公孙大娘进入纱帘，放飞蝴蝶之后。”

“然而那时候，所有的人都有不可能杀人的证据，因为几乎每一个人都在别人的目光之下，夔王、范节度、周使君……乃至府中的丫鬟和仆人，都不可能悄悄离开，到后面去杀人。而现场的证据又表明，没有任何外人潜入的迹象，也就是说，凶手就在当时的水榭码头之上，即，我们当中的，某一个人。”

范元龙睚眦必报，此时冷冷地说道：“我之前觉得是禹宣，但现在我觉得，周家姑娘也有可能嘛，毕竟，当时他们两人独自在人群之后，唯一一个有办法作案而不会被人看到的，就是她了。”

周庠的脸色顿时铁青，瞪了范元龙一眼，可当着夔王与范应锡又不好发作，憋得脸都紫了。

周子秦才不管别的，上去一顿喷了回来："你以为这种弱智小推测我们会想不到？可惜这设想早已被实际证据推翻了！当时凶手一手捂住齐判官的口鼻，一手用凶器刺入他的胸口，在那个时候，齐判官的脸上留下了指甲痕迹，而按照那个痕迹来看，我妹妹要做那样的动作，必定就要摔出碧纱橱，不可能维持平衡的！"

"可你妹妹也可以出了碧纱橱绕到他身后再杀人啊！"

"对，她是可以这样，但如果这样的话，第一，齐判官不可能在未婚妻走到身后时还不动如山地坐着；第二，她身边的丫鬟虽然离开了，却还会时常看这边一下，以防她有什么需要使唤的地方。所以，她只要稍微有点脑子，都是不会出碧纱橱，再绕到齐判官身后杀人的。"

范元龙悻悻地哼了一声，换来周子秦的白眼和范应锡的疾声呵斥，闹了一个没趣，只好龟缩在位置里一动不动了。

李舒白见众人或是思索，或是惊惧，一时却无人出声，他便开口问："那么，以你看来，在这样完全不可能有机会杀人的时刻，到底是谁能找到方法，在别人的眼皮底下杀人，又完全不为人所觉察呢？"

黄梓瑕向他颔首，说道："是，所有人都处在别人所看不到的地方，而当时所有在场的人都应该有个共识，在所有人中，嫌疑最小的，最不可能杀人的，应该是当时在水榭之中表演舞蹈的公孙大娘，是吗？"

众人都是点头。而范元龙已经在迫不及待催促了："直接跳过她，你说说我们下面的人是怎么找到机会的？"

"不，我不能跳过公孙大娘。"黄梓瑕淡淡地，将目光投在坐在水榭栏杆上的公孙鸢身上，"不知诸位有没有听过一个词，叫作'灯下黑'？"

一座众人低声哗然，个个都用不敢置信的眼神看着黄梓瑕，然后又看向公孙鸢。

公孙鸢没说话，只缓缓站了起来。

黄梓瑕低声道："在这个案件之中，最不可能杀人的，却可以设置完美的机会，只要抓住那一瞬间，那么，即使在众人都将目光投注在这里之时，也可以从容地从最前面来到最后面杀人，最后轻松脱身。"

在一众哗然中，公孙鸢站在水榭灯下，周围数十盏灯笼的光照得她周身明亮，暖橘黄色的灯光让她整个人蒙上一层朦胧的光彩，而她那纤细的身姿，则如灯下花影，袅袅颤颤，太过婀娜，反倒觉得看不清晰。

她望着面前众人，脸上神情悲凉，眼神却明澈干净，用一种近乎单纯的表情面对着黄梓瑕，声音极低，却足以让此时安静下来的每一个人都听见："杨公公，听你的意思，似乎是指我有嫌疑？"

"不，不是嫌疑。我是指，公孙大娘您，杀了齐腾，"黄梓瑕缓缓地说，口气凝重，但绝对清楚，"证据确凿，无可辩驳。"

公孙鸢垂下眼，还没说什么，殷露衣先在她的身后站了起来，有点惶急地说道："杨公公，您与我们也都相识，之前您曾答应帮我们调查阿阮之死，可如今……怎可因为齐判官之死找不到凶手，就将一切安在我们的头上？"

"正是。我倒想知道，所谓的证据确凿，是怎样的确凿？所谓的无可辩驳，又如何无法辩解？"公孙鸢亦正视着她，目光坚定而明亮地望着她，她嗓音沉稳，未曾有丝毫动摇，"杨公公既然说，齐判官之死就在我跳舞的时候，那么，我当时身在水榭之中，众目睽睽，从未离开寸步，我究竟要如何才能杀死身在人群最后的齐判官？"

周子秦对美女向来最为关切，所以虽然一贯听黄梓瑕的话，此时也忍不住在旁边悄悄问："不会吧，崇古……我当时可是死死盯着台上看的，我敢保证，公孙大娘和她妹子，从未离开过片刻！"

"是的，看起来，似乎未曾离开过，可中间有一段时间，她却只留了一个隐约的背影，不是吗？"黄梓瑕问。

众人顿时了然，范元龙先喊出来："公公指的难道是，她隐入纱帘之后，放飞蝴蝶的那一刻？"

周庠见黄梓瑕点头，又见身边的夔王只静坐喝茶，并不发表任何意见，也终于忍不住了，试探着问："公公，难道你当时，没有看见她投在纱帘上的影子吗？那纱帘虽然颜色绚丽，又刺绣了无数花枝，但其质地轻薄，我们所有人都可以看见上面透过来的身影，确实从未曾离开过。"

周子秦也点头附和道："绝对的！当时四娘在水榭之外与范公子纠缠，水榭之中并无任何人可以接替公孙大娘。我敢保证，她始终就在水榭之外！"

"不，这是本案之中，第一个金蝉脱壳之计。四娘是戏法好手，自然知道如何在瞬间让场上的人逃脱——而所动用的道具，不过是一条纱帘，一件锦衣，仅此而已。"

黄梓瑕说到这里，目光转而又看向周子秦："不知公孙大娘与殷四娘是否已按照我们的请求，带了当日的所有东西过来了？"

殷露衣暗暗看了公孙鸢一眼，而她却平静地点头，起身打开自己带来的箱笼，将里面的双剑和纱帘、舞衣取出，说："请公公查看。"

在命案发生的时候，这里的桌椅为了公孙鸢跳舞而全部撤掉了。周子秦赶紧叫人抬了一张高足几案过来，将所有东西都放在了上面。

黄梓瑕示意周子秦先将纱帘扯住铺开。在灯光下看来，半明半隐的纱上绣着枝条招展的花树，那花树的主干如藤蔓一般，弯曲向上，每隔半尺便相对伸出两根树枝，微弯下垂，开满花朵，十分柔美。

黄梓瑕示意周子秦让纱帘自然垂地，然后比画着自己肩膀所在的位置。她身材修长，与公孙鸢差不多，而在那里的花绣之上，刚好找到了两根刺绣树枝，与她的肩膀齐平。

她在树枝的周围仔细寻找，果然找到了料想中的东西——左中右三处针眼，一字齐平，明显有东西曾被缝在这里，拆下后虽然用指甲刮过，但细微的痕迹并未消弭。

黄梓瑕让周子秦把示众人，说道："按照这个痕迹，在这边，应该有一根长条形的东西，缝在刺绣的树枝之上，刚好可以被遮住——我猜想，应该是一个，可以挂住衣服的东西。"

周子秦立即问："你的意思是，公孙大娘在转入纱帘之后，便不知不觉将自己外面的锦衣脱下来，然后挂在了纱帘之上，造成自己还在后面的样子，而本人……却已经偷偷地顺着水榭旁边的灌木丛，潜到后方，杀了齐判官？"

在众人惊疑的声响中，公孙鸢只沉默地站着，一言不发。

黄梓瑕指着放在桌上的东西，说道："要使用这个方法，需要三个条件。第一，一件灯光无法透过的厚实衣服。"

她的手，按在那件开场时穿在公孙鸢身上的厚重锦衣上，缓缓说："当时我们曾经私下讨论过，这件衣服，实在是比不上后面那件轻薄通透的舞衣，而且明显的，它会阻碍动作，甚至会影响到一些细微的动作，遮挡住部分精妙的细节，可为什么，公孙大娘却要选择在一开场的时候，穿上这件舞衣，直到她放出蝴蝶之后，再脱掉这件衣服呢？"

殷露衣的脸色渐渐变得苍白，她的手缓缓地挽住了公孙鸢的臂弯，而公孙鸢感觉到了她手掌冰凉，却只轻轻将手搭在她的手背上，站在那里看着黄梓瑕，一动不动。

黄梓瑕的手，又覆在锦衣的衣领上，说："第二个条件，是从衣服当中抽出的，与公孙大娘的头部剪影一模一样的黑布，这个，应该是已经被你们从衣领上拆下了，但蛛丝马迹，或许等会儿我们细细查找，依然可寻。"

她将衣服放下，又说道："至于第三个条件，就是在公孙大娘进入绣帘之后，骤然暗下来的灯光。而掌管灯光的人，正是殷四娘。她会提供这个时机，让公孙大娘掌握好脱衣挂好并设置好头像，立即离开的这一瞬间。而为了分散别人在公孙大娘的人影一动不动时的注意力，她又在这一刻立即撒下那些笼子里的花瓣，让众人的目光都聚集在水榭之中，再也顾不得看灌木丛后可能会传来的轻微动静——而这个时候，范公子，又帮了她们一个大忙，他在此时，看到花瓣中的殷四娘，于是接着酒劲上前调戏，使得众人的注意力又被这场混乱分散，公孙大娘彻底安全了。”

公孙鸢的唇角，露出一个轻微的笑容，似是讥嘲：“杨公公，如果真如你所说，我是在那时顺着灌木丛来回的话，那么，我想问你，我进入绣帘之后，一动不动的姿势维持了多久？总不过，就是几笼花瓣落地的时间，这段时间，难道就足够到我走一趟来回，并且还摸到齐判官身边，杀掉他吗？”

“是啊，那之后，就算她用跑的，估计也不够一个来回啊……”范元龙首先发问。

“是啊，在花瓣落完之后，公孙大娘便开始继续表演，一只一只放出藏在袖中的蝴蝶来，蝴蝶飞得越来越快，到最后才全部飞出——这个如果她当时不在的话，蝴蝶肯定一哄而散，不可能掌握得这么好，飞得这么慢吧？”周子秦则又开始异想天开：“难道说，公孙大娘有什么办法，能在花瓣落完之前，飞速来回？是缩地法，还是一步十丈？”

“当然不是。缩地法和一步十丈，都只是传说。然而你为什么不换一种思路呢？其实公孙大娘并不是来回太快，在蝴蝶飞出来的时候，她根本无须赶回来，却有一种东西，能帮她控制好蝴蝶飞出的速度，让它们无法一哄而散，只能慢慢飞出，但又能渐渐地越来越快，飞出越来越多……”

周子秦眨着一双疑惑的眼睛，水汪汪地看着她：“难道……是一个控制好后可以延时激发的机关？所以在她离开之后，才会慢慢打开？”

“不，在当时一张纱帘，一件锦衣之上，如何能安置这样的机关，又何须这么麻烦呢？而她当时所用的东西，还让你帮忙，消除掉了一些痕迹呢。”

黄梓瑕的话让周子秦顿时嘴巴张成一个圆形：“真……真的吗？不可能啊，我什么时候帮过她……我和公孙大娘接触不多，而且什么也没做过啊！”

“因为你从始至终就忽略了，压根儿没有联想到一起。”黄梓瑕说着，从身边取出一小袋饴糖，并展示给众人看，“据我所知，因为殷四娘血气有亏，所以她经常随身带着一袋糖。她选择的，却不是姜糖或者雪片糖之类的硬糖，而是软糯的饴糖。”

殷露衣忍不住开口打断她的话，声音怯怯的，却透着一股绵里藏针的意味：“杨公公，我喜欢吃饴糖，难道……这也是过错吗？”

“当然不是，有人喜欢硬糖，有人喜欢软糖，都是个人选择。然而像你这样，要

一整板饴糖的，却从未见过。”黄梓瑕将手中的饴糖一一分发给各人，说，“而且，你买了一整板饴糖之后，也不切开，拿来自己雕小动物玩，也算是一种意趣，我们不能说什么。但我想问四娘一件事——那整板饴糖的上下两面，那个老板特意多加铺垫的，防止饴糖融化或者黏滞的那些整张的糯米纸，到哪里去了？”

众人捏在手中的那一块饴糖，下面全都垫着小小的一张糯米纸，半透明的柔软薄片，用糯米熬成，用来防止糖块黏滞在一起的小薄纸，一撕即破，却是每块饴糖必不可少的包裹物。

公孙鸢与殷四娘的脸色，终于变了，公孙鸢那双明净坚定的眼睛，也终于开始闪烁起来。

黄梓瑕将目光从她的身上移开，轻轻说：“早已准备好的蝴蝶笼子，打开后用糯米纸糊好，就放在纱帘后。你脱掉外衣之时，只需手指蘸上口水在糯米纸上一划，糯米纸见水，便会渐渐融化，到最后溶出一个大洞来。那里面的蝴蝶，便会一只只飞脱出来，无论你身在何处，糯米纸上的洞都只会越来越大，蝴蝶们也越飞越快——”

她说到这里，抬手比画了一下水榭到码头的距离，问：“从几笼花瓣全部落地，到蝴蝶飞完的这段时间，够你来回并且杀一个人了吗？”

这般匪夷所思的手法，这样精准掐点的时间，让所有听到的人都愣在当场，一时水榭边一片寂静，无人能出声。

在一片寂静之中，公孙鸢的声音缓缓传来，竟还是平静从容的：“杨公公，您给我编造的这些杀人手法，不可谓不巧妙，也不可谓不煞费苦心。我没想到，我四妹气血不足吃点饴糖，您也能联想到这么多；我准备一件厚重点的舞衣，也成了作案手法；甚至我因为年纪大了所以中途需要停止休息一下，也能被您说成是趁机出去杀人……”

她说到这里，唇角甚至露出了一丝笑容，明媚鲜艳，十分动人：“那么杨公公，证据呢？就因为我有时间杀人，所以杀人的就必定是我？没有动机没有凶器，你上下嘴唇一碰，我就杀人了？”

“第一，在场所有人中，唯有你，可以有作案时间，其他人，都没有，”黄梓瑕毫不理会她的笑容，神情比她更冷静淡定，“第二，凶器，我当然也能找到，而且，更能证明，就是属于你的。”

公孙鸢微扬下巴，默然站在她面前，再不开口，一脸要看她好戏的模样。

“本案的第一个谜团，便是作案时间，如今，我们已经解决。而第二个谜团，便是失踪的凶器。明明在齐判官的胸口，出现了一个血洞，显示是凶器所刺。但当时我们立即将现场几乎所有人细细搜身，却都没有发现吻合的凶器，而且，在水中没有打捞起来，在现场也没有任何发现，这说明——凶器，肯定还在现场，只是，被妥善地藏起来了。”

周子秦又迫不及待了，赶紧出声说：“可是崇古，衙门众多捕快已经在这边搜检了好几天了，毫无所获啊！到底凶器，被藏在哪里了？”

“这个，还要靠你帮忙呢。”她说着，凑在他的耳边轻轻说了几句什么，周子秦顿时跳了起来，拍着自己的脑袋大吼：“我怎么没想到？果然我是大笨蛋啊！”

他也不说什么，直接转身急冲冲地奔去，看方向正是衙门那边。

周庠只好尴尬地向李舒白告罪：“犬子无状，这来来去去的都不打一声招呼……”

李舒白放下茶盏，脸上难得露出一丝笑意，说道：“子秦天真烂漫，不拘世俗，本王最欣赏他这一点。”

周庠赶紧装出一副惶恐的模样，口中“哪里哪里”“岂敢岂敢”地念叨着。

范应锡看一看自己的儿子，虽然面无表情，却分明将脸偏转了半寸，免得他出现在自己眼角的余光中。

等到周子秦回来时，众人发现他手中牵了一条又瘦又丑的土狗，臂弯中还搭着一件衣服，正是范元龙当日穿过的那件衣服，当时被擦过了血，又沾上了酒污，早已被范元龙当场脱下丢掉了，谁知居然还被衙门保留着。

周子秦蹲下来，将那块擦过的血污送到狗的鼻子前，摸着它的头说：“富贵，闻一闻这上面的血，赶紧去找找！找到了给你吃肉骨头！”

那狗闻了又闻，压根儿一点都不懂周子秦的意思，还以为是给它吃的，张大嘴巴把布头咬在口中，嚼了两下。

“哎，你这笨狗……”周子秦赶紧把衣服从它的口中扯回来，看着上面两个牙齿洞，顿时郁闷了。

“我来吧。”黄梓瑕无奈说道，接过他手中的狗，揉了揉狗头，带着它沿着灌木丛，向当初碧纱橱所放置的地方而去。

就在她走到某两块青石板之间时，她停下了脚步，富贵绕着她的脚走了几圈，见她没动，便在地上不停地闻嗅，东拱一下西蹭一下，最后忽然精神一振，朝着一条石缝就大声狂吠起来。

黄梓瑕尽力制住它，转头对众人说道：“将这块石板撬起。”

周子秦顿时呆住了：“崇古，你异想天开呀！这石板足有几百斤重，凶手杀了人后哪有时间将它撬起来压凶器？再说凶手也没这么大的力气啊！”

黄梓瑕摇头道："不，凶器不在青石板之下。"

"那我们撬青石干吗？"

"因为，藏凶器的那个地方，如果青石还在的话，我们是无论如何也摸不到的。"

周子秦也不废话，立即就叫两捕快赶紧找了撬棍和木杠过来了，然后蹲在地上比画着两块青石问她："撬哪块比较好？"

"随便，小的那块吧。"黄梓瑕说。

"随便？……"周子秦嘴角抽了一下，但随即便比画着小块，示意他们动手。

这边在弄着，旁边一群人看着。

公孙鸢与殷露衣脸色铁青，坐在那里一动不动，可李舒白身边的气氛却一点都不压抑，范应锡正拉着沐善法师过来与李舒白叙话。上次李舒白过去时化了装，因此两人现在还算初次见面。范应锡把沐善法师吹成天上有地下无的大德高僧，李舒白也只说在京中听过他的名字，今日本来是无须法师到场的，但听说明日禅步外出，怕自己赶不及相见，因此才借法师与齐判官有交情，请他过来一见果然宝相庄严，非同一般。

范应锡和沐善法师都十分欣喜，心头一块大石落地，气氛融洽无比。

周庠则向王蕴询问起京中故旧，又问了自己认识的王蕴的叔叔、伯伯、堂哥、堂弟的近况，足有十多人，足够他关心一两个时辰的。

范元龙则溜到周子秦身边，一边看着他们撬青石板，一边对周子秦哀叹，那两个美人如果真是凶手，那可实在太可惜了，怎么也得找个机会，在牢狱中上手了再说——自然被周子秦两个大白眼给顶了回去。周子秦虽然对美女仰望崇拜，但对这种色狼最鄙视不过。而且同为荒诞无行官家子弟，他喜欢的是尸体，和范元龙这种人差别可大了，会理他才怪。

小块的石板果然省时省力些，几个人一会儿就把石头掀开了，一个空空的凹洞呈现出来，周围只剩下石板与石板之间的些许泥巴，其余东西全无。

周子秦请了黄梓瑕过来，指着石板下的泥土问："这下面，要挖下去吗？"

"不必了。"她说着，借了周子秦的手套，蹲下来在石板周围的泥土中摸过，然后准确无比地取出了一根东西，并随手取过旁边范元龙那件衣服，将这沾满泥土的东西擦拭干净。

里面的东西一显露出来，周子秦顿时叫了出来："凶器！"

一寸宽，四寸长，看起来只是一块狭长铁片，但刃口其薄如纸，所以才能插入这两块石板之间窄小的缝隙间，毫无阻碍。这铁片锋利无比，灯光映照在上面，那闪现出来的光芒几乎令人眼睛都睁不开，百炼钢，寒霜刃，令人胆战。

黄梓瑕将这凶器与擦在范元龙身上的那两块血迹比较了一下，大小严丝合缝。

她将它放在戴了手套的手上，呈到众人面前，说道："昔年，太宗皇帝曾赐武才人驯服狮子骢的三件器物，铁鞭、铁锤和匕首。那柄匕首本是太宗随身之物，当时是海外送来的寒铁，铸成二十四把，唯有一把尤其出色，被太宗选中，随身佩带。传说海国寒铁永不生锈，纵然百年之后，也依然锋刃如初，不可逼视。"

等众人一一过目，她才将这铁片放回水榭的案桌之上，淡淡地说："后来，这把匕首在开元年间，成为公孙大娘所有之物。她当时起舞，手持一长一短两把剑，长剑为'承影'，今已失落，短剑便是那柄寒铁匕首。然而关于承影，另有一个传说，不知大家是否记得？"

她的目光转向李舒白，李舒白博闻强识，对所有经书典籍过目不忘，自然说道："《列子·汤问》中有云，孔周有三剑，一曰含光，视之不可见，运之不知有。其所触也，泯然无际，经物而物不觉。二曰承影，将旦昧爽之交，日夕昏明之际，北面而察之，淡淡焉若有物存，莫识其状。其所触也，窃窃然有声，经物而物不疾也——但后又有传，说含光与承影本为孪生，含光在承影之内，为无形无影之剑，承影只是其外鞘而已。"

黄梓瑕点头，说道："由此，我也思索日久。公孙大娘行走天下，一个女人，四处危机，难道只以木剑护身？而在那日舞剑完毕之后，因为范公子责难，因此王蕴王公子曾闻过那柄木剑的把手，据说，有土腥气。"

王蕴见她看向自己，他靠在椅上先向她绽开一个笑容，然后才点头，说道："确有此事。"

"我也查看过剑柄，上面在面向剑身的那个面上，沾有些许泥土。若是如公孙大娘所说，您只是将剑丢在地上的话，只会在把手侧面沾上泥土，又如何能沾到剑身那边呢？何况当时水榭地面如此干净，您最后那个动作卧在地上尚且衣服十分干净，怎么剑柄上反倒有泥土？"黄梓瑕说着，将那片雪亮利刃又再度拿起，将尖刃朝下，指着上面的横截面说道，"诸位请看，刃身这里设计凹槽，又有卡槽小洞，我想，这匕首应该与我的簪子一样，内有乾坤。"

说着，她将自己头上的簪子按住，捏住卷纹草的簪头，将里面较细的玉簪取了出来，只留了外面的银簪套在发间，给众人看清楚，又将里面玉簪插回去，然后再将放在桌上的，公孙大娘带来的那柄长木剑取过，仔细观察了片刻，然后一按上面较为光滑的一处花纹，按捻下去，果然，轻微的啪一声，剑身与剑柄已经分离，里面却不是实心的，有一个薄薄的空间。而剑柄之上自有钩扣，黄梓瑕将手中的利刃

对准卡扣，各洞对齐后左右转动，终于安了上去。

公孙大娘的面色，终于彻底变成惨白。她与殷四娘靠在一起，连身子都开始虚软，两人只能缓缓地靠在栏杆上，唇色青紫，双唇轻颤，却说不出任何话。

“不知道……大娘以前是否杀过人呢？你胆子很大，而且也够聪明。挑选了这样一个最为混乱也最为安全的时间，充分利用了舞蹈和作案器具——当然了，一个擅长戏法的四娘，可以替您安排一切细节——然而，在现场这么多人的眼皮底下，明知只要有人一回头就会发现黑暗中你的身影，你却依然愿意放手一搏。而且，准确，狠辣，在这么仓促的时间之中，还能一刀刺入齐判官的心口，没有令他发出任何声响，也没有卡到肋骨。甚至，在刺到心口的同时，你还转动匕首搅了几下他的心脏，令他没有任何反应，立即死亡。连近在咫尺的碧纱橱内的周家姑娘，也未曾觉察到任何声响。”黄梓瑕声音冷静而平缓，听不出任何情绪，甚至带点冷漠，“当然你的运气也很好。在开场的时候，齐判官本来坐在前面，你当时本没有机会接近，但你当时说，此舞旖旎可与心上人同赏之后，齐判官正在讨好周家姑娘，于是便真的将自己的椅子移去，去往最后的碧纱橱旁边。而在你杀人的时候，范公子当时正在呕吐，臭气被风吹送过来，掩盖了血腥气，也使得周家姑娘正好掩鼻转过身去，目光正好避开了你。”

公孙鸢站在灯下，灯光照着她的身躯，如一枝风中寒兰，纤细无比，萧瑟无比。

“你在杀人之后，本应立即将匕首带回木剑之中的，然而安回剑刃需要一些时间，并不像拿下来这么容易，而且在黑暗之中要对准扣子绝对很难，又容易泄露里面有血的事实，所以你不得不放弃这把匕首。而如果就这样将它插入石缝中，则必定会有血沾在石板上或渗出土外，被人发现，而刚好范公子吐完了醉倒在地上。你自然恼恨他轻薄无行，于是干脆用他的衣服匆匆擦干血迹，然后将它插入石缝之中，最后拿走剑柄，直接套上，天衣无缝……不是吗？”

在众人一片安静之中，公孙鸢死死咬住下唇，强止住自己双唇的颤抖，许久，才勉强用喑哑的声音问：“那么……齐判官与我无冤无仇，我……有什么理由，要杀他？”

“无冤无仇吗？”黄梓瑕说着，将手上所有公孙大娘的物事都收了起来，转而朝周子秦点点头。

周子秦会意，立即到旁边将一些东西拿出来，放在了水榭的桌子之上。

被他放在桌上的东西，简直是形形色色，乱七八糟——

一个暗蓝色的荷包、一份钟会手书的册页、一张青松抚琴画卷、一叠各种形制的俗艳诗笺……

在众人不解的目光之中，黄梓瑕将这些东西逐一展示给大家看，说："这是我在齐判官的家中发现的，觉得不对劲的东西——第一，是这一叠的诗笺。这些诗笺全部来自成都府梧桐街，几乎都出自风尘女子之手，用的名字是温阳。"

范元龙愕然问："温阳？不就是和傅辛阮殉情的那个人吗？他收到的诗笺，怎么会在齐判官的家中？"

"对，而且，事后我们走访了梧桐街，在各家妓馆之中，找到了送出这些情诗的人，对方都表明，确实有一个客人叫温阳，待人体贴，温柔爱笑，还会作淫词艳曲——与性格冷淡的温阳，几乎迥异。"

"难道说……"众人心中不约而同都起了一个念头，顿时静默，无法出声。

"不止如此。请诸位看，这张青松抚琴画，从纸张质地、绘画技法和意境来看，都和齐判官家中的完全不一样，而据我们所知，温阳原先悬挂在书房中的，倒确实是这样一幅图，只是，在温阳殉情前后，不见了。"

黄梓瑕又将另一幅画拿出来，说："而这幅绣球蝴蝶，则是我们从温阳的房间内拿到的。他的家仆说，原先挂在家中的一幅青松图，不知什么时候换成了这幅，而我们在他的家中，却未曾搜到所谓的青松图。"

"而齐判官家中，原先悬挂的，正是一幅绣球蝴蝶！"周子秦点头，说道："所以我们有十足的把握，认定他们书房内的这两幅画，肯定是被掉包了，素喜雅静，常对青松的温阳书房内，被换上了一幅绣球蝴蝶，而书房中挂着月季、杜鹃的齐判官家中，怎么会挂上一幅迥异的青松图？"

周庠忙问："那么，对调这两幅画，到底有何用意呢？"

"这用意，其实就在于一幅画。"黄梓瑕说着，将从温阳家中找出的那封傅辛阮的信取出，给众人念了一遍：

"……念及庭前桂花，应只剩得二三，且珍惜收囊，为君再做桂花蜜糖。蜀中日光稀少，日来渐觉苍白。今启封前日君之所赠胭脂，幽香弥远，粉红娇艳，如君案前绣球蝴蝶画……"

她放下这封信，轻叹道："与傅辛阮交往的人，对于平时自己的踪迹十分留意，他在风化场所用的，一直都是别人的名字，傅辛阮也不例外，她一直都称呼对方为'温郎'，在给自己姐妹写的信中，也一直提到'温阳'，所以，这个所谓的'温阳'，小心翼翼地遮掩着自己的行迹，在乐坊中从不留下自己的只字片纸，与傅辛阮的交往，也极少书信，这可能，是他们之间仅有的传书——于是他拿过来，作为证据，放在温阳的身边，让温阳这个替死鬼因为这封信而坐实了与傅辛阮有过交往，同时也用这封信，诱导我们将他们中毒身亡作为‘殉情’处理，用以瞒天过海，遮掩耳目。”

范元龙顿时跳起来，结结巴巴问：“你……你的意思是，这个温阳，不是真的温阳……不，真的温阳，不是这个温阳？”

他的话虽然颠三倒四，但是众人都听懂了他的意思，一时在场所有人都呆在当场。

黄梓瑕点头，说道：“正是，信上的‘温阳’，还有傅辛阮遇见的‘温阳’，全都不是真正的温阳、温并济。而有一个人，他的名字与温阳正是一对，于是他经常便利用这个化名，在花街柳巷之中厮混，所有将情书赠给他的人，都叫他‘温阳’——谁也不知道，他的名字其实叫齐腾，齐涵越，外号寒月公子。”

想着齐腾在人前那种温和从容的模样，众人都无法想象他在花街柳巷与另一个人厮混的模样，而范元龙则问：“杨公公，若照你这么说，齐判官公然冒充温阳的名号在花街柳巷厮混，那他难道就没有想过，或许有朝一日，他会在这边，被别人发现吗？而万一被温阳撞见，岂不是更糟糕？”

黄梓瑕摇头，说道：“不，齐判官自然有万全之策，他选择冒充温阳，当然不仅仅只是因为对方名字与自己凑巧相对，也不仅仅是因为他们都是父母亡故、妻子早逝，还有一点，是因为他知道，自己绝对不可能在妓馆与温阳相遇。”

周子秦悄悄说道：“崇古，可是温宅的下人说，他也偶尔会去烟花巷陌的……”

“他去的地方，与齐判官去的地方，截然不同——”黄梓瑕说着，从那叠妩媚诗笺之中，取出那一张蓝色方胜纹的诗笺，说道，“在这一堆诗笺之中，这是非常特别的一张，因为，它来自小倌馆，是好男风之人所去的地方。”

众人都露出恍然的神情，又觉得这些事难以出口，只能面面相觑，无法出声。

“所以温阳与傅辛阮，是绝对不可能殉情的。因为，他对女人毫无兴趣。他在妻子死后，也从未想过要再续弦，为了隐藏自己的秘密，他每次趁深夜悄悄地去见不得人的地方，又悄悄地回来——像这样的人，怎么可能会与傅辛阮郎情妾意数年，又怎么可能给她送桂花，送胭脂，以至于连傅辛阮这样令无数人倾慕的女子，都将自己的一颗芳心送交与他呢？”黄梓瑕平静而缓慢地冷静分析着，仿佛她真的是一个与此事毫无关联的宦官，“而齐判官知道，温阳曾用假冒的钟会手书，企图骗取……某男子好感的事情。别人或许不以为意，但他是惯于混迹章台的，自然了如指掌。他放心地在外以温阳的名义厮混，又在急于摆脱傅辛阮之时，将真正的温阳拉了过来，作为替死鬼，替自己了结情债。而这个时候，他当然也要消除温阳身边所有足以泄露他秘密的东西，包括，当初那张假的钟会手书，以及小倌写给温阳的情诗。同时，他还千方百计地调换东西，企图造成温阳确实曾与傅辛阮交往颇深的假象。”

周庠听着，不由得痛心叹道：“李代桃僵，瞒天过海，这齐判官，真是心思颇深啊！幸好……”

幸好，你的女儿周紫燕没有嫁给这个人。众人在心里想。但转而又想，齐腾与傅辛阮交往数年，一直都好好的，这回痛下杀手，焉知不是为了攀上使君府的高枝，迎娶使君千金，为了永除后患？

“然而，将傅辛阮写给他的这封信拿来作为证物，有一个漏洞，即信上提到的，案前‘绣球蝴蝶’那幅画。所以，真正拥有这幅画的齐腾，只能想办法带着这幅画去温阳家——借口嘛，当然就是同一诗社的人过来祭奠之类的。温阳家的人大字不识一个，对字画自然不会关注，所以事后我去问的时候，他们就连画是什么时候出现的都不知道。而齐腾将青松画偷换回来之后，发现自己书房中原本四幅的画缺了一幅，十分不协调，刚好青松画大小差不多，又是植物，于是挂上去暂时先放着——谁知，直到他死，还未准备好另一幅画，就此留下了痕迹，”黄梓瑕说着，又将两叠《金刚般若波罗蜜经》放在桌上，说，“为了制造温阳与傅辛阮亲密的迹象，齐腾还做了其他手脚。比如说，将温阳的手稿，偷了一部分，藏到傅辛阮的家中。然而他偷窃时可能是太过慌乱了，将不该拿走的，也夹杂在了里面。比如左边这半部《金刚经》，是我们从温阳的家中找出来的，而右边这半部，则是从傅辛阮家中找出的，以证明他们二人确实日常有在交往。可惜的是，他不知道，温阳写这部《金刚经》，却是另有其用的。”

众人查看温阳手抄的这部《金刚经》，沐善法师首先说道：“这几页佛经，页边距留出甚多，看起来，倒有点像是近年流行的蝴蝶装似的。”

“正是。温阳向来自衿书法，因此特意写的这一份《金刚经》，显然是要装订成册送人的，所以如何会将这份经书分了一半在别人手中呢？显然不合常理。”

周子秦看看公孙鸢和殷露衣，想要命人逮捕时，又忽然想起一件事，赶紧问：“崇古，我有个疑问，还得你解答。”

黄梓瑕望向他，点了一下头。

“有没有这样一个可能，冒充温阳的另有其人，他在杀死傅辛阮的时候，故意栽赃嫁祸给齐判官？”

“如果是这样的话，如何解释傅辛阮信上的‘绣球蝴蝶’画，以及‘将庭前桂花盛囊送来’句呢？你可还记得，齐判官宅中的厅堂前，恰好就有一株桂花树。”黄梓

瑕说到这里，沉默片刻，终于还是说，“之前，节度府受邀去当铺购买物什时，曾有一个双鱼手镯，未曾记录便被当铺送给了某人。而当时，正值齐腾担任节度府判官不久，他必定会到场——手下的人怎敢当着长官的面向当铺掌柜讨要手镯，又堂而皇之拿走呢？我想，能拿走的人，必定就是齐判官。”

提到双鱼手镯，她只觉得自己的心口猛地一颤，有些如同钝刀割肉般的疼痛，在胸口缓缓蔓延开来。她的目光不由自主地看向人群后的禹宣，而他也隔着灯光远远地看着她，那眼中，有极其模糊的东西，深远幽暗。

她慢慢地转过脸去，然后又抬手拿起桌案上的暗蓝色荷包，说：“齐腾是傅辛阮情郎的最大的证据，就在于，这个荷包。”

暗蓝色的旧荷包，在她的手中毫不起眼，甚至和周围那些精致的诗笺、画卷有些格格不入。

“这个荷包，我们从齐腾书房的废纸篓中拿到，当时里面空无一物。”说着，她举着荷包示意站在人群后的一个人，“汤升，你还记得当日你在双喜巷与你的姑姑汤珠娘见面的时候，她从包里取出的那个荷包吗？”

汤升一直站在人群最后，他身材瘦削，形容猥琐，压根儿没人在意，此时骤然被黄梓瑕点到，他在众人目光之下，顿时显得手足无措：“啊？这个……这个荷包？”

黄梓瑕点头：“当日你曾说，你的姑姑本想从包里取荷包给你，但又塞回去了，可有此事？”

“是啊，才拿了一半，就塞回去了，说什么‘还是带到城里去打一对银簪子’吧，结果呢，人就死在半道上了，什么银簪子，压根儿也没见到！”汤升晦气地说着，仔细一打量她手里的荷包，又惊讶地“咦”了出来，说：“你手里的这个荷包……好像，就是她当时拿出一半的荷包嘛！”

黄梓瑕反问：“你确定？有没有看错？”

“没看错，绝对的！我当时还以为她给我好东西呢，所以死死地盯着看，我看得很仔细，记得很牢靠！”

“好，所以这个出现在齐判官废纸篓中的荷包，正是傅辛阮身边仆妇汤珠娘死后，不见的那一个，”黄梓瑕说着，目光转向公孙鸢，“公孙大娘曾在傅辛阮死后，给汤珠娘塞钱，让她帮自己取走一个镯子，而齐判官当然也可以在官府搜查封闭傅宅的时候，让汤珠娘帮自己放一些东西进去，比如说，他从温阳那边悄悄拿来的手书。同时，因为汤珠娘是傅辛阮身边唯一的人，就算傅辛阮再深居简出，就算齐判官再谨慎小心，瞒得了别人，却绝对瞒不过汤珠娘。所以，齐判官为了隐藏行迹，设计遮人眼目的殉情案，第一个要收买的，就是汤珠娘的口风。汤珠娘收了齐判官的钱之后，收拾了东西要回老家过安稳日子，但齐判官自然不会容许这样一个人存活于世，于是他自然选择了，在她回老家的路上，将她推下山崖，永绝后患！”

范元龙与齐腾平时交情不错，此时在无可辩驳的事实下，还是弱弱地插了一句：“杨公公，或许……汤珠娘是失足坠崖而死？或者是，遇上劫匪呢？”

“若是失足坠崖，她身上的荷包又如何会被齐判官丢弃在废纸篓？若是劫匪，为何验尸时她的包裹整整齐齐，只少了一个荷包？而且范公子别忘了，当时正是夔王爷在山道遇险那几日，西川军封锁了进出口，放进去的人寥寥无几，更严禁任何人骑马进入——而就在那一日，差不多汤珠娘坠崖的那个时刻，夔王身边的这位侍卫张二哥，却在山崖边也被一个骑马的人撞下了山崖！而当时连进山搜寻的西川军都大多是徒步，能骑马进入里面的人，我想，西川节度府判官，应该能是一个吧。”

范应锡脸色十分难看，赶紧先向夔王告罪，然后对站在他身后的张行英拱了拱手。

张行英忙还礼，不敢轻受。

“我一直在想，凶手为何在杀害汤珠娘之时，一定要将这个荷包取走？后来我想到汤升说的一句话，才终于明白了过来，”黄梓瑕看向汤升，“当时你姑姑把荷包塞回自己包袱里，说，‘还是我先带到汉州去，给你未过门的媳妇打一对银簪吧’，对不对？”

汤升点头：“没错，一字不差！”

“先‘带’到汉州去，‘打’一对银簪——齐判官给汤珠娘的，不是钱，而是银子。”黄梓瑕说着，指着这个荷包，“小小一个荷包，可能半贯钱都装不下，但因为是银子，所以就能塞下一两锭。齐判官要收买汤珠娘，自然需要不少钱，他日常在节度府中经手大小事务，自然能接触到库银，收买汤珠娘时携带几贯钱自然不方便，于是直接便给了汤珠娘银子。然而每锭银子上都会镌刻来历，若他不收回，傅辛阮的仆妇尸身上出现一锭节度府的银子，说不定会引火烧身，所以他必定要追回，决不能遗漏在外。”

眼见证据确凿，齐腾犯案已经无可辩驳，范应锡终于长出了一口气，痛骂道：“可恨！可恼！这狼心狗肺的东西，在我府上多年，我竟不知他如此心机深沉歹毒！杀人嫁祸之事做得如此顺手，灭口销迹又如此轻描淡写！”

周子秦也看向自己妹妹周紫燕所在的碧纱橱，叹了一口气，喃喃说道：“幸好我妹妹还未出嫁。”

众人只顾唾弃恶人，替周家侥幸，倒像是完全忘记了公孙鸢和殷露衣。黄梓瑕转头看向她们，见她们面如死灰，但恐惧之中又隐约透出一种扭曲的快意，在心里不由得轻轻叹了口气，说：“公孙大娘，我最早觉得傅辛阮不应该是殉情，是在看见她的衣柜时——当时她柜中艳丽华服无数，最后死时却穿着一件半旧的灰紫色衣衫……我想无论哪个女子，要与情郎携手踏上不归路之时，都会选择打扮得漂漂亮亮再饮下毒药，而不是那么匆忙潦草。”

“是……阿阮她，最喜爱鲜艳明丽的服饰，”公孙鸢终于缓缓地开口，声音哽咽嘶哑，她的身躯也微微颤抖，完全失去了以往那种出尘的袅娜之感。她按着胸口，用力地呼吸着，终于还是努力地说出了自己想说的话。“阿阮她……个性也像个孩子一样，无所顾忌，肆无忌惮……她可以毫不犹豫拒绝自己最好的归宿，拒绝唾手可得的荣华富贵，只因对一个我们从未见过面的，连她自己也只见过寥寥数次的人念念不忘——温阳……不，齐腾，天真的阿阮还以为他是软红千丈，游丝软系，谁知他却是缠在她臂上的一条毒蛇，在平时柔若无骨，贴肤游走，却会在不防备的时候，露出世间最毒的利齿……”

黄梓瑕沉默地看着她，没有接话。而周子秦忍不住，问：“你和齐腾见面机会好像也只有那一次，为什么你却立即就会觉察到事实真相而进行报复呢？”

“阿阮她曾给我写信，烦恼地说，温阳的左手背上，长了六颗鼠痣，颇为难看……于是我教她，用旱莲草捣出汁水擦鼠痣，几次就能好了，但是旱莲草会在肌肤上留下黑色痕迹，十分难看，得过几日才能褪去，”公孙鸢靠在栏杆上，长长地呼吸着，那声音虽依然嘶哑，身影虽依然微颤，但终究，还是镇定了一些，“在义庄，我见到了阿阮的尸体，发现了她手上的痕迹，然而我偷偷看了验尸档案，发现并未提及温阳手上有鼠痣的事情。而后来，我在上衙门询问案件进展的时候，忽然发现，原来那个即将迎娶周使君千金的齐判官，他的左手背上，刚好有六个小点疤痕，看起来，就是鼠痣刚刚被擦掉的模样。我偷偷地打听了齐腾的家世，发现与阿阮之前信上说过的一模一样，而且在风尘中混迹，我们自然也知道，许多人都会冒充他人姓名去眠花宿柳，于是我便寻了个机会，直接向他盘问……”

说到这里，公孙鸢陡然激动起来，胸口起伏许久，才将那狂乱的气息压下去，狠狠地说：“他不但承认了，还嘲笑阿阮，说她是个蠢货，他外面足有十几个相好的，她居然毫不知情，以为他在她面前发誓说再不做浪子行迹，就真的说断就断了，居然丝毫不起疑心……”

她说到这里，激动得以头触柱，眼泪簌簌而下，哽咽道：“我小妹阿阮，她十二岁便名扬天下，编曲编舞天下无双，就连长安教坊的老乐师们都要请教她，称她一声‘六姑娘’才请得动！阿阮这样聪明灵透的人，她怎么可能没有觉察到情郎的异样？谁都知道她忍下这一切是为什么，而他居然说她蠢……这该碎尸万段的混账……”

殷露衣抱住她的手臂，将自己的脸贴在她的肩上，闭眼不语，只有眼中泪迅速地渗出来，濡湿了公孙鸢的衣裳。

黄梓瑕低声说道：“虽然你们的心情我能理解，可这世上，毕竟没有擅自动手杀仇家的道理，官府会帮你们洗清冤屈的……”

“哼……齐腾就是你们官府的人，就算你们调查出了真相，最后又真的会追究他吗？”公孙鸢说着，扬起下巴，脸色铁青，却倔强而坚定地说道，“杀人偿命，欠债还钱，天经地义！我小妹被他杀了，那么就由我这个做姐姐的来追讨！就算赔上我自己这条命，又有什么好说的，公孙鸢活在世间问心无愧，死而无憾！”

黄梓瑕默然无语，缓缓退回到李舒白身后，说：“我只揭露真相，其余事宜，非我所能。”

贰拾壹 灼眼芙蕖

真相大白，众人却都不发话。

周庠身为使君，咳嗽一声，说：“公孙鸢虽然杀了齐判官，但……那齐判官三条人命在手，甚至仅仅为了制造殉情假象就杀了有秀才功名在身的温阳，律法难饶。”

他正在暗自庆幸女儿没有嫁给这个狼心狗肺之徒，所以颇有点同情公孙鸢。

而王蕴心知公孙鸢就是王皇后的大姐，自然也微笑道：“公孙大娘也算是为她的小妹复仇，这一腔热血，豪迈慷慨，似乎颇有古侠士之风啊。”

这两人帮公孙鸢说话，范应锡却怒道：“自古以来，杀人偿命不假，但偿命也要官府出面，若人人为报私仇便能私下杀人，肆意恩仇，那么，律法何用，官威何存？”

见他大义凛然，满口朝廷律法，周围众人都哑口无声，只能听他继续慷慨陈词：“何况齐腾是我府中判官，如今在众目睽睽之下身死人手，岂非公然无视我西川军，让我军蒙受奇耻大辱？”

虽知范应锡如此恼怒，有一半是因为公孙鸢在范元龙身上擦拭刀子，嫁祸于他，但一抬出西川军来，众人顿时都不作声了。

李舒白也不说话，只垂眼看着手中的茶，置若罔闻。

见众人都一片安静，等着他定夺，李舒白便将手中的茶碗放到桌上，淡淡说道：“按范节度所言，此事既然关系如此重大，可在成都府衙门初审之后再做定夺。本王虽身兼大理寺卿一职为圣上分忧，但毕竟不熟悉地方事务，不便插手。”

见他说得滴水不漏，众人便都只俯首称是。

公孙鸢与殷露衣暂时被收入监中，带离了现场。周子秦体贴地叫人给她们辟个干净点的女囚室，又让人来收拾了所有证物，准备封存入库。

“今日一番推论十分精彩——杨公公，你在成都府解开的这一桩奇案，真是神妙非常。”夜色已深，但李舒白并不起身，只坐在水榭之前，静静地转头看身旁的黄梓瑕，问，“不知接下来，还有什么余兴节目？”

周庠顿时露出牙痛的表情——这都时近三更了，灯笼里的蜡烛都换了一茬，百转千回的案子都破了两个，夔王居然无意安歇，还要看节目？

“这……请夔王稍待，下官立即去安排官伎前来乐舞助兴……”

李舒白抬手止住周庠的话，站起身来，说：“本王到成都府后，一直叨扰范节度与周使君。今日既然周使君没有准备，那么，今晚便由本王替你们准备一场余兴节目，请各位移步观赏吧。”

众人顿时愕然，想不到夔王竟会准备一场节目，邀请范节度和周使君观看。而等到了节目现场之后，众人就更惊讶了——地点，居然是在周子秦所住的西园。

李舒白与众人步入西园之后，回头看了看跟过来的人。

范应锡四下打量着这座小园；周庠一脸疑惑；沐善法师精神萎靡，却还强打笑容；王蕴正拉过一个初生的薜荔随意看着；禹宣故地重游，沉默而平静。

黄梓瑕跟在众人的身后，慢慢进入园中，看着荷叶在黑暗之中泛出的薄薄微光。侍女们高烧红烛，挑亮墙角的千枝烛灯座，照亮厅堂。李舒白坐下后抬头看周子秦，他点点头，虽然有点疑惑，但还是说：“已准备妥当。”

只见荷塘之上的游廊中，两盏高悬的灯被取下，而那座千枝烛灯座则被移到廊上，在前面放置了一座纱屏。

众人按夔王示意，纷纷在家仆们搬来的椅上坐下，看着那纱屏。正不解何意，却见一个老艺人往纱屏旁一坐，手里拿个小鼓敲了两下。就着千枝烛的明亮灯光，他将手中一个小本子翻开，开始唱起来：

“长安旧事乱纷纷，今日闲话说与君。城西有坊名光德，一桩案件辨伪真。”

他一边唱着，一边在白纱屏上展示长安各坊的图像，转眼又翻出花红柳绿，小桥门户，然后一队人马哒哒骑过小桥，到了一户人家门口。

众人这才恍然大悟，原来这是个皮影戏艺人，要给他们演一场戏呢。

范应锡和周庠等都料不到夔王居然喜欢这个，还半夜邀请他们来看，不由得哑然而笑，又心想或许另有用意，于是又定神认真观看。

门口大开，骑马的差役们下马入门。门户翻转成内堂模样，赫然是一条女子身影，吊在横梁之上。

“光德坊内出命案，年轻媳妇把命丧。仵作差人俱验毕，证据确凿要结案。只因一言不相合，满腹闷气无处放。辗转难眠暗投缳，自寻短见实可叹。”

一位红衣官员迈着方步缓缓走来，在堂屋坐下。身后跟着一个十一二岁的小女孩，绣花衣袄，一对丫髻，十分可爱。

老人用苍老的声音，模仿着小孩子的声音，居然也真有几分天真意味：“爹爹，爹爹，等等我。”

红衣官员回头看她一眼，一甩袖子：“小丫头片子，到这里作甚？爹爹身为刑部侍郎，正要来听取结案陈词则个！”

看到这里，禹宣忽然低低地“啊”了一声。

王蕴瞥了他一眼，然后才若有所悟，轻轻敲了敲自己的头，说：“原来……是那桩案子啊。”

皮影戏老人翻着书页，念着书上的字。而手下的小女孩也在纱屏上转了一圈，说：“爹爹，我不爱闷在家里看书，也不爱跟着娘学刺绣，我要学就学窥破生死、诊断阴阳的大本事！”

“呵呵呵，小丫头片子，好大的口气！”父亲合着鼓点，连挥了三下衣袖，“走，走，走！去和路边的小野孩子玩儿去！等爹爹结了这个案件，再带你回家。”

老头儿功夫真是不错，一转眼，手下又翻出看热闹的数个人来，每个人的声音都各不相同，叽叽喳喳地围观着。

有手里捧着一匹布的商人说：“好教诸位得知，这家娘子出嫁时，没在我家买嫁衣料子，出嫁时穿的那件嫁衣颜色不正，才酿此惨祸！”

有手里拿着一串首饰的商人问苦主：“大郎，昨天下午，你家娘子在自己店中订了一对银钗，如今她死了，你可还要不要？”

有手持批命布幡的算命先生，捋着山羊胡子说：“天机不可泄露啊！吾早已算出你家今年该有红白喜事，可惜你没有早来找我，果然逃不开这一场惨剧哪……”

这下就连周庠等人都已经看出来了，原来演的正是当初黄梓瑕十二岁时破的第一个案件。

果然，在乱纷纷的人潮退去之后，红衣官员提笔说道：“看来此案已结，定是自尽无疑了——”

话音未落，他的身边再度翻出穿着花袄的小女孩，叫道：“爹爹且慢！”

她爹爹一愣，转头看她，问：“乖女儿可是饿了？”

“不是。”

“可是渴了？”

“也不是。”

“可是要回家了？”

“更不是。”

“可恼也，快快玩去，不可在此打扰爹爹公务！”

“爹爹，这位娘子绝不是自尽的，而是死后被人假装成自尽的模样——她其实是被人害死的！”

红衣官员顿时身体一阵颤抖：“女儿呀！你小小年纪，为何口出妄言？这断案审案之间曲折离奇，岂是你一介童子可以查知？”

“然则爹爹啊，莫非你未曾听到这人的话吗？”小女孩的手指向旁边，那里立即出现了刚刚那个首饰商，“爹爹，你曾经在家与同僚聊天的时候，说起人之将死，心如死灰，那么，你见过哪个心如死灰的人，会在自尽前还去首饰店里订制银钗的？而且，还只是挑选了样式，并没有拿到手呢！’”

“哎——呀！”红衣官员又在纱帘前夸张地颤抖起来，老头儿也开始唱起来：“一语惊醒梦中人，一言可解仇怨恨。黄家有女名梓瑕，天南海北声名振！”

随着老头儿的手一转，小女童已长成娴静少女，走过千山万水，来到开着芙蓉和蜀葵的成都府。

在鲜花簇拥之中，故事结束。老头儿放下了手中皮影，站起来向众人鞠躬行礼：“诸位，老头儿为大伙儿演的这一段皮影戏，数年前流传于长安，今因种种事由，多已不演。蒙周捕头来请，临时翻阅戏稿再演，生疏之处，还请诸位谅解！”

“甚好，甚好。”周庠笑道。

千枝烛灯座被重新移回室内，一室明亮之中，李舒白回头，冷眼旁观众人神情。夔王亲点的余兴节目，谁不说个好字，唯有禹宣坐在椅上，一动不动，那目光还定在走廊之上，那里早已扯下白纱屏，唯有一廊空空的黑暗，幽深恍惚，令人胆战。

他的脸色，异常苍白，甚至隐隐浮现出一种铁青的可怕颜色，令他那张俊美的面容，如同石雕般，不带半点生气。

周围人都感觉到了他的不对劲，离他最近的沐善法师站起，拍了拍他的肩，低声说：“禹施主，影戏已毕，何不醒来？”

禹宣茫然而恍惚，慢慢地抬头，正要看他，却被黄梓瑕打断：“法师，戏还未完，你何不安坐一旁看戏？何必妨碍王爷要看的这一场余兴节目？”

沐善法师悚然一惊，知道她已经看透自己的用意，于是轻宣了一声佛号，不得不退让在旁。

李舒白示意黄梓瑕，朝她微微点了一下头。

黄梓瑕望着在千枝烛的明亮灯光下的禹宣，那暖金色的烛光如同一层尚未凝固的黄金，在他那苍白俊美的面容上缓缓流动，显出一种诡异扭曲的美丽来。

她的心口，也如那种流动的颜色般，涌出一种难以言喻的疼痛，几乎令她窒息。这混杂了惊惧、迷惘、怨恨与惆怅的痛苦，灼烧着她的胸口，几乎令她连开口的力气都没有。

但她终究还是开了口，以全身的力气，张开了自己的双唇。

真奇怪，开了口之后，仿佛就有了一条银河，自她的心口流出，潺潺地、冰凉地流过她的喉咙，于是，那灼烧着她的心口的痛楚，竟也消失了，取而代之的是一种莫名的亢奋，一种深埋在地底一整个冬天后终于破土而出的新芽的力量，让她不顾一切，就像直视正午的阳光一样的，直视血淋淋呈现在面前的一切，哪怕自己的眼睛会被刺瞎，也在所不惜。

“诸位，那是黄梓瑕平生破的第一个案件。一个案子结束，一个罪犯受到惩罚，然而，另一个故事，却又开始了，”她的声音略有喑哑，却十分稳定，平静得几乎带着一丝冷酷的意味，“若不是夔王爷当初曾看过卷宗，告诉了我后续事宜，我也不会知道——原来一时怒火中烧而勒毙妻子的这个新婚丈夫，自幼丧父，下面有一个弟弟。母亲孤苦无依，日夜背着幼子、带着长子织布，熬得三十几岁便瘦小枯干，白发早生。一个寡妇拉扯大两个孩子，其间艰辛自不必说，终于熬到长子十八岁，居然时来运转，长子聪明无比，走街串巷卖针头线脑赚了点本钱，又借了些钱盘下了一家酒肆。他经营有方，酒肆生意红火，也随即有人做媒，娶了漂亮的一个妻子。眼看全家老小苦尽甘来之际，却谁知因一场拌嘴，飞来横祸，儿子勒死了儿媳，又伪装成自尽，事情败露之后，国法难容，被斩杀于街头。那酒肆自然被债主追上门来，变卖还债，连家中的东西也被搜刮一空。那寡母辛辛苦苦熬忍十几年，眼看过了几天好日子，却忽然一夕之间，儿子死了，媳妇死了。她承受不住这打击，在大儿子被问斩的那一日，陷入疯癫……”

她说到这里，尽管竭力克制，但终于还是忍不住，看向禹宣。

她看见他的身体在瑟瑟发抖，太阳穴上的青筋突突跳动，几乎连她都能体会到那种血脉绝望地在体内流动的感觉。

但她咬一咬牙，狠狠地转开目光，几近残忍地继续说了下去：“疯了之后的母亲，某一夜，吊死在了屋内，她儿媳妇曾挂过的那个地方。她的小儿子那时十四岁，早上起床后，在空荡荡的屋内，看见母亲的尸体悬挂在梁上。也不知是被吓坏了，还是怎么的，他抱下母亲的尸体，守了三天三夜，愣是没有吭声也没有动。若不是邻居们觉察不对劲后破门而入，他也必将死在母亲身边，无声无息。”

沐善法师轻诵一声“阿弥陀佛”，默然站起，似乎不忍听下去，想要离开。

站在前面的周子秦抬手拦住他，说：“大师，既来之则安之，且留禅步，听完再走如何？”

沐善法师无奈，垂眼又在椅上坐下。

黄梓瑕没有在意下面的动静，她依旧缓缓地，几近残酷地说着那个故事：“邻居们将已经昏迷的小儿子送到医馆，帮忙将他的娘亲埋葬在了乱坟岗上，大儿子的身边。小儿子的一条命，终究还是救了回来，但因为垂死救回来，在医馆中恍恍惚惚，状若痴傻，某一天离开了医馆，走得不知所踪——大约是，成为了成千上万个街头乞儿中的一个。”

她说到这里，停了下来，顿了许久才说：“这是夔王爷所见的，案宗上的所有记录。而——在我最近到了成都府之后，我遇见了另外的几个案件，忽然之间，又似乎拼凑出了这个故事后面的部分。”

一室皆静。范应锡和周庠虽然不太清楚她此时讲述这个多年前的案件是为什么，但见李舒白端坐在椅上，凝神静听，于是也都不敢动，只坐在李舒白的左右，仔细听着。

“我接下来说的，都是猜测，没有真凭实据，所以，请各位姑妄听之。”黄梓瑕说着“猜测”与“姑妄”之类的词，但脸上的表情却让所有人都知道，她说的，事关重大，是一件极其重要的事情。所以人人都屏息静气，大气都没人出。

“那小儿子，或许在数年前的一场灾荒中，随着饥民南下了。当时很多人的落脚点，就在成都府。时间渐渐过去，他也逐渐清醒过来，但流落异乡，孤苦伶仃，他一个孩子终究是无力回到长安的，只能留在成都府街头乞讨为生。然而，他聪慧过人，一心向学，本来在家中已经开蒙，于是在书塾捡来几本旧书，又在墙角下偷听先生的讲课，不多久，便超过了正经念书的那些学生，令先生们赞叹不已，博得了神童之名，以至于……”说到这里，她的声音终于不由自主地微颤了一下，“连当时新任的成都黄使君都听到了他的名声，在见面交谈之后，惊为天才，于是，将他收为义子，带回府中。”

听到此处，周庠与范应锡都不由得倒吸一口冷气。而一直像一柄标枪般站立在李舒白身后的张行英，更是不由自主发出了一声惊呼。

李舒白静静地听着，一直凝望着外面重重的荷影。

王蕴手上的扇子早已放下，他专注地望着黄梓瑕，几乎都忘了眨眼。

唯有禹宣，他依然维持着那个动作，坐在椅中。周围跳动的烛火在他的面容上投下一层扭曲的光，让他在忽明忽暗之间，惨淡无比，也，可怕无比。

“一个孤儿，得了使君的悉心培养，从此人生截然不同。他进入了府学，得到了最好的夫子最悉心的教导；他在成都成为名噪一时的才子，受到众人追捧；他温柔细心，处处爱护黄使君的女儿，让她忘却了一切地爱慕他；他在三年后，考取了举人，春风得意，从此即将踏上青云之路——他知道，他不再需要利用仇人了。于是他搬出了使君府，送给了黄梓瑕一只镂空的双鱼玉镯。”

周子秦听到双鱼玉镯两个字，愣了一愣，然后赶紧跑到旁边的房间将它取来，放置在桌上，说：“小心，这上面可有剧毒。”

“一个，带有剧毒的镯子。”黄梓瑕却毫不畏惧，将它轻轻拿起来，展示给众人看，那镯子光华流转，万千缕灯光从镂空的地方射入，又从镂空的地方折射而出，千重光彩，无法描摹。

她深吸了一口气，指着里面的八个字，说“万木之长，何妨微瑕。这镯子，是根据那块玉的纹理而设计，这字又是他亲手刻上去的，可以说，这镯子天下独此一个，绝无第二。在黄梓瑕逃出后，我们从傅辛阮那里找到它。周子秦检验发现，傅辛阮与温阳，殉情所用的毒，绝非仵作当时验出的砒霜。他们中的，是极其珍贵稀有、从深宫之中流传下来的，鸩毒。”

这下，不但周庠与范应锡低呼出来，就连王蕴都是脸上变色，皱起眉头。

“而由此，我想到一件事，那便是——在黄使君一家遇难时，黄梓瑕也将禹宣所送的这个镯子戴在手上，片刻不离。而这镯子，也是傅辛阮临死前所戴的。而当时中毒而死的人，又都是显露出砒霜中毒的模样。这两者，是否有什么关联？”她将镯子慢慢放下，低声说：“因此，周捕头去查探了黄使君一家的坟墓，重新掘尸检验，剪下三人头发带回——果不其然，他们同样死于鸩毒之下！”

她的目光，透过所有惊愕诧异的人群，落在了禹宣的身上，一字一顿地说：“黄使君一家和傅辛阮，完全不可能有交集的两种人，最后却死于同一种稀少的毒药之下。所以，很大的可能性，鸩毒就来自这个手镯之上，这是他们唯一的共同点——而这个手镯，由黄使君的义子禹宣，亲手设计，交给匠人制作，又在当初送给了黄梓瑕。”

禹宣的身体剧烈颤抖着，他的身子不由自主地蜷缩起来，抬手用力捂住自己的太阳穴，竭尽全力想保持自己坐在那里的姿势。可没有用，他的太阳穴与手背上的青筋根根暴出来，他用力地咬着自己的下唇，可下唇都被咬青了，也无法抑制自己急促的呻吟。

黄梓瑕望着他这种濒死般的痛苦，却一声不吭，只用力地呼吸着，将自己心口的怨恨与悲痛，在颤抖的呼吸中，一点一点地挤出胸口，不让自己的意识被那些东西撕裂。

一片暗流涌动的骚乱。

“崇古，我有疑问。你曾让富贵舔过你触摸过这镯子的手，我也曾检验过这镯子的外面和里面，事实证明，它是无毒的。”周子秦出声，打破了此时压抑的气氛：“而且，禹宣送黄梓瑕、齐腾送傅辛阮这个手镯，都是在出事之前好几个月。我想问，如果真是这个镯子被下了毒的话，那么，这镯子上的毒难道有时有，有时没有吗？又或者，送出去的镯子，还可以调整什么时候下毒吗？”

“是，这镯子的毒，确实是可以控制的，只需要，很小一个动作。”黄梓瑕说着，将这个镯子慢慢地拿起来，放在眼前，凝望着它。

那两条通透镂空的小鱼，活泼泼亲热热地互相咬着彼此的尾巴，追逐嬉闹。细小的波浪在它们的身边圆转流淌，因为镂空所以显得极其通透明亮。

她望着这两条鱼，轻声说：“因为玉质不好，所以为了增加明透度，中间镂空了。有无数的雕镂与空洞，难以令人一个个查看。而这个时候，只要将一丁点鸩毒封存在镯子内部的镂空处，待稍微干掉之后，用薄蜡糊住，便丝毫不会泄露。如果没有意外的话，或许一辈子，这一点剧毒都将陪伴着主人，一直无人知晓。”

她垂下眼睫，将目光从镯子上面移开，那已经在她心口扎了半年多的刺，在血肉模糊的疼痛中，却让她的思绪越发清晰，甚至变得冰冷寒凉，整个人悚然紧张，支撑着她的躯体，让她站得更加笔直而稳定。

“黄使君家出事的那天，天降春雪，梅花盛开。

“禹宣在下午过来寻她，送了她一枝绿萼梅。在她笑语盈盈接过梅花的时候，或者在她与他在后院采摘梅花的时候，又或许，在她与他抱花携手的时候，他用指甲或者花枝在镯子上轻轻一刮，蜡块掉落，那藏在镯子之中的鸩毒，便彻底地袒露出来。

“随后，禹宣离开，黄家人聚在厅堂亲亲热热吃饭。她身为家族中最受宠爱的女儿，一贯会给所有人一一盛好汤，将汤碗送到客人面前。

“而那一日，因为她闹得不愉快，所以她听了母亲的劝告，亲自到厨房，将那一海碗的羊蹄羹从厨房端到厅堂。

“出了厨房的门，越过庭前的枇杷树，穿过木板龟裂的小门，眼前是磨得十分光

滑的青砖地，一路长廊。

“海碗沉重，若再加上盖子，实在无法这样一路端过去，于是她便舍了碗盖，一路捧去。

“冬日的汤水热气蒸腾之中，她手上的镯子熏得湿润。偶尔碰撞在汤碗之上，发出叮的一声轻响——

“那湿润的水汽滴下来，带着无人可逃、无药可救的鸩毒，汇入了一整碗羊蹄羹之中。

“如他所愿的是，她给每个人殷勤奉汤赔罪，鸩毒在每一个碗里扩散。

“未能如他所愿的是，她因为郁积悲伤，没去舀那略带腥膻的羊蹄羹。

他以她为利刃，借她之手雪了自己家破人亡之仇，也使得她像当年的他一样，孤身一人，流落天涯。”

黄梓瑕说完，屋内也是一片寂静。

所有人的目光，都聚集在禹宣身上。

他的冷汗已经湿透了衣襟，因为用力地按压太阳穴，额前的乱发散了几绺下来，被汗沾得湿透，贴在苍白的面容上，异常的黑与异常的白，触目惊心。

黄梓瑕没有看他。她的目光，凝固在空中，唯有口中的话，轻轻缓缓，却不容置疑：“而手镯上，那么多孔洞。你为了保险起见，怕一时难以寻找到有毒的地方，于是，必定会用蜡封上多个地方。在那一日，你或许打开了一个，或许是两个。但必定会多留下一两个——因为，齐腾在救你的时候，很可能从你那边知晓了这个镯子的事情。在他下决心想要杀掉傅辛阮，以迎娶周使君女儿的时候，他想到了这个方法，便从当铺要了手镯过来，然后将温阳骗到傅辛阮家中，以同样的方法，刮开了一个毒封，让傅辛阮亲手调好毒羹，死于非命。而我，也在昨天试验的时候，打开了最后一个。”

周子秦立即点头，恍然大悟道：“是的！难怪当时你用指甲在里面一挑呢。要不是你现在说起，我都不知道这是干什么！”

而禹宣沉重地喘息着，直直地盯着黄梓瑕看，许久，许久，才用嘶哑的声音，慢慢地吐出几个字：“不可能……”

黄梓瑕微抬下巴，等待着他的辩解。

他紧咬下唇，低低地，用嘶哑的声音问：“如果……如果真的是我杀人，那么你告诉我，出现在我房内的，那封自白信，又是什么？”

众人不知所谓的自白信是什么，但见禹宣脸上那种悲痛而茫然的神情，都觉得他应该是不知其事，顿时不由交头接耳起来。

李舒白抬手示意众人安静，然后说道：“那封信，我倒记得。”

他拿了纸笔过来，以卫夫人小楷字，写下了那封信。

十数年膝下承欢，一夕间波澜横生，满门唯余孤身孑立于世，顾不愿手上淋漓鲜血伴我残生。所爱非人，长违心中所愿，种种孽缘，多为命运捉弄。他生不见，此生已休，落笔成书，与君诀别，苍天风雨，永隔人寰。

一模一样的字，就连两个“页”之间的两横，也如那封信上所写一般，一横占了半格，剩下一横又分了剩下半格，状如添笔。

他将这幅字展示给众人看，范应锡立即说道：“这……这写的是黄使君的女儿啊！难道这是她的自白书？”

周庠点头道：“正是啊，看这内容，父母抚养十数年，一夜之间只剩了她一个，手上又沾了鲜血，全是因爱而起——这不就是黄使君的女儿，黄梓瑕的自白书吗？”

禹宣默然点头道：“而且，我与黄梓瑕常在一起，十分熟悉她的字迹，这……确实是她亲笔所书无疑。”

“你确定吗？”黄梓瑕用力深吸一口气，将这张自白书拿在手中，“请问你是什么时候，拿到这张自白书的？”

禹宣望着她坚定的眼神，那里面毫无犹疑的神情，让他一直秉持的想法，终于开始动摇起来：“在……黄使君的坟墓建好的那一日，今年的四月十六。”

“那么你拿到那封所谓‘自白信’的情形，是不是你在墓前自尽，被齐腾所救的时候？”她反问。

禹宣点点头，在这一刻，因为她口中的“自尽”二字，他忽然觉得后背一僵，有一种冰凉无比的尖锐痛感，沿着他的脊椎而上，最后狠狠刺入他的脑中——

一种他从未感受过的恐慌，让他的呼吸，陡然急促起来。

“那么，那封信又是如何出现的？你说是在你被救回家之后，忽然出现在案头的。可毫无异样的家中，到底会是谁潜入，什么也不干，单单只给你送了这么一封信？”

禹宣的气息，沉重而急促，仿佛濒临死亡的兽。他看见了自己最害怕的东西，正在一步步，毫不留情地逼进，降临，直至将他彻底摧毁。

黄梓瑕的声音，清晰而决绝，一字一句，传入他的耳中：“自成都府出逃之后，三月至京，四月黄梓瑕身在京城，正隐姓埋名、协助王爷破解王妃失踪案，何曾有机会给你传送信件？”

她的目光，缓缓转向沐善法师，淡淡说道：“法师大名，令成都府所有人称颂。人人皆知您佛法无边，能转变人的心绪思路。所以我在想，禹宣当时为何而自尽，齐腾又为何而请您到刚刚被救回的禹宣身边，而您又对禹宣做了什么，我也能猜出一二。”

沐善法师双手合十，看着夔王的神情，那一双眉毛倒挂下来，一副悲苦的模样：“阿弥陀佛……齐施主当日邀我上门，说是朋友欲寻短见，请我救他一命。我过去时，禹施主果然性情激烈，难以遏制，救人一命胜造七级浮屠，老衲岂能坐观，于是便让他忘却了当前最可怕的那场前尘往事。”

千枝烛灯座灿烂无比，在此时的夜风中摇曳出万千乱影。

众人的目光望向禹宣，却都无法出声，只看着他的面容。他望着沐善法师，脸上仅存的一点希冀，就像春雪般渐渐消融，只剩得绝望与痛苦一点一点蚕食了他面容上的所有颜色，留下一片惨白。

禹宣的脸色，惨白中混合着青紫，那眼睛里残留的一丁点希望，也渐渐地黯淡了下去，如同最后一朵烛焰在风中无望的摇曳，终于还是被此时沉沉的夜色彻底掩盖，化为灰烬。

他跟着黄梓瑕，一步一步追踪这凶手的脚步到此时，却万万没想到，他自己，就是自己要揪出来公之于众的凶手。

在一片死寂中，黄梓瑕看着面前的禹宣，只觉得心口茫然地痛，茫然地恨，可又比茫然更让她觉得绝望。

她望着禹宣，望着这个自己少女时曾不顾一切爱过的男子，忽然因为心口的绝望而大恸，几近狂乱的情绪，让她抓起李舒白写的那张自白书，向着禹宣狠狠扔了过去：“是啊，你忘了，连自己曾经做过的所有恶行，都忘了！”

她身体颤抖，思绪紊乱，喉口嗬嗬作响，几乎发不出完整的声音来：“你写下自白书，放在自己屋内自尽，却还妄想着保存自己的名声，只敢用黄梓瑕的字迹写！这分明就是，你自己亲手写下的自白书，却在你忘了一切之后，作为黄梓瑕的另一个罪证，牢记在心中！”

众人不知她为什么这么激动，一时都是大骇。

李舒白站起来，轻轻拍了拍她的肩，却什么也没说，只回头对众人道：“黄使君及夫人对崇古有大恩。”

众人纷纷点头，赶紧做出叹息的表情。

唯有禹宣怔怔望着黄梓瑕，那一张惨白的脸上，黑洞洞的眸子毫无亮光。过了许久，他才缓缓摇头，用喑哑的声音说道：“不是的。”

黄梓瑕听着自己颤抖的呼吸声，张大嘴想说什么，却一个字也发不出来。她只能狠狠地瞪着他，急促呼吸。

“我不是故意要假装黄梓瑕的字……那时，我想要追随使君一家而去，心绪激荡，已经完全不知道自己在做什么……写下那种字体，完全是无意识的……也可能，是我那时在心里，一直，一直在想着……她。这世上，没有人比我更熟悉她的字，我曾无数遍替她抄写文章，我可以连错字也和她错得一样……”他说着，那艰难的声音，虽依然干涩，却显得越发清晰起来，“还有，你之前说，我不再需要利用仇人黄使君一家了，于是搬出了使君府……其实，不是的。我那时候，并不知道……那个一句话让我家破人亡的小女孩，就是黄梓瑕……”

他流落为乞儿，一路随着流民南下，后来在成都府被书塾里的几个先生接济，引荐给使君黄敏。

黄敏十分钟爱他，见他流亡中连自己名字都记不真切了，便给他取名禹宣，又将他带回了家中。

在血色夕阳里，他第一次见到了黄梓瑕。

背阴中生长的苔藓，第一次遇见日光下肆意绽放的花朵。他被年幼的黄梓瑕迷了眼睛，几乎无法直视她的光彩。他跪在地上帮她捡拾怀中掉落的菡萏，碰触到她沾了荷塘淤泥的裙角，他忍不住握住了，抬头仰望着她。

她的眼中倒映着他的面容，清晰如镜。他从此下了决心，想要一生一世活在她凝望自己的双眸中。

他人生中最幸福的时光，仅有三年。虽然母亲悬梁自尽的那一日还时常在他梦中出现，但他有了新的父母和兄长，有了吃饱穿暖的生活，有一个可以遮风避雨的屋檐，有一座爬满薜荔的小院。

还有，他倾心仰慕的那一个少女，黄梓瑕。

三年后他考中了举人，春风得意地回到义父母的身边，他想自己或许终于能有机会了，于是试探性地，向义父母提起了，想要与黄梓瑕在一起的可能性。

然而他没有想到，一夜之间，义父母就做出了决定，让他搬离使君府，去往成都给他置办的宅子。

相比于热烈明晰地与父母争执的黄梓瑕，他对义父母敬重而感激，所以不得不搬离使君府，前往自己的小小宅邸。

在庆祝他乔迁新居时，相熟的一群人约他出来喝酒，一直闹到入夜。外面的雪细细下起来，他离开醉得东倒西歪的朋友们，一个人踏雪回家。

他特地绕了远路，到使君府的外边，在热热闹闹的街市之上，仰头看一看黄梓瑕的小楼。

小阁之上的灯火，熄灭了。

他倾心爱慕的那个女子，已经安歇了。

他含着笑，站在雪地里，回头看着街市。雪夜寒冷，少人出行，做买卖的人也都收拾了东西回家了。唯有街边一个唱皮影戏的老人，还在纱屏之前，演着小短戏。

他本已经走过去了，又怜惜老人不易，转回来在纱屏之前放上了一些钱。他听到老人唱到"长安光德坊"，记忆中那些遥远的东西，被微微触动了。

于是他站在雪中，抬头看完了整出戏。

大雪纷纷压在他的发上、肩上，他却毫无知觉。

他看着自己家破人亡的这一场血泪，成为了街上的一出戏，成为别人口中一个消遣的故事，只落得所有人都赞叹一声"黄梓瑕年少聪慧"。

黄梓瑕。

他遇到的，日光下肆意绽放的夺目花朵。

他的兄长杀妻案，本已经要结案了。他的一家，苦尽甘来，终于看到了未来的曙光——

可为什么，十二岁的她在旁边喊了一声"爹爹"。

他的母亲悬挂在横梁之上，似乎还在轻轻晃荡。窗外初升的朝阳斜斜地从窗棂外照进来，染得他母亲的整个身子、他家整个破败的屋子、他所处的整个天地，都是一片血红。

他刚从梦中醒来，还迷茫的脑子，只余得一片空白。他站在母亲的身前，呆呆地抱着她的腿，发现她已经完全冰冷僵硬了。

父亲死后，没日没夜织布操劳，终于将他们两人养大的母亲；虽然家境贫苦，可依然能在回家时从自己的怀中拿出一个桃子、一把枣子给他的母亲；曾笑着对他说，我们一家人以后团圆美满，开心过日子的母亲；在哥哥被处斩之后疯癫狂乱，无声无息地吊死在他睡梦之中的母亲，没有了。

他没有家了。

他把母亲从梁上搬下来，把她拖到床上，仔细妥帖盖好被子。他把眼睛闭上，靠在她的身边，想着，就像睡着一样，永远也不要睁开了。

然而这一夜的雪，沉沉压在他的身上，让他仿佛又感觉到了，自己那时冰凉得仿佛全身血液都停止的感受。

他不知道自己在使君府外站了多久。直到天亮，有人开门出来，看见他之后吓了一跳，赶紧给他拍去身上的雪，却发现下面的雪已经化了，又重新冻成冰，和他的衣服皮肤深深地冻在了一处。

他在眼前恍惚的黑暗之中，模模糊糊看见她的面容。

他倾慕的女子，他荒芜人生中最灼眼的花，他的黄梓瑕。

他的至仇，他的至恨，他的至爱。

那一夜的寒冷，让他病了许久。

他不想再见黄梓瑕。她过来探病的时候，他将书本压在自己的脸上，任凭她叽叽喳喳怎么逗弄他，他也依然没和她说一句话。

她自然也察觉到了他的变化，于是沮丧地坐在他的榻边，问，到底怎么了，为什么一搬出去就疏远了，不理我？

他闭上眼，沉沉地说，阿瑕，你要是不会查案就好了。

她生气地离开了，因为他一句话就抹杀了她的所有骄傲。而他也第一次没有挽留，任由那道裂隙存在他们之间。

因为他想，这辈子，可能就这样了。

身体稍好一些之后，他到明月山广度寺，去聆听佛法。

在那里，他遇见了齐腾，为他引见了沐善法师。不知为什么，在心里藏了那么久，原本打算一直腐烂在心里的那些东西，却在沐善法师的笑容之中，全都倾诉了出来。他说到黄梓瑕，说到黄使君，说到自己的母亲。

最后沐善法师问，你心里有一条毒龙，既然无法抑制，何不让它大显神威，以求终得内心安息？

他茫然起身，走出沐善法师的禅房，走过粉墙游廊。

他看见碑刻上清清楚楚的那一句诗——

薄暮空潭曲，安禅制毒龙。

然而，他已经没有办法。他心里那条剧毒的龙，已经夭矫地冲出他的身体，叫嚣着激荡他全身的血脉，迫不及待要去迎接那鲜血淋漓的快意。

禹宣讲述到这里时，众人的目光都不由自主聚集到沐善法师身上。

“阿弥陀佛……禹施主自己未能定性。老衲还望以毒攻毒，一举摧毁心魔，谁知你竟会错了意，如今徒惹出一场大祸！”沐善法师垂目低头，合十道，“当初在齐施主家中看见禹施主，老衲还以为你是还未忘却之前仇恨，所以才自寻短见，却不知你竟是心生歹意，毒杀恩重如山的义父母了！”

李舒白见他立即将自己摘得干干净净，知道他必定早已准备好说辞，其中也必定有内情。但此时禹宣案件尚未完结，他也不说破，只冷眼旁观。

禹宣此时只觉胸口冰凉彻骨，又觉沸热如煎，在极冷与极热之间，整个人已经行将崩溃，他盯着面前的沐善法师，良久良久，那苍白的面容上却终于还是浮出一丝绝望的笑意，乌青的唇形状依然美好，只是令每一个看见他的人都觉惨淡。

“事到如今，牵涉他人又有何益……都不过是，我挣脱不开旧日冤仇，终于毒杀待我恩重如山的黄使君全家……仅此而已。”

他离开了广度寺，买了一块玉，又重去讨好她。在与她商量设计玉镯的时候，他的眼前，在一瞬间闪过齐腾随身携带的那一条阿伽什涅。

鲜红如血，飘忽如烟。

阿伽什涅，龙女一念飘忽所化，往往出现在死于非命的人身边。

“就两条鱼吧，”他在纸上画了两条圆转的小鱼，慢慢地说，“你和我就像这两条小鱼一样，互相衔着对方的尾巴，转成一个循环，逃不了你，也逃不了我，永生永世，在一起。”

永生永世。

他从齐腾的手中拿到了鸩毒，点在了镯子内部的三个小凹处，将蜡烛滴上，削平，似有若无的三点微黄，完美地融合在白玉的颜色之中。

这不祥的镯子，便就此戴在了她的腕上。

在听说黄家有意将她与王蕴的婚事提上日程之时，他与她打赌，诱使她如往常般买了一包砒霜。在雪后梅开的那一日，他看见了她的叔叔和祖母来访，猜测他们必定是来催促婚事的，于是他在帮她抱过满怀的梅花之时，捏一捏她手上的镯子，不动声色地找到鱼眼，用花枝挑开了那一处的蜡。

她与祖母携手同去，亲亲热热，笑颜如花。

他抱着满怀的梅花，从她家的花园中走出，走过他曾长久凝望的她常住的小阁，走过他们初见时的枯残荷塘，走出使君府。

在寂落无人的后巷，他伫立在长空之下。初春的雪风涤荡他的整个身体，他感觉到寒冷，却并未移动脚步。

他只一动不动地站在那里，仰头看着天空。

她与他一起剪下的梅花，在他的怀中松脱，顺着他无力垂下的双臂坠落于地。红色粉色，鲜血与胭脂，俱堕泥泞，暗香陨落。

仿佛又回到那一日，他趴在母亲冰冷的尸体旁，一动不动。

他去晴园参加诗会，又是清谈又是喝酒，真奇怪，他觉得自己几乎支撑不住了，却居然没有一个人看得出他的异样。他其实没有喝醉，只是再也装不下去了，于是癫狂地挣脱所有人，回去一动不动地躺下，在自己的宅邸之中，等候着报丧的消息传来。

到第二日早上，他的义父母死了，而黄梓瑕，他们说，成为了黄家唯一幸存的人。

他收拾了她数日前写给他的情书，前往西川节度府，上交给对黄梓瑕深怀宿怨的范应锡。他的儿子多次被黄梓瑕揭发，因为他竭力救护才幸免于难，而他的侄子正是因为黄梓瑕，流放不毛之地，回归无期。

如他所料，接管了川蜀政务的范应锡，不必通过朝廷便能处置川蜀一切事务，他立即坐实了黄梓瑕毒杀亲人之名，并在她出逃之后，上报朝廷，请求四海缉捕毒杀成都府尹黄敏兼四位亲人的黄梓瑕。

他心愿已了，在奔走筹措，替黄使君一家修建好坟墓之后，写了一纸遗书，于坟前自尽。

“那封遗书，就是你以为是黄梓瑕自白信的，那第二封信，是吗？”

黄梓瑕声音喑哑，缓缓问。

禹宣闭上眼，用力点一点头，说道：“是。我本以为自己已经必死，谁知却被齐腾救回，他劝我既然已经除掉黄使君，便为范节度所用，必将前途无限，我拒绝了他，只想就此而去。而后，我陷入昏沉，再度醒来，已经忘却了自己所做的一切恶行。也许是我自己下意识要保护自己，于是我不停地说服自己，一切都是黄梓瑕做的，证据确凿——我越来越固执地认为她杀了父母，甚至觉得自己曾亲眼见到她手握砒霜，还比如……”

他咬牙，慢慢地，艰难无比地说：“我回到家中，看到放在我桌上的遗书。那里面的内容，让我以为，写的是你自己。”

十数年教养，一夕间波澜，满门孤身，一手鲜血。所爱非人，种种孽缘……

是他，也是她。

一样的人生，同样的际遇，轮回循环，如那玉镯上两条小鱼，相互衔着彼此的尾巴，纠缠往复，永难分离。

他语气逐渐飘忽，已经完全不顾得在别人面前遮掩她的身份，只直直地盯着她，说："我忘却了自己所做的一切，分不出这是你写给我的，还是我写给你的。却没想到，我们都是学卫夫人的小楷，我一直偷偷帮你抄书，模仿惯了你的字，连那个错别字都一模一样了……"

他的声音，嘶哑哽咽，与平时那种清越温柔，已经迥异。他慢慢地站起来，那一双蒙着薄薄水汽的眼睛，凝望着她。

他苍白的面容如同冰雪，白色肌肤上唯有两点黑色的眼眸，一痕淡青的唇色。就像是描绘于粉壁上的人物，徒具了完美无缺的线条形状，却失却所有的颜色，没有任何活人气息。

他那一双眼睛深深凝视着她，就像多年前他们第一次见面时，他跪在她的面前帮她捡拾菡萏时，抬头看她，迷了双眼。

那时擦过他们耳畔的蜻蜓都已死去，所有荷花都已不复存在，唯有这一双眼睛，这眼中含着的一切，永不改变。

时光这么成全，让沦落的乞儿变成倾绝天下的男子，让天真无邪的她变成惊才绝艳的少女。

命运如此残酷，让这一生一世之中的两个人，成为互相命运的翻云覆雨手，成为彼此命里最大的仇敌。

"阿瑕……"他轻轻说着，向她伸出手。

旁边的李舒白和王蕴，虽然知道黄梓瑕的身份，但周子秦等人却一概不知，见他忽然叫杨崇古为"阿瑕"，都是诧异无比。

而黄梓瑕站在他的面前，一动不动，没有抬手去碰他伸过来的手。

他那苍白无比的面容上，居然露出了淡淡的笑意，轻声说："是，我永远也……触碰不到你了。"

贰拾贰

永生永世

禹宣死于那日凌晨。

因为是要犯，所以在押解入狱的时候，狱卒先押他回家中收拾东西，再过来收监。

他已经记起了一切，自然也记得自己藏鸩毒的地方。他不动声色地便取出吃掉了，又默然跟着狱卒们到监狱里去，仿若无事。

他坐在黑暗的监牢之中，用黄梓瑕父母一样的死法，静静地等待着，感受这无药可解的剧毒侵蚀自己的身体。

万千乱刃在他的腹中直刺，五脏六腑搅成一团，痛到了极处，连手指头也无法动弹，连声音也发不出来。

但也只是一瞬间，便什么意识也没有了。死亡降临到他的身上，如同暖意融融的那年春水，又如柔软绵绵的当初雪花。在眼前的血红之中，他蜷缩在牢狱之中，茫然抬头，看见眼前的幻影。

他人生中，第一次看见的，恣意而骄傲的花。

明月透过狭小的铁窗照在他微笑惨淡的面容上，也透过镂雕五蝠的窗棂照在黄梓瑕的身上。

半年来的奔波疲惫已经卸下，所有日夜绷紧的神经也已经松弛。她睡在窗下，平静而舒缓，鼻息轻微。

她做了一个梦。

在梦里她看见自己的父母和兄长、叔叔和祖母。他们在桂花树下，喝着桂花酒，笑着朝她招手。

她提起裙角，踏着碧绿如青丝的茸茸草尖奔向他们。

日光明灿，金色明亮。一粒粒的桂花落在他们一家人的身上、头上，也在桌上铺了一层。浓稠如蜜的甜香在他们的周身萦绕，就像是一个缓缓转动的旋涡，她在里面望着家人们的笑容，有些晕眩，又觉得从未这样开心快乐过。

她有点诧异地想，还没有喝桂花酒呢，怎么就醉了。

不过也无所谓了，日光这么暖，香气这么甜，轻风这么软。她支着下巴，望着大家。他们说着无关紧要的话，不知道在说什么，但只要大家都开心就好了。

黄梓瑕，依然还是那个十六岁的少女。穿着轻罗窄袖的浅色衣衫，出身世家，容貌美丽，名满天下，人生完美。

她和大家一起在艳阳与花香中笑着，却忽然觉得寂寞起来，心里空落落的。

不知为什么，她缓缓站了起来，转身往前默然走着。走出了桂花香彻的这一个地方，走出了温暖舒适的这片天空。

夏日的荷风猎猎吹来，她看见了站在对面的禹宣。长风之下，翻转的荷盖之前，他身上镀着一层滟滟的水光。

柔和的银光，清素的光彩。他如春日一枝刚刚剥去笋衣，还含着薄薄一层白色新粉的绿竹，清颀匀长，不染半点凡尘。

他含笑望着她，伸手到她的面前，低低地叫她："阿瑕。"

清风徐来，吹起他的衣角，也撩起她鬓发。

这是凝固了的她的梦境，风雨永远不会侵袭到这一角落，未来似乎永远不会来。

她的唇角微微上扬，露出一个浅浅的笑容。

她伸出手，握住他递到自己面前的手掌。

十指交缠，心心相扣。

她低下头，看着他的手。

这修长的手掌，匀称的骨节，握住她的手时，那种恰到好处的力度这么熟悉。温柔，又不松懈；包容，却不用力。

她笑着，抬头看着微笑的他，看着这照亮了她最美好的少女年华的男子，笑着摇了摇头。

她放开他的手，缓缓地，将自己收回的那只空空右手紧握成拳。

她说："再见。"

在荷塘之前，长风之中，她仰望着禹宣的面容，笑着湿润了眼睛："不，永生永世，再也不见。"

醒来时已经是下午，接近西斜的日光从窗外照在她的身上，夏末的暑气还未散去，金风却已经徐徐吹来。

整个世界通透明净，光彩生辉。她依然身在当年住过的小楼之中，使君府花园之内。

她起身走到窗边，推开窗户看着外面。

荷塘依旧，薜荔浓绿。一株早开的桂花树，已经吐蕊绽香。没有梦中那么浓稠，被轻风远远送来，散发淡淡甜甜的香。

她想了想，却发现自己已想不起去年今日自己在做什么。小楼被封存了半年，里面所有东西都原封不动，时光仿佛就停留在原来的地方。

她用昨日壶中剩下的水给自己梳洗完毕，打开衣柜，挑了一件素丝的衣服，足蹑素丝履，毫无纹饰。长久以来习惯了束胸，如今解开了，她反倒有点不适应。

然后她打开自己的妆台，支起已经有些锈蚀阴翳的铜镜，梳了一个最简单的发髻。没有蘼芜她们在，她其实不太会打理自己。以前外出的时候，也都穿男装，省却很多烦恼。

她的手指从妆奁中一支支簪子上滑过，在李舒白送给她的那支银簪上停了许久，终究还是拿了一对简素的白玉簪给自己插上，又戴了一对小小的南海珠耳环。

她从小阁出来，像以前一样站在门前的平台上，望着面前的小园。

使君府的后花园，她生活了多年的地方，每一块石头，每一棵花草，都是她所熟悉的。只是如今，已经无人能携手与她一起走过。

她踏着回廊，在初秋的风中，向着前方走去。轻薄的衣裳被风吹起，如碧波回荡，如细柳低垂。

转过回廊，她看见前方假山上的小亭之中，李舒白正独自对着棋盘。张行英侍立在旁，周子秦则满脸郁闷地趴在栏杆上，显然完全不是李舒白的对手，已经彻底放弃了和他对弈的想法。

周子秦的目光落在她的身上，就再也移不开了。

他的嘴巴越张越大，眼睛也越瞪越大，傻呆呆地望着她越走越近，直到她走上假山，到亭前向他们敛衽为礼，盈盈下拜，他的嘴巴还未合拢。

李舒白的目光停在她身上，脸上平静无波，唯有唇角露出一丝温柔弧度。就像

在荒芜山野之中，转过一个山道，蓦然望见了一枝初绽花朵的神情。

周子秦托着自己即将掉下来的下巴，结结巴巴地问："崇……崇古？"

黄梓瑕微微侧头，向着他点头一笑。

"你你你……你好好一个宦官，为什么要打扮成一个女人？"周子秦右拳抵在自己胸口，一副惊吓过度又心跳急促的模样，脸都红了，"别……别离我这么近！你、你……你扮女人太好看，我……我有点受不了……"

她只能问他："昨夜禹宣叫我'阿瑕'的时候，你未曾听到吗？"

"我、我……我以为他是眼前又出现了幻象，在向着梦想中的黄梓瑕伸手呢。"周子秦哪壶不开提哪壶，一点眼力见儿都没有，"再说了，你当时不是没理他……没伸手吗？"

黄梓瑕只能放弃了和他沟通的想法，提起裙角走入亭中，来到棋盘边。

李舒白握着手中棋子，抬头凝视了她许久，然后放弃了这一局，伸手去取棋盒，将棋子一一收回，示意她坐下："睡得好吗？。"

"嗯……很好。"她坐在他的对面，轻声应道。

周子秦无比小心地慢慢蹭过来，一脸惊吓过度的模样，左左右右前前后后地打量着她，只差用一个小指头戳一戳看看是不是活人了。

黄梓瑕无奈地叹了一口气："别看了。杨崇古，就是黄梓瑕。"

周子秦一听这话，抬头一看漫不经心的李舒白，再转头一看神情诡异的张行英，顿时扁着嘴，郁闷地喊了出来："你们就是这样，永远把我排除在外！你们谁都知道真相了，连张行英都知道了，就瞒着我一个！我们还能不能愉快地做好朋友了？"

"对不起，子秦，"黄梓瑕叹了一口气，说："因为四海缉捕，所以王爷才助我隐姓埋名，假扮宦官。其实我也是担心身份泄露后会给你惹麻烦，并非有意瞒着你。"

"你真是……真是……"他喃喃地说着，然后又跳了起来，郁闷一扫而光，兴奋地叫出来，"真是太好啦！"

亭中其他三人都无语地看着他，他在亭中又蹦又跳，欣喜万分："太好了！我人生中最大的烦恼终于彻底解决了！"

张行英忍不住问："你人生中最大的烦恼是什么？"

"就是，我一直在想，在我大唐天下，查案推理这一行，到底是黄梓瑕比较厉害呢，还是杨崇古比较厉害呢？如果有一天他们遇见了，谁会占上风呢？"周子秦眼睛亮闪闪地望着黄梓瑕，一副如释重负的模样，"这个问题一直缠着我！我最近纠结得都快疯掉了，茶不思饭不想，觉都睡不好了！如今知道你们就是同一个人，我感觉我又可以吃三大碗饭，睡到中午起了！”

黄梓瑕无语地和李舒白对望一眼，又如释重负。

“不过，就算你不告诉我真实身份是为我好，可是还有一件事——”周子秦回过神来，又开始不依不饶地闹脾气，“别的不说，就说禹宣当年那个案子，夔王上次只说记得他的掌印，其他什么也没说，你却一下子就能发现他的身份，所以后来，你们肯定又交流了很多，又没有带上我！”

“真的没有再交流过了，这还需要吗？”黄梓瑕叹道，“五年前，光德坊，我平生破过的第一个案件，自然记得非常清楚。涉案的人肯定不会是禹宣，而他也没有被判刑，却在卷宗上留下过手印封存。若是证人是不会收归最后档案的，所以，他必定是犯人家属。再回忆一下当年那个案件的凶手亲属，一切便都清晰了。”

“……为什么你一分析，就什么都很简单似的。”周子秦沮丧地在他们旁边坐下，想了想，又问李舒白：“王爷，我们商量一下吧，公孙大娘和殷四娘怎么办？”

李舒白平淡地说道：“这个问你父亲。一切自有朝廷律法依例判处，何须我们商量？”

“可是，可是她们都是美人，杀人也是情有可原，而且都那么出类拔萃。她要是死了，《剑器浑脱舞》说不定就断绝了……”

“你没听说过，先皇当年杀罗程的事情吗？”他问。

“好……好吧。”周子秦又沮丧地低下头，说，“可……可是真的需要这么严格按照律法来吗？”

“我会提点范应锡，让他不要给你爹施加压力，一切秉公处理。但其余的，都只能看律法。”

“律法……律法不外乎人情嘛……”周子秦嘟囔道。

黄梓瑕一看他的模样，立即问：“你是不是又做了什么违反条例的事情？”

“嘘……其实我还不是为了你嘛。”他说着，前后看了看，见周边无人，他才从怀中拿出一个用白布包好的圆圆扁扁的东西，神秘兮兮地递给她，一脸想要邀功的表情。

黄梓瑕一看便知道那是什么。她慢慢伸手接过来，将外面白布打开。里面是一个镯子，莹润而通透，雕着两只互相咬着尾巴的小鱼，亲亲热热，甜蜜可爱。

她手中握着这个镯子，沉默不语。

“按例，这个是要封存入库的嘛……但是，但是昨晚我想这个是黄梓瑕的东西，以后我说不定可以在成都找到她，到时候把这个给她当见面礼好了，于是我就……”

他把手指压在唇上，小心地说，“反正入库后几十年也不会有人去查点的，应该没人发现！”

黄梓瑕缓缓转动着镯子，让它的光彩在自己的面容上徐徐滑过。

李舒白见她沉默不语，便说：“昨晚，禹宣在狱中自尽了，服下了鸩毒。”

她轻轻地“哦”了一声，仿佛没听到一般，神情平静。

只是，她的眼前忽然暗了下来，远处流云，近处花树，全都在一瞬间模糊成一片，再也看不清晰了。唯有眼前这个镯子，在日光的照耀下，璀璨生辉，令她眼睛都灼痛起来。

她抬起左手，用手肘仓促地挡住了自己的双眼，让眼里尚未流出来的东西被衣裳迅速吸走。她强自压抑住自己的气息，低低地“嗯”了一声。

李舒白坐在她的对面，默然看着她，却什么也没说。

她捂着自己的眼睛，谁也看不见她的表情。就连近在咫尺的李舒白，也只听到她的呼吸声，长长的，压抑而用力。

不知过了多久，她放下自己的手，面容已经平静了下来，连眼睛也唯有一痕微红。她望着李舒白，慢慢的，用干涩的声音说：“我要去拜祭我的亲人。”

“我陪你。”李舒白仿佛什么也没发生，站起来。

她走出亭子，在假山最高处的断崖之上，慢慢伸出右手。

五指轻轻一放，轻微的一声脆响。那个她一直捏在手中的玉镯，在下面的石头上粉碎。

镂空的薄脆小鱼，就此化成一片晶莹碎末，永难再收。

周子秦冲到断崖边一看，顿时快要哭了：“崇古……这可是我偷出来的呀……”

李舒白拍了拍他的肩，说：“若是有人问起，就说我拿走了。”

周子秦这才松了一口气，想想又说：“不过还好，这个镯子又不名贵。傅辛阮那边不是有个非常好的玉镯吗？那个也被封存了，有人问起就把它拿出来顶一顶好了。”

李舒白略一思忖，说：“偷一个是偷，偷两个也是偷，不如你把它也取出来吧。”

周子秦惊呆了：“为……为什么？”

“傅辛阮的遗愿，要把这镯子交还给原主，”李舒白淡淡说道，“而我，刚好认识那个人。”

她拒绝了唾手可及的富贵荣华，准备洗尽铅华做一个普通的家庭主妇。然而终究，这脚踏实地的梦想，她也得不到。

周子秦见他这样说，便点头，说：“没问题，交给我——不过其实王爷你想要的话，和我爹说一声就行了……”

李舒白摇头，说：“越少人知道越好。”

周子秦可怜兮兮地看着他：“好吧……那如果泄露了，我爹要打死我的时候，王爷可要记得替我收尸呀……”

“放心吧，”李舒白淡淡地说，“我亲手给你写悼词。”

荒林之中，坐北朝南，夕阳斜晖暖融融地照在墓地之上。

坟墓非常整洁，除了几片落叶之外，干净得简直与人家庭院无异。石刻香炉内灰烬尚在，石鼎中净水充盈。

禹宣将一切都弄得十分妥帖，所以他们的祭扫，也只是做了个样子，便摆下了案桌。

黄梓瑕在父母的墓前深深叩拜，沉默祝祷。

李舒白站在她身旁，凝望着她低垂的侧面。

她不是倾国倾城的美人，却有着轻灵明净的气质，倔强固执的神情，让她迥异于所有他曾见过的女子。

这世间，有万千模样的女子。然而他望着她，在心里想，或许人生之中，再也遇不到任何一个与她相似的人了。

等她起了身，李舒白问她：“接下来，你如何打算？”

她望着父母的墓碑，还未开口，周子秦已经跳了出来，说：“当然是来衙门，当我们成都总捕头啦！崇古……啊不，黄姑娘！只要你肯来，我马上让出捕头这个位置给你，以后我跟着你混，成都所有案件全都交给你，和以前一样，成都百姓需要你！”

黄梓瑕无语摇头：“世上哪有女捕头。”

“哎，你怎么知道呢？则天皇帝身为女人，都能登基称帝，你当个女捕头怎么了？”周子秦说着，还把李舒白也拉下了水，“何况有夔王在此，成都设个女捕头还不是轻而易举？绝对没问题！”

李舒白没有接他的话茬。

黄梓瑕默不作声，转头看向李舒白。

李舒白也正看着她，两个人的目光，不偏不倚相接，都看到彼此的迟疑犹豫。

大唐天下如此广阔，可属于一个女子的未来，又究竟在哪儿。

周子秦又问：“如今真相大白了，难道你还要回到夔王府，做一个末等宦官吗？”

“我……”她微微张口，欲言又止。

只听得身旁脚步声响，几个老人从旁边的路上行来。

黄梓瑕认得是黄氏族中几个在川蜀这边的旁支长辈，赶紧上前见过。他们都是黄梓瑕的爷爷叔伯辈，先见过夔王之后，便对黄梓瑕说道："你父母双亡，兄长亦殁，如今家中是孤身一人了。女子毕竟不能旁依他姓，还是先回到黄氏族内吧。有许多事情，你不方便，但族中长老自然会替你安排好一切。"

黄梓瑕默然，低头不语。

见她没回答，辈分最长的一位又说："你是我黄家子孙中的佼佼者，族中自然好好待你。你爹为官多年，族中也清点了他的资产，你年纪已大，到时候都可带到夫家去。"

黄梓瑕喃喃问："夫家？"

"是啊，琅邪王家与你不是早有婚约吗？之前你受冤被缉捕，但王家真是赤诚，竟未曾到我们这边提过退婚一事。今日一早，还是你的未婚夫王蕴亲自前来，说你已洗清冤屈，让我们及早安顿好你，黄家王家，永以为好。"

黄梓瑕恍然想起，她与他的婚约，如今尚未解除。其实算起来，他们还是未婚夫妻。

王蕴的动作，真是快得令人敬畏。

"如今周使君已经入住使君府了，你一个女子漂泊在外真是不宜，还是及早收拾了东西，回到族中吧。"

黄梓瑕胡乱点了点头，只觉得心乱如麻，也不知该如何才好。

族中长辈们都涌到李舒白面前去了，瞻仰着皇亲国戚，个个都是笑得跟菊花似的。

黄梓瑕独自默然走到墓边，在青条石上坐下来，茫然看着被人群簇拥的李舒白。

他们之间，到底算什么关系呢？

她曾是王府的宦官，然而如今身份已显露，她再没有办法做回那个末等小宦官，每天跟在他的身边了。

他曾承诺过，在她揭露了王若案件之后，会帮她洗清身负的冤屈。而现在，她已经洗净污名，两人之间的合作，两清了。

他们曾在暗夜山林之中相依为命，曾相拥在一起沉沉睡去，也曾在日光之下携手前行。

他对她说过，天上地下，太遥远了。

她对他说过，我一定会陪在你的身边。

然而说过的话，如同烟云一般消散在空中；做过的事，如同逝水一般被抛在身后，又真的能算得了数吗？

等族老们散去，她辞别了父母兄长、叔叔祖母，骑着那拂沙缓缓沿着山道往城里而行。

李舒白与她并辔而行，在迎面而来的风中，转头看她。

“梓瑕……”他低声叫她的名字。

这好像，还是他第一次这样叫她。

黄梓瑕转过头，望向他的面容。

他还没说什么，涤恶已经跃到那拂沙身边，两个人的距离，顿时相隔不到半尺。

呼吸相闻。

黄梓瑕窘迫地转开脸，而他却在她的耳畔低声说：“无须担心，一切有我。”

黄梓瑕的心口，猛然悸动了一下。

那些浮云般来来去去的烦恼忧愁，因为他这八个字，而忽然之间完全消散了。

她低下头，想起当初刚刚到他身边，作为小宦官的时候，也曾担忧会不会有人怀疑她的身份，而他说，我会帮你解决。

果然，除了王蕴之外，她的身份确确实实从未受过质疑。

她不知道他用的是什么方法。但她相信，他说过的，就一定能做到。因为他是大唐夔王，李舒白。

跟在他们身后周子秦，骑着小瑕溜溜达达地追上来了，问：“崇古，你对王爷笑什么啊？”

黄梓瑕把脸转过去了，不理他。

“哎呀……总之就是不习惯你是个女人的这个事实，我还是忍不住觉得你是崇古，”周子秦一边说着，一边又不住地在她马前马后转着，说，“你看，现在你连以前那支簪子都不戴了，换成别的了，还真有点不习惯呢。”

黄梓瑕默然抚了抚自己的鬓边，然后转头看着李舒白，慢慢从怀中掏出一支簪子。

莹润的玉簪上，簪头是卷草纹，下面是银质的簪身。按住了卷草纹，便可以将里面的玉簪拔出，不必散落了头发。

她轻声说：“我怕放在使君府里会丢掉，所以随身带着呢。”

李舒白微微而笑。周子秦真是更不明白他们为什么要笑了，最后也只能说：“好吧，崇古……你真的就是黄梓瑕的话，那我可想起一件事情，很严重的！”

黄梓瑕询问地看着她。

周子秦满脸忧色：“你是王蕴的未婚妻，可是一直以来你都是王爷身边的小宦官，这个……回了京城之后别人要是问我，杨崇古哪儿去啦？我要是说杨崇古嫁给王蕴了，那大家会对琅邪王家长房长孙娶一个小宦官有什么想法呢？”

李舒白和黄梓瑕都被他异于常人的思考方向给震惊了，一时竟无法回答。

“是吧？所以考虑问题要充分，我觉得这个问题的解决方法很重要，首先，我们要在长安召开一个杨崇古身份揭秘大会……”

“子秦，”李舒白忍不住问他，“你知道你父亲最近又托人去给你提亲了吗？”

“咦？真的？对方是哪家姑娘？”周子秦立即把那个身份揭秘大会抛到了九霄云外，“长得像黄梓……哦，这个不提了。好看吗？聪明吗？性格呢？”

“不知道。只听说，又被拒绝了。”

“哈哈哈……习惯了，”周子秦潇洒一挥手，“不知道为什么，我来成都才这么些天，大家就都知道我喜欢摸尸体了！还有人传说我每天在尸体堆里睡觉——我倒是觉得还可以啊，方便验尸嘛，可其实成都府的义庄很冷的嘛，肯定是睡不着的对不对？奇怪的是大家都相信了，所以我爹要去骗人家女儿，肯定也是骗不到的……”

虽然周子秦念叨起来没完没了，但好歹没有牵扯到他们，所以黄梓瑕和李舒白也都随意了。

进了城，顺着石板路一直往前，周子秦一眼就看见了二姑娘，她的羊肉案子赫然又摆在路中间。

“是可忍孰不可忍！二姑娘，跟你说了多少次了，独轮车往旁边推一推！”周子秦从小瑕身上跳下来，当街叉腰，对着她大吼。

二姑娘抡着刀子正在剁肉，只瞥了他一眼，镇定自如：“哦，哈捕头啊，你最近不是很少上街吗，怎么又来了？”

一听她的话，不知为什么，周子秦的脸上露出些许紧张与喜悦来：“最近……最近破了一个惊天大案，你没听说吗？”

“听说了呀，夔王身边的杨公公从京城赶到成都府，调查多日后，一夜间破了三个大案。这三个案件互有关联，又各自分散，真可谓案中案，谜中谜，千丝百缕，内幕惊人——我们成都的捕头束手无策，全靠人家喽。”

二姑娘说着，推起自己的独轮车往旁边挪了挪，又剁排骨去了。

周子秦灰溜溜地埋头上马，为了找回面子，又吼了一声：“好，看来你还没忘了上次我给你画的线！以后肉案就摆那边，不许再出来哪怕一寸了！”

二姑娘似笑非笑地白了他一眼：“知道了，哈捕头！”

周子秦脸上又露出那种紧张与喜悦混合的神情，催着马赶紧往前走。黄梓瑕看他的模样，忍不住问："怎么了？"

周子秦脸都有点红了，结结巴巴地说："她……她当众叫我好捕头嘛，这称呼，听起来还真有点不好意思啊……"

黄梓瑕忍不住扶着额头笑出来："哈捕头！"

"什么……不是好捕头吗？"他这才听明白，顿时愣了。见黄梓瑕还在笑，他只好抓着她的缰绳，追问，"哈捕头是什么意思？"

黄梓瑕看着他笑，还没来得及说，旁边有个经过的大娘说："我们川蜀话中，'哈'就是傻的意思。"

一听这话，就连李舒白也忍不住笑了出来。周子秦顿时怒了，丢下一句"你们先走！"转身纵马就朝着二姑娘冲去。

黄梓瑕和李舒白看着跳下马的周子秦被二姑娘三两句话喷得蔫蔫儿地蹲墙角，忍不住笑着对望一眼。

黄梓瑕笑道："看来，这位彪悍的二姑娘，肯定不怕尸体。"

李舒白点了一下头。

"干吗？找我吵架啊？一个大男人，都走出那么远了，还为了一个字找我吵架？"二姑娘的声音远远传来。

周子秦大吼："不是！我来……我回来是为了买鱼！"

为了证实自己的话，他一指旁边的鱼摊子，悲愤地说："老板，全部都要了，给我送到衙门去！"

黄梓瑕看着鱼贩心花怒放地倒着各种小杂鱼，脸色渐渐凝重起来。

李舒白问："想起齐腾那条小红鱼了？"

"是……"黄梓瑕默然思索道，"按照种种迹象来看，禹宣第一次被沐善法师挑拨要杀害我家人时，那条鱼还在。而到了禹宣在我父母墓前自尽，忘却一切之后，那条鱼便不见了。"

"我想这其中必定发生了什么事，不然的话，当时齐腾提到那条鱼时，禹宣的脸色不会变得那么难看。即使他想不起来，但那条鱼却在他无意识之中异常深刻。"

"还有齐腾从哪里弄到的鸩毒？以及，沐善法师呢？我们是不是应该及早去找他询问一下？"黄梓瑕问。

"圆寂了。"李舒白说道。

她愕然睁大眼。

"今日凌晨，在他回广度寺之时，西川军将他送到寺门口。他禅房在山上，所以

便沿着台阶往上走。夜黑路滑，他本来年纪就大，从台阶上摔下来，去世了，”李舒白皱眉道，“我也是今天早上命人去找他时，才知道此事的。”

黄梓瑕低声道：“不知道齐腾那条小红鱼，和你手中这条，是否有什么关联。和王宗实，又是否有关系。”

“一切谜题尚未解开，然而这些冒出来的线索，又都迅速断掉了。让人不得不怀疑，这所有事的背后，是否都有一只巨大的、我们所看不见的手在推动。我们看不见它，却分明能清楚感觉到它的存在。”

他回头看着她，终于还是没有告诉她，自己密盒之中的符咒，已经再次悄悄变了颜色。

他们勒马伫立在成都府的街头，看着长天之下，车水马龙的繁华都市。

满城的芙蓉花开得锦绣一般，大团大团铺设在万户人家之间。世俗的风景一幕幕在眼前流动，鲜活的人生，诡秘的过往，分歧的命运，他们避无可避，唯有直面一切。

安静潜伏于琉璃盏之中的小鱼，轻跃出水，泛起动荡不已的涟漪。

簪中录

FONGHONG
凤凰联动出品